ÉDITIONS LEHA
young adult

HERMINE LEFEBVRE

Cathédrale

HERMINE LEFEBVRE

Cathédrale

ÉDITIONS LEHA
young adult

Cathédrale
par Hermine Lefebvre

Illustration de couverture
par Rengin Tümer

Directrice d'ouvrage : Bleuenn Guillou

Dépôt légal : mars 2022
ISBN : 979-10-97270-80-3

Editions LEHA
18, avenue de la Madrague de Montredon – 13008 Marseille
www.editions-leha.com

Prologue

Il neigeait sur Samara cette année-là. Loin des rares flocons que la capitale des Neuf-Duchés recevait d'ordinaire et que les enfants poursuivaient en riant, une épaisse chape blanche s'amoncelait sur les pavés.

L'on disait volontiers que le duc Haakon Andersen, tenant de la Carélie, le plus septentrional des duchés, avait apporté avec lui la froideur et la glace de ses terres en rendant visite à la reine. On se gardait cependant de répéter ces paroles devant le terrible ambassadeur extraordinaire de Sa Majesté, peu certain qu'il goûtât cet humour. Quoi qu'il en fût, chacun s'adaptait de son mieux : ces dames ne se déplaçaient plus qu'en voiture, ces messieurs protégeaient avec soin leur haut-de-forme des boules de neige malicieuses et les enfants découvraient la joie de faire de la luge dans les rues en pente légère de Samara.

Lorsqu'il était sorti de l'orfèvrerie dans laquelle il œuvrait en tant qu'apprenti, Frédéric s'était laissé tenter par la liesse générale. Apogée des fêtes de la trêve hivernale, un bal se donnait au palais, et le jeune garçon avait rejoint les grands boulevards. Jouant des coudes et de sa petite taille, il atteignit un lampadaire sur lequel il se hissa.

Les voitures rutilantes de l'aristocratie remontaient au pas vers le palais. Des cavaliers caracolaient autour d'elles. Au fond des calèches, dans les lueurs brumeuses des réverbères, on apercevait des plumes, des fleurs et des aigrettes. Parfois, le scintillement d'une parure ou la couleur prononcée d'une étoffe donnait une teinte plus vive au tableau.

Comme Frédéric aurait aimé, lui aussi, faire partie de ces ducs et de ces comtes, être un de ces grands officiers brillant des mille feux de leurs décorations, sanglés dans leurs beaux uniformes, montant avec une élégance sans défaut ! L'éclat des habits et des éperons comme la lueur des pommes d'or des cravaches le fascinaient.

Autour de lui, on commentait les créations des modistes et des tailleurs, les nouvelles tendances de l'année. Bientôt, les pierres et les coiffures se mêlèrent dans l'esprit de Frédéric, au point de lui donner le vertige, et le spectacle lui parut se répéter à l'infini. Lassé, il sauta au bas de son perchoir.

Ses huit ans se faufilèrent avec agilité dans la masse de corps mouvants. Quelques phrases ici et là lui parvenaient. Apparemment, la voiture du duc de Carélie s'avançait à son tour ; son blason étincelait sur la portière. La duchesse Rhéa ainsi que leur unique fils et héritier l'accompagnaient. Les commentaires fusaient, racontars sans fondement puisque les Andersen venaient chaque année pour la trêve hivernale sans que cela eût d'incidence sur le temps.

Frédéric s'extirpa de la presse. De pauvres lanternes éclairaient à peine les rues voisines, et le silence brutal contrastait avec le tumulte. Le garçon frissonna et resserra les pans de son manteau trop léger autour de lui. Loin de la foule, le froid piquait et mordait.

À pas rapides, il chemina vers les quartiers plus populaires, les poings enfoncés dans ses poches pour essayer de les réchauffer, sautant par-dessus les flaques de neige fondue et de boue. Les quelques pièces gagnées chez l'orfèvre tintaient, mais, pressé, l'esprit encore sur le boulevard, il n'y prêta pas attention. Alors qu'il franchissait un angle, une main le saisit par l'épaule.

Frédéric se débattit ; la poigne s'alourdit. Une exclamation de douleur lui échappa.

— Trois dieux, qu'ess' qu'on a là ? railla une voix grasse. Un p'tit rat des rues ?

Frédéric s'efforça de conserver son calme.

— Lâchez-moi ! J'ai rien pour vous.

— Oh oh, que tu dis ! Tes poches chantent une aut' mélodie, t'as dû faire une belle tournée là-bas.

— J'ai rien volé !

Frédéric rua de toutes ses forces, mordit, en vain. Le vide-gousset le bâillonna d'une main tandis que de l'autre il fouillait son manteau. Pas son salaire ! Sa famille en avait trop besoin ! Furieux, Frédéric se démena bec et ongles, sans parvenir à se libérer. Son butin trouvé, l'homme le remercia d'une voix grinçante et le repoussa avec violence. La tête de Frédéric heurta un mur et il s'affaissa.

Une main secouait Frédéric avec douceur. Il essaya de l'écarter. La migraine tambourinait sous son crâne.

— Je suis désolé d'insister, mais tu ne peux rester ici. Est-ce que tu m'entends ?

Dans un sursaut, Frédéric ouvrit les yeux. À genoux dans la boue, un garçon de son âge l'observait avec inquiétude. Frédéric lui rendit son regard, encore à moitié assommé, puis l'incongruité de la situation lui apparut. L'autre portait un manteau de laine d'excellente facture, orné de parements argentés, et une écharpe de même qualité. Ses intonations, teintes d'un léger accent étranger, n'appartenaient pas à ces quartiers. Frédéric se demanda s'il ne s'était pas effondré, il ne savait comment, au pied de l'une des belles voitures, puis la mémoire lui revint. Il tenta de se redresser.

— L'homme ! Il m'a pris mon argent, il faut le retrouver !

L'autre posa une main apaisante sur lui.

— Il était déjà parti lorsque je suis arrivé. Tu n'as guère d'espoir de le rattraper à présent.

À sa propre surprise, Frédéric fondit en pleurs. L'inconnu passa un bras autour de ses épaules. Les larmes brûlantes coulèrent sur les joues de Frédéric avant qu'il ne trouvât en lui la ressource et la fierté de se reprendre. Il se dégagea de l'étreinte.

— Pardonnez-moi ; je suis désolé que vous ayez interrompu votre promenade... Je vais rentrer.

Lorsqu'il se releva, il dut prendre appui sur le mur pour ne pas tomber. Il frissonnait. L'autre défit son manteau pour le poser sur ses épaules. Frédéric n'eut pas la force de le repousser et resserra les pans de laine sur lui.

— J'ignore où tu habites, mais tu ne me sembles pas en état d'effectuer le trajet jusque chez toi. Tu as besoin de te réchauffer et de manger un peu, je crois. Accepterais-tu de venir un moment chez moi ?

Frédéric hésita. Il ne tenait pas à servir de bonne action hivernale à l'un de ces fils de nobles désœuvrés. D'ailleurs, pourquoi ne se trouvait-il pas dans l'une des calèches sur le point d'arriver au palais ?

— Je peux me débrouiller. J'ai pas besoin de votre charité.

L'autre sourit.

— Ce n'était pas de la charité de ma part, mais plutôt une faveur que je te demandais.

Frédéric écarquilla les yeux.

— Vois-tu, mes parents et mon frère se rendent en ce moment même à la réception de la reine. À cause d'une bêtise que j'ai commise, je n'ai pas eu le droit de les accompagner. Ils ignorent tout de cette escapade, ajouta-t-il en hâte. Je me demandais si tu me ferais le plaisir de passer la soirée avec moi, en tant que mon invité.

— Je suis pas la meilleure compagnie pour vous...

Le garçon balaya ses objections d'un geste de la main.

— Je crois que si. Je m'appelle Aksel.

Le sérieux avec lequel il lui apprit son nom surprit Frédéric, comme s'il lui offrait quelque chose de particulier. Il répondit machinalement :

— Frédéric.

Le visage d'Aksel s'éclaira.

— Acceptes-tu ma proposition, Frédéric ?

— Je… Vaut mieux que je rentre…

La joie d'Aksel s'effaça aussi vite qu'elle était apparue.

— Je comprends. Pardonne-moi d'avoir insisté. J'espère que nous aurons l'occasion de nous recroiser.

Ses paroles sonnaient creux. Il sourit sans entrain, avant de s'éloigner. Frédéric se dit alors qu'Aksel avait peut-être été sincère. Son histoire paraissait crédible. En outre, il s'était montré généreux bien que rien ne l'y obligeât. Mais cela pouvait aussi dissimuler une mauvaise plaisanterie. Certains jeunes nobles se montraient facilement retors. Il y avait cependant quelque chose chez Aksel qui rendait cette hypothèse dérangeante. Frédéric marqua un pas dans sa direction, puis il prit conscience du poids sur ses épaules.

Aksel lui avait laissé son manteau.

Frédéric se figea, palpa la lourde étoffe puis, sans plus réfléchir, il s'élança sur les traces du garçon.

Aksel avait accueilli Frédéric d'un grand sourire. Celui-ci avait prétexté qu'il risquait de se perdre dans ces rues qu'il ne connaissait pas ; Aksel avait fait mine de le reconnaître, lui avait demandé comme un service de le tutoyer et lui avait abandonné son manteau. De ce que comprit Frédéric, son père appartenait à la suite du duc de Carélie ; de fait, il était habitué aux hivers glaciaux. Il manifestait un enthousiasme débordant, posant de multiples questions sur la vie à Samara, sur Frédéric lui-même, sur sa famille et sur ses activités.

Dépassé, celui-ci répondait comme il pouvait. Il omit seulement de préciser la façon dont il gagnait de l'argent. Il n'aimait pas en parler, encore moins à de quasi-inconnus.

Ils se retrouvèrent sur une large avenue bordée de prestigieux hôtels particuliers. Aksel se dirigea sans hésiter vers l'un d'eux et sonna. Un valet de pied ouvrit. Frédéric se recroquevilla sous le poids de ces yeux d'aigle condescendants, puis l'expression de l'homme changea du tout au tout, témoignant de la plus grande surprise. Le sourire d'Aksel s'accentua.

— Eh bien, Ole, vous m'aviez accoutumé à davantage de rigueur.

Celui-ci tâcha de se ressaisir.

— Monsieur ne m'avait pas averti qu'il sortait.

— Pas plus que je ne vous avais prévenu que je reviendrais avec un invité.

Le mot parut aider Ole à reprendre ses esprits et, sans plus rien dire, avec une dignité presque comique, il s'écarta. Après lui avoir confié ses manteaux, Frédéric contempla le hall dans lequel l'appartement de ses parents serait rentré plusieurs fois. Un lourd lustre de cristal pendait au-dessus de sa tête et la pierre blanche du sol ressemblait au marbre que son maître utilisait parfois. Le garçon retint son souffle, presque honteux de marcher dessus avec ses vilaines chaussures. Aksel ne s'en formalisait pas.

— Ole, veuillez prévenir Brigit que je reçois en mon nom propre. Qu'elle apporte de quoi nous restaurer dans ma chambre.

— Monsieur n'a-t-il pas déjà… ?

Un regard impérieux.

— Bien, Monsieur.

La chaleur de la maison berçait Frédéric. Une faiblesse le prit soudain et il vacilla. Aksel s'avança aussitôt pour le retenir.

— Ma chambre se trouve au premier étage. Te sens-tu capable de t'y rendre ?

Frédéric hocha la tête, mais Aksel ne retira pas son bras. Ils montèrent lentement les degrés de chêne recouverts d'un épais tapis rouge. Du haut de leurs toiles peintes, d'austères personnages les observaient. Frédéric détourna le regard : il ne se sentait guère le bienvenu.

Son hôte le fit entrer dans ses appartements. Frédéric se laissa tomber plus qu'il ne s'assit sur le lit. Le feu de la cheminée faiblissait et Aksel alla lui-même rajouter une bûche. Les flammes dansaient sur ses mèches d'un blond foncé. Frédéric soupira lorsque la chaleur l'enveloppa, réchauffant ses doigts et ses pieds gourds.

— Brigit ne va pas tarder, tu iras mieux ensuite.

Il continua la conversation sans que Frédéric trouvât l'énergie de lui répondre. Un tapotement discret résonna contre l'huis. Une femme aux cheveux gris, bien en chair, parut sur le seuil et son regard chercha immédiatement Frédéric. Nul doute que la nouvelle de sa présence avait dû se répandre parmi le personnel. Tandis qu'elle dressait rapidement une table avec deux couverts, elle se tourna vers Aksel.

— Monsieur, je ne suis pas sûre que monsieur votre père…

— Il n'en saura rien, trancha Aksel.

Elle n'insista pas. Frédéric se demanda ce qu'il risquait à le recevoir. L'odeur chaude de la soupe et de la viande envahit la chambre et le détourna de ses pensées. Aksel lui conseilla de ne pas trop se presser afin de ne pas se rendre malade. La soupe était épaisse, bien loin du bouillon clair qu'on servait chez lui, et Frédéric se brûla les doigts sur l'assiette dans sa hâte. Il se sentit mieux au bout de quelques gorgées ; le décor de la chambre et le visage d'Aksel gagnèrent en consistance comme en netteté. Celui-ci se contenta de grignoter quelques bouchées de pain. Sans doute avait-il déjà dîné.

Le repas se déroula dans un silence religieux, à peine entrecoupé par le bruit du couteau et de la fourchette que Frédéric maniait avec maladresse. Puis il se laissa aller contre son dossier, avec une sensation de satiété qu'il n'avait que rarement éprouvée et jamais avec une telle force. Son regard erra vers le lit à baldaquin au bois verni, sur les étagères recouvertes de livres reliés, les meubles de bois précieux marquetés, sur la porte ouverte qui menait à une seconde chambre, et, confus, il se rappela soudain où il se trouvait. Aksel lui sourit.

— Que désires-tu, maintenant ? Nous pouvons jouer à l'intérieur ou aller faire de la luge dans le jardin si tu ne crains pas de prendre froid.

Cette dernière idée semblait avoir sa faveur. Retourner à l'extérieur ne tentait pas Frédéric, mais pouvait-il décemment refuser ? Il tergiversa, presque effrayé par cette soirée où rien ne se déroulait comme d'ordinaire. Peut-être que le coup qu'il avait reçu se révélait plus sérieux qu'il ne le pensait et que tout cela n'était qu'un rêve. Aksel lui jeta un regard inquiet.

— Quelque chose ne va pas ? Ai-je dit…

— Non ! C'est seulement… Est-ce qu'on peut rester ici ?

— Bien sûr !

À son grand soulagement, l'enthousiasme d'Aksel ne se tarit pas. Il l'entraîna dans la deuxième chambre, où il rangeait ses jouets. À part dans les vitrines des beaux magasins, Frédéric n'en avait jamais vu autant ni d'aussi bien conçus. Sous leurs mains, les grandes épopées du passé et les légendes reprirent vie. Aksel débordait d'imagination et Frédéric ne se montra pas en reste. Le garçon lui demandait à intervalles réguliers si tout allait bien : il semblait préoccupé à l'idée de mal le recevoir. Son ton cérémonieux, appliqué au point de donner l'impression qu'il récitait une leçon – les nobles parlaient-ils vraiment ainsi ? –, céda heureusement la place à une attitude plus relâchée.

Seul le chocolat chaud de la gouvernante parvint à les tirer de leurs jeux. Des étincelles s'allumèrent dans les yeux de Frédéric devant la boisson épaisse et crémeuse qui leur traça de fines moustaches sur les lèvres.

De retour à leur histoire, il esquissa du bras une voûte céleste imaginaire au-dessus de ses personnages de bois et de plomb.

— Mon grand frère dit que les étoiles gardent les âmes des héros de l'ancien temps, et on peut les trouver si on suit les chemins des constal… cons-tel-lations. On les cherche, avec ma sœur et lui.

Aksel approuva.

— Nous disons la même chose en Carélie. Là-bas, mon frère et moi regardons aussi les aurores boréales ; ce sont des voies vers d'autres mondes. Nous n'avons pas encore découvert le moyen de les atteindre.

Sa voix s'était teinte de rêverie. Frédéric glissa :

— J'espère que j'aurai l'occasion de le rencontrer.

— Je le souhaite aussi, murmura Aksel.

Ils continuèrent de discuter tout en jouant. Plus d'une fois, Brigit poussa la porte en entendant leurs éclats de rire et leurs exclamations. Elle secouait la tête avec un demi-sourire un peu triste puis se retirait.

L'horloge sonna un coup. Machinalement, Frédéric guetta les autres, mais ils ne vinrent pas. Dans un sursaut, il prit conscience qu'il était déjà une heure du matin. Il aurait dû être rentré depuis bien longtemps.

— Mes parents…

Aksel se mordit la lèvre.

— C'est ma faute, je n'ai pas pensé à les faire prévenir et je n'ai pas vu l'heure tourner. Mes parents et mon frère ne vont pas tarder.

Sa gêne s'accentua.

— Ils n'aimeraient pas découvrir à quoi j'ai employé ma soirée alors que j'étais puni.

Frédéric comprit ce qu'il sous-entendait. Il ignorait le statut exact de la famille d'Aksel, mais il se doutait que son père n'apprécierait pas de le trouver en train de jouer avec un miséreux. Il reposa les soldats de plomb.

— Il vaudrait mieux que je rentre, alors.

La tristesse lui serra le cœur. Le regard clair d'Aksel s'attarda sur lui.

— Je ne tiens pas à ce que tu partes, sois-en sûr, mais c'est le plus prudent. Attends.

Il gagna son bureau dont il ouvrit un tiroir. Il en sortit quelque chose puis revint s'asseoir à côté de Frédéric.

— J'aimerais t'offrir ceci.

Entre ses doigts brillait un curieux objet. En argent massif, il était composé d'un cœur tenu par deux mains, surmonté d'une couronne. Il le lui tendit avec solennité.

— Avec mes deux mains, je te donne mon amitié et la couronne de ma loyauté.

Saisi, Frédéric ne bougea pas. Aksel déposa le symbole au creux de sa paume.

— Chez moi, il s'agit d'un gage d'amitié. Pour qu'elle dure toujours. Et que tu ne m'oublies pas, même quand je serai reparti.

D'un geste lent, il referma les doigts de Frédéric dessus.

— Je… Merci.

— C'est moi qui te remercie pour cette soirée. C'était…

Il se tut soudain. Un sourire mélancolique lui vint, puis il se redressa.

— Il nous faut descendre à présent. Ole va faire atteler la voiture.

Aksel fit même mieux que cela. Dans le hall, Brigit avait déposé un panier débordant de victuailles. Frédéric tenta de refuser, mais on ne lui laissa pas le choix, de même que pour le manteau.

— Chez moi, expliqua Aksel, un invité repart toujours avec les biens qu'il avait en arrivant.

Frédéric lui tendit la bourse restée dans l'une des poches. Aksel la refusa.

— Et ce qu'ils contiennent. C'est considéré comme le sommet de l'impolitesse d'agir autrement.

Frédéric le regarda, inquiet de cette générosité incompréhensible, puis, profitant du fait qu'ils étaient seuls, il vida en partie la bourse dans sa paume. À leur poids, à la sensation qu'elles lui procurèrent, il sut que les pièces étaient d'argent massif.

Alors, tandis qu'il se concentrait, le métal tiédit et fondit sous ses mains, devenant malléable. Avec soin, il façonna le symbole de l'amitié que l'on rencontrait à Samara : un bracelet pas complètement fermé, formé de deux tresses d'argent entrelacées. Il le modifia légèrement pour que chaque extrémité du bijou formât une main. Ainsi, les torsades s'élançaient des deux paumes et les reliaient, comme un pont tendu entre deux mondes. La ciselure était parfaite, d'une immense finesse. Le regard fasciné d'Aksel ne le quittait pas. Frédéric murmura :

— Avec mes deux mains, je te donne mon amitié et la lie avec ma loyauté.

La force des mots le toucha au cœur, comme s'il venait de sceller un pacte ancien, magique. Les yeux d'Aksel brillèrent. Il saisit le bracelet avec d'infinies précautions et l'enfila après un regard interrogateur, comme s'il doutait d'en avoir le droit.

Il étreignit Frédéric de toutes ses forces.

— J'espère te revoir bientôt, mon ami. Et nous nous écrirons, n'est-ce pas ?

Ils s'étaient échangé leurs adresses. Frédéric frôla le papier soigneusement rangé dans sa poche, aux lettres élégantes. « Pour Aksel, chez… » Le garçon n'avait pas voulu lui donner sa véritable adresse, préférant user d'un intermédiaire qui assurerait la liaison avec la Carélie pour lui épargner des frais. À pas lents, Frédéric rejoignit la voiture et grimpa sur le siège de velours. Sur le seuil, Aksel leva la main.

— Au revoir.

Chapitre I

Huit ans plus tard.

Métal devenu liquide, l'argent glissait, coulait, ondulait. Là où, quelques instants plus tôt, il n'y avait qu'une coupe lisse, un décor apparaissait. Des rosiers s'élançant du pied jusqu'au sommet, des paniers débordant de fruits, des fleurs variées, toutes écloses, dressées sur leurs tiges, une rivière bondissante qui ajoutait une touche de fraîcheur à l'ensemble… L'été prenait vie dans la froideur de l'argent, comme si l'essence même de la saison se trouvait emprisonnée dans le métal. Les nervures des feuilles, le moiré des fleurs, tout reflétait une infinie délicatesse qui charmait l'œil, et on aurait eu l'impression, en les effleurant, de briser un rêve.

Sous le regard admiratif du vieil orfèvre, Frédéric reposa la coupe sur l'établi, à côté de ses trois sœurs. Toutes étaient ciselées de la même façon, dans une richesse de détails qui attirait immanquablement l'attention. Les oiseaux vifs du printemps, les feuilles mélancoliques de l'automne et la neige éclatante de l'hiver semblaient sur le point de quitter leur enveloppe. L'illusion parfaite redessinait le réel avec une intensité presque douloureuse.

La main du garçon s'attarda sur sa création. Qu'une si grande beauté ne fût destinée qu'à recevoir les boissons d'un aristocrate quelconque le désolait. Il laissa la place à l'orfèvre qui, par acquit de conscience, dans l'automatisme conféré par une longue habitude, examina chacune des coupes.

Frédéric retint un haussement d'épaules. Aucun défaut ne les entachait. L'artisan reposa la dernière avec lenteur.

— Tu recevras ta commission lorsqu'elles seront vendues.

Ce qui ne tarderait pas.

— Merci, maître.

Sa voix conservait l'humilité de circonstance. Son don valait bien davantage que toutes les gratifications octroyées par l'orfèvre.

Frédéric suivit le vieil homme hors de l'atelier. Dans l'espace de vente, cuivre, bronze, or et argent se mêlaient en une beauté métallique. Aucun objet ciselé par ses mains ne se trouvait parmi les candélabres, les riches couverts ou les éléments d'horlogerie. L'artisan ne les montrait qu'à ses clients les plus aisés.

— Voilà pour la dernière commande.

Avec un sourire poli, Frédéric glissa les billets dans son portefeuille de cuir usé tandis que l'orfèvre poursuivait :

— Quel dommage que tu partes ! Tu sais faire parler le cœur des choses… Tu serais devenu un orfèvre remarquable. Ta décision est-elle définitive?

Son ton le surprit. Il y avait certes le regret de perdre le bénéfice lié à son don, mais s'y dévoilait aussi une touche plus douce, presque inquiète.

— J'irai à Cathédrale. Elle seule peut m'apporter ce que je désire…

— La gloire de t'élever au-dessus de ta condition ?

Toute trace de paternalisme avait disparu. Frédéric haussa les épaules.

— De l'argent. Et la preuve que je vaux autant que ces nobles qui s'estiment supérieurs seulement parce qu'ils sont nés dans leurs châteaux et que la boue n'éclabousse jamais leurs beaux pantalons.

Cela ne constituait qu'une partie de ses motivations, mais l'artisan n'avait pas besoin d'en savoir davantage.

— N'en es-tu pas déjà convaincu ?

— Moi, oui. Mais eux…

Un tintement aigrelet le fit taire. Un client entrait, ôtant son haut-de-forme, une élégante canne à pommeau sculpté à la main. Sans leur prêter attention, il se pencha sur les articles. Ravalant sa phrase, Frédéric salua son ancien maître d'un signe de tête.

— Prends soin de toi, glissa l'orfèvre. Tes dons d'étinceleur ne te protégeront pas de tout.

Frédéric le remercia puis laissa le battant se refermer derrière lui. L'air frais de la fin de l'été lui tira une quinte de toux ; il resserra les pans de sa veste. Il quitta la rue peu fréquentée, réservée aux chalands avertis, et atteignit les larges artères de Samara. Le martèlement des sabots contre le pavé le happa, bruit familier dans lequel se fondaient les cris des petits vendeurs de journaux.

— Agitation au palais royal, l'autorité de la reine remise en cause, demandez *Les Nouvelles de Samara* !

— Le duc du Belastan revendique l'indépendance de ses terres, exclusivité !

— Le duc de Carélie au palais, demandez les dernières nouvelles !

À peine les enfants eurent-ils posé au sol leurs paquets de quotidiens qu'ils furent assaillis par les passants. Frédéric s'y joignit, sacrifiant un peu de menue monnaie. Les retombées des querelles politiques le préoccupaient toujours et, maintenant qu'il entrait à Cathédrale, il devait suivre l'actualité. Des voix inquiètes s'élevaient autour de lui dans le craquement des feuilles déployées.

— Paraît que cette fois c'est pour de vrai !

— Tu y crois ? Qu'est-ce que ça leur apporterait ?

Frédéric parcourut rapidement les accroches. « Le duc du Belastan, partisan acharné de l'indépendance, quitte une audience dans un état de rage peu commun », « La reine Isaura bousculée par certains membres éminents de sa cour… »

Depuis des mois, certains duchés clamaient leur volonté d'autonomie ; pour d'autres, cela se comptait en décennies et participait plutôt des chicaneries habituelles entre les aristocrates et la souveraine. Jusqu'à présent, celle-ci était toujours parvenue à calmer l'impétuosité de ses plus grands vassaux. Mais ses derniers arbitrages en matière de politique sociale, dont certains étaient passés en force, avaient brisé le fragile équilibre et les rumeurs volaient dans les rues de la capitale. Frédéric pinça les lèvres. Tout cela ne lui disait rien qui vaille.

Le journal plié, il reprit sa route, descendant l'une des principales avenues commerçantes où s'alignaient de petites boutiques aux couleurs pimpantes. Un magasin de jouets retint son attention. Des trains en bois ornaient la vitrine, ainsi que des boîtes à musique, un joli cheval à bascule sellé et bridé, des marionnettes et des poupées au teint de porcelaine, vendues avec leur trousseau. Frédéric se livra à un rapide calcul. C'était déraisonnable. Pourtant, il poussa le battant de l'établissement d'une main ferme.

Allégé d'une partie de sa fortune, mais enrichi de deux paquets, Frédéric sauta dans l'omnibus. Assis au fond du véhicule, le front appuyé contre la vitre et bercé par le claquement régulier des sabots, il vit les hôtels particuliers céder le pas aux immeubles en brique.

L'hippomobile le laissa à l'orée du faubourg. Ici, la terre remplaçait les pavés et coulait en boue au milieu des rues. Voilant le soleil à intervalles réguliers, de longs rubans de fumée noire issus des usines proches s'enroulaient autour des plus hauts immeubles et libéraient une poussière grise. Elle couvrait les vitrines des rares magasins et prenait à la gorge. Des enfants désœuvrés, au visage et aux mains sales, jouaient autour d'une poupée de chiffon. Des quintes de toux sèche leur creusaient la poitrine. Si la reine Isaura III avait interdit le travail des moins de dix ans quelques années plus tôt, les écoles censées leur apporter une éducation tardaient à se mettre en place. Nombre d'entre eux perdaient leurs journées dans les caniveaux ou dans des trafics avant de rejoindre leurs aînés à l'usine.

Apercevant un groupe de jeunes gens, Frédéric fit un détour pour les éviter. Il ne tenait pas à se faire remarquer. Quand on avait su qu'il avait peut-être un don et qu'il recevait une instruction à part, on s'était écarté de lui, comme s'il n'était plus des leurs. Même son frère aîné avait eu du mal à l'accepter, bien qu'il se fût battu pour lui dans leur enfance. Mais Frédéric s'en était accommodé : il ne restait qu'un léger pincement au cœur lorsqu'il se demandait où était vraiment sa place. Entre son travail chez l'orfèvre, ses cours et la nécessité de décharger un peu ses parents en prenant soin de ses cadets, il n'avait de toute façon pas de temps à perdre avec des gens de son âge.

Retenant une quinte de toux, Frédéric s'engagea dans une ruelle, où la lumière du jour se brisait sur les façades noircies sans jamais atteindre le sol, et poussa la porte de son immeuble. L'étroitesse de la cage d'escalier ainsi que sa vétusté interdisaient les montées rapides ; dans sa hâte, Frédéric eut l'impression que l'ascension jusqu'au sixième étage, sous les toits, n'en finissait pas.

Enfin, il entra dans le minuscule appartement, le grincement du parquet couvert par le feu qui crépitait. Un sourire aux lèvres, il abandonna ses cadeaux sur la vieille table de bois, à côté d'un ouvrage de couture délaissé, puis il se faufila entre les chaises. Un bruit de voix montait de la chambre.

— *… et le prince le remercia pour l'exploit accompli. « Dessor… Désormais, s'exclama-t-il, j'aurai la joie de t'appeler mon ami. » Le pauvre garçon ne pouvait croire à son bonheur, mais il jura de le servir loye… loyalement. Ainsi naquit…*

— Non pas une profonde amitié comme on pourrait s'y attendre, mais une cruelle désillusion lorsque ce garçon se rendit compte que le prince ne respectait aucune de ses promesses…

— Frédéric !

Un livre défraîchi ouvert sur ses genoux, Louise le fixait avec une mine outrée. Frédéric glissa une main dans ses cheveux et l'embrassa sur le front.

— Je suis trop grande pour que tu fasses ça.

L'air offensé mais digne, sa sœur referma le livre de contes et Frédéric porta son attention sur le lit où reposait Étienne. Le feu de ses yeux et ses cheveux aussi noirs que ceux de son aîné accentuaient encore la pâleur de son visage. En douceur, Frédéric installa son frère sur ses genoux, étreignit le corps frêle, aux jambes inertes.

Blotti contre lui, Étienne murmura :

— Tu as mis du temps à revenir.

— Je suis désolé. Mais j'ai rapporté quelque chose pour me faire pardonner. Louise, si tu veux bien…

Sa sœur se précipita dans la pièce voisine. Une exclamation lui échappa lorsqu'elle aperçut les paquets. Étienne s'agita.

— Louise, reviens !

Ce qu'elle fit aussitôt, rayonnante. Frédéric répartit les cadeaux. Sa sœur défit le beau papier, s'efforçant à la lenteur, mais ses mains tremblaient d'excitation. Elle se figea en découvrant plusieurs petits visages, puis acheva de les dégager. Les figurines de porcelaine s'alignèrent bientôt au pied du lit. Dames en tenue de promenade ou de soirée, jeunes hommes élégants, personnages historiques ou de contes, Frédéric en avait pris un assortiment. Elles remplaceraient avantageusement celles qu'il avait façonnées avec des morceaux de métal ramassés à droite et à gauche, et l'imagination de sa sœur s'en donnerait à cœur joie. Sans sa volonté de s'entraîner à la lecture, elle aurait depuis longtemps abandonné le petit livre de contes pour créer ses propres histoires. Elle s'en sortait bien pour quelqu'un qui n'avait pas eu, comme lui, la chance de suivre les cours d'un précepteur public chargé de former les enfants dont le potentiel intéressait la Couronne.

— Oh, Frédéric, il ne fallait pas !

Elle le serra contre elle. Il lui caressa les cheveux sans répondre. Sur ses genoux, Étienne bataillait avec le papier. Il dévoila une boîte à musique automate et l'enclencha aussitôt. Au rythme de la mélodie, un petit garçon commença à escalader une échelle de bois. En haut se trouvaient un croissant de lune et quelques étoiles. Son ascension terminée, l'enfant arpenta l'espace entre les astres avant de s'asseoir au creux de la lune, ses jambes battant la mesure dans le vide.

Dès que les dernières notes se furent évaporées et que le garçon eut redescendu son échelle, Étienne relança le mécanisme. Puis, sans un mot, il se tourna vers Frédéric, qui comprit sa demande. Ses mains effleurèrent le personnage.

Celui-ci sembla fondre et se divisa en trois. Un garçon assez grand prit la première place, guidant les deux autres. Seules les jambes de l'aîné touchaient les barreaux de l'échelle afin de ne pas perturber le mécanisme. Frédéric les regarda s'asseoir sur la lune, une étrange émotion au creux du ventre.

— Quand tu seras parti, murmura Étienne, je la ferai marcher tous les jours. Ce sera comme si tu étais encore là.

Frédéric l'étreignit avec force lorsqu'il enfouit son visage dans sa chemise.

— Je reviendrai, ne t'inquiète pas. Et quand j'aurai fini là-bas, on déménagera, tu iras mieux, Louise aura le choix de ce qu'elle veut faire, et papa et maman passeront plus de temps avec nous. Ça en vaut la peine, tu ne trouves pas ?

Au fond, c'était cela qui comptait vraiment. Il avait l'occasion de leur offrir une autre vie, plus florissante encore que celle qu'il aurait eue en tant qu'artisan, et il ne comptait pas la laisser passer. Rien que la bourse de l'école compenserait largement son absence. Sa sœur vint s'asseoir contre lui, appuya sa tête contre son épaule, et il glissa un bras autour d'elle. Il refusait qu'elle passe sa vie à s'user les yeux sur des ouvrages de couture – si elle continuait dans ce domaine, ce serait par choix et dans des conditions décentes. Elle disait parfois qu'elle voulait écrire, des feuilletons comme dans les journaux ou des romans semblables aux ouvrages reliés qui ornaient les vitrines des librairies. *Elle décidera.*

— Tu n'es pas obligé, murmura-t-elle. Je sais que tu ne les aimes pas. Et qu'ils ne nous aiment pas.

Un sourire tordit les lèvres de Frédéric.

— Justement. Je leur prouverai que je vaux mieux qu'eux. Et pour vous, je vaincrai le monde entier.

Après le dîner, ils ne tardèrent pas à se coucher. Leur mère rentrait fatiguée de son atelier de couture et l'usine ménageait encore moins leur père. Frédéric s'occupa de son frère.

Ils dormaient dans la même pièce exiguë, saturée par le lit d'Étienne, le matelas que Frédéric partageait avec Louise et leur petite commode. Tous trois vivaient cependant moins à l'étroit depuis que Véran avait fondé son propre foyer. Ses cadets le seraient encore moins après son propre départ.

La voix d'Étienne rompit le silence.

— Frédéric ? Tu peux nous raconter une histoire ?

— Je n'en connais pas d'autres que celles de Louise.

Sa sœur tira sur la manche de sa chemise pour qu'il se tourne vers elle ; malgré la pénombre, Frédéric perçut son sourire espiègle.

— Et ton histoire à toi, alors ?

Il sourit. C'était vrai qu'aucun d'eux ne mesurait à quel point leur vie allait se transformer. S'il ne déméritait pas. Non, il y arriverait, il ne laisserait pas le résultat d'années d'effort lui échapper. Il en avait tellement rêvé, traçant dans sa tête des plans pour l'avenir – la maison qu'il acquerrait, sèche, lumineuse grâce à ses grandes fenêtres, aux murs clairs, sans poussière ni fumée, fraîche l'été et chaude l'hiver, avec un jardin où leurs parents se reposeraient et où Étienne verrait enfin le jour tout en profitant de l'air pur des beaux quartiers ; ils ne manqueraient de rien, n'endureraient plus jamais la faim et…

La voix enthousiaste d'Étienne l'arracha à ses songes :

— Oui, parle-nous de Cathédrale !

Il connaissait pourtant l'histoire par cœur, comme tout habitant des Neuf-Duchés. Mais, ce soir-là, Frédéric se trouvait incapable de refuser quoi que ce soit à son frère et sa sœur.

— Ce n'est pas vraiment une école, ou alors une école bien particulière…

Le soupir d'aise d'Étienne ne lui échappa pas, de même que le léger bruissement de sa couverture, signe qu'il se calait confortablement contre son oreiller. Louise appuya sa tête sur son bras.

— Il y a trois cents ans, les Neuf-Duchés n'existaient pas et les ducs s'affrontaient sans répit en une guerre sanglante. Chaque jour voyait les alliances nouées la veille se briser. On dit de cette époque qu'au lever du soleil la ligne d'horizon se parait d'argent, couleur des larmes versées et de l'éclat des lames. Les pays frontaliers attendaient le moment propice pour nous attaquer. Une fois les duchés ruinés, il leur aurait été aisé de nous envahir. Mais leur impatience les perdit. Le royaume de Celse, croyant la victoire certaine, avança ses troupes. Où le places-tu, Étienne ?

— À gauche de chez nous sur la carte.

— À l'ouest, oui. Au lieu du triomphe facile qu'il escomptait, le souverain dut faire face à l'alliance des ducs, que la menace nouvelle avait soudés, et il fut vaincu. La vanité de leur conflit leur apparut alors. Aussi décidèrent-ils que jamais plus les Neuf-Duchés n'affronteraient une telle tourmente. Pour ce faire, ils élevèrent à la dignité royale une famille dont descend notre souveraine et choisirent Samara comme capitale. Mais ils ne s'en tinrent pas là…

— Cathédrale, murmura Louise.

— Oui. Ils créèrent une université où leurs héritiers construiraient l'unité des Neuf-Duchés. Ils établirent aussi que des enfants d'autres milieux seraient acceptés : ils rejoindraient l'élite et serviraient leur pays au mieux. Tel était le rêve des ducs à l'issue du conflit ; tel est le rêve qu'ils réalisèrent en bâtissant Cathédrale.

Naturellement, l'idéal des fondateurs était mort avec eux. L'élitisme de Cathédrale n'avait fait que s'accentuer au point que, même pour les actuelles familles régnantes, une place là-bas était un honneur. L'écolâtre acceptait toujours les enfants issus de milieux bourgeois et populaires, à la condition qu'ils disposassent de talents particuliers ou que la fortune de leurs parents le justifiât. Frédéric lui-même devait son admission à son don d'étinceleur, l'une des dernières traces des pouvoirs qui avaient autrefois parcouru le monde. Il ne voyait pas très bien comment l'établissement l'utiliserait, mais il était accepté : c'était l'essentiel.

— Ils l'ont construite avec des magiciens comme toi, souffla Étienne.

Si seulement !

— Ils étaient bien plus puissants que moi. On dit que leur magie habite encore les murs de Cathédrale.

Il ignorait ce qu'il en était, mais il ne tarderait pas à le découvrir. Sa sœur lui sourit.

— Tu seras le meilleur.

Étienne tâtonnait sous son oreiller. Frédéric pinça les lèvres tandis que son frère reprenait :

— Il sera peut-être là-bas…

De sa main dépassait le symbole en argent reçu alors que Frédéric avait le même âge que lui. Le visage d'Aksel s'était estompé avec les années, mais les émotions de ce soir-là restaient bien vivantes, accompagnées d'une phrase qui sonnait comme un serment. Des souvenirs qui ne signifiaient rien. Aksel n'avait jamais écrit, jamais répondu aux lettres qu'il avait envoyées, jamais donné signe de vie. Frédéric avait attendu des mois avant de se raisonner. En fin de compte, le garçon, comme tous ses semblables, n'avait fait que se jouer de lui. Cela n'avait pas surpris outre mesure ses parents qui l'avaient averti de cette issue. Il avait refusé de les écouter alors, leur répétant qu'Aksel n'était pas « comme ça ». Douce naïveté de l'enfance. Il avait retenu et compris la leçon.

— Les princes et les nobles ne tiennent jamais leurs promesses. Peut-être qu'il y sera, mais je ne veux pas avoir affaire à lui.

— Mais…

— Bonne nuit, petit frère.

Bras tendu, Frédéric lui ébouriffa les cheveux avec tendresse puis enclencha la boîte à musique. Les notes les enveloppèrent tandis que les figurines de Louise les veillaient du haut de la commode. Étienne se rallongea, la main serrée sur le bijou.

Ce ne fut qu'un long moment plus tard que Frédéric se rendit compte que seule la respiration de son frère était régulière. Il n'émit aucune remarque, se retournant simplement pour chercher un sommeil dont il savait qu'il le fuirait.

Chapitre II

Les voitures armoriées s'alignaient dans la cour d'honneur de Cathédrale. Dans un ballet rodé et policé, des valets en descendaient les lourdes malles des élèves tandis que ceux-ci rejoignaient leurs camarades, suivis par leurs parents au pas plus mesuré. Un éclat de rire jaillit. Debout devant le portail en fer forgé, sa valise à la main, Frédéric contemplait cette agitation mondaine avec la désagréable impression d'être le seul étranger convié à une fête. Il s'y attendait certes, mais le gouffre se révélait bien plus profond qu'il ne l'imaginait.

Cathédrale se dressait devant lui, immense et majestueuse, dominant de sa masse la cour pavée. Le « C » majuscule que formait l'école s'ouvrait vers son parc et ne présentait, de ce côté, que son dos. De multiples sculptures ornaient la façade entre les hautes croisées. L'université rivalisait avec l'opulence et la magnificence du palais royal, érigé par les mêmes magiciens.

Un fracas de sabots retentit. Frédéric bondit sur la gauche, évitant de justesse un fiacre qui reprenait le chemin de la ville. Il contourna une grande fontaine dont les jets transformaient les rayons du soleil en arcs-en-ciel, le cœur battant la chamade et la bouche soudain sèche, résistant à l'envie brutale de s'enfuir. Dès qu'il eut franchi la terrasse de marbre blanc et pénétré dans le hall, son malaise s'estompa. Une douce chaleur se répandit dans sa poitrine, comme si l'école lui souhaitait la bienvenue.

Du marbre vert et blanc, dont chaque dalle s'ornait d'un liseré doré, couvrait le sol et formait des colonnes. De hautes niches abritaient des statues de personnalités que Frédéric n'identifia pas. Sans doute s'agissait-il de figures célèbres de l'université. Il en admira la réalisation extrêmement fine, si parfaite qu'il se demanda si la magie avait participé à leur création. Au fond, un escalier monumental élevait ses deux volées de marches vers les étages. Pourtant, malgré son faste, le lieu ne se révélait ni prétentieux ni étouffant, comme il l'avait pensé, mais étrangement accueillant.

Dans le froufrou soyeux des robes et le bruissement d'une conversation élégante, un couple franchissait une nouvelle porte. Frédéric décida de le suivre. Il entra dans l'amphithéâtre où aurait lieu le traditionnel discours de bienvenue. Il s'assit dans l'un des profonds fauteuils de velours à l'instant où l'équipe enseignante montait sur l'estrade, en contrebas. De sa place, il avait vue sur toute l'assemblée.

Le directeur, le comte de Lanark, s'avança. C'était un homme dans la force de l'âge, dont les cheveux commençaient à grisonner, mais qui n'avait rien perdu de sa superbe. Frédéric l'aurait davantage imaginé en train de commander une armée sur le champ de bataille plutôt qu'un troupeau d'élèves. Mais, au fond, il fallait peut-être bien quelqu'un de cette trempe pour administrer l'école.

Sa voix forte résonna dans tout l'amphithéâtre. Un pur numéro de diplomatie, à l'entendre adresser ses compliments aux ducs présents tout en mettant en exergue l'excellence de l'établissement. Discours subtil, qui rappelait à tous qu'ils n'avaient pas choisi d'inscrire leurs enfants à Cathédrale, mais que Cathédrale les avait acceptés. La couleuvre s'accompagnait d'une écœurante quantité de miel. Frédéric se lassa bientôt de l'exercice pour parcourir du regard ses futurs condisciples, tous vêtus de l'étroit pantalon blanc et de la jaquette vert foncé ornée du sceau de Cathédrale.

Les étudiantes restaient plus difficiles à identifier : l'école ne leur imposait d'autre contrainte que la sobriété et l'élégance de leur tenue, même si de nombreuses touches de vert se remarquaient ici et là.

Un rire étouffé le tira de son examen. Sur sa droite, avachis dans leurs sièges, quatre élèves discutaient. La richesse de leurs uniformes indiquait leur milieu d'origine.

Leurs regards se croisèrent. Frédéric serra les dents devant le mépris qu'il y lut, mais il se contenta de répondre par un haussement d'épaules dédaigneux. L'un d'eux se décala dans sa direction. Sous des boucles châtain, il possédait un menton et un nez pointus, l'allure dégingandée d'un adolescent trop vite grandi, que la morgue et l'assurance inscrites sur ses traits ne dissimulaient pas totalement.

— Excuse-moi, commença-t-il, mais mes amis et moi-même nous posions une question. Chez quel tailleur es-tu allé ? Ton uniforme est d'une élégance… toute particulière.

Le rouge monta aux joues de Frédéric.

— Sûrement là où tu n'iras jamais, répondit-il fièrement. Maintenant, laisse-moi. Le discours du directeur est passionnant. Je crois qu'il vient de parler de « politesse » et de « courtoisie ». N'aurais-tu pas manqué quelques cours ?

Un éclair de rage traversa les prunelles noisettes de son vis-à-vis.

— Je réserve la politesse à ceux qui la méritent. Lanark est trop bon de sortir les gens comme toi de la fange où ils sont nés. Ta mère ne t'a donc pas appris qu'on vouvoie ses supérieurs ?

— Au contraire. Je les vouvoie toujours.

L'un des amis du garçon, dont les cheveux bruns étaient coiffés avec le plus grand soin, lui posa une main sur le bras.

— Laissez, Élysée, il n'en vaut pas la peine.

Frédéric resta très droit contre le dossier de son fauteuil. Son cœur battait encore à vive allure, mais de rage cette fois. Hors de question cependant de manifester ses sentiments. Son heure viendrait plus tard. Il ne ferait pas défaut à sa famille.

Un mot du directeur retint son attention. Il abordait l'histoire de l'école – et sa légende.

— Au moment de sa fondation, les magiciens auraient dissimulé un artefact en son sein, dont les pouvoirs donneraient autorité sur l'établissement à son détenteur. Le Cœur de Cathédrale, qui reviendrait à l'étudiant le plus digne, le plus méritant. Dans les premières décennies, nombreux furent ceux qui le cherchèrent, même parmi les professeurs. Nul ne le trouva, et la légende naquit. Beaucoup interprétèrent alors la mention de cet artefact comme une allégorie. Posséderait le Cœur de Cathédrale celui qui suivrait au mieux ses enseignements. Une compétition entre les élèves a ainsi vu le jour, visant à élire chaque année le meilleur d'entre eux en fonction des prix remportés dans les différentes matières ; elle a trouvé son vainqueur l'an dernier et reprendra cette année. Nous avons à cœur…

Frédéric sourit. Excellence, compétition – en un mot, affrontement. Voilà qui s'annonçait prometteur.

Achevant son discours, l'écolâtre invita les parents à rejoindre les salons de réception et le parc où un buffet avait été dressé.

— Les élèves de première année, veuillez rester ici ; les étudiants de deuxième année qui ont été nommés parrains et marraines vont venir à votre rencontre. Ils ont pour mission de vous accompagner tout au long de cette année pour faciliter votre intégration. Je rappelle qu'il ne s'agit pas d'un engagement à prendre à la légère.

Sa voix se fit sévère.

— Les parrains et marraines sont responsables de leurs filleuls devant l'administration. Pour l'heure, ils vont vous présenter l'université et vous aider à vous familiariser avec elle. Certaines de ses particularités s'avèrent déroutantes au premier abord, mais n'ayez crainte, nous n'avons encore égaré personne pour de bon. Quoique…

Des rires polis s'élevèrent. L'amphithéâtre se vida peu à peu dans le brouhaha des conversations. Ne s'attardèrent bientôt plus qu'environ quatre-vingts étudiants, jeunes filles et jeunes gens confondus. Les premières demeuraient entre elles, les mains croisées sur leurs genoux, et évitaient tout regard en direction de leurs condisciples. Les garçons n'étaient pas en reste. Debout, ils arboraient un air infatué dans leurs uniformes rutilants. Tout cela ressemblait à une scène de théâtre où chacun tenait son rôle. Bientôt, ils commencèrent à sortir deux par deux.

Au bout de quelques minutes, il ne resta plus grand monde en dehors des voisins disgracieux de Frédéric, qui s'attardaient au pied de l'estrade en compagnie d'un garçon qui lui tournait le dos.

Son parrain se trouvait-il parmi les quatre importuns ? Faisait-il exprès de l'ignorer ? Pourvu qu'il soit un étinceleur lui aussi ! Enfin, le petit groupe se sépara à son tour. L'étudiant qui s'y était ajouté parcourut la salle des yeux, puis son regard se posa sur lui et sa figure s'éclaira.

Il monta rapidement la pente de l'amphithéâtre. Ses épais cheveux blond foncé encadraient son visage aux traits fins et à la peau très blanche. Son uniforme, coupé sur mesure, soulignait sa taille mince, plus équilibrée que la maigreur de Frédéric ; en plus du sceau de l'école sur sa poitrine, sa manche droite s'ornait de deux chaînettes attachées à l'épaule, mettant en évidence son statut d'élève de deuxième année. Ses yeux gris-bleu croisèrent ceux de Frédéric. Un frisson désagréable courut le long de son dos ;

il dut prendre sur lui pour ne pas reculer. L'autre lui souriait avec amabilité.

— Veuillez me pardonner d'avoir tant tardé. Vous êtes Frédéric Naudin, n'est-ce pas ?

Il parlait avec un léger accent du Nord. Frédéric hocha la tête.

— On m'a dressé un portrait de vous horriblement flatteur, poursuivit l'étudiant, avec un vague geste en direction de ses camarades.

— Flatteur ? Je tendrais à penser que nos premiers rapports ne se sont pas révélés très chaleureux.

Un rire secoua le garçon blond.

— Justement. Quiconque leur semble infréquentable mérite de figurer dans mes relations. Je m'appelle Lionel ; je suis votre parrain. Bienvenue à Cathédrale !

Ils se serrèrent la main. De nouveau, la gêne envahit Frédéric. Lionel parut ne pas s'en rendre compte ou, du moins, s'abstint de toute remarque. Quelque chose en lui fascinait Frédéric tout en provoquant aussitôt un sentiment de répulsion incontrôlable.

Lionel l'entraîna à sa suite. Des silhouettes se profilaient de l'autre côté des portes-fenêtres donnant sur le parc.

— La rentrée de Cathédrale est le dernier événement de la saison. Nous allons prendre par l'extérieur. C'est le plus court chemin pour rejoindre notre bâtiment sans traverser les salles de classe. À moins que vous ne teniez absolument à les voir ?

Il pouvait s'en dispenser. La terrasse de marbre blanc se dessinait en miroir de celle de la cour d'honneur. Des tables et des chaises délicatement forgées y avaient été disposées, tournées vers l'imposante pièce d'eau du parc dont la surface frémissait sous la brise. De part et d'autre s'étendaient les deux branches du « C », qui s'achevaient chacune par une tour. Lionel le mena vers la droite. Ils peinèrent à traverser la foule ; le tournoiement des robes comme des chapeaux ornés de plumes ou de bouquets de fleurs éblouissait Frédéric, et les lourds parfums auxquels il n'était pas habitué l'assaillaient. Tout le monde saluait son parrain. Celui-ci répondait gentiment à chacun mais ne s'attardait pas. Mal à l'aise, Frédéric suivait sans mot dire, soulagé qu'on ne lui prêtât aucune attention.

Lionel s'arrêta cependant devant une jeune femme dont l'opulente chevelure était relevée en un chignon sophistiqué. Le garçon debout à côté d'elle lui ressemblait tant qu'il devait être son frère. Tous deux possédaient les mêmes cheveux noirs épais, la même peau mate, la même allure hautaine. Le jeune homme les toisa de son regard sombre, mais il se recula sur un signe de sa sœur et se fondit dans la foule. Le port semblable à celui d'une reine, l'étudiante sourit tandis que Lionel s'inclinait galamment devant elle. Elle se tenait comme en terrain conquis.

— Vous revoir est une joie, mademoiselle.

Une moue joueuse plissa ses lèvres.

— De même que votre hâte à me saluer. Ne craignez-vous pas de ternir la suite de votre journée ?

— J'ai déjà souffert votre absence au cours de l'été ; il m'était impossible d'attendre plus longtemps.

— Je n'ose imaginer votre affliction l'année prochaine.

Frédéric pinça les lèvres. Lionel semblait l'avoir complètement oublié pour badiner, et l'étinceleur gardait le sentiment que la moitié de la conversation lui échappait. Son parrain offrit un air chagrin à son interlocutrice.

— Votre départ me plongera dans un gouffre de désespoir.

— Ce serait charmant si vous étiez sincère. Mais nous rendrons cette dernière année exceptionnelle, n'est-ce pas ? Vous vous en voudriez de me laisser un souvenir décevant.

— Je ne faillirai pas. De grâce, faites-en de même, avant que l'insipidité de mes condisciples ne me rattrape.

Frédéric haussa un sourcil tandis qu'un pli dédaigneux glissait sur les lèvres de l'étudiante avant de s'épanouir en un sourire.

— Naturellement.

Sur un salut, Lionel s'éloigna. Frédéric jeta un coup d'œil par-dessus son épaule.

— Qui est-ce ?

— Jovianna Lamarcchia.

La fille aînée du duc d'Eindovia – dont les relations avec les duchés du Nord n'étaient guère au beau fixe. Le garçon qui l'accompagnait devait donc être Orfeo, l'héritier. Si Frédéric avait bien suivi l'actualité, les Lamarcchia partageaient les idées indépendantistes du Belastan, alors que la Carélie et ses alliés restaient attachés à la souveraine.

— Après des siècles de haine mutuelle et les querelles récentes, vos duchés tenteraient-ils un autre chemin ?

Lionel afficha un sourire désabusé.

— Nous en sommes bien loin, malheureusement. Il ne s'agit que de préserver le minimum de civilité qui nous évite de sortir les armes chaque fois que nous nous croisons. Je ne vous conseille pas d'avoir affaire à elle. Venez, nous arrivons.

Ils pénétrèrent dans un hall petit mais luxueux.

— Il aurait été plus rapide de passer par l'intérieur, s'excusa Lionel. Ici, nous nous tenons dans l'entrée de la résidence. Nous parlons de pensionnat pour les demoiselles, en face, mais l'agencement et le principe sont les mêmes. À droite, il y a le réfectoire où sont servis tous les repas ; nous sommes tenus de nous y rendre, sauf cas particulier, comme ce soir.

Frédéric marqua sa surprise.

— Ce soir ?

— J'ignore si vos proches vous ont accompagné, mais, pour la première soirée, les élèves ont la permission de dîner en ville avec eux.

Les siens n'habitaient pas si loin. Cependant, la séparation le matin même s'était révélée difficile ; elle le serait certainement encore plus à présent.

— Ils n'ont pas pu se libérer, finit-il par dire.

— Je regrette. Les miens considèrent ma présence comme indispensable. Je vous prie de m'excuser ; j'aurais préféré passer cette soirée avec vous, mais nous aurons l'occasion de partager d'autres repas !

Frédéric approuva d'un signe de tête, s'interrogeant sur l'identité précise des parents de son parrain. Lionel enchaînait déjà sur les salons à leur disposition. Il parlait de toutes ces pièces comme d'une évidence. Frédéric brûlait d'envie de les découvrir, mais il aurait le temps une fois seul. Le plus important d'abord.

— Les dortoirs sont dans les étages ?

— Nous n'employons pas ce terme ici.

Un sourire malicieux aux lèvres, Lionel le conduisit vers un escalier de chêne. Un tapis rouge étouffait le bruit de leurs pas. Son parrain s'effaça pour le laisser atteindre le palier en premier. Frédéric se figea.

Il n'y avait plus de palier.

Seulement un ensemble de couloirs qui s'étendaient dans toutes les directions, sur lesquels s'ouvraient une multitude de portes. Les poignées cuivrées se détachaient sur le bois, toutes semblables, comme si le même reflet se répercutait à l'infini dans un jeu de miroirs invisible. Une étrange lueur dorée baignait les lieux. Un vertige s'empara de Frédéric et il vacilla, cherchant l'appui de la rampe. Lionel le soutint.

— C'est perturbant la première fois.

Frédéric s'écarta.

— Laquelle est pour moi ?

— Celle que vous voudrez. Celle qui vous acceptera. Nous sommes à Cathédrale, les choses ne fonctionnent pas comme ailleurs.

— J'avais cru remarquer.

À l'invitation de Lionel, Frédéric s'approcha de la première porte. La poignée refusa de tourner. Haussant les épaules, il alla plus loin, effectua une nouvelle tentative.

L'idée d'une mauvaise plaisanterie lui effleura l'esprit, mais Lionel n'aurait pu créer une telle illusion. Celui-ci le suivait comme son ombre, dans l'expectative.

Enfin, l'une des poignées se réchauffa sous ses doigts et la tiédeur qu'il avait sentie en arrivant se répandit dans sa poitrine. Avec un tressaillement, Frédéric s'immobilisa sur le seuil. Ce ne pouvait être sa chambre. Ou Cathédrale se jouait autant de lui que les autres élèves. La pièce était chaleureuse, mais elle trahissait par trop ses origines. Le mobilier simple lui rappelait l'appartement de ses parents, en plus travaillé cependant. Des éléments d'orfèvrerie évoquaient son don de ciseleur. Il aurait rêvé de posséder cette chambre chez lui, avec son épais tapis où il aurait pu s'étendre avec Étienne, sa cheminée, ses étagères de bois chaud pour les livres et les jeux qu'il n'avait jamais pu acheter.

C'était celle qu'il créait dans sa tête.

Ce n'était pas celle qu'il lui fallait ici.

Lionel s'était faufilé derrière lui et la détaillait avec intérêt.

— Je suis obligé de prendre celle-là ?

Son ton sombre surprit l'étudiant.

— Non, bien sûr. Cathédrale vous fait des propositions, c'est à vous de les accepter ou de les refuser. Ne vous plaît-elle pas ?

— Pas du tout.

— Alors, essayez plus loin.

Il semblait désappointé. Sans un mot, Frédéric ferma la porte et poursuivit son chemin, dessinant dans sa tête une chambre plus convenable. Les pièces suivantes se révélèrent décevantes.

— Celle-là !

Plus grande que la première, elle s'avérait aussi bien plus luxueuse, certainement à l'image des autres appartements.

— Elle me paraît plus impersonnelle, commenta Lionel, confirmant ses pensées.

Il passa les doigts sur le bureau d'acajou, frôla un candélabre d'argent, l'air songeur.

— Vous appréciez ces ornements, n'est-ce pas ?

Frédéric hocha la tête et s'approcha des hautes fenêtres. Il avait vue sur le parc. Sa chambre se situait au troisième étage, le plus élevé, mais il ne se rappelait pas avoir monté d'autres escaliers que les premiers. Étrange pouvoir que celui-ci, qui distordait ainsi l'espace, le pliait à sa guise… Lionel se tourna vers lui.

— Vous n'éprouverez aucune difficulté à retrouver votre chambre, Cathédrale vous y conduira. Je vous préviens que les portes ne ferment pas à clef selon la volonté de l'administration ; cependant, elles restent des espaces personnels. Je suis votre parrain. Si vous rencontrez le moindre problème, si une question vous vient, je suis votre principal interlocuteur. N'hésitez surtout pas à me solliciter, je serai ravi de vous aider. Comme l'a dit le directeur, les parrainages ne sont pas qu'une façade : ils ont pour vocation de créer des liens durables. Tous nos condisciples ne sont pas des plus bienveillants, vous l'avez vu, et il est de ma responsabilité de vous… protéger. Si vous avez besoin de me trouver, demandez à l'école et faites-lui confiance, elle comprendra.

— Je suis capable de me défendre seul.

— Je n'en doute pas. Mais ils sont plus retors que vous ne l'imaginez. À ce propos, tout le monde partage les mêmes enseignements ; je vous conseille simplement de prêter une grande attention au cours d'étiquette.

Frédéric le foudroya du regard. Lionel leva la main, apaisant.

— Il ne m'importe guère que votre père soit duc ou ouvrier. Seulement… les apparences ici revêtent un rôle primordial ; étant donné votre choix, vous en êtes conscient. Alors, il faut appliquer les règles. L'autre solution consisterait à oublier ces considérations et à tracer votre propre voie. « Cathédrale est ce que vous en faites » : peut-être avez-vous déjà entendu ce proverbe. C'est à vous de décider ce que vous apporterez à l'école.

— Pour quelle apparence avez-vous opté ? coupa Frédéric.

Le regard gris-bleu se voila une seconde, puis le sourire revint sur les lèvres de Lionel.

— C'est une bonne question. Vos affaires vont arriver ; je vous laisse vous installer.

Il se dirigea vers la porte, marqua une halte brutale sur le seuil.

— J'espère que nous pourrons être amis, fit-il à voix basse.

Il tira le battant derrière lui, abandonnant Frédéric à ses interrogations.

Chapitre III

« … caché dans l'école et personne ne l'a jamais découvert ! C'est un beau conte, n'est-ce pas ? »

Le poignet douloureux, Frédéric reposa la lettre destinée à Étienne. Pour Louise, il s'était attardé sur les lieux, tandis qu'il se concentrait sur la magie pour son frère. Aux deux, il avait raconté l'histoire du Cœur. Cela leur plairait.

La gorge nouée, il plia les feuilles. À cette heure-ci, Louise finissait son ouvrage. Lui-même aurait dû être sur le point de rentrer. Sa sœur lui avait assuré que tout se passerait bien – ce dont il ne doutait pas –, mais ne pas être là pour la première fois depuis des années lui laissait un creux dans le ventre. Du regard, il balaya la chambre, l'étoffe épaisse et richement brodée du couvre-lit, les belles étagères sur lesquelles ses rares livres ne prenaient pas de place. D'un coup, elle lui parut trop grande et trop vide, à la limite du supportable. Rarement il s'était senti aussi seul. Avait-il fait le bon choix en venant ? Oui, décida-t-il. Il n'avait pas le droit de trahir sa famille.

Peut-être aurait-il dû profiter de la soirée hors de l'école. Mais s'il cédait dès le premier jour, qu'en serait-il dans les prochaines semaines ? Un soupir lui échappa tandis qu'une chaleur réconfortante et bienveillante naissait en lui, dissipait sa nostalgie. La magie de Cathédrale, s'il en croyait Lionel.

Les ombres s'étiraient autour de lui. Il était temps d'aller dîner. Il descendit les trois volées de marches, précédé d'autres élèves dont les voix se répercutaient de palier en palier. La porte de la salle à manger se refermait lorsque Frédéric atteignit le hall et il la rattrapa au vol. Il cligna des paupières tandis que les senteurs relevées des plats l'assaillaient. La lumière rouge du couchant allumait des incendies sur l'argent des couvercles et des couverts, se réverbérait sur le cristal des verres avant de se briser en éclats de couleur sur le blanc des nappes. Une dizaine d'élèves, au plus, occupaient les tables.

Tournant le dos aux fenêtres, Frédéric s'installa. Aussitôt, un valet chargé d'une soupière s'avança. La cuillère en argent pesait lourd. Frappée au chiffre de Cathédrale, elle allait de pair avec la porcelaine des assiettes, dont le bord doré était parcouru d'entrelacs verts. Dernier servi, il termina en premier.

Des domestiques apportèrent le plat principal. La riche odeur de la viande, à laquelle se joignait un parfum plus sucré, fit saliver Frédéric et il attaqua avec entrain sa part. La sauce au miel s'accordait à la perfection avec la chair tendre.

— Tu ne devrais pas avaler si vite, tu sais, ce chevreuil n'est plus en état de fuir.

Frédéric sursauta. Un garçon assis à une autre table s'était levé et le regardait avec un sourire. L'éclat joyeux de ses yeux bleus atténuait sa carrure massive. Son uniforme, pourtant de bonne coupe, ne présentait pas la même richesse que d'autres.

— Clément Halévy, je suis en deuxième année, fit-il en s'asseyant. Déjà abandonné par ton parrain ? Alors, quand je disais que tu ne devais pas manger aussi vite, je ne voulais pas dire que tu devais arrêter de te nourrir.

Frédéric se rendit compte qu'il tenait encore sa fourchette en l'air. Il avala sa bouchée avant de se présenter. Il revint ensuite à son parrain.

— Il dîne avec ses parents. Il s'appelle Lionel.

— Andersen ?

— Je ne sais pas, il ne m'a pas…

Frédéric se tut. Andersen. L'ambassadeur extraordinaire de la reine, le duc de Carélie… Et son fils unique se prénommait Lionel. Comme pour Jovianna Lamarcchia, c'était étrange de voir s'incarner un nom qu'il lisait d'ordinaire dans les journaux, lui rappelant à quel point il avait basculé dans un autre monde. Le nom du duché convoquait d'autres souvenirs. Clément ou Lionel pourraient le renseigner sur la présence d'Aksel au sein de l'école, mais il ne tenait pas à en parler tout de suite.

— J'imagine qu'il n'y en a pas deux en deuxième année.

— Non, en effet. Mais les parrainages servent essentiellement à renforcer les alliances entre familles et duchés. D'ordinaire, les types de son rang n'écopent jamais de filleuls qui ne viennent pas de la noblesse. Même lorsqu'il s'agit d'étinceleurs.

La fourchette de Frédéric tinta contre son assiette lorsqu'il manqua de la lâcher. Il jeta un regard sur le côté. Les étudiants poursuivaient leur conversation. Soulagé, il leva les yeux vers Clément qui reprit avec un clin d'œil :

— J'en suis un également.

Frédéric le considéra d'un regard nouveau, se demandant quel était son talent. Cependant, ce n'était pas une question que l'on posait ouvertement et il n'avait pas l'habitude d'aborder le sujet de cette façon.

— J'étais surpris de ne pas avoir d'étinceleur comme filleul, mais Andersen a dû magouiller. On n'est pas nombreux et nos pouvoirs intéressent les nobles. Ils cherchent à nous acheter, Andersen leur a coupé l'herbe sous le pied. À ta place, je me méfierais.

Frédéric s'efforça de digérer ses paroles.

— Il m'a paru plutôt gentil, pointa-t-il d'un ton innocent.

Clément n'avait pas besoin de tels encouragements.

— Ils en ont tous l'air. Dame ! Son filleul légitime doit être vert de rage. Sans même parler du duc qui a dû se retrouver devant le fait accompli aujourd'hui… J'aurais donné cher pour assister à la discussion ! L'école n'a pas dû mettre trop longtemps à accepter : ils ne perdent pas une occasion de rappeler aux ducs qu'ils sont les maîtres ici.

Frédéric s'attendait à beaucoup de choses, mais de là à deviner qu'il serait utilisé et manipulé avant même son arrivée, pris dans des jeux de pouvoir dont il n'avait pas la moindre idée…

— Andersen fait partie des pires, conclut Clément.

Sous la table, la main de Frédéric s'était crispée sur sa serviette. La blancheur vive des nappes et de la porcelaine lui paraissait hypocrite, de même que l'argenterie étincelante.

— Je ne me laisserai pas faire.

— Bien dit !

Le dîner se terminait. Clément se pencha vers lui et chuchota :

— Je te présenterai aux autres étinceleurs non nobles demain, on essaie de s'entraider autant que possible. Normalement, l'un de nous aurait dû veiller sur toi. Alors, n'hésite pas.

— Merci beaucoup.

Clément lui proposa de passer dans les salons avec ses amis, mais Frédéric préféra décliner. Malgré sa curiosité pour les autres étinceleurs, il avait déjà trop à digérer.

— À ta convenance ! Si tu souhaites me parler...

— Je demande à l'école et elle me montrera le chemin ? sourit Frédéric.

Le deuxième année le regarda, bouche bée.

— Quoi ?

— Rien... rien. Continue.

Clément secoua la tête, puis lui indiqua où trouver sa chambre avant de se lever. Frédéric ne s'attarda pas.

Le parc du palais royal bruissait de conversations. La chaleur de la journée – un dernier sursaut de l'été – s'était en partie dissipée, laissant le fond de l'air particulièrement agréable. Des musiciens jouaient en sourdine. Prolongement de l'après-midi à Cathédrale, la reine avait organisé une réception où se pressait toute la noblesse présente en ville.

Ou presque.

Chantres de l'indépendance, le duc du Belastan comme celui d'Eindovia n'avaient pas daigné se montrer. Du regard, Lionel acheva un dernier tour discret des invités, saluant de loin les élèves de Cathédrale qu'il n'avait pas encore croisés. Jovianna et Orfeo étaient absents également.

Malgré les mélodies légères qui accompagnaient le chant de l'eau des fontaines, les conversations feutrées gardaient une tonalité inquiète. Nombre d'entre elles s'étaient interrompues à son approche pour reprendre avec un entrain forcé et des sourires de circonstance. Certains aristocrates l'avaient interrogé sans subtilité sur ce qui se passait. L'altercation de la veille entre la reine et le duc du Belastan restait présente dans tous les esprits. On ne claquait pas la porte des appartements royaux sans bonne raison, et Lionel partageait entièrement cet avis. Les indépendantistes préparaient quelque chose, et il aurait donné beaucoup pour connaître leur projet. Pour l'instant, le Belastan occupait la scène sans dévoiler son véritable jeu – la seule chose certaine, c'était qu'il ne tarderait pas à abattre ses cartes, puisque ces éclats ne pouvaient continuer longtemps sans perdre en force.

Un verre d'alcool à la main, Lionel rejoignit Élysée qui quittait un petit groupe. Son ami jeta un coup d'œil curieux aux alentours.

— Je ne m'attendais pas à vous voir seul. Seriez-vous déjà las de votre nouveau divertissement ?

Aux yeux de tous ses proches, son parrainage constituait un non-sens absolu. Un roturier, même étinceleur, ne lui apportait rien sur le plan politique. Élysée comprenait encore moins que les autres, lui qui estimait que Cathédrale aurait dû être réservée aux seuls nobles. Lionel esquissa un sourire neutre.

— J'aime varier mes plaisirs. Et vous-même ?

Son ami acquiesça sans développer. Lionel l'avait pourtant vu quitter l'école un peu plus tôt en compagnie d'Orfeo Lamarcchia. Il préféra ne pas insister et en resta à la conversation mondaine :

— Il me semblait bien ne pas avoir aperçu votre mère. J'espérais la saluer.

Élysée joua avec son verre, auquel il n'avait pratiquement pas touché selon son habitude, capturant les derniers rayons du soleil dans les bulles d'or pâle. Avant-dernier-né de sa fratrie, il était le seul à avoir survécu au-delà de l'enfance. Ses parents le choyaient comme ce qu'ils avaient de plus précieux.

— Le voyage l'aurait fatiguée sans réelle nécessité et mes parents préfèrent la tranquillité de leurs terres à l'effervescence de la capitale.

Lionel sourit.

— Ils doivent cependant être soulagés de vous savoir ici, il n'y a guère de montagnes à arpenter.

Élysée n'aimait rien tant que se promener dans les massifs de sa région, aussi à l'aise qu'un chamois sur les chemins pierreux. Il arbora une mine horrifiée.

— Faites-moi le plaisir de ne jamais le mentionner devant eux, de peur qu'il ne leur prenne l'envie subite de s'établir à Samara. Non que cette ville manque de charme, mais enfin…

Ses yeux pétillaient cependant. Son agacement face aux attentions de ses parents n'était qu'une façade.

— Elle manque surtout de vrais paysages. Ne vous inquiétez pas, mon silence vous est acquis. Présentez mes respects à votre mère lorsque vous lui écrirez, voulez-vous ?

Alors que son ami s'apprêtait à répondre, il recula soudain d'un pas en s'inclinant. Lionel amorça un mouvement pour se retourner, mais au même instant une main lourde s'abattit sur son épaule.

— Monseigneur, salua Élysée.

— Je suis au regret de devoir vous enlever mon fils, si cela ne vous dérange pas.

— Je vous en prie.

Lionel se laissa entraîner. De loin, le geste pouvait passer pour paternel, mais les doigts du duc lui broyaient l'épaule. Nul doute qu'un hématome en résulterait. Cette seule idée le faisait grincer des dents. Sans rien montrer, il attendit que le duc reprenne la parole.

— Qui était-ce ?

— Élysée Eliescu, son père est…

— … le margrave de Varçaresti, c'est vrai. Il a le mérite de savoir choisir ses fréquentations.

Et mieux encore que le duc ne le pensait. Issu du duché de Voïodim habituellement neutre et d'une famille chargée de veiller sur les frontières du royaume, Élysée pratiquait la même diplomatie dans ses relations et avait pris soin de se rapprocher tant de lui que de l'héritier d'Eindovia, malgré leur longue tradition d'inimitié. Un numéro d'équilibriste qu'il maîtrisait, aussi agile dans ses paroles que dans ses échappées montagnardes, et qui lui avait valu une attention que Lionel accordait rarement à ses pairs.

Son père le fit pivoter d'un mouvement brusque. Lionel affronta son regard. Le gris-bleu était devenu glace et ses lèvres arboraient un pli dur. Ils s'étaient assez éloignés des autres invités pour abandonner une partie des apparences. S'ils s'étaient trouvés à l'hôtel des Andersen, le duc ne se serait pas contenté d'un hématome à l'épaule pour lui faire part de son mécontentement.

— À quoi jouez-vous ? Le comte Ivensen m'a *demandé* quelle offense son fils avait bien pu commettre à votre égard pour que vous lui préfériez un *roturier*.

La voix coupante avait perdu toute la chaleur manifestée un peu plus tôt. Lionel sourit. Eivind Ivensen n'était qu'un fat. La façon dont il avait obtenu sa place à Cathédrale restait un mystère. L'argent, peut-être.

— Comment peut-il penser cela ? Il m'a simplement paru important de mettre en pratique les valeurs prônées par l'institution où j'étudie, telles que l'unité ou le rapprochement entre les différentes strates du royaume. N'est-ce pas l'objectif ?

Il aurait pu croire à ses propres paroles – et la colère froide de son père, conscient qu'il n'en pensait pas un mot, valait presque la peine de s'accommoder d'un garçon comme Frédéric.

— Vous expliquerez donc cela au comte et à son fils en leur présentant vos excuses pour cette regrettable erreur de jugement. Vous ferez en sorte de lui faciliter la vie à l'école et vous l'introduirez auprès de vos condisciples. Ce n'est guère le moment d'humilier vos proches. Avez-vous au moins conscience de ce qui se passe ?

— Je lis les journaux.

Il atteignait cependant les limites de la patience du duc et s'empressa de poursuivre :

— L'absence des Lamarcchia ce soir ainsi que celle du duc du Belastan sont particulièrement notables. Personne n'en dit mot, mais tout le monde y pense.

Quel pouvait être leur but ? Tenaient-ils réellement à briser l'unité d'un royaume que leurs ancêtres avaient mis des années à construire ? Quelles étaient leurs chances de succès ? C'était cela, véritablement, qui inquiétait Lionel et sans doute son père. Ils ne pouvaient prendre à la légère l'assurance nouvelle des indépendantistes. La promesse de Jovianna de rendre l'année à venir exceptionnelle ne le quittait pas.

— C'est un camouflet à la reine, approuva le duc, et ils n'agiraient pas ainsi s'ils ne préparaient autre chose. Gardez un œil sur l'héritier des Lamarcchia, et cessez de vous soumettre à ces idées pathétiques qui ne sont pas les vôtres. Sa Majesté ne peut se permettre la moindre dissonance parmi ses alliés. Me fais-je bien comprendre ?

Plus qu'Orfeo, c'était Jovianna qui était à redouter. Même s'ils entraient tous deux en deuxième année, l'héritier restait bien trop dans l'ombre de sa sœur pour avoir un réel intérêt. Lionel s'inclina.

— C'est extrêmement clair.

Chapitre IV

Debout devant le miroir de l'armoire, Frédéric achevait le nœud sophistiqué de sa cravate de satin. Le tissu glissa sous ses doigts et il jura à mi-voix. La nuit n'avait pas été très bonne ; il s'était longtemps retourné sous ses couvertures, gêné de dormir seul pour la première fois de sa vie. Les respirations et les mouvements de ses cadets lui avaient manqué. Il n'avait pas non plus l'habitude de tant manger le soir – de tant manger tout court.

Un dernier examen critique lui permit de s'assurer que sa jaquette cintrée tombait bien et que le col châle comme les fronces des épaules ne comportaient pas de défaut. Aucun pli inutile ne déparait le pantalon blanc.

Au réfectoire, les élèves étaient bien plus nombreux que la veille. La silhouette de Clément se détachait parmi eux, puis un mouvement attira son attention. Lionel lui adressait de discrets gestes de la main. Autant lui laisser croire que son jeu fonctionnait. Frédéric se força à sourire tandis que Lionel se levait à demi pour le saluer. L'étudiant assis à côté de lui, un jeune homme aux traits volontaires et au regard noisette, fit de même.

— Martial, permettez-moi de vous présenter Frédéric Naudin, mon filleul. Frédéric, voici Martial de Gondissan, qui fut mon parrain l'année dernière.

Voilà qui accréditait les paroles de Clément. Les Gondissan régnaient sur le duché d'Orelnan qui comptait parmi les plus proches alliés de la Carélie. Frédéric ne broncha pas lorsque Martial le détailla de haut en bas avant de lui tendre la main.

— Lionel, vos lubies ne laisseront jamais de me surprendre, fit-il, pince-sans-rire. J'aurais cependant aimé que vous m'en fassiez part au lieu de me placer devant le fait accompli. Un véritable plaisir que de le parrainer, poursuivit-il à l'intention de Frédéric. Si vous pouviez avoir l'amabilité de vous montrer aussi insupportable avec lui qu'il le fut avec moi, je vous en serais extrêmement reconnaissant.

— Malgré ses innombrables qualités, Martial possède également un don certain pour l'exagération, glissa Lionel.

Frédéric s'obligea à desserrer les mâchoires.

— Vous pouvez compter sur moi.

Les deux étudiants ne s'offusquèrent pas de sa froideur. Le troisième année reprit avec une moue satisfaite :

— Merci. Mon cher filleul, considérez cela comme l'une de mes dernières leçons. Frédéric, s'il manque à la moindre de ses obligations envers vous, c'est qu'il néglige de se servir de l'excellente éducation prodiguée tout au long de sa première année. J'ai accompli ce que j'ai pu, mais, hélas, à l'impossible nul n'est tenu...

Frédéric se demanda si la manipulation faisait partie de ces enseignements, alors que Lionel assurait, sur un ton quelque peu perfide, qu'il s'emploierait à transmettre toutes les valeurs apportées par Martial, quelles qu'elles pussent être. Le silence retomba tandis qu'ils entamaient leur petit déjeuner. Frédéric fit mine de trouver la profusion des mets tout à fait normale malgré la pointe de culpabilité qui lui serra le ventre. Lionel se pencha vers lui.

— J'espère que votre première soirée à Cathédrale a été agréable.

— C'est le cas. Et la vôtre ?

— Guère distrayante…

— J'imagine que le palais doit perdre de son charme après quelques années, avança Frédéric.

Un éclair amusé traversa le regard gris-bleu.

— Il y a de cela.

Pourquoi lui avoir tu son nom la veille s'il n'en faisait plus mystère à présent ? Était-ce pour ne pas instaurer d'emblée une distance entre eux ? Son parrain poursuivit :

— Les conversations là-bas sont d'un sérieux et d'un ennui ! Mais cessons de parler de cela, voulez-vous ? Malgré les odieux sous-entendus de monsieur de Gondissan, j'ai pensé à vous et je suis allé chercher votre emploi du temps.

Ledit monsieur poussa un soupir de consternation. Lionel avait tiré d'une sacoche de cuir une feuille de papier qu'il lui tendit. Frédéric n'eut guère le loisir de se plonger dans l'étude de ses horaires : une cloche retentit, annonçant la fin du repas.

Frédéric marqua une halte sur le seuil de la salle de langue. Il en émanait une atmosphère insolite. Il n'aurait su la nommer avec précision, mais il percevait le bruissement feutré de conversations mondaines et les tonalités plus âpres de discussions diplomatiques, comme des échos de voix lointaines aux accents étrangers. En fermant les yeux, il n'aurait pas été difficile de se croire dans un salon ou autour d'une table de négociations. De la magie ? La certitude l'envahit : l'école accompagnait ses pas. Louise et Étienne seraient ravis de l'apprendre.

Se ressaisissant, Frédéric s'installa à la dernière rangée, près d'une fenêtre qui donnait sur le parc. Les nuages s'accumulaient dans le ciel, chassant le soleil de la veille. Une quarantaine d'élèves, filles et garçons, se répartissaient les places en veillant à observer une stricte séparation. Un jeune homme blond au regard clair lui jeta un coup d'œil où pointaient la colère et le mépris. Frédéric l'ignora. L'uniforme ne masquait rien de la diversité de leurs situations – et il se doutait que le placement des uns et des autres ne devait pas grand-chose au hasard, même si les subtilités lui échappaient. Il croisa le regard d'un autre étudiant à la silhouette sportive, aux traits ouverts, qui lui adressa un léger salut de la tête.

L'enseignante ne tarda pas à entrer. Tous les élèves se levèrent d'un seul mouvement, puis se rassirent lorsqu'elle passa derrière le bureau. Ses cheveux gris et les rides qui creusaient son visage trahissaient son âge, mais elle se tenait toujours droite et le regard qu'elle posa sur les jeunes gens n'avait rien perdu de son acuité.

— Mesdemoiselles, messieurs, bonjour.

Sa voix grave retentit dans toute la classe, prenant possession des lieux.

— Je suis madame Meldensi. Monsieur de Lanark m'a demandé de vous enseigner l'esselen, ou plutôt d'affiner votre pratique de cette langue dont je ne doute pas que vous maîtrisez tous les bases.

Frédéric baissa les yeux sur sa table. Il avait appris les fondamentaux de la langue internationale, mais quel niveau avait-il vraiment ? S'il s'avérait que ses connaissances étaient insuffisantes, pouvait-on lui demander de partir ? Ses mains frottèrent nerveusement son pantalon.

Des coups résonnèrent contre l'huis. Toute la classe pivota pour observer la nouvelle venue qui entrait sans autre forme de procès.

— Veuillez excuser mon retard.

La jeune fille sourit à l'enseignante, balaya la salle des yeux, puis s'assit à côté de Frédéric, déclenchant une vague de chuchotements. Il coula un regard discret en direction de la professeure. La rougeur soudaine de son teint n'augurait rien de bon.

— Pour une dame, la place que vous avez choisie ne vous paraît-elle pas inappropriée, mademoiselle… ?

— Abalian. Cedren Abalian. Puisque nous suivons un cours de langue et qu'il s'agit, si je ne me trompe pas, de converser, il me semble plus judicieux d'avoir un voisin de table à qui m'adresser.

Frédéric se mordit les joues pour ne pas rire. Le nom lui évoquait quelque chose, mais il ne parvenait pas à le situer.

— À moins, bien sûr, que vous ne parliez pas ? ajouta Cedren en se tournant vers lui.

Il esquissa un geste de dénégation, trop peu certain du ton de sa voix. Les mains posées bien à plat sur son bureau, la professeure Meldensi inspira profondément.

— Mademoiselle Abalian. Le règlement de cette école s'applique à tous. Afin de ne pas perturber le cours plus longtemps, vous resterez à cette place pour cette fois, mais à l'avenir vous veillerez à vous comporter de façon irréprochable. S'il vous plaît, poursuivit-elle en se tournant vers la classe. Je tiens à évaluer votre niveau de conversation ainsi que vos accents.

Les thèmes artificiels qu'elle leur donna n'intéressaient pas Frédéric. Il se tourna vers sa voisine, retint un tressaillement lorsqu'il croisa le regard de Cedren. Ses iris vairons, bleu très clair à droite et noir à gauche, prenaient un relief particulier sur sa peau d'un brun doré.

— Vous détenez l'avantage sur moi, nota Cedren. J'ignore encore votre nom.

Elle s'exprimait en esselen et Frédéric, pris au dépourvu, se répéta la phrase. Il se présenta en hâte. Elle reprit :

— Votre nom me paraît samarien, pourriez-vous me parler de la capitale ?

— Je vous vante Samara et vous faites de même avec l'endroit d'où vous venez ?

Le regard de Cedren s'illumina tandis que son sourire s'élargissait.

Bien qu'obligé de se concentrer sur chaque mot, Frédéric se laissa emporter par leur conversation, qui devint beaucoup plus libre et franche que celles des autres. Dans les travées, la professeure circulait de binôme en binôme tout en essayant de les conserver, Cedren et lui, dans son champ de vision. Cette dernière parlait avec vivacité et ses mains soulignaient ses paroles.

— J'espère avoir l'occasion de profiter davantage de la ville maintenant. Mon père n'aime guère s'y rendre, il la trouve trop artificielle, mais… Cette mise en scène est d'un goût discutable. Le texte est noyé sous les décors et les mimiques des acteurs !

Surpris, Frédéric leva les yeux. La professeure Meldensi se tenait juste à côté d'eux.

— En effet. La surenchère semble au goût du jour, répondit-il.

Sous le regard aigu de l'enseignante, ils échangèrent quelques platitudes supplémentaires.

— Mademoiselle, il conviendrait que vous exprimiez votre avis de manière plus mesurée. Vous vous trouvez dans un salon, non sur une place de marché. Quant à vous, monsieur, votre grammaire est plutôt bonne, mais prenez exemple sur mademoiselle pour votre accentuation.

Elle poursuivit sa déambulation. Frédéric sourit à Cedren.

— Joli réflexe.

Elle haussa les épaules en un geste fort peu respectable.

— J'ai de l'entraînement.

À la fin du cours, il salua Cedren en regrettant que l'esselen soit la seule matière partagée avec les filles de son niveau.

À midi, Frédéric prit la direction du réfectoire en compagnie de Reinhardt ap Arvelhod, à côté duquel il s'était installé après le cours de langue, décidé à faire connaissance. Le jeune homme l'avait tutoyé d'emblée, et Frédéric l'avait imité sans que cela le dérange. Pourtant, son nom ne lui était pas inconnu. Les Arvelhod dirigeaient un empire industriel métallurgique et s'étaient associés à la Couronne pour développer le chemin de fer qui lançait ses rails à travers les Neuf-Duchés. Malgré la fortune de sa famille, Reinhardt ne restait pour les nobles qu'un parvenu. Il semblait plutôt s'en amuser.

Il inspira profondément.

— Il était temps que ça sonne, cette salle commençait à me peser !

À chaque changement de classe, ils avaient cru plonger dans un monde différent. Le cours d'histoire avait été le plus marquant, avec son atmosphère lourde où Frédéric avait perçu l'odeur soufrée de la poudre et celle plus métallique du sang sur les champs de bataille. Il entendait presque le grondement des canons et le crissement des lames. Chargé du poids des ans comme s'il venait de traverser les siècles passés, emportant avec lui des bribes de chaque époque, l'air pesait sur sa poitrine. Aucun professeur n'avait daigné les renseigner. Était-ce la magie de l'école qui s'exerçait à ce point sur eux ? Pouvait-elle à sa guise transformer l'atmosphère des salles ? Frédéric comptait bien en avoir le cœur net.

Alors qu'ils atteignaient le hall, des exclamations leur parvinrent depuis la salle à manger. Les deux garçons échangèrent un regard surpris. Cela ne ressemblait pas à leurs condisciples si précieux. Un élève sortit presque en courant, un journal à la main, tandis que le vacarme gagnait en intensité.

— Qu'est-ce que…, souffla Frédéric.

— On va vite le savoir, répondit Reinhardt.

L'agitation ne retombait pas. Des journaux circulaient de main en main, au milieu des plats délaissés. L'un des ducs faisait-il encore des siennes ?

Un peu plus loin, Lionel discutait avec Martial, un journal étalé devant lui. L'étudiant de troisième année aperçut Frédéric et lui fit signe de venir. Reinhardt sur ses talons, il obtempéra. Au moins n'aurait-il pas à lutter pour obtenir ses réponses.

— Que se passe-t-il ?

Lionel se contenta de lui désigner le quotidien – il semblait contrarié. Le titre qui occupait toute la une sauta aux yeux de Frédéric. Fébrile, il saisit la publication, plus fine que d'ordinaire, se poissant les doigts avec l'encre. Elle sortait tout juste des presses. Un sifflement bas échappa à Reinhardt.

Un défi lancé à la reine !

C'est une nouvelle inattendue, imprévue, incroyable, inouïe, insensée que nous relayons dans cette édition spéciale. Comme nous l'avions rapporté dans nos précédents tirages, Sa Majesté devait recevoir aujourd'hui Leendert de Vosgaryan, duc du Belastan, afin d'atténuer les tensions qui agitent les Neuf-Duchés. L'entretien avait lieu à huis clos et, comme de nombreux confrères, nous étions réduits à patienter dans l'antichambre dans l'attente du discours de la reine. Mais quelle ne fut pas la stupeur de nos envoyés lorsqu'ils virent sortir M. de Vosgaryan, écumant de rage, au mépris de tout protocole !

Nous ne saurions décrire l'agitation et l'émotion bien légitimes qui s'emparèrent alors des membres de la cour. Les questions posées au duc n'obtinrent qu'une réponse que la décence nous interdit de reproduire ici. M. de Vosgaryan nous écarta sans ménagement, froissant au sens propre certains de nos confrères, opérant une sortie mémorable, bien que sans honneur. Était-ce la guerre ? On aurait pu le penser.

Le porte-parole de notre souveraine s'avança ; aussitôt pris d'assaut, il nous révéla la teneur de la conversation, que nous rapportons à nos fidèles lecteurs et sujets de Sa Majesté. Plus que jamais attaché à l'indépendance de sa région, M. de Vosgaryan refusa les compromis offerts par la souveraine. Au lieu d'en demeurer là ou de reporter la discussion à une nouvelle audience, le duc lança un défi à Sa Majesté, la chargeant de lui prouver l'unité du royaume !

Avec une dignité contrastant avec l'emportement de M. de Vosgaryan, Sa Majesté lui demanda quel gage il souhaitait pour cela, puisque les trois derniers siècles ne lui suffisaient pas. « Pour preuve, s'exclama-t-il alors, j'en veux le Cœur de Cathédrale ! La monarchie et l'école sont les piliers fondateurs des Neuf-Duchés, et cet artefact en est l'un des plus grands symboles. Au jour de l'Union, apportez-moi la preuve que vous êtes capable de maintenir l'unité du royaume, que celle-ci n'est pas qu'une façade qui permet à la Couronne de piller les ressources de nos terres sans se préoccuper des réels besoins de nos peuples. Sans nous, vous ne régneriez sur rien. Si vous ne trouvez pas le Cœur, le Belastan fera sécession, et je doute qu'il soit le seul ! »

Nous imaginons bien vos expressions horrifiées, vos exclamations scandalisées, vos regards choqués ; ils furent les nôtres en entendant ces propos. L'impudence – l'inconscience ! – de M. de Vosgaryan atteint des proportions encore jamais vues. Comment est-il possible de mettre la reine en demeure de trouver un artefact dont l'existence même n'est pas avérée ?

Cependant, Sa Majesté relève le défi « afin de protéger l'unité bienheureuse des Neuf-Duchés et la population du spectre redoutable d'une nouvelle guerre aussi désastreuse que celle qui a vu l'avènement du royaume ». Nous restons dans l'attente, en cette fin de matinée, des commentaires des huit autres ducs ainsi que de l'écolâtre de Cathédrale. Nous nous permettons cependant d'avancer l'hypothèse que le duc de Carélie et le comte de Lanark ne tarderont pas à déclarer à Sa Majesté leur soutien sans faille.

Nous espérons faire paraître des nouvelles rassurantes très vite. Que la reine Isaura continue de veiller sur son peuple et qu'avec elle nous puissions tous affronter le malheur dans lequel l'aveuglement d'un homme nous précipite !

Un article secondaire rappelait l'histoire du Cœur de Cathédrale. Frédéric interrompit sa lecture, reprenant soudain contact avec la réalité. Il n'était pas sûr de comprendre. Les chicaneries des ducs ces dernières semaines, les disputes... Tout cela pour en venir à se défier autour d'un artefact ? Pouvait-on vraiment mettre ainsi en péril la sécurité du royaume, comme un pari dans un établissement de jeux ? Cela le rendait presque nauséeux.

— C'est aberrant.

— C'est pourtant vrai, repartit Lionel.

Sourcils froncés, il récupéra le journal. Ses doigts tapotaient le papier en un rythme agaçant, mais son regard parcourait la salle. Il s'arrêta sur Orfeo Lamarcchia.

— C'était donc cela que vous prépariez, murmura-t-il. Bravo.

Frédéric s'apprêta à l'interroger, mais Martial le devança.

— Voilà qui donne plus de corps à votre quête, Lionel. Dorénavant, vous ne serez plus le seul à vous préoccuper de cette légende.

— Vous essayiez déjà de le découvrir ? s'exclama Frédéric.

Lionel ne répondit pas immédiatement. Il jeta un regard curieux à Reinhardt, qui recula, l'air de se désintéresser de la conversation.

— Lors de mes heures libres, oui. Mais je le cherche par curiosité, non pour le mettre au service de quelqu'un...

Il avait baissé la voix. Ce qui aurait pu passer pour une simple lubie revêtait à présent une tout autre dimension.

— Légende ou non, continua-t-il, le Belastan a joué un coup de maître. Si le Cœur n'est qu'un conte, la reine a perdu. S'il est réel, comme j'en suis intimement persuadé, il faut encore qu'elle le trouve... Il ne lui donne pas beaucoup de temps.

La reine avait cinq mois pour relever le défi. Fête nationale, le jour de l'Union célébrait l'édification des neuf duchés en un seul royaume. Frédéric fronça les sourcils. Tout cela n'avait pas beaucoup de sens.

— N'aurait-il pas été plus simple de déclarer directement son indépendance ? Pourquoi passer par une telle comédie ?

Lionel répondit avec un haussement d'épaules:

— Les raisons sont nombreuses. Comme souvent, c'est une question d'apparences. Une bonne partie de l'opinion publique ne le soutient pas au mieux, lui est hostile au pire. Partir sur un éclat le désigne comme un ennemi, alors que si c'est le résultat d'un accord entre la reine et lui et que celle-ci perd... C'est le jeu du pouvoir, il n'y aura rien à lui reprocher. Dans le même ordre d'idées, son départ entraînerait la rupture de tous les traités signés par nos ancêtres. La plupart des autres ducs le prendraient comme un camouflet et n'accepteraient pas de voir l'un d'eux ruiner leurs efforts. Comme vous devez vous en douter, cela aurait de grandes chances de se terminer en déclaration de guerre. Et en sus, ce défi est une démonstration de ce qu'il dénonce : cela signifie que la situation s'est assez dégradée pour que la reine ne puisse pas mettre un terme à cette querelle par sa seule autorité. Il l'oblige à entrer dans l'arène et à abandonner sa position d'arbitre. Ce qui vient sans doute d'une volonté de conciliation, mais sera perçu par les alliés du Belastan comme un aveu de faiblesse et leur donnera davantage de poids.

Tout cela n'avait rien de rassurant.

— La reine n'a-t-elle vraiment aucune autre solution ? On ne peut pas remettre le destin du pays à un tel hasard ! Ce n'est pas une partie de dés !

— Il semblerait pourtant que cela ait été le choix de notre souveraine.

Frédéric grimaça. Avait-elle si peu de ressources ? Redoutait-elle une fronde des autres ducs si elle opposait un terme ferme aux ambitions du Belastan ? Il était de toute façon trop tard pour reculer.

Autour d'eux, le calme revenait, mais les élèves continuaient de discuter par petits groupes. Des regards pesaient sur eux.

— Comment agiriez-vous si d'aventure il existait et que vous parveniez à le découvrir ? s'enquit Martial.

— Mon avis ne change pas : le Cœur appartient à Cathédrale et nul autre qu'elle n'a le droit de le posséder. Je ne laisserai personne s'en emparer pour son propre bénéfice.

Son ton farouche surprit Frédéric. D'où lui venait une telle détermination ?

En pivotant, il constata que la lumière avait encore baissé. Les nuages s'amoncelaient en une masse lourde et noire. Frédéric eut la soudaine impression que ce n'étaient que les prémices de la tempête qu'allait affronter le royaume.

Chapitre V

Au fil de l'après-midi, un vent d'excitation et d'inquiétude souffla sur l'école. À chaque intercours, Frédéric aperçut des groupes d'étudiants qui discutaient avec frénésie et à voix basse, journaux en main. Les professeurs peinèrent à maintenir le silence dans les classes et refusèrent tout net de répondre aux questions portant sur le Cœur ou de donner leur sentiment quant au défi. Frédéric s'y attendait. Il se focalisa sur le cours de Vieil Art qui concluait cette première journée : l'enseignant chargé de la magie ne pourrait pas ignorer leurs demandes. Sans parler du fait qu'il avait hâte de voir ce qu'on lui apprendrait, à lui comme à ses condisciples dépourvus de don.

Avec fébrilité, la classe gagna le sous-sol où se déroulaient ces cours. Ce choix de lieu ressemblait à des pratiques de charlatan, mais une école comme Cathédrale ne saurait s'en satisfaire. Les étudiants s'attroupèrent dans le couloir, éclairé par des appliques.

— J'espère que le professeur sera sérieux, soupira Frédéric.

— C'est un étinceleur, rétorqua Reinhardt. Il est capable de lire dans les pensées par simple contact.

Même à voix basse, son timbre portait. Frédéric haussa les sourcils.

— Tu es sûr ?

— Mon parrain m'a prévenu de garder mes distances.

Lionel ne lui avait rien confié à ce propos.

— Le mien m'a dit la même chose, murmura un garçon à côté d'eux.

Son air timide prit une tournure angoissée lorsqu'ils pivotèrent vers lui et il amorça un geste d'excuse. Il restait tendu près de la porte, comme s'il mourait d'envie d'entrer dans la salle de classe tout en craignant ce qu'il y trouverait. Frédéric n'avait pas retenu son nom ; ses cheveux et son regard bruns lui donnaient l'apparence banale des personnes qu'on oublie sitôt après les avoir vues. De bonne coupe, son uniforme gardait une simplicité qui attira son attention. Était-il un étinceleur ?

Les conversations s'évanouirent soudain tandis que les élèves rectifiaient leur position. La silhouette trapue du professeur Vaissatis traversa les rangs silencieux, puis il ouvrit la porte de la salle. Chacun défila devant lui, le saluant rapidement. Tous veillèrent à maintenir une certaine distance avec lui.

La pièce se révélait bien différente de ce à quoi Frédéric s'attendait. Contrairement aux autres, aucune influence magique ne s'y faisait sentir. En revanche, le professeur l'avait agrémentée à sa manière. Derrière le bureau, des étagères de bois noir présentaient des grimoires aux couvertures de cuir ouvragé, où s'enchâssaient des pierres précieuses.

Cette tentative d'intimidation fonctionnait-elle réellement ? Peut-être chez des étudiants de première année qui n'étaient jamais entrés en contact avec la magie. Néanmoins, le don du professeur laissait espérer des choses plus intéressantes de sa part.

Les trois garçons s'installèrent à côté les uns des autres pendant que l'enseignant leur souhaitait la bienvenue. Sa prestance maintenait le silence sans effort. Il n'avait guère plus d'une trentaine d'années ; il était sans doute l'un des plus jeunes membres de l'équipe professorale. Un sourire passa sur ses lèvres lorsqu'il s'aperçut que toute la classe ne le quittait pas du regard dans une impatience fiévreuse.

— Compte tenu des circonstances, je ne m'attarderai pas sur la présentation du programme de l'année. Nous y reviendrons lorsque j'aurai votre attention sur ce sujet. Pour l'heure, il me semble plus important de faire un point sur les artefacts. Au moins pour vous mettre en garde contre l'immense majorité d'entre eux.

Le silence se fit attentif. Frédéric croisa les bras sur sa table, décidé à ne pas perdre un mot. À côté, Reinhardt s'étalait presque sur son pupitre, tendu vers l'enseignant.

— Allez, siffla-t-il entre ses dents.

Visiblement, la situation amusait le professeur. Il arpenta l'espace libre entre son bureau et les premiers rangs.

— Les artefacts, bien. Je suppose que vous vous imaginez tous le Cœur de Cathédrale sculpté dans de la pierre ou dans une matière précieuse. Une sorte de bijou démesuré, représentant peut-être un cœur ou alors la coupe ruisselant de magie qui le symbolise depuis des siècles et que les journaux décrivent à l'envi. Me trompé-je ?

Nul ne bougea.

— Me trompé-je ?

— Non, professeur, répondit la classe en hâte.

— Vous allez m'effacer immédiatement cette image de votre esprit, car, pour l'heure, personne n'a la moindre idée de ce à quoi ressemble le Cœur. Des objets peuvent servir de base à la création d'un artefact, mais ce n'est pas toujours le cas. Il peut s'agir d'un symbole, d'une gravure, de quelques lignes d'écriture tracées sur un support – papier, bois, pierre, que sais-je encore. Un artefact désigne quelque chose qui a été imprégné par la magie pour remplir un usage spécifique, offensif ou défensif dans la majorité des cas. Des questions ?

— Selon vous, il existe bel et bien ?

La question, où se mêlaient hauteur et provocation, tira un sourire à Frédéric. Elle venait du garçon blond qui lui donnait l'impression d'avoir une dent contre lui, Eivind Ivensen. Depuis l'annonce de la nouvelle, il affichait un air de profond scepticisme. La magie semblait se résumer pour lui à quelques tours de passe-passe. Le professeur Vaissatis le toisa.

— S'il est si difficile pour vous de présumer de la réalité d'un tel artefact, je me demande pourquoi vous assistez à mon cours. Étant donné l'origine de l'école, cela n'est pas aberrant. Quant à son rôle exact, c'est autre chose. Des questions plus intelligentes, si vous voulez bien ?

L'étudiant timide leva le bras, avec l'air de souhaiter se trouver n'importe où ailleurs.

— Oui, monsieur… ?

— Enderlin. Alexandre Enderlin.

On l'entendait à peine. D'un geste impatient, le professeur lui indiqua de parler plus fort. Alexandre se jeta à l'eau.

— La légende laisse entendre qu'il s'agirait du réservoir de magie de l'école, est-ce vrai ?

— Monsieur Enderlin, vous demanderez à votre parrain de vous faire travailler vos expressions orale et corporelle.

Ses joues devinrent écarlates. Il parut prendre sur lui pour ne pas se tasser sur sa chaise et disparaître derrière son pupitre. Le professeur lui sourit cependant.

— Il faut bien plus qu'un artefact pour maintenir debout des bâtiments comme ceux-ci sans que le temps les dégrade. Nous voyons Cathédrale telle qu'elle était au premier jour. En revanche, je ne doute pas que le Cœur permette de contrôler cette magie. C'est d'ailleurs le point où je voulais en venir : la plupart des artefacts sont dangereux car les prérequis à leur utilisation ont été perdus au fil du temps. Pour certains, c'est un secret qui se transmet de génération en génération. Quoi qu'il en soit, retenez bien ceci : on ne touche pas un artefact, jamais, sans savoir ce qu'il fait ni comment il le fait. Est-ce que je me fais bien comprendre ?

Un murmure d'assentiment parcourut les rangs. Le professeur Vaissatis revint devant son bureau.

— Je ne veux pas de ces « oui oui » condescendants, messieurs. Je veux une réponse claire, franche et massive. On ne touche pas un artefact sans connaître son utilisation, est-ce entendu ?

— Oui, professeur !

— Se lancer à la recherche du Cœur est donc plus que risqué. Je sais que la plupart d'entre vous tenteront l'aventure. Je ne vous en empêche pas, vous êtes assez âgés pour assurer votre sécurité personnelle et adopter le comportement adéquat.

Reinhardt leva la main.

— Pensez-vous le chercher, professeur ?

— Les enseignants de Cathédrale observent une exigence de neutralité et n'ont pas pour habitude de commenter les événements de la vie politique des Neuf-Duchés.

Le garçon arbora une moue sceptique. Frédéric partageait son avis. Si l'unité du royaume volait en éclats, que deviendrait l'école ?

Les questions s'enchaînèrent sans rien apporter de nouveau, mais les étudiants se montraient décidés à apprendre le maximum sur les artefacts. Comptaient-ils tous se lancer dans cette quête ? À mesure que les heures passaient, ils la prenaient de plus en plus au sérieux. Que les héritiers des grandes familles n'aient pas le choix, oui, mais les autres ? Lui-même ne savait qu'en penser. Ne valait-il pas mieux se tenir à l'écart de ces disputes ? Cependant, cette fois, elles engageaient le pays tout entier.

Une boulette de papier atterrit sur ses genoux. C'était l'écriture de Reinhardt. « Tu en es ? » Frédéric releva la tête, croisa son regard. Il haussa les épaules en guise de réponse. Reinhardt grimaça, lui fit signe qu'ils en parleraient plus tard.

Peu avant la fin du cours, le professeur referma la séance de questions.

— Ne vous jetez pas dans cette histoire en négligeant vos devoirs, messieurs. Trouver le Cœur ne vous garantira pas un passage automatique dans la classe supérieure. Monsieur Naudin, monsieur Enderlin, vous resterez, j'ai à vous parler.

Surpris par l'adresse, Frédéric hocha la tête tandis qu'Alexandre se figeait, les joues de nouveau rouges, les doigts crispés sur la lanière de son sac. Le professeur attendit que la salle se vidât pour leur sourire d'un air plus chaleureux. Il la balaya de la main.

— Je vous prie de m'excuser pour la mise en scène. Certains pensent toujours que la magie doit s'accompagner d'un certain décorum. Vous êtes donc nos deux nouveaux étinceleurs.

Frédéric échangea un coup d'œil avec Alexandre.

— Il n'y a que nous ?

— Chez les garçons de première année, oui. Un ou deux chaque année, c'est la moyenne. Il en va de même chez les filles.

L'enseignant les examina.

— Vos talents sont précieux pour les Neuf-Duchés et la reine. À ce titre, nous vous demandons une certaine discrétion. Les autres savent ce que vous êtes, mais la nature de votre don n'a pas à leur être révélée, comprenez-vous ? D'autant plus dans ces circonstances. La magie peut susciter des convoitises.

Les deux garçons hochèrent la tête. Alexandre parut vaguement plus détendu. Garder cet atout dans sa manche serait utile – Frédéric l'espérait. Vaissatis continuait :

— Vous suivrez des cours particuliers avec moi, séparément, en plus de l'heure commune. Je vous aiderai à découvrir l'étendue de votre don ainsi que ses différents usages. Nous pouvons développer votre talent dans des proportions que vous n'imaginez pas.

Un sourire échappa à Frédéric. C'était exactement ce qu'il désirait.

Le soir même, Frédéric quittait la table du dîner en compagnie de Reinhardt et d'Alexandre lorsque Clément vint l'inviter, ainsi que l'autre étinceleur, à rejoindre deux garçons de quatrième et cinquième années. Il s'agissait de certains des étinceleurs roturiers qu'il voulait lui faire rencontrer. Visiblement, ceux issus de la noblesse ne se mêlaient pas aux autres.

Le visage constellé de taches de rousseur du premier, Jacem Eeden, s'épanouit en un grand sourire lorsqu'il lui serra la main. Sous ses cheveux bouclés d'un roux flamboyant, il avait des traits avenants. L'autre, Mehran Rezal, aux cheveux crépus coupés court et à la peau noire, l'accueillit de façon plus réservée, mais non moins chaleureuse. Ils n'abordèrent pas la question de leurs pouvoirs, ce qui soulagea Frédéric tout en ravivant sa curiosité. Ils s'installèrent dans un salon un peu à l'écart. Les quelques garçons déjà présents ne leur prêtèrent aucune attention, plongés dans leurs conciliabules.

— Il n'y a que nous ? demanda Frédéric. Ton parrain n'est pas là ? ajouta-t-il en se tournant vers Alexandre.

Il l'avait tutoyé sans réfléchir, mais les étinceleurs semblaient agir de manière plus familière que les autres élèves, comme si leur double statut de roturier et de magicien créait déjà une intimité entre eux. Pour se démarquer également ? Alexandre secoua la tête tandis que Clément grimaçait.

— J'aurais voulu vous présenter plus de monde, mais l'annonce de ce midi a tout bouleversé. Bien que nous ne soyons pas nobles, nous n'appartenons pas aux mêmes duchés et nous n'avons pas les mêmes idées…

Mehran fit la moue.

— C'est bien la peine d'essayer de se serrer les coudes si c'est pour reproduire les mêmes divisions à la première occasion. La situation est déjà suffisamment compliquée. Tu as d'autant moins de chance d'être tombé sur Andersen, termina-t-il en s'adressant à Frédéric.

Il le savait, oui. Jacem hocha la tête.

— D'ailleurs, tu devrais faire profil bas. Andersen ne perdra pas l'occasion de t'utiliser et, si tu t'opposes à lui, ça peut très mal se passer.

— Et donc je devrais m'écraser ? L'éviter au maximum ou lui obéir en espérant lui plaire ? Je ne le laisserai pas me manipuler comme une marionnette.

Clément soupira, passa une main dans ses cheveux.

— C'est compliqué de savoir à quoi s'en tenir avec lui, on n'est jamais sûr de ce qui lui passe par la tête, mais c'est rarement bon pour les autres.

De mieux en mieux. Frédéric serra les poings. Il ne plierait pas devant Lionel.

— Suite aux nouvelles, nous voulions vous parler du Cœur, reprit Mehran. Nous ne sommes pas encore sûrs de vouloir le chercher, mais nous n'aurons peut-être pas le choix. Si la magie s'en mêle, nos compétences peuvent devenir précieuses et il serait bien de faire front pour échapper aux convoitises. Les autres étinceleurs soit ne veulent pas s'engager tout de suite, soit défendent l'indépendance en imaginant que cela leur permettra de se libérer de la tutelle de la royauté. Qu'est-ce que vous en pensez ?

Sa mine indiquait assez ce que cela lui inspirait. Frédéric ignorait toujours quoi faire à propos du Cœur. À tout prendre, il préférait encore travailler pour la reine que pour l'un des ducs. Il la voyait à part de la noblesse, obligée de composer avec elle, elle aussi. Il croisa le regard d'Alexandre, qui n'avait pas dit un mot. Il y avait l'offre de Reinhardt également, qui lui paraissait plus déterminé.

— Je ne sais pas si je suivrai, fit Clément. Si je veux continuer à récolter des informations, ils ne doivent pas se méfier de moi. Je peux jouer la neutralité et vous transmettre ce que j'apprendrai.

Le regard de Jacem passa sur Frédéric.

— J'ai besoin de réfléchir, j'ai eu une autre proposition. Je dois prendre Lionel en compte aussi.

Alexandre manqua de reculer lorsqu'ils se tournèrent vers lui.

— Je vais y penser, marmonna-t-il, sans regarder personne.

Jacem et Mehran échangèrent un regard où pointait la déception. Le second sourit.

— On en reparlera dans quelques jours. Et quoi qu'il en soit, cela ne change rien au fait que nous restons solidaires face à eux.

L'héritier des Andersen inspira profondément, savourant la fraîcheur sous les arbres qui bordaient les grandes allées droites du parc de Cathédrale. L'odeur de pétrichor s'attardait après les orages de la veille. Le calme régnait, à peine troublé par les trilles des oiseaux et les claquements secs des sabots de Nordlys. L'agitation qui enflammait Cathédrale semblait loin, à présent. Ses épaules se détendirent sans se relâcher complètement.

Les manœuvres du Belastan lui laissaient un goût amer. Maintenant, toute l'école s'intéressait de près à ses recherches qui se trouvaient déjà compromises. Pour les poursuivre, il lui fallait l'accès aux sections restreintes de la bibliothèque. Il avait eu beau s'y précipiter après l'annonce du défi, la conservatrice avait déjà reçu de nouveaux ordres. Sans mot écrit d'un professeur justifiant d'un devoir, les élèves ne pouvaient plus s'y rendre – et aucun enseignant ne céderait.

Quel besoin Vosgaryan avait-il eu de trouver un défi aussi insensé ? Ce n'était pas sa quête, l'artefact ne lui était pas nécessaire pour ses jeux politiques. Certes, le Cœur ne lui appartenait pas davantage, mais le Carélien se sentait étrangement dépossédé.

Nordlys broncha, sentant sans doute sa nervosité. Il flatta son encolure.

— Tu as raison, ma belle.

Inutile de s'énerver alors qu'il profitait sans doute de ses derniers moments de tranquillité. Le système compliqué des alliances entre les duchés s'ébranlait avec une rapidité qui aurait prêté à sourire dans d'autres circonstances. Si seulement ils mettaient autant d'enthousiasme lors des sessions du conseil royal… Sans surprise, face au Belastan et à Eindovia, son père avait apporté son entier soutien à la reine ; celui de Martial, duc d'Orelnan, l'avait imité. Lionel, son parrain et Orfeo étaient les seuls héritiers ducaux présents à Cathédrale, mais chaque région avait des représentants ; certains oscillaient, se livraient à des calculs, prenaient soudain conscience de l'importance qu'ils acquéraient dans la partie qui s'ouvrait. Ce n'était pas ainsi qu'il voulait la jouer, mais il n'avait pas le choix. Peu importait. Il trouverait le Cœur.

— Lionel !

Le temps de se composer le sourire de circonstance et il se retourna. Martial émergeait d'une allée transversale. Presque en retard sur ses prévisions, il était l'un des derniers de sa liste de proches à se manifester. Peut-être s'était-il attendu à ce que son filleul se tournât d'abord vers lui.

Le cavalier démonta en souplesse, retira son gant droit pour serrer la main du troisième année qui s'excusa :

— Je ne voulais pas vous déranger.

— Je n'allais pas tarder à rentrer. Marchons, voulez-vous ?

Ils prirent le chemin des écuries, le Carélien menant sa monture par les rênes. Martial ne s'embarrassa pas de badineries.

— Je souhaitais vous proposer d'avancer ensemble dans la recherche du Cœur. Mon père a écrit à son archiviste afin de rassembler tout ce que nous possédons sur le sujet, et je ne doute pas que vous ayez déjà fait de même. Vous détenez certainement des éléments…

Il laissa le silence flotter quelques instants. Ils longeaient la pièce d'eau qui ornait le centre du parc. Les eaux dormantes frisaient à peine sous l'effet de la brise. Trop calmes.

— Martial, vous me surprenez. Vous railliez tous mon intérêt pour l'histoire de Cathédrale l'an dernier et vous voilà maintenant décidé à savoir où j'en suis de cette *lubie*…

Son parrain ne lui fit pas l'offense de nier.

— La situation a changé, Lionel ; votre passion, si étonnante soit-elle, se révèle prémonitoire. Mon père se tient aux côtés du vôtre, prêt à l'assister dans la tourmente qui s'annonce, et il me semblait que nous pourrions agir de même.

Le Carélien sourit aimablement.

— Je me réjouis de cette manifestation de la longue amitié qui unit nos duchés et de sa solidité. À ce titre, je vous assure de tout mon soutien dans vos recherches. Puissent-elles se révéler productives et aider à ramener la stabilité dans le royaume.

Le visage de Martial ne trahit rien de sa contrariété, mais il regardait droit devant lui.

— Vous ne vous engagerez pas davantage avec moi.

— En effet. C'est fort aimable à vous de penser à moi, mais c'est une quête que je souhaite mener à ma manière et non en équipe.

Les naseaux de sa jument ne cessaient de frôler la poche de sa longue veste de cavalier. Il la repoussa, Nordlys rétorqua d'un petit coup de tête. Avec un sourire, il plongea la main dans sa poche, en sortit une pomme. Ravie, Nordlys la happa.

— Je savais que vous aviez donné cette réponse à Eliescu et Ivensen, mais j'espérais que nos liens…

Eivind Ivensen avait été le premier à venir le voir, la veille, estimant que ce serait une juste réparation de son absence de parrainage, si empreint de morgue que cela avait été un plaisir de décliner. Sa seule mention ravivait tous ses souvenirs du jeune homme, leur rencontre dans leur enfance, cette suffisance déjà présente qui s'accrochait à ses traits et se renforçait d'année en année, le même ton irritant…

Ils approchaient des écuries. Élysée non plus n'avait guère apprécié la rebuffade, mais, du fait de sa proximité avec Orfeo Lamarcchia, elle se justifiait davantage. En d'autres circonstances, l'idée de s'allier avec Martial lui aurait convenu, mais celui-ci chercherait pour sa famille et pour la reine, non pour Cathédrale.

— Et votre étinceleur ?

Le ton pincé de Martial ne lui échappa pas. Bien sûr, son choix suscitait un nouvel intérêt, on se demandait ce qu'il avait vraiment derrière la tête, s'il n'était pas, par quelque miracle, déjà informé de ce qui se préparait pour s'être octroyé cet atout supplémentaire. Cela rejaillissait par ricochet sur son ancien parrain et le scandale l'éclaboussait – un scandale qui faisait déjà long feu, chassé par l'artefact. Le garçon préféra éluder.

— Il ne m'en a pas parlé et je ne compte pas davantage le faire. Ce n'est pas contre vous, Martial, soyez-en sûr. Je n'aurais pu souhaiter meilleur parrain que vous et votre amitié m'est précieuse. Néanmoins, il est inutile d'insister, j'en suis désolé. C'est sans doute préférable, l'attention se portera moins sur vous que sur moi, ce qui vous offrira plus de liberté pour chercher et vous protégera un temps. Est-ce que cet arrangement vous agrée ?

— Vous n'avez pas tort, admit Martial. Si vous tenez réellement à être seul… Eh bien, je suppose que nous nous en accommoderons. Cependant, n'hésitez pas à venir me parler si vous changez d'avis. Nous ne pouvons nous permettre de mettre en péril trois siècles de paix seulement parce que nous tenons à préserver nos… façons de faire.

Nos lubies ou nos manies, corrigea l'héritier des Andersen en son for intérieur. La brève hésitation de son parrain l'avait trahi.

— Naturellement, je ne manquerai pas de faire appel à vous si je me rends compte que ma méthode n'est pas la bonne. Je ne compte pas échouer.

Ils se saluèrent. Martial reprit le chemin de l'école tandis que le Carélien confiait sa monture aux valets d'écurie en la gratifiant d'une dernière carotte. Son regard courut sur le vaste bâtiment de Cathédrale. Que deviendrait-elle si les Neuf-Duchés implosaient ? *Cela n'arrivera pas.* Le Cœur appartenait à Cathédrale et il y resterait.

Chapitre VI

Reinhardt servit d'un coup puissant. La balle heurta le plafond, retomba dans le carré de service. Frédéric l'intercepta, la renvoya d'un mouvement habile. Elle rasa le filet, mais Reinhardt parvint à la rattraper. Il jouait mieux et possédait bien plus d'endurance et de souffle que lui, néanmoins Frédéric n'entendait pas lui laisser une victoire trop facile. Dans la galerie protégée qui longeait une partie de la salle, Cedren et les deux garçons qui attendaient leur tour dans leur tournoi improvisé ne les quittaient pas des yeux.

Frédéric n'avait cependant pas vraiment l'esprit au jeu. Depuis deux jours que la nouvelle était tombée, l'effervescence qui s'était emparée de l'école ne diminuait pas. Les nobles se retrouvaient par petits groupes, baissaient la voix dès que quelqu'un s'approchait. Se mêler de leurs querelles ne le tentait pas, mais s'il s'agissait de leur damer le pion…

Reinhardt exploitait tous les recoins du terrain. La balle surgissait dans des angles inattendus. Frédéric plongea, une seconde trop tard. La balle rebondit dans un claquement sourd, consacrant la victoire de Reinhardt. Ils se serrèrent la main par-dessus le filet et l'un des garçons remplaça l'étinceleur.

À pas lents, s'essuyant le front d'une main, Frédéric rejoignit la galerie. Les articles de journaux qui s'essayaient à montrer les conséquences de la scission du royaume lui donnaient froid dans le dos. Est-ce que tout cela était réel ? Pouvaient-ils vraiment envoyer promener des siècles de paix seulement parce qu'ils l'avaient décidé ?

— Vous avez l'air ailleurs, commenta Cedren, assise à côté de lui.

Elle jouerait la partie suivante. Les deux élèves des années supérieures avaient fait grise mine lorsque la jeune fille avait demandé à se joindre à eux, puis elle avait servi en guise de réponse, et il n'y avait plus eu de contestation. Ils avaient seulement tous détourné les yeux lorsqu'elle avait un peu délacé son corset pour mieux respirer.

— On peut dire ça. Pensez-vous vous lancer dans la quête du Cœur ?

La question était plus abrupte qu'il ne l'avait souhaité. Cedren sourit.

— J'hésite. Cela m'importe, parce que je ne suis pas partisane de l'indépendance. Le duché de Niemand doit beaucoup à la Couronne et je partage la loyauté de mon père.

Frédéric hocha la tête. Il avait enfin remis le nom d'Abalian. Vasken Abalian avait été un général respecté quelques décennies auparavant, lorsqu'il avait mené les Neuf-Duchés à la victoire dans leur dernier conflit. À présent, les rumeurs prétendaient qu'il n'avait plus tous ses esprits et qu'il avait élevé sa fille unique comme un garçon.

— Mais... ?

— Eh bien, chercher seule n'aurait pas grand sens à mon avis. Ma marraine s'est alliée à ses amies, et une amie proche, Siran, a fait le choix de la neutralité.

Frédéric haussa les sourcils.

— Peut-on vraiment l'être ?

— Bien sûr. Pour certains. C'est aussi l'option que vous avez, Frédéric. L'immense majorité des nobles ne l'auront pas, parce qu'ils n'ont pas votre liberté. Vous avez le luxe d'hésiter et, quelle que soit votre décision finale, elle sera prise de votre propre chef.

Il n'y avait pas pensé de cette façon. Reinhardt se dressa devant eux.

— C'est à vous, Cedren.

Elle se leva et Reinhardt prit sa place, le souffle un peu court. Frédéric n'avait rien suivi de la partie, mais au sourire du garçon il n'eut guère de mal à deviner le vainqueur. Celui-ci jeta un coup d'œil autour d'eux.

— Toujours pas d'Alexandre ?

— Il tenait à travailler.

L'étinceleur n'avait échangé que deux ou trois balles, essentiellement parce qu'il n'avait pas trouvé d'autre solution pour échapper à l'insistance de Reinhardt, avant de s'esquiver vers la bibliothèque. Ce dernier fit la moue.

— Il est encore pire que toi. Mais sa passion pour les bouquins nous sera utile si nous décidons enfin de nous lancer dans cette quête.

Frédéric se laissa aller en arrière, appuyant sa tête contre la pierre fraîche du mur. Sourcils froncés, Reinhardt se redressa.

— Bon sang, Frédéric ! Tu tiens vraiment à ce qu'ils jouent avec nos vies de cette façon ? On est sur la route de la modernité, les Neuf-Duchés ont de quoi devenir bien plus puissants, et ils veulent revenir trois siècles en arrière ! Ma famille…

L'empire des Arvelhod se construisait sur le développement industriel du royaume. Son implosion les mènerait à la ruine – et en quelques jours à peine la situation avait commencé à se dégrader s'il devait en croire les pages économiques des journaux. Frédéric peinait à compatir.

C'était surtout pour sa famille qu'il s'inquiétait. Samara constituait une sorte de région autonome au sein des duchés, mais elle ne pourrait fonctionner seule et certains de ses alliés, comme la Carélie, se trouvaient à l'autre bout du royaume. La capitale risquait de finir enclavée – et à terme de ne plus avoir d'existence. Qu'adviendrait-il alors de ses parents, de Louise et d'Étienne, alors qu'il s'apprêtait enfin à leur offrir la vie qu'ils méritaient ? Sans Cathédrale, tous ses plans disparaissaient, réduits en fumée. Il y avait aussi son frère aîné, Véran, installé depuis tout juste un an avec sa femme, dont il savait qu'ils voulaient fonder une famille… Si la scission se passait mal et que la guerre éclatait, ce qui ne laissait pas grand doute, que leur arriverait-il ? Son père, Véran et lui étaient mobilisables. Et ils avaient déjà tant de mal à avoir assez de revenus en cette période prospère, surtout pour chauffer l'appartement pour Étienne. Aucun de ces enfants de la noblesse n'en avait conscience. Finalement, Cedren s'était trompée. Lui non plus n'avait pas le choix. Il ne pouvait pas rester les bras croisés, à attendre que d'autres décident de son sort.

D'autant qu'en cas de réussite la reine récompenserait certainement le vainqueur. Le Cœur lui offrait la chance inespérée d'aider sa famille bien plus tôt qu'il ne le pensait. Ses hésitations lui parurent soudain ridicules. Un instant, il s'imagina face à la souveraine, devant tous ces aristocrates, devant Lionel pour qui il n'était qu'une lubie, quelqu'un à manipuler… Cette quête comblerait toutes ses ambitions et tous ses rêves. Une brusque chaleur naquit dans son cœur, s'éleva comme une flamme. Cathédrale le soutenait, Cathédrale l'approuvait. Son appui le rassura. Avec elle de son côté, il ne pourrait pas échouer.

Mais avec qui chercher ? Reinhardt et peut-être Cedren ? Ou Jacem et Mehran ? L'inconnue restait Alexandre qui pouvait basculer d'un côté ou de l'autre. Le timide étinceleur serait un atout de plus. Il s'était un peu rapproché de Reinhardt et lui au cours de la semaine, il préférerait certainement se mettre en équipe avec eux plutôt qu'avec les deux étinceleurs plus âgés. Ce qui arrangeait Frédéric : il voulait pouvoir agir comme il l'entendait avec Lionel. Reinhardt ne le freinerait pas.

Il se tourna vers lui.

— Je ne les laisserai pas tout détruire avec leurs querelles d'ego et leur mesquinerie. Ils ne se sont jamais souciés de nous.

— Alors, tu en es ?

— Oui. On en parle avec Alexandre ?

Reinhardt acquiesça.

À la fin du tournoi, l'étinceleur n'avait toujours pas réapparu. Frédéric salua Cedren avec une pointe d'appréhension. Pourvu que Reinhardt et Alexandre acceptent qu'elle se joigne à eux !

La salle du jeu de paume donnait sur celle d'escrime. Deux duellistes s'affrontaient tandis que d'autres étudiants formaient un cercle autour d'eux. L'un des bretteurs était le maître d'armes ; dans l'autre, Frédéric reconnut sans mal Orfeo Lamarcchia.

— Il n'usurpe pas sa réputation, murmura Reinhardt. Il a une sacrée façon de bouger.

Frédéric ignorait tout des duels, mais il dut s'avouer qu'il y avait une certaine beauté dans la danse des lames, soutenue par l'agilité et la grâce des adversaires. Sous les acclamations, l'héritier d'Eindovia toucha deux fois le maître d'armes avant d'être atteint à son tour. Il finit par remporter le combat sur une dernière touche. Frédéric se détourna.

— Viens, nous devons trouver Alexandre. Je vais voir à la bibliothèque, tu vérifies la terrasse ? On se retrouve au salon.

Ils se séparèrent. Frédéric remonta les couloirs à pas rapides, l'esprit en ébullition. Maintenant qu'il avait fait son choix, il se sentait bien plus déterminé. Alors qu'il dépassait l'angle d'un corridor, il crut entendre une exclamation étouffée, suivie d'une protestation, derrière la porte de l'une des petites salles d'études attenant à la bibliothèque.

Sans réfléchir, il poussa le battant.

Alexandre se trouvait encerclé par le garçon qui avait déjà insulté Frédéric le jour de la rentrée, Élysée, et deux étudiants plus âgés. Il semblait au bord des larmes. Le deuxième année railla :

— Voilà un preux chevalier qui vient à ton secours, Enderlin…

Frédéric s'avança.

— Laisse-le tranquille.

L'un des inconnus, l'air assez âgé pour être en cinquième année, haussa un sourcil. Une lueur moqueuse dansait dans son regard d'ambre.

— Nous donnerais-tu des ordres, par hasard ?

— Je veux juste que…

— Arrogance de façade et lâcheté, Lionel ne se trompait pas. Qu'attendre d'autre de quelqu'un comme toi ?

Les poings serrés, Frédéric marcha sur lui, mais Élysée lui bloqua le chemin. Il voulut l'écarter, l'étudiant le retint.

— Eh, vous avez l'air de bien vous amuser ! Puis-je me joindre à vous ?

Ils se retournèrent. Appuyé contre le chambranle, bras croisés, Reinhardt les observait. L'élève plus âgé reprit :

— Évidemment, les rats rôdent toujours en bande. Certains feraient mieux de se souvenir que nous ne nous trouvons pas dans les caniveaux et qu'ici les conversations ne se terminent pas à coups de poing.

Il fit signe à ses amis et tous trois sortirent. Reinhardt s'assura qu'ils ne revenaient pas.

— Ça va, Alexandre ? Que voulaient-ils ?

Encore pâle, l'étinceleur ramassait ses affaires tombées au sol.

— Parler de magie. Et me… convaincre de chercher le Cœur avec eux.

Les mises en garde de Jacem et Mehran se vérifiaient. Une moue écœurée lui vint.

— Ranjani pouvait toujours rêver, je n'aurais jamais accepté !

Il s'agissait sans doute de l'étudiant de cinquième année qui semblait mener les autres. La détermination d'Alexandre tira un sourire à Frédéric. Il croisa le regard de Reinhardt qui hocha la tête.

— Justement, on en a parlé avec Reinhardt et on voulait te proposer de le chercher avec nous. Tu serais d'accord ?

Le garçon leur jeta un regard incrédule.

— C'est vrai ?

— Oui. Pourquoi, tu en doutes ? Ou tu n'en as pas envie ? Si tu préfères dire « oui » aux autres étinceleurs, ça me va aussi.

Alexandre tordait et retordait la boucle de cuir de son sac entre ses doigts. Sans les regarder vraiment, il souffla :

— Je… Non. C'est vraiment gentil d'avoir pensé à moi. Je veux bien chercher avec vous.

— Parfait, s'exclama Reinhardt. Ils n'ont qu'à bien se tenir à présent, tous autant qu'ils sont.

Les élèves quittaient leurs salles de classe en s'interpellant. Lionel consultait sa montre lorsqu'Élysée le rejoignit.

— Madame Markossian croit-elle que nous tenons à devenir des économistes accomplis ? Je ne suis pas certain que mes notes aient la moindre cohérence.

— Cela m'a paru assez clair. Nous pourrons en discuter si vous le voulez. Ce soir, plutôt ?

L'air soulagé d'Élysée le fit sourire. Tous deux gagnèrent la salle à manger où ils retrouvèrent leurs amis de deuxième année. Comme ces derniers jours, la discussion ne quitta pas le terrain des futilités – une simple préservation des apparences. Ils cherchaient tous le Cœur, mais Élysée avait commencé à exploiter ses liens avec Orfeo Lamarcchia, tandis qu'Aurèle et Josserand s'étaient associés. Aucun d'eux n'entendait partager l'état de ses recherches avec les autres. Porté par ses idées, Lionel chercha l'héritier d'Eindovia. Difficile à lire, l'air détaché de ce qui l'entourait, il s'entretenait avec son propre cercle.

— Quelle idée d'organiser le bal de rentrée aussi tôt !

Les yeux vert clair d'Aurèle se plissaient tandis qu'il faisait la moue. Lionel retint un soupir. Il devinait l'intention du directeur et des enseignants en l'annonçant pour la fin de la première semaine, dans deux jours : ils tenaient à apaiser les esprits, à vanter l'union du royaume. Qu'ils perdent du temps dans ces simagrées si cela les amusait ! Lionel l'attendait pourtant avec une certaine impatience. Il n'avait pas encore eu le temps de s'entretenir avec Jovianna au sujet du Cœur – et lorsqu'il l'avait invitée au bal, tous deux avaient convenu qu'ils en parleraient à ce moment-là : ils auraient toute l'école pour public et elle aimait cela autant que lui.

— Et vous, Lionel, savez-vous déjà qui vous inviterez ?

Il glissa quelques noms, dont celui de la fille du duc d'Eindovia pour susciter leur intérêt. Ils se chargeraient de répandre la nouvelle dans l'école. Cependant, il ne parvenait pas réellement à s'intéresser à leur discussion. Élysée surtout semblait pris par ses sentiments, une exaltation légère perçait sous sa réserve habituelle alors qu'il évoquait une de ses cavalières, les lettres échangées au cours de l'été. Lionel n'avait jamais compris ce qu'il y avait derrière cet enthousiasme – désir, amour au sens où ils l'entendaient restaient un mystère pour lui. Tant mieux, en un sens. Cela leur faisait perdre une partie de leurs moyens.

Il était temps d'occuper plus utilement la fin de l'heure du déjeuner. Lionel se leva, repoussant les questions de ses amis. Dans son dos pesaient les regards des autres – certains l'avaient déjà suivi dans les couloirs. Nul doute que son brusque départ soulèverait de nouvelles interrogations. Que savait-il vraiment ? Une part de lui s'en amusait, l'autre aurait voulu être bien plus avancée qu'il ne l'était réellement. Si seulement le défi était tombé quelques jours plus tard ! Il aurait eu ses réponses, aurait su où chercher...

L'ouvrage dont il ignorait tout sauf la cote se trouvait soit dans la bibliothèque de l'école, soit dans celle du palais royal – et il préférait commencer par l'emplacement le plus probable et le moins fourni.

Dans le couloir, il prit le temps de noter dans un petit agenda le rendez-vous avec Élysée – il aurait dû le faire dès le moment où ils en avaient parlé – et rejoignit la bibliothèque, déserte à cette heure. La section dévolue à la magie était dense, mais il en avait déjà lu l'essentiel.

Ses tentatives pour accéder aux sections restreintes avaient échoué. Son regard glissa vers l'escalier torsadé qui y menait. La journée, la conservatrice et le bibliothécaire veillaient. Et la nuit… La nuit, un artefact se chargeait de monter la garde. Un frisson courut dans son dos tandis que la lumière trouble de la magie se rappelait à lui, prête à s'activer au moindre faux pas et à décharger son énergie sur le premier intrus venu. Il plaqua ses mains contre le livre qu'il tenait pour les empêcher de trembler. Il ne craignait rien.

Son seul espoir était de trouver un moyen de le désactiver dans les ouvrages. Si cela échouait, il devrait se tourner vers le directeur, solution qui ne lui plaisait guère.

Chassant ces pensées, il se concentra sur sa lecture jusqu'à la reprise des cours.

La tête bourdonnante, Frédéric sortit avec soulagement d'un cours de relations internationales et alla se réfugier à la bibliothèque. Ces quatre premiers jours lui semblaient être passés à la fois très vite et très lentement, entre la densité des cours et le défi, et il attendait avec impatience l'arrivée de la fin de la semaine.

En compagnie d'Alexandre et de Reinhardt, il avait commencé à explorer les sections dévolues aux artefacts – et ils n'étaient pas les seuls : une bonne partie des ouvrages manquait. Malgré leur détermination, ils ne savaient pas vraiment par où commencer leurs recherches. Ils avaient prévu de réfléchir à leur stratégie pendant leurs deux jours de repos.

Pour l'heure, il se concentra sur sa correspondance. Louise et Étienne ne tarissaient pas de questions sur l'école et le Cœur. Leur inquiétude transparaissait. Non, il ne commettrait pas d'imprudence. Son frère lui demandait même s'il avait retrouvé Aksel. Après avoir interrogé Clément, au courant de tout ce qui se passait au sein de l'école au point que Frédéric soupçonnait son don d'y être pour quelque chose, il était certain à présent de l'absence du garçon, et il était hors de question d'interroger Lionel à son propos, ou même Ivensen. S'imaginer parler d'Aksel, entendre les questions qu'ils ne manqueraient pas de lui poser ne lui plaisait pas, pas plus que de leur livrer des informations à son sujet. Malgré les années, malgré ses efforts pour l'oublier, le jeune aristocrate restait comme une épine sous sa peau, creusant son chemin dans sa chair, une douleur fantôme, un creux au cœur. Impossible de s'en débarrasser.

Crispé, il se força à revenir à ses cadets. Il redressa la tête lorsqu'une ombre large couvrit sa feuille. Reinhardt et Alexandre se tenaient devant lui.

— Ils ont sonné le dîner il y a dix minutes, fit le premier.

Frédéric grimaça. Il avait accepté de partager ce repas avec Lionel.

Au réfectoire, il ne tarda pas à apercevoir son parrain en bout de table en compagnie des étudiants de deuxième année avec qui il discutait le jour de la rentrée, notamment Élysée. Leurs regards se croisèrent, mais Lionel ne broncha pas. Frédéric s'immobilisa à sa hauteur. Des sourires narquois fleurirent sur les lèvres de ses amis. Frédéric allait l'interpeller lorsque Lionel daigna tourner la tête.

— Oh, vous êtes là. Que puis-je pour vous ?

Derrière l'apparence parfaite et la fausse amabilité perçait autre chose, comme un éclat acéré, un peu irrégulier, qui tranchait sur le reste et fissurait la façade.

— Nous devions dîner ensemble.

Le Carélien haussa un sourcil avec une nonchalance étudiée.

— Je ne m'en souviens pas. Comme vous le constatez, d'autres engagements me retiennent.

L'un des garçons, dont les yeux pâles ressortaient sur sa peau brune, se pencha :

— Est-ce votre… filleul ?

L'hésitation dédaigneuse hérissa Frédéric. Lionel approuva de la tête.

— Oui, Aurèle. Je me dis qu'il nous revient d'aider ceux dont les situations sont moins heureuses que les nôtres.

— Votre générosité vous honore, commenta Élysée.

Lionel sourit, enchaîna :

— Mais comprenez que je ne peux tout le temps dîner avec vous, Frédéric. Une autre fois, si vous voulez bien ?

Frémissant de rage, Frédéric se contenta d'un hochement de tête pour toute réponse, incertain des paroles qui lui échapperaient s'il ouvrait la bouche. Alors qu'il se détournait, Lionel se pencha vers lui :

— Simple conseil de parrain à filleul : profitez donc de ce délai pour apprendre à contenir vos émotions en public et travailler votre sens de la repartie. J'espère que vous apprendrez à ciseler vos paroles aussi bien que le métal.

Prononcée à voix basse pour lui seul, la phrase heurta Frédéric de plein fouet.

— Comment savez-vous… ?

— C'est mentionné dans votre dossier scolaire. Illustration par l'exemple : vous ne devriez pas vous laisser prendre au dépourvu par de telles informations.

De quel droit Lionel avait-il eu accès à son dossier ? C'était confidentiel ! Le directeur procédait-il ainsi à la répartition des filleuls ? Ou… Bien sûr. Quitte à parrainer un étinceleur, l'arrogant héritier du duc de Carélie avait dû s'assurer que son don lui convenait. Impossible de répondre ; les amis de Lionel se tournaient vers eux, l'air de se demander pourquoi il était encore là.

Sans un mot de plus, il rejoignit Alexandre et Reinhardt.

— Lionel ? demanda le second.

— … estime appartenir à une trop haute société pour que je sois digne de le fréquenter lorsqu'il se trouve avec ses amis.

Et il n'y a pas que ça, siffla Frédéric entre ses dents serrées. Il s'est débrouillé pour connaître la nature de mon don.

— Évidemment, trancha Reinhardt. Il a beau avoir du pouvoir à ne plus savoir qu'en faire, il ne possédera jamais la moindre once de magie. Je suis sûr qu'il crève de jalousie et que c'est pour ça qu'il fait tout pour te rabaisser.

Frédéric attaqua son repas avec énergie. Son couteau crissa contre la porcelaine.

— Je lui ferai payer.

Cela ne faisait que renforcer sa détermination à trouver le Cœur. Le Cœur ! L'idée le saisit, brutale. Il tenait l'occasion de se venger.

— Je sais comment m'y prendre.

Dès la fin du dîner, il entraîna Reinhardt et Alexandre à l'écart.

— Nous manquons d'éléments pour nous lancer vraiment dans la recherche du Cœur. Alors, que diriez-vous de proposer à Lionel de se joindre à nous ?

Alexandre écarquilla les yeux dans un sursaut, Reinhardt fronça les sourcils.

— Ton parrain ? demanda l'étinceleur, comme s'il cherchait un deuxième Lionel parmi les élèves.

— Oui. Si on arrive à lui faire croire qu'on cherche dans le même but que lui et qu'on le double à l'arrivée, on sera vengés.

Retourner les manipulations d'Andersen contre lui ne serait pas chose aisée, mais il ne comptait pas renoncer.

— On peut le faire sans qu'il soit avec nous, pointa Reinhardt.

— Je ne veux pas que ce soit seulement une histoire de compétition, je veux le faire tomber. Et il peut nous apporter beaucoup : c'est sans doute lui qui a le plus d'informations sur le Cœur. Il nous donnera de l'avance.

Alexandre se tordit les doigts.

— Est-ce qu'on est vraiment sûrs qu'il en a ? Je veux dire, il peut raconter tout et n'importe quoi, personne n'a les moyens de vérifier. La bibliothèque nous apprendrait les mêmes choses...

— C'est un fils de duc, il a forcément des documents qui doivent mentionner le Cœur, des indices. Je ne sais pas où il en est, c'est vrai, mais ce sera toujours mieux que de commencer dans le vide. Il a l'air de le chercher depuis un moment, il le veut pour lui.

Ce dernier point était sans doute un mensonge : Lionel avait tout intérêt à le trouver pour son père et, par ricochet, pour la reine. L'en empêcher au dernier moment, s'approprier cette découverte et lui faire ravaler son arrogance... Il ne jouerait plus les héritiers condescendants, alors. L'heure venue, Frédéric comptait bien savourer chaque instant de sa revanche.

— Vous imaginez son humiliation, et celle des autres nobles, si nous mettons la main sur le Cœur avant eux ? Si des étinceleurs et des roturiers se montrent meilleurs qu'eux ? Ils nous méprisent, pensent que nous n'avons rien à faire ici, il est temps de leur prouver à quel point ils ont tort ! Alexandre, ils voulaient te forcer à travailler pour eux, tu ne peux pas laisser passer ça. Leur sang ne leur donne pas tous les droits.

Reinhardt hocha la tête. Ses arguments commençaient à l'intéresser.

— C'est très tentant. Mais je doute qu'il accepte de se compromettre avec nous : il a refusé tous ses amis, même Martial de Gondissan. Il n'a aucune raison de s'allier à nous.

C'était le point délicat.

— Il est mon parrain, il joue le rôle du gentil héritier qui prend des étinceleurs sous son aile... Il ne renoncera pas si vite à cette comédie. Le jour de la rentrée, il prétendait que nous pourrions devenir proches. Le tout, c'est de le persuader que nous avons les mêmes objectifs et que nous serions *ravis* qu'il nous fasse l'honneur de son amitié.

— Ça ne coûte rien d'essayer, admit Reinhardt. Au pire, ça ne changera rien, au mieux..., il peut nous avantager s'il a déjà des informations.

— Je demanderai à Clément ce qu'il sait à ce sujet.

Le regard de Reinhardt oscilla entre Alexandre et lui.

— Par contre, cela lui donne aussi l'occasion de vous utiliser.

— Il connaît mon don, grinça Frédéric. Mais je ne le laisserai pas m'imposer ses volontés. Alexandre, tu n'auras pas à lui révéler le tien. S'il t'en parle, s'il te pose la moindre question dessus, on le remettra à sa place. Est-ce que c'est bon pour toi ? Ce n'est pas forcément ce que tu prévoyais. Et toi, Reinhardt ? Est-ce que vous êtes d'accord pour essayer ?

Celui-ci acquiesça avec énergie, une lueur féroce dans le regard.

— Ce sera un plaisir d'être à l'origine de son humiliation. Alexandre, alors ?

L'étinceleur tergiversa une dernière fois.

— J'accepte.

Il paraissait surtout céder pour leur faire plaisir. Frédéric jubila.

— Parfait.

Chapitre VII

Le lendemain, Frédéric se mit en quête de Lionel. Clément lui avait confirmé que les autres étudiants avaient changé d'avis sur ce qu'il appelait une tocade ou une manie de lunatique, mais que Lionel s'obstinait à refuser toute aide, même de ses proches.

Si Frédéric parvenait à le convaincre, ce serait déjà une belle première victoire.

Il le trouva dans l'un des salons, assis au fond d'un grand fauteuil, une pile de journaux à côté de lui. Il semblait perdu dans ses pensées.

Lionel tressaillit lorsqu'il le salua. Ils n'étaient pas seuls ; loin de son cercle familier, il continuait sa comédie du parrain distant mais aimable. À Frédéric à présent de jouer la sienne. Il désigna les quotidiens.

— S'agit-il des dernières nouvelles à propos du défi ?

— Dernières imprimées, mais elles n'apportent rien de nouveau. La capacité des journalistes à écrire des pages entières sur du vide est assez fascinante.

Il sourit, ironique, comme s'il tenait à souligner qu'il en savait plus que tout le monde. Frédéric se lança :

— Avec des amis, nous nous sommes mis en tête de le trouver.

— Comme à peu près l'ensemble des élèves.

La froideur fendillait le masque affable. Frédéric baissa d'un ton :

— Sauf que nous ne tenons pas vraiment à nous mêler des querelles politiques. Nous sommes deux étinceleurs dans le groupe. La magie nous intéresse en elle-même, surtout celle de Cathédrale.

Il avait répété ses arguments, essayant de les rendre les plus naturels possible. Lionel haussa un sourcil moqueur.

— Ah ? Je suis ravi de l'apprendre. Chercher le Cœur pour la beauté du geste est une noble idée, mais difficile à croire.

— Pensez-vous vraiment être le seul à tenir à cette école et à son pouvoir ? Ou peut-être votre position ne cache-t-elle qu'une belle apparence que vous jetez aux autres comme de la poudre aux yeux ?

— Quel serait mon but, selon vous ?

La porte du salon claqua. Ils étaient seuls à présent. Le regard dur de Lionel ne le quittait pas.

— Préserver le royaume, vous êtes pour son unité. Mais on pourrait imaginer d'autres choses en sus. Si le Cœur donne réellement tout pouvoir sur Cathédrale, cela doit intéresser votre père. Après tout, elle constitue sans doute la plus grosse réserve de magie de ce pays. Cependant,je crois que vous êtes sincère quand vous dites que le Cœur appartient seulement à Cathédrale. Et nous partageons le même objectif.

Lionel se leva avec lenteur.

— C'est possible. Il ne me reste qu'à vous souhaiter bonne chance dans votre quête.

Il s'éloigna vers la sortie. Frédéric tendit la main pour le retenir, s'arrêta juste avant de le toucher.

— Nous pourrions vous aider. Lionel, si vous permettez… Mes amis et moi pourrions nous débrouiller seuls, nous ne cherchons pas votre faveur, mais…

L'héritier des Andersen s'était immobilisé. Il pivota, battit des paupières en le découvrant si proche. Son air méprisant avait disparu.

— Vous disiez, pardon ?

Même sa voix avait gagné en amabilité. Commençait-il à s'intéresser à sa proposition ? Ou peut-être prenait-il seulement plaisir à jouer avec ses nerfs. Frédéric dissimula son agacement.

— Nous pourrions nous entraider pour trouver le Cœur. Toute l'école vous collera au train, ils ne vous laisseront pas tranquille. Mes amis et moi attirons moins les regards. En alliant vos connaissances sur le Cœur et nos talents d'étinceleurs, vos idées et les nôtres, nous le trouverons certainement… et il sera protégé de toutes les autres convoitises.

Le mensonge venait plus aisément à présent. Lionel croisa les bras, sur la défensive. Au moins, il ne lui opposait plus un non massif. Avec toute la persuasion qu'il put rassembler, Frédéric poursuivit :

— Vous me disiez espérer que nous deviendrions amis. Ces recherches pourraient également tendre vers ce but… si vous le souhaitez. J'ai bien conscience que nous n'appartenons pas au même milieu et que ce n'est pas simple pour vous.

Ravaler ainsi sa fierté lui en coûtait.

— Cependant, nous pourrions être un atout. L'un de mes amis a déjà été approché par d'autres, notamment un certain Ranjani. Mais nous préférerions avancer avec vous.

D'après ce que Clément lui avait dit, le cinquième année appartenait au cercle de Jovianna Lamarcchia. Lionel le fixait avec intensité, sans que Frédéric parvienne à saisir ses pensées. Il paraissait partagé. Sa posture se raffermit, plus avenante sans son arrogance et son dédain habituels. Comme s'il avait été touché par les paroles de Frédéric, alors qu'il calculait sans doute ce que cela lui apporterait de les avoir avec lui. Le malaise envahit Frédéric ; il aurait presque préféré retrouver la mine méprisante de Lionel plutôt que ce masque trop gentil qui lui donnait l'impression d'être une souris tombée entre les pattes d'un chat joueur.

— Je vous remercie de votre proposition généreuse, Frédéric. C'est rare de voir des étinceleurs s'allier à ceux qui ne pratiquent pas leur art. J'ai… conscience de mes manquements envers vous, surtout en public. Mais si vous l'acceptez, si vous pardonnez ma distance, je me joindrai à vous avec plaisir.

Le soulagement et la fierté d'avoir réussi, de savoir sa revanche un peu plus proche ne suffirent pas à faire disparaître son inconfort. À quel point Lionel avait-il jugé qu'il pouvait se servir d'eux ?

Une fois l'adhésion de Lionel acquise, Frédéric, Reinhardt et Alexandre avaient décidé de ne pas perdre de temps et de mettre à profit leur premier jour de repos. Ils brûlaient de découvrir ce que l'héritier du duc savait. Aussi lui avaient-ils proposé de se retrouver après le déjeuner. Le bal du soir occupait une bonne partie des esprits, on ne s'intéresserait pas trop à leurs faits et gestes.

Frédéric poussa la porte de la salle de travail où ils s'étaient donné rendez-vous. Alexandre, Lionel et Reinhardt s'appuyaient contre les tables. Le Carélien avait apporté une partie de ses affaires de cours. Il avait dû faire croire aux autres étudiants qu'il allait travailler. Leur conversation sonnait artificielle. Une attitude qu'il leur faudrait changer au plus vite s'ils ne voulaient pas voir Lionel s'éloigner. Celui-ci lui sourit.

— Nous voilà au complet.

— Il manque encore Cedren.

Le Carélien se redressa.

— Espérons qu'aucun surveillant ne nous surprenne. Je suis heureux qu'elle se joigne à nous.

Cette fois, les négociations avaient été plus simples : Reinhardt appréciait le caractère de l'étudiante. Alexandre s'était inquiété des répercussions si jamais on les découvrait ensemble, mais il avait fini par donner son accord. Une fois informée, Cedren avait accepté avec enthousiasme sa proposition. Ils n'eurent guère longtemps à attendre. Le battant s'ouvrit à la volée.

— Excusez-moi !

Frédéric sourit. Dans sa hâte, quelques mèches s'étaient échappées de son chignon et retombaient en boucles éparses autour de son visage.

Avant de s'installer, Lionel poussa la porte de communication avec la classe voisine tandis que Frédéric jetait un dernier coup d'œil dans le couloir. Les environs étaient déserts.

Lionel les regarda tour à tour, extrêmement sérieux. Frédéric devint attentif. À côté de lui, Reinhardt se tendit.

— Nous nous accordons bien sur le fait que nous travaillons ensemble à la recherche du Cœur pour protéger la magie de cette école, n'est-ce pas ?

Cedren approuva et les garçons firent chorus. Frédéric avait jugé plus prudent de ne rien dire à la jeune fille de leurs véritables intentions. Le regard de Lionel s'attarda sur lui.

— Les informations sur le Cœur sont rares, reprit-il, et peu précises. La bibliothèque de l'école ne possède pratiquement aucune information à son sujet au-delà de la légende et des généralités connues de tous. J'ai passé une partie de l'année dernière à étudier les archives de ma famille. Même celles datant de la fondation de l'école ne livrent que quelques allusions au « pouvoir au cœur de Cathédrale » ou à son « esprit ». Les ducs d'alors ont dissimulé leur secret, mais ils ne l'ont pas rendu complètement inaccessible.

Sans doute avaient-ils anticipé que leurs héritiers se révéleraient incapables de perpétuer ce qu'ils leur léguaient.

Avec amertume, Frédéric songea à quel point il était facile pour une poignée de dirigeants de bouleverser le pays entier au nom de leur seul intérêt.

— J'espère qu'il ne faut pas tout ce joli monde, pointa Reinhardt avec ironie. Le mystère du Cœur divisé entre les neuf familles ducales…

— Nos ancêtres étaient peut-être idéalistes, mais ils gardaient le sens des réalités. Que leur œuvre ait résisté trois cents ans me paraît déjà un remarquable exploit. En ce qui concerne l'artefact, ils auraient tracé un chemin pour l'atteindre, les mêmes indices pour chacun, les mêmes chances d'y parvenir. Je n'ai pas le sentiment que l'un d'eux a tenté de tromper les autres ; si c'est le cas, nous le saurons très vite.

— Avez-vous pu déterminer le point de départ de ce chemin ? intervint Cedren.

— Bien sûr.

Jusqu'à présent, Lionel ne leur avait pas appris grand-chose de concret. Il semblait retarder le moment de livrer ses véritables informations. Il jeta un curieux regard en direction des murs, puis se lança :

— D'après ce que j'ai trouvé, le chemin se composerait de trois étapes…

— Seulement ?

— Selon la difficulté qu'il y a à passer de l'une à l'autre, la quantité importe peu. En ce qui concerne la première… Je n'ai découvert ceci que cet été, dans la correspondance d'Yngve Andersen, le duc de Carélie contemporain de la fondation de l'école, dans l'une des rares lettres qui se réfèrent au Cœur.

Il sortit des feuilles de sa sacoche, les tourna dans leur direction. Des ribambelles de nombres disposés en séquence de trois s'étalèrent sous leurs yeux. Frémissant, Frédéric se pencha dessus. La voix timide d'Alexandre résonna :

— C'est un code secret ?

— Exactement. Et son principal mystère réside dans cette suite.

Il désigna la première de toutes. Contrairement aux autres, elle comportait quatre nombres à deux chiffres. Lionel la tapota du bout du doigt.

— C'est la clef pour comprendre le reste. Si vous regardez bien, les séquences de trois fonctionnent de la même façon. Le premier nombre ne cesse d'augmenter, le deuxième possède une amplitude bien moindre et régulière, et le troisième oscille beaucoup, sans dépasser quarante. À mon avis, ils désignent une page d'un ouvrage, un numéro de ligne et un numéro de lettre, vraisemblablement. Cette lettre a été codée à partir d'un livre qui est indiqué par cette séquence de quatre. Très simple à déchiffrer… quand on le tient en main.

— Et vous ne l'avez pas.

Lionel secoua la tête.

— Pas tout à fait. Ce type de cote se retrouve sur les ouvrages du palais royal. Il y en a une collection importante ici, à Cathédrale, mais elle se trouve dans les sections restreintes dont l'accès est maintenant interdit.

Jusqu'à présent, la conservatrice s'est révélée imperméable à toute tentative de corruption. Je ne me suis pas encore résolu à demander une dérogation au directeur.

La frustration perçait dans sa voix. Un frisson d'excitation traversa Frédéric devant tout ce qu'il leur livrait.

— Et de nuit ? jeta Reinhardt.

Lionel baissa les yeux sur les feuilles étalées devant lui.

— Elle est verrouillée et surveillée.

Il semblait mal à l'aise. Les trois garçons échangèrent un regard incrédule. Frédéric haussa les épaules. Un obstacle si simple ne l'arrêterait pas, même si quelque chose lui soufflait que Lionel ne leur confiait pas tout.

— Nous trouverons une solution.

— Au moins, nous avons l'avantage d'être déjà en possession du code, fit Reinhardt.

— Grâce à vous, ajouta Cedren en se tournant vers Lionel.

Celui-ci balaya ses remerciements d'un geste de la main.

— Nous ne sommes pas en avance. Je pars du principe que le Belastan et Eindovia n'auraient pas lancé ce défi s'ils ne détenaient pas au moins ces mêmes éléments.

Lionel mit à profit l'après-midi pour recueillir ce qui se disait sur Cedren et compléter ses propres informations. Ses connaissances féminines n'eurent aucun mal à le renseigner ; il prit prétexte du bal pour ne pas attirer l'attention, en faisant mine de chercher une cavalière.

Beaucoup estimaient qu'elle ne devait sa place à Cathédrale qu'à la considération dont avait joui son père, le général Vasken Abalian, mais ses manières vives et franches agaçaient. Sa marraine et une étudiante de troisième année, Siran Narimal, constituaient ses seules relations pour le moment. Lionel connaissait plutôt bien la seconde, qu'il savait être une étinceleuse et sans doute l'une des personnes les plus intègres de l'école. Rompant avec les traditions, elle ambitionnait de devenir diplomate – elle avait eu des échanges avec le duc de Carélie à ce sujet. Son choix de ne pas se lancer dans la quête du Cœur ne l'avait pas surpris. En tout cas, à l'heure où les alliances se formaient, on n'accordait aucun crédit politique à Cedren et donc aucune importance. Il comprenait qu'elle eût accepté la proposition de Frédéric et des autres.

Cependant, Lionel ne se montrait pas dupe des paroles de l'étinceleur auquel il n'accordait aucune confiance. Celui-ci avait une idée en tête, qu'il s'agît de lui soutirer des informations ou de préparer un coup en traître. S'il voulait jouer, il trouverait à qui parler. Les trois garçons étaient certainement complices. Restait à déterminer à quel point Cedren trempait dans leurs plans ou s'il était possible d'en faire une alliée. Avoir l'un des membres du groupe de son côté lui faciliterait les choses. Il lui faudrait tenter quelque chose du côté d'Alexandre également, mais cela pouvait attendre. Timide et influençable comme il l'était, l'étinceleur ne représentait pas une menace.

Un coup d'œil sur sa montre lui apprit qu'il avait le temps de la trouver avant de se préparer pour le bal et sa discussion avec Jovianna. Après avoir vainement cherché dans les salons, la bibliothèque et les salles de travail, Lionel gagna le parc. Le soleil était déjà bas, mais la saison leur offrait l'une de ses dernières belles journées. Il sourit lorsqu'il aperçut Cedren à une table un peu à l'écart, penchée sur un manuel et écrivant d'une plume alerte. La lumière rehaussait l'ocre de sa peau et se perdait dans ses cheveux noirs. Elle était si concentrée qu'elle ne le vit pas immédiatement. Des formules mathématiques couraient sur sa feuille. Elle redressa la tête dans un sursaut lorsqu'il la salua.

— Veuillez m'excuser, je ne voulais pas vous faire peur.

— J'ai tendance à oublier le monde lorsque j'étudie.

— Je ne pensais pas les mathématiques si passionnantes.

Elle sourit.

— Il s'agit plutôt de physique. Les découvertes de ces dernières années dans le domaine de l'optique sont fascinantes.

Lionel haussa les sourcils. S'ils étudiaient encore les mathématiques et qu'une heure de sciences se chargeait de les maintenir à jour des avancées, l'enseignement de l'école dans ces matières n'était pas des plus poussés.

— Ont-ils changé le programme de première année ?

Un rire échappa à Cedren. Elle lui fit signe de s'installer. Un valet s'approcha pour leur proposer des rafraîchissements et ils se trouvèrent bientôt à discuter devant deux sirops. Lionel la poussa à revenir sur ses centres d'intérêt. Elle ne se fit pas prier ; c'était presque étrange d'échanger avec quelqu'un qui ne pesait pas ses mots ni ne masquait ses sentiments.

— La physique, la biologie, la chimie, tout cela me passionne. Il y a tant de choses que nous ignorons encore sur notre monde. Nous étudions les étoiles sans comprendre la moitié de ce qui se passe dans nos propres corps. Un jour, je me vois chercheuse, le lendemain, médecin…

Il dut réagir car elle s'interrompit net et l'observa, sourcils froncés.

— Êtes-vous de ceux qui pensent que je me conduis comme un garçon et que c'est fort dommageable ?

— Non. C'est seulement que la médecine n'est pas un domaine avec lequel j'entretiens des affinités. Pardonnez-moi, je ne voulais pas critiquer vos choix. J'espère que vous trouverez la voie qui vous convient le mieux et que rien ne se mettra en travers de votre chemin.

Il ignorait à quel point les doyens des facultés de sciences pouvaient se laisser fléchir. Il existait des exceptions, comme en témoignait la professeure d'économie ; toutefois, les choses évoluaient lentement.

— Peut-être mon éducation masculine se révélera-t-elle un atout en fin de compte ! ironisa Cedren.

— Ceux qui disent cela ne sont que des imbéciles. Vous n'avez pas été élevée comme un garçon, vous avez été élevée avec la liberté que la plupart des gens imaginent être attribuée à la gent masculine. Vous décidez en fonction de vous-même, non de ce que les autres aimeraient vous imposer.

En achevant, il comprit qu'elle n'était pas de mèche avec les trois garçons. Elle prendrait certainement très mal qu'ils intriguent dans son dos, mais autant garder cette carte pour plus tard.

— Et vous-même êtes tout sauf libre. Le Cœur et la façon dont vous le cherchez vous redonnent un peu de champ, mais vous restez… prisonnier de ce que vous êtes, Lionel Andersen.

Elle n'aurait pu toucher plus juste. Il inclina la tête, guère désireux d'approfondir le sujet.

— Le chercher dans ces conditions est cependant un plaisir. Et j'ajoute donc la magie au nombre de vos centres d'intérêt.

La jeune fille accepta la diversion.

— J'aime les sciences, mais aussi ce qui leur échappe.

La conversation se poursuivit sans temps mort, jusqu'à ce que Lionel prenne conscience que la nuit tombait et que les valets disposaient des flambeaux sur la terrasse. Ils devaient tous deux s'apprêter pour la soirée. Tandis qu'ils se saluaient, Cedren le retint :

— J'ai l'impression que vous êtes venu me parler avec des questions en tête et que vous avez obtenu vos réponses, quelles qu'elles soient. Sont-elles satisfaisantes, au moins ?

— Je tenais à faire votre connaissance puisque nous travaillons ensemble. Et je m'en réjouis sincèrement.

Elle plongea son regard vairon dans le sien.

— Je suppose que vous ne m'en direz pas davantage.

Il aurait pu esquiver de dix manières différentes, mais il choisit l'honnêteté. Il la lui devait bien.

— Elles étaient indignes et je crains de vous offenser en vous confiant ce qui n'avait pas lieu d'être.

— Dans ma grande mansuétude, je vous absous de vos manquements.

La gravité de son ton s'effaçait devant l'éclat de ses yeux et le pli de ses lèvres. Lionel ne contint pas un rire et elle s'y joignit.

— Plus sérieusement, reprit-elle, j'imagine que les mots n'ont guère de valeur pour vous, mais je ne compte pas trahir ce que vous nous avez révélé ni m'en ouvrir auprès de mes proches, si c'est ce qui vous inquiète.

— Je vous présente mes excuses, vous n'auriez pas dû vous sentir obligée de le dire. Je vous fais confiance, Cedren.

Chapitre VIII

L'heure de la réception approchait. Lionel saisit son carnet de bal en nacre, orné d'arabesques de vermeil sur lesquelles se devinait le monogramme des Andersen, fit glisser les lames osseuses qui en constituaient les pages. La plupart de ses cavalières relevaient du devoir diplomatique et il avait gardé trois danses libres au cas où – il prenait seulement soin de choisir, parmi les jeunes femmes en dessous de son rang, celles qui pouvaient malgré tout s'avérer utiles un jour ou l'autre. « N'y en a-t-il aucune qui fait battre votre cœur ? » lui avait demandé Élysée. Certes, au-delà de l'esprit retors de Jovianna, il aimait ses discussions politiques avec Vinciane Archer, cousine de Martial, ou celles plus artistiques avec Rania Anandar, autant qu'il appréciait ses échanges avec ses amis, mais ce n'était visiblement pas la réponse attendue. Quelle importance ? Tout cela n'était que politique, et bien plus encore cette fois-ci : après avoir refusé le soutien de son camp, il devait montrer qu'il était parfaitement à même de maîtriser la situation. Il ne comptait décevoir ni les siens ni ses adversaires.

Il gagna l'un des murs de sa chambre où s'étalaient en trompe-l'œil les paysages de la Carélie. De ce côté, une vaste forêt étendait sa ramure jusqu'au plafond. Ses doigts frôlèrent la paroi, remontèrent vers le feuillage printanier bordé d'or. Il fronça les sourcils. Le vert émeraude s'était assombri – peut-être un jeu de lumière, mais il en doutait.

Sous sa main, seule l'habitude lui fit déceler l'infime pulsation irrégulière. Il n'était pas le plus doué ni le mieux placé pour sentir la magie de l'école. Il s'efforça de lui transmettre des sensations apaisantes. Les feuilles ondulèrent sous ses doigts. Le vert s'éclaircit, l'or brilla un peu plus. « Cathédrale est ce que vous en faites. » N'y avait-il vraiment personne pour réfléchir au sens de ces mots, à l'influence qu'ils exerçaient sur l'école et qu'elle leur renvoyait ? Il s'écarta du mur au moment où Semen entrait.

— Enfin. Mes effets, s'il vous plaît.

Il se plaça devant la glace et les mains expertes du valet nouèrent sa cravate de soirée, la faisant légèrement bouffer. Semen lui tendit ensuite une paire de gants d'un blanc immaculé. Lionel les enfila, savourant la fraîcheur de la soie.

Un dernier regard dans le miroir lui permit d'estimer qu'il était paré, et il descendit.

La salle de réception se révéla aussi apprêtée que les étudiants. Les parois en partie recouvertes d'or et d'argent ainsi que les lustres étincelant de mille feux que se renvoyaient les glaces illuminaient la pièce et, loin de ternir l'éclat des bijoux, les rehaussaient d'un écrin doré. Les statues imposantes des quatre magiciens fondateurs placées au milieu de chaque côté semblaient participer au bal elles aussi.

Parmi les costumes noirs des étudiants, les jeunes filles resplendissaient, éblouissantes de diamants. Les robes de satin et de soie chatoyaient ; les fleurs disposées sur les têtes ou semées en bouquets sur les tissus apportaient une touche de douceur. À l'ivresse du regard s'ajoutait celle du nez, à travers les parfums lourds et capiteux.

Lionel s'avança dans la salle. Les rires tintaient comme du cristal et l'orchestre jouait encore en sourdine. Au bal de l'apparence, l'hypocrisie était reine ; derrière les conversations enjouées ou plus graves, chacun guettait l'occasion de lancer une bonne repartie.

Martial discutait avec des élèves de son année. Il lui faudrait aller lui parler rapidement, après la première danse. Un peu plus loin, Lionel aperçut Cedren, Siran, Frédéric et le reste de leur petit groupe. Autant les saluer dès à présent, il pourrait ensuite se dispenser d'approcher de nouveau les trois garçons. Les yeux noirs de Siran le jaugèrent. Ses cheveux crépus rassemblés en un chignon haut accentuaient la ligne marquée de ses pommettes ; sa robe vert et or, aux couleurs de l'école – un message qu'il ne pouvait ignorer –, mettait en valeur sa peau noire.

Un bruissement se fit soudain entendre et les étudiants s'écartèrent dans un murmure admiratif. Les cinq jeunes gens se retournèrent ; Lionel les imita plus lentement. Jovianna Lamarcchia arrivait, vêtue d'une somptueuse robe de satin bleu lamée d'or et rehaussée de perles. Elle était couronnée d'un chef-d'œuvre de boucles noires soigneusement agencées, qui retombaient à partir d'un chignon complexe. Parfait.

— À quel point comptez-vous nous éblouir ce soir ? s'enquit Siran, pince-sans-rire.

Lionel sourit sans modestie.

— Ce sera un feu d'artifice. Siran, Cedren, avec votre permission…

Les élèves refluaient peu à peu vers les bords de la piste. Lionel se faufila jusqu'à la chaise où Jovianna patientait. Son frère se tenait debout à côté d'elle et tous deux conversaient à voix basse.

Un fin sourire se dessina sur les lèvres de Lionel. Elle avait fait exprès de retenir son cadet. Orfeo lui concéda un signe de tête froid. Lionel s'inclina devant Jovianna.

— Mademoiselle, me ferez-vous le plaisir de m'accorder cette danse ?

Elle le toisa ; derrière son sourire, Lionel perçut une pointe d'avidité à la fois féroce et jubilatoire. Sans un mot ni un regard pour son frère, elle se leva.

— Volontiers, monsieur.

Lèvres pincées, mâchoires crispées, Orfeo les observa s'éloigner. Les rumeurs qui circulaient dans les couloirs depuis l'année précédente disaient que leur père finirait par lui préférer Jovianna comme successeur ; ayant grandement contribué à les diffuser, Lionel se demandait si le duc d'Eindovia ne demanderait pas à changer la loi qui donnait la préséance aux héritiers mâles.

Sous les murmures surpris et intéressés, il guida sa cavalière vers la piste où les couples composaient les différents carrés d'un quadrille. Les premières mesures résonnèrent, enjouées.

Ils n'eurent pas l'occasion de parler tout d'abord, les figures les écartant l'un de l'autre. Puis Jovianna attaqua.

— Ce début d'année est-il à la hauteur de vos attentes ?

— Tout à fait. Je vous prépare des souvenirs inoubliables, mais je ne suis pas certain qu'ils vous satisferont.

Elle fit la moue.

— Je n'ai rien vu de marquant. C'est presque décevant de vous voir embrasser le parti de l'union alors que vous ne cessez de vanter la Carélie. Votre duché ne vaut-il pas mieux que cette soumission à une royauté fantôme ?

Ils s'affrontèrent du regard, puis Lionel s'avança vers la demoiselle en face de lui, la fit tourner trois fois avant de reprendre sa place. Jovianna accomplit la figure à son tour.

— Il vaut mieux que la farce que vous jouez avec le Belastan. Que pensez-vous qu'Eindovia deviendra, une fois isolé avec celui-ci ? Vous imaginez sans doute pouvoir compter sur vos ports et votre force commerciale. Mais cette puissance-là, vous la devez aux Neuf-Duchés, à ce que nous avons construit ensemble. Sans eux, Eindovia n'offre aucun débouché vers l'intérieur ; le retour des frontières vous fera perdre tout avantage commercial et les navires étrangers se détourneront vers d'autres havres. Dois-je vraiment vous rappeler où nous en étions avant l'unification ?

Elle redressa la tête.

— Vous vous contentez de peu. L'adhésion à chaque avancée doit être arrachée à chaque duc, jaloux de ses prérogatives. Les sessions du conseil royal ressemblent à une salle de jeux où les enfants passent l'essentiel de leur temps à se disputer le même jouet !

Lionel ne retint pas un rire. Il ne pouvait lui donner tort sur ce point-là. C'en était parfois affligeant. La danse les sépara de nouveau, puis le carré se reforma. Jovianna reprit :

— Chacun craint de se faire avoir, et la reine est obligée de composer avec eux sans pouvoir s'imposer afin de ne pas accentuer les divisions. Enfin, elle n'est même pas capable de se faire obéir pour rétablir l'ordre ! Quel sens cette comédie a-t-elle pour vous ?

— Je ne nie pas la réalité de nos difficultés, quoique le Belastan se soit fait un plaisir de les aggraver. Là où vous voyez de la soumission, moi, je vois la possibilité d'exister et de nous maintenir face à nos voisins. Sans les Neuf-Duchés, il y a longtemps que les autres royaumes nous auraient vaincus et que les ducs ne seraient plus qu'un lointain souvenir.

En tant qu'ambassadeur extraordinaire de la reine, son père avait fort à faire face à certaines volontés impérialistes. La région conservait un équilibre fragile, mais les richesses des différents duchés attisaient les convoitises et les moindres dissensions étaient scrutées à la loupe. La crise qui s'ouvrait ne manquerait pas d'éveiller l'intérêt de leurs voisins.

— Plutôt que de nous diviser et de nous replier sur nous-mêmes, nous devrions nous concentrer sur l'orientation que nous voulons donner à notre pays, construire réellement cette unité à laquelle nos ancêtres aspiraient tant.

Du regard, il désigna la salle et les élèves qui les entouraient.

— Leur idéal survit encore, même s'il n'en reste que des braises. L'achever ne vous grandira pas.

— On ne prospère pas sur des ruines ; nous acharner sur un cadavre ne nous mènera nulle part. Il est grand temps d'explorer d'autres voies. Au fond, vous partagez mon avis. Vous pourriez transformer l'histoire des Neuf-Duchés et rendre sa grandeur à la Carélie plutôt que de continuer à vous agenouiller. Même si vous développez une nette préférence pour la fange, vous n'êtes pas de ceux qui tolèrent de la poussière sur leurs genoux.

Il ignora l'allusion à Naudin. Jovianna et lui ne cessaient de sourire, conservant un ton léger comme s'ils ne faisaient que badiner. Il la fit tournoyer.

— Notre analyse est la même, mais nos réponses divergent. Votre cadavre n'a pas rendu son dernier souffle et vous êtes trop prompte à l'enterrer. Vous pourriez tourner le dos à ces querelles que vous critiquez à raison en prenant le chemin de l'unité. Vous voulez marquer l'histoire, Jovianna, c'est une belle occasion.

Emportés par la danse, leurs doigts ne se lâchaient pas, en un bras de fer invisible, chacun se refusant à plier devant l'autre.

— Ce n'est pas en courbant la tête comme nous l'avons fait ces derniers siècles que nous la marquerons. Je considère que nous avons eu assez de temps pour constater que l'unification ne fonctionnait pas. Nous sommes incapables de dépasser nos divergences intestines ? Soit. Eindovia en prend acte et préfère se tourner vers l'avenir au lieu de se complaire dans le passé.

Un instant, le regret s'empara de Lionel. Ils auraient pu accomplir de grandes choses, oui. Mais elle ne lui céderait pas, pas plus que ses idées ne le convainquaient.

— L'avenir que vous envisagez ressemble étrangement au passé que nous avons fui à tout prix. Je n'imaginais pas Eindovia reproduire la même erreur. Mais soit. La guerre, alors. Vous avez raison sur un point : je ne m'inclinerai pas devant vous. Je vous garderai une place au premier rang lorsque j'aurai trouvé le Cœur.

— Vous êtes doué en relations internationales, m'a-t-on dit. Commencez à réfléchir aux traités qui nous permettront une scission sans canons ni lames.

Par leur position, il leur revenait de mener la dernière danse du quadrille, le galop. Lionel prit la main droite de Jovianna dans la sienne, plaça l'autre sur sa taille. La musique les entraîna dans un pas chassé rapide à travers la pièce. Lionel n'ignorait rien des regards qui pesaient sur eux et s'en réjouissait. Du coin de l'œil, il perçut un éclat de satin là où il n'aurait pas dû y en avoir. D'instinct, il s'effaça de quelques centimètres. La chaussure de Jovianna le frôla simplement au lieu de le heurter à la jambe. Le sourire de l'étudiante ressemblait à celui d'une panthère dévoilant ses crocs.

— Vous êtes diabolique, Jovianna.

— Naturellement. Encore un de nos nombreux points communs. Nous nous ennuierions sans cela.

Nouveau demi-tour. La fin de la danse approchait ; les badineries revenaient.

— M'accorderez-vous le plaisir de vous joindre au Cercle ce soir ? continua-t-elle.

Le club secret de l'université réunissait les étudiants que les fêtes officielles ne contentaient pas.

— Cela dépendra de mon humeur…

— Ah ! Vos humeurs sont insupportables, et encore plus incertaines que le temps qu'il fera demain. Je crois que les météorologistes sont mieux lotis que nous !

Ils approchaient de l'extrémité de la salle de réception, d'où ils étaient partis.

— Cela participe de mon charme et me donne ce dont beaucoup ici manquent : de la personnalité. Ne vous fâchez pas, vous m'apprécieriez beaucoup moins si vous saviez toujours à quoi vous en tenir avec moi.

La musique qui s'achevait ne lui laissa pas le loisir de répondre. Lionel recula d'un pas avant de s'incliner. Leurs regards se croisèrent une dernière fois, signant la déclaration de guerre.

Frédéric détourna les yeux du couple que formaient Jovianna et Lionel. La blondeur de l'un, le noir de jais de l'autre se mariaient agréablement et leur élégance les distinguait.

— Ils ont l'air de bien s'entendre.

Siran se tourna vers lui avec une moue.

— Ils se détestent, mais ils adorent ça. À la fin de l'année dernière, des paris avaient cours afin de déterminer quand ils changeraient de terrain pour se livrer une guerre par duché interposé. Les circonstances les ont exaucés.

— Ne devrait-il pas plutôt s'opposer à Orfeo dans ce cas ?

— Je crois qu'il a décidé qu'Orfeo n'était pas à sa mesure. Le seul domaine où celui-ci l'emporte, c'est l'escrime, mais le reste… Il ne peut qu'enrager en silence, il n'a aucune prise sur ce qui se passe. Lionel s'en amuse d'autant plus.

Elle ne tarda pas à les laisser, s'éloignant avec Cedren. Reinhardt rejoignit à son tour la piste de danse tandis qu'Alexandre trouvait refuge près du buffet. Après avoir échangé quelques mots avec Jacem et Mehran qui, malgré leur déception de le voir s'opposer à Lionel, n'avaient pas perdu en amabilité, Frédéric ne s'attarda pas. Il était temps d'occuper utilement la soirée. Il quittait la pièce lorsqu'une main se posa sur son bras. Cedren. Il lui sourit.

— Êtes-vous attendue ou une petite escapade vers la bibliothèque vous irait-elle ?

Le regard de l'étudiante s'éclaira. Ils gagnèrent le hall dont la fraîcheur le frappa après la touffeur de la salle de réception. Les alentours étaient déserts. À présent, tout le monde devait se trouver dans les salons ou dans le parc, élèves comme professeurs, de même qu'une partie des surveillants. Le reste de l'école leur appartenait.

Cedren l'entraîna dans les couloirs où l'obscurité les enveloppa. Le bal durerait une partie de la nuit ; les valets n'éclaireraient pas les couloirs avant un bon moment. Frédéric tâta sa poche. Ses allumettes ainsi qu'une bougie s'y trouvaient bien.

La clarté de la lune dessinait de grandes arches sur le sol. Ils avancèrent en silence, sans trop tâtonner. Les lieux si familiers de jour prenaient une dimension étrangère. L'absence complète de bruit le perturbait. Frédéric se secoua, repoussa la chape lourde qui lui tombait sur les épaules. Visiblement, l'école n'aimait pas qu'ils se promènent ainsi. La présence de Cedren à son côté le rassurait. Il faillit lui demander si elle percevait aussi le poids de la magie, puis renonça. Il faudrait plus que cela pour le forcer à faire demi-tour. Était-ce cela qui gênait tant Lionel ? Un sourire railleur lui vint.

La main de Cedren le retint. Il n'avait pas reconnu le battant de chêne renforcé de barres de fer de la bibliothèque. Sa main trouva la poignée. Verrouillée.

— Sommes-nous seuls ? chuchota-t-il.

Cedren sonda les environs.

— Oui. Je n'entends rien.

Frédéric hésita. Sa poitrine se nouait.

— Frédéric ?

La voix de Cedren brisa le charme.

— Voulez-vous que je m'éloigne ?

— Non. Non, restez. Pardon, j'ai eu un instant d'absence.

Se dévoiler devant elle ne le dérangeait pas. Frédéric posa les doigts sur la serrure. Le métal tiédit. Aussitôt, il se sentit mieux, dans son élément. Dans un léger claquement, le mécanisme obéit à son impulsion.

Ils se glissèrent dans la bibliothèque. Une lueur dont il ne parvint pas à déterminer l'origine baignait la pièce, comme si l'école émettait son propre rayonnement. Un escalier de bois sculpté se trouvait sur sa gauche, à peu de distance du bureau du bibliothécaire. Puis son regard tomba sur la porte qui verrouillait l'étage supérieur.

La bibliothèque s'occupait elle-même de sa protection.

Les glyphes luisants sur le bois ne trompaient pas. C'était de là que venait l'éclairage. « On ne touche pas un artefact sans savoir ce qu'il fait ni comment il le fait. » Frédéric n'imaginait pas briser si vite les préceptes du professeur Vaissatis. *Lionel aurait quand même pu le dire !*

— Pensez-vous pouvoir le franchir ? demanda Cedren.

— Je vais essayer. Ne restez pas à ma hauteur.

Il s'efforçait de manifester plus d'assurance qu'il n'en éprouvait. Il essuya ses mains moites sur son pantalon. Le cœur battant, il s'avança, gravit les marches avec lenteur. Alors qu'il atteignait le palier, les symboles s'illuminèrent brutalement. Des impressions le traversèrent en longs éclairs, comme une brûlure. Urgence, protection – le sang lui battit aux tempes.

L'air se chargeait d'énergie, le sortilège allait se déclencher.

— Frédéric !

Il redescendit deux marches ; l'intensité des glyphes diminua, mais ils ne s'éteignirent pas, toujours en alerte. Il recula encore et l'éclat des symboles s'estompa d'autant. Très bien. Au moins la magie ne se déchaînait-elle pas à la moindre approche. Que lui avait dit Lionel ? « Faites confiance à l'école, elle comprendra. »

— Nous reviendrons plus tard, je ne suis pas sûre…

— Attendez, j'essaie quelque chose.

En hâte, il remonta les marches. Aussitôt, les glyphes s'activèrent – bien plus rapidement et bien plus fort que quelques secondes plus tôt. Sans plus réfléchir, au moment où l'artefact libérait son énergie, il se jeta dans le flux, en concentrant toutes ses pensées sur son lien avec l'école. Il venait en paix, il n'était pas un ennemi, il se soumettait à son pouvoir et lui faisait confiance pour lire en lui…

Dans un crépitement strident, l'onde le transperça en une vague éblouissante. Il ferma les yeux, puis les rouvrit, surpris de ne ressentir aucune douleur. Il se retourna, aperçut Cedren juste derrière lui, les yeux un peu trop écarquillés. La magie s'était dissipée, plus rien n'éclairait la bibliothèque. Il avait réussi ! Un frisson nerveux le secoua, et un drôle de bruit lui échappa, mi-fou rire, mi-soupir soulagé.

— C'était d'une terrible imprudence, murmura Cedren.

Un bruit métallique les fit sursauter. La porte de la bibliothèque s'ouvrait. Un surveillant avait dû entendre le crépitement. S'il se rendait compte que la lumière s'était estompée… Cedren descendit l'escalier tandis que Frédéric se repliait dans l'ombre.

— Ah, Inna, vous voilà enf…

— Mademoiselle ?

La surprise perçait dans le ton de l'homme.

— Que faites-vous ici ?

Cedren reprit avec les intonations les plus hautaines que Frédéric eût jamais entendues.

— Cela ne se voit-il pas ? J'attends. Ma caméristе est partie me chercher une paire de gants propres. Un maladroit a taché les miens, vous rendez-vous compte ? Lasse de l'attendre et comme la porte était ouverte, j'ai voulu m'installer. Mais puisque vous êtes là, vous ne verrez pas d'inconvénient à me raccompagner jusqu'au bal ? Je ne me sens pas à l'aise dans ces grands couloirs et comme cette sotte d'Inna a emporté tout l'éclairage…

Frédéric se mordit l'intérieur des joues pour contenir son rire. Débordé, le surveillant acquiesça à la demande de Cedren, mais il prit quand même soin de verrouiller la porte.

— Je ne comprends pas, elle aurait dû être fermée…

— Ah ? Je ne suis pas responsable des négligences de vos collègues, à moins que vous ne considériez que pénétrer dans des lieux par effraction compte au nombre de mes loisirs. Pressons, voulez-vous ? Je ne veux pas manquer le prochain quadrille.

Leurs voix s'éloignèrent. Frédéric se redressa. À son soulagement se mêlait la trouble satisfaction de se retrouver seul. Le mérite de ce qu'il découvrirait lui reviendrait ; il n'avait pas besoin d'aide. La chaleur douce de Cathédrale renforça sa certitude. Le cœur battant d'excitation, il se glissa enfin dans les sections restreintes.

Les mêmes rayonnages de bois sombre qu'au niveau inférieur l'attendaient, mais ici l'atmosphère se chargeait de cette odeur légèrement âcre et poussiéreuse des vieux ouvrages. Des plaques de cuivre indiquaient les spécialités de chaque travée. Histoire, politique, manuscrits anciens, fonds venant du palais royal. Il s'immobilisa.

Le livre de Lionel devait se trouver par là.

Il sortit de quoi s'éclairer de sa veste. Un frémissement le traversa, il recula d'un pas. Cathédrale protestait. *C'est juste pour lire les titres. Je serai prudent, d'accord ?*

Sa confiance dut rassurer l'école, car la sensation le quitta.

Il jura en s'approchant des livres. Leur cote n'était pas inscrite sur la couverture, mais à l'intérieur. Il parcourut la travée du regard. Il n'avait pas toute la nuit.

Ou alors… Il chercha les tables de travail, dénicha un épais registre sur ce qui devait être le bureau de la conservatrice. Un catalogue. Il l'ouvrit avec un soupir de soulagement. Un projet de catalogue, plutôt, avec la liste des cotes sans réel classement. Pourvu qu'elles y soient toutes !

Refusant de désespérer, il s'assit, tourna les pages en silence jusqu'à tomber sur la liste des ouvrages du palais, au nombre de huit cent trente-sept.

Frédéric entreprit de déchiffrer chaque ligne aussi rapidement que possible. Quelques ouvrages possédaient des cotes qui commençaient de la même façon que celle qu'il cherchait. Tous concernaient la Carélie, un indice supplémentaire. Mais aucune ne correspondait.

Une heure plus tard, la dernière séquence de quatre nombres filait devant ses yeux. Ce n'était pas la bonne, comme les huit cent trente-six autres. Il repoussa le registre d'un mouvement rageur.

— C'est pas vrai !

Lionel s'était-il trompé ? Leur faudrait-il à présent se rendre à la bibliothèque royale ?

Sans bruit, il remit tout en ordre, jeta un dernier regard à la pièce interdite, puis sortit. Dès qu'il eut descendu les premières marches, un frémissement courut dans son dos. Nul besoin de se retourner. Une lueur pâle baignait de nouveau les lieux.

Les glyphes s'étaient rallumés.

Chapitre IX

— Lionel !

Le garçon se retourna. Frédéric et Alexandre se frayaient un chemin dans le salon où de nombreux élèves somnolaient sous le contrecoup du bal. Il retint un soupir. N'avaient-ils pas promis de se montrer discrets ?

— Excusez-moi, j'aurais une question à vous poser sur un cours…

— Bien sûr, venez.

Ils gagnèrent une salle de travail, dont il tira la porte sur eux. Le deuxième accès était fermé également et la pièce suivante, vide. Le Carélien s'appuya contre un bureau.

— Que se passe-t-il ?

— J'ai visité les sections restreintes de la bibliothèque cette nuit, lança son filleul.

Le deuxième année se figea. Le scintillement lent des protections prêtes à se déclencher fulgura. Pourtant, Frédéric se tenait face à lui, indemne et en pleine forme.

— Lionel, vous ne vous sentez pas bien ?

Il s'efforça de se reprendre, sourit à Alexandre.

— Non, tout va bien. Mais comment avez-vous…

Frédéric rayonnait de fierté – une fierté qu'il se surprit à détester pour ce qu'elle dénotait d'inconscience. Ses mains s'étaient crispées sur le bureau à s'en faire blanchir les phalanges. Le bois dur lui rentrait dans les paumes.

— J'ai fait ce que vous m'avez dit : je me suis fié à Cathédrale. Ne mettez-vous pas en pratique vos propres conseils ?

Le Carélien força un sourire sur ses lèvres sans répondre. Alexandre intervint :

— Nous voulions vous dire…

Le Cœur, oui. Il devait se concentrer dessus, oublier le reste. Frédéric ne paraderait pas ainsi s'il n'avait rien découvert.

— L'ouvrage que vous cherchez ne se trouve pas dans les sections restreintes. En revanche, j'ai repéré des cotes semblables et toutes portent sur la Carélie.

Évidemment. Il aurait été trop simple que la clef du code fût à Cathédrale. Il avait préféré y croire plutôt que d'envisager de fouiller les fonds immenses du palais. D'un autre côté, cela leur redonnait du champ. Il serait plus malaisé de surveiller leurs faits et gestes là-bas.

— Merci, Frédéric. Si vous me permettez… Vous n'auriez pas dû prendre de tels risques. Me promettriez-vous une chose, s'il vous plaît ?

— Quoi donc ?

Frédéric se tenait de nouveau sur ses gardes. Le Carélien le regarda droit dans les yeux.

— De ne plus jamais vous approcher des artefacts sans connaître leur fonctionnement.

— Comment le savez-vous ?

— Je doute que vous puissiez m'avouer dans quel ouvrage vous avez trouvé le moyen de franchir les protections. Me le jurez-vous ?

Son filleul fronça les sourcils.

— Mais le Cœur…

— Les indices devraient nous permettre de comprendre comment l'activer. Nos ancêtres n'avaient pas de mauvaises intentions.

Cathédrale non plus, tant qu'on ne les lui imposait pas.

— S'il vous plaît, Frédéric.

Ce dernier afficha une mine exaspérée.

— Je vous promets de les éviter autant que possible.

C'était sans doute mieux que rien. Le Carélien sourit.

— Merci…

Un grincement de parquet l'interrompit net. D'un bond, il se rua sur la porte, l'ouvrit à la volée – un élève atteignait déjà l'angle du couloir. Il le reconnut : c'était l'un des suivants de Jovianna. Il jura à voix basse.

— Nous n'avons rien dit de compromettant, fit Frédéric, je n'ai pas donné la cote.

— Ce n'est pas ce que nous avons dit sur le Cœur qui m'inquiète.

Les étinceleurs échangèrent un regard surpris. Le deuxième année se secoua.

— Peu importe. Merci pour ces informations, je m'occupe d'obtenir des autorisations de sortie auprès du directeur.

Les murs de pierre gris clair vacillaient, sur le point de s'abattre sur lui. Autour de lui, en lui, jusque dans les battements de son cœur, comme autant de coups de tonnerre résonnait le claquement de la magie. L'artefact s'activait. Tout son corps lui hurlait de faire demi-tour, mais il n'y arrivait pas, ses pieds restaient ancrés au sol.

Puis la magie déferla en une vague furieuse. Un choc contre son torse le propulsa à terre. Un hurlement retentit, le transperçant jusqu'à l'âme.

— Non !

Dans un sursaut, l'héritier des Andersen se redressa, le souffle trop court. Sa tête heurta le mur dans un bruit sourd. Non, pas le mur. Sa tête de lit. Il n'était plus là-bas. Il enfouit son visage dans ses mains tremblantes. Le sang lui battait encore aux tempes. Il s'efforça de se reprendre. L'obscurité oppressante laissait la place aux premiers rayons du jour qui filtraient à travers les rideaux. Son regard s'attacha aux traits de lumière, rassurants.

Ce n'était qu'un cauchemar.

Un de plus.

Il tremblait toujours. Rejetant le couvre-lit, il gagna la fenêtre et écarta les rideaux d'un geste brutal. Les dernières langues de ténèbres se retirèrent. Le soleil glissa sur les murs, dévoilant les paysages si familiers de la Carélie. Une seconde, les images violentes de son cauchemar s'y superposèrent, mais il s'efforça de voir au-delà. Sur sa droite, les flancs couverts de neige d'une haute montagne scintillaient doucement entre deux écharpes de nuages. Plus loin, l'écume blanche d'un fjord dansait dans l'or du matin, qui ourlait également les feuilles vertes des arbres. La forêt occupait tout le mur de gauche ; le Carélien se perdit dans la contemplation des animaux qui arpentaient en toute quiétude les sentiers à peine esquissés, sourit lorsqu'il dénicha le lynx qui gambadait dans la poudreuse avec l'once. Il s'en approcha tandis que les deux félins continuaient leurs jeux. Ses battements de cœur s'apaisaient peu à peu.

Ses doigts frôlèrent les feuillages. Une chaleur douce naquit dans son torse ; les branches frémirent, comme agitées par un souffle de vent. L'étudiant sourit.

— Je vais bien.

Les feuilles s'éclaircissaient, perdant la teinte plus sombre qu'elles avaient prise depuis la veille. Ce n'était encore qu'une ombre, mais elle apparaissait souvent ces derniers jours. La magie de l'école réagissait aux émotions des élèves. Et dire que la quête du Cœur avait à peine commencé… Profitant d'avoir recouvré son calme, il en transmit une bonne partie à Cathédrale.

À pas lents, saisi par un léger vertige, il revint vers sa table de chevet. Le réveil ne tarderait plus à sonner. Il n'avait pas le temps de se rendre à la salle de musique où les notes achèveraient de chasser les dernières images de ses cauchemars, mais les trompe-l'œil sur les murs avaient rempli leur office.

Son valet survint sur ces entrefaites, chargé de son uniforme. Le Carélien terminait de s'habiller lorsqu'on toqua à la porte. En réponse à son signe de tête, Semen alla ouvrir. Sur le seuil se tenait un domestique de l'école.

— Le directeur souhaiterait vous rencontrer dans son bureau, monsieur Andersen.

Le comte ne perdait pas de temps, tant mieux. Il espérait peut-être en profiter pour s'allier à lui. L'écolâtre et l'équipe professorale avaient joint leurs voix au cortège de soutien à la souveraine, mais ce n'était pas leur seul but. Ils attendaient depuis trop longtemps de réaffirmer l'importance de Cathédrale dans l'équilibre du royaume.

— Monsieur ?

Il reporta son attention sur le valet.

— Maintenant ?

— Après le déjeuner.

— Dites-lui que je serai là.

Le valet se retira. Avant de descendre, le Carélien nota l'heure du rendez-vous.

Le double cours de relations internationales lui parut traîner en longueur, ce fut pire encore pour celui d'économie. Enfin, la fin de la matinée arriva. Il déjeuna rapidement et gagna les bâtiments de l'administration. Le secrétaire du comte l'introduisit immédiatement dans son bureau.

— Ah, monsieur Andersen. Asseyez-vous, je vous prie. Je tenais à discuter au plus vite de votre demande.

Le directeur sortit une bouteille de vin et deux verres d'une petite cave disposée derrière son bureau.

— Vous ne refuserez pas, monsieur Andersen ?

— Non, monsieur.

Le garçon se redressa pour attraper son verre, but une gorgée sans quitter l'homme des yeux.

— Vous ne vous avancez guère dans votre mot. Je suppose que votre souhait de bénéficier des ressources de la bibliothèque royale est en lien avec ce qui nous agite tous en ce moment.

— En effet. J'espère que vous n'y voyez pas d'inconvénient. Nous ne pouvons prendre le risque de décevoir Sa Majesté, sans parler bien sûr de Cathédrale.

Le directeur l'étudia.

— Nous aimons tous les deux cette école, n'est-ce pas ? Nous y sommes profondément attachés. Je sais que vous partagez ses valeurs et que vous avez à cœur de les voir se perpétuer. Vous faites également partie de nos plus brillants éléments, cela a été un plaisir de vous distinguer l'an dernier.

De la main, il désigna sa veste où se détachait l'insigne du Cœur remporté l'année précédente, une coupe ruisselante entourée du « C » de Cathédrale, qui le désignait comme l'un des meilleurs élèves. L'étudiant sourit, acceptant le compliment sans se montrer dupe. Il s'était demandé ce que l'équipe enseignante risquait de découvrir dans les archives de l'école. Si le comte l'abreuvait de miel à ce point, leurs recherches avaient dû être vaines.

— Nous voulons lui redonner grandeur et puissance, la rendre indépendante, développer ses pouvoirs. Lui octroyer la place qui lui revient dans le gouvernement des Neuf-Duchés sans avoir à composer avec les ducs et la reine, faire revivre l'idéal de nos ancêtres. Ne le niez pas, vous le souhaitez aussi.

Votre choix de filleul l'a montré. Si nous unissions nos idées et les éléments que je crois en votre possession, il ne fait nul doute que nous découvririons le Cœur. Vos propres recherches en seraient grandement facilitées.

Bien sûr. Il n'obtiendrait rien sans concession de sa part. Cependant, il était hors de question de céder la moindre information importante, encore moins à la première demande. Il croisa les jambes, rectifia le pli de son pantalon et fit jouer le vin dans son verre avec lenteur.

— Certainement. Le problème, monsieur, c'est que je tiens tout autant à la préserver de ceux qui, imaginons, chercheraient à tirer profit de Cathédrale pour leur propre gloire, voudraient la dominer pour y imposer leur pouvoir. Ce serait terrible, elle n'appartient à personne.

Le comte inclina la tête en signe d'acquiescement.

— Vos inquiétudes sont légitimes, monsieur Andersen. Mais ce que vous imaginez… n'est justement que cela : un jeu d'imagination. Mon équipe et moi-même tenons à préserver cette école de toute influence interne ou externe. C'est peut-être optimiste, voire idéaliste dans notre monde, mais vous partagez cette vision. Vos craintes n'ont pas lieu d'être.

L'héritier des Andersen sourit.

— Cathédrale est un idéal aussi ; c'est pour cela qu'elle a été créée, parce que des hommes nous croyaient capables de dépasser nos différences. Je me réjouis, monsieur, que nous ayons les mêmes attentes. « Cathédrale est ce que vous en faites », je pense que ce proverbe n'a jamais été aussi vrai et que nous en sommes dignes.

La posture du directeur se relâcha quelque peu. L'homme le croyait prêt à partager ce qu'il savait. Bien sûr, pas un mot sur l'aspect politique d'une éventuelle alliance. Mais ils n'en étaient pas encore là.

— Je le crois, en effet, appuya le comte de Lanark. Je me suis laissé dire que vous disposiez déjà d'informations sur le Cœur.

Le Carélien afficha une mine embarrassée qu'il dissimula en hâte derrière son verre.

— Eh bien… Les rumeurs filent comme le vent en ce moment. J'ai contribué à les propager pour faire douter les Lamarcchia. Pour tout vous dire, j'ai quelques éléments à ma disposition, mais bien trop légers pour en tirer quoi que ce soit de concluant, d'où la nécessité de les confronter avec les archives du palais sur la construction de Cathédrale. Une fois que j'aurai obtenu confirmation, nous pourrons échanger sur nos différentes informations pour voir si elles se recoupent.

Une lueur d'intérêt s'alluma dans le regard du directeur. La fausse piste fonctionnait. Qu'il aille donc se perdre dans les archives !

— Très bien. Considérez que vous avez mon autorisation pour ces sorties.

— Merci beaucoup, monsieur. Je vous tiendrai au courant de mes avancées dès que possible. Cependant… Si je peux me permettre, serait-il possible que mon filleul se joigne à moi pour plus de discrétion ? Il ne connaît pas le palais, cela offrirait un prétexte plausible à nos visites.

— C'est en effet une bonne idée.

L'étudiant le remercia de nouveau, et le directeur ne tarda pas à lui donner congé, visiblement aussi satisfait que lui-même l'était. Au moins était-il tranquille pour un moment de ce côté-là.

Frédéric acheva rapidement sa lettre à l'intention de ses cadets. Ceux-ci comprendraient bien qu'il n'avait pas le temps de s'étendre pour cette fois. Il était en retard pour le dîner et se hâta dans les couloirs. Au rez-de-chaussée, un frémissement dans son dos le fit se retourner. Il n'y avait personne, mais ce n'était pas la première fois qu'il avait la sensation d'être épié au cours des derniers jours.

Sans presser le pas, il gagna la salle à manger déjà pleine. Rien qu'au placement de chacun, il aurait pu redessiner la carte des Neuf-Duchés là où d'ordinaire les élèves se regroupaient plutôt par année. Lionel et Martial sur la droite, en compagnie de ceux qui soutenaient ouvertement la reine, puis une masse plus neutre et plus floue s'étendait ensuite. Et enfin, à gauche, Orfeo Lamarcchia et les siens. De ce que lui avait dit Cedren, c'était la même chose du côté des étudiantes.

Il rejoignit Alexandre et Reinhardt et s'assit avec soulagement. Il ne se sentait pas très à l'aise, toujours sous le poids de cette surveillance invisible qui semblait s'exercer sur lui. Il s'efforça de ne plus y penser. C'était sans doute le stress et l'excitation mêlés de son expédition prochaine au palais. Deux jours encore avant de s'y rendre : cela sonnait comme une éternité. Pourvu qu'ils ne mettent pas trop de temps à trouver l'ouvrage !

Il se força à revenir à ses deux amis, à se fondre dans la conversation banale – ils n'abordaient jamais le moindre sujet important ici. Alexandre ne parlait guère, toujours trop discret. Des mots lui parvenaient, à droite et à gauche. « Le duc Andersen est au palais… », « Il paraît que le Belastan… réserves », « Oui, les Lamarcchia… soutien… renforts… »

Un brouhaha traversa la salle. Lionel, Martial et certains de leur parti sortaient. L'habituel sourire arrogant et railleur flottait sur les lèvres du Carélien. Il transpirait la supériorité et l'assurance.

Le battant s'était à peine refermé sur eux que d'autres élèves se levaient pour leur emboîter le pas, plus ou moins discrètement.

— Il ne peut rien faire sans qu'ils soient à ses trousses, murmura Alexandre.

— Qu'ils perdent leur temps avec ça, rétorqua Reinhardt.

Pour autant, l'inquiétude sourdait de son ton. Cette surveillance risquait de leur porter préjudice. Mais ils détiendraient peut-être alors assez d'indices pour avancer en laissant les autres mettre Lionel hors jeu…

— Je me demande comment ses amis font pour le supporter, avec cette arrogance, marmonna Frédéric.

Reinhardt haussa les épaules.

— Ils s'en accommodent, je suppose, puisqu'ils ne peuvent pas se permettre de le détester ou de se le mettre à dos. Ils y perdraient trop.

Une fois le dîner terminé, les élèves se dispersèrent en petits groupes. Dans le salon, les publications s'entassaient sur les tables basses, bien plus nombreuses qu'avant et dans toutes les langues des Neuf-Duchés. Il aurait bien voulu savoir ce que racontaient les journaux eindovians ou belastans.

De gros titres lui sautèrent aux yeux. « Haakon Andersen : “ Nous maintiendrons l'unité du royaume ” », clamait la une des *Nouvelles de Samara*. « Au palais, le duc de Carélie livre un discours fort et rassurant », « La Carélie, l'Orelnan et l'Andaï apportent leur entier soutien à la reine… » En plus petit, les journalistes citaient les noms de leurs trois adversaires : le Belastan, Eindovia et Sérès, un duché de l'est. La presse de Samara s'unissait derrière la reine Isaura, à l'exception de quelques parutions critiques.

Le pire n'adviendrait pas. Frédéric aurait trouvé le Cœur bien avant ; il les écraserait tous, ces nobles qui utilisaient leur pays comme un plateau de jeu.

Chapitre X

Avec prudence, Frédéric se glissa dans les combles de l'école où étaient entreposés de vieux pupitres abîmés et quelques fauteuils dont la tapisserie se couvrait d'une épaisse couche de poussière. Un courant d'air froid le fit frissonner. Cedren lui avait donné rendez-vous là, où l'on ne viendrait pas les déranger, et l'endroit restait moins délictueux que l'une de leurs chambres.

Elle l'avait retenu à la sortie du cours de langue, gênée, pour lui confier qu'elle avait compris la nature de son don suite à leur visite dans la bibliothèque et qu'elle préférait ne pas lui mentir. Cela ne le dérangeait pas ; elle garderait le secret. Un peu mal à l'aise devant sa franchise, il avait pensé lui avouer ce qu'il manigançait avec Lionel mais s'était abstenu : elle n'aurait pas adhéré à leur plan et il voulait éviter une dispute.

Il s'approcha d'un œil-de-bœuf. En se hissant sur la pointe des pieds, il apercevait une bonne partie des toits de la ville, la longue silhouette du palais sur la droite, puis le grand beffroi et au loin les ruines de l'ancienne place forte, avant que Samara ne devînt la capitale des

Neuf-Duchés. Un bruissement de tissu le fit se retourner. Cedren arrivait.

— Que voit-on ?

Il lui désigna les différents monuments.

— Il faudrait vraiment que je prenne le temps de visiter. Je ne connais guère que le palais.

— Avez-vous déjà des projets pour la trêve hivernale ? Si vous ne quittez pas la ville, je pourrai vous guider.

Cela correspondrait à leurs premières vacances et une bonne partie de la noblesse assistait aux réceptions du palais. Il en entendait toujours les rumeurs, même s'il avait arrêté depuis longtemps de passer sur les grands boulevards. Cedren se tourna vivement vers lui.

— Oh, volontiers ! Je peux décaler mon retour de deux ou trois jours.

— Vous ne comptez pas profiter des réceptions ? Pardon, se reprit-il, c'est peut-être trop…

Elle secoua la tête.

— Non. Je préfère voir mon père, et ces festivités ne nous parlent guère. Surtout si c'est pour recroiser les mêmes visages qu'ici.

Il la comprenait. Ils revinrent vers le centre de la pièce. Il lui avait expliqué la façon dont il utilisait son don – puis, avec son autorisation, elle avait commencé à poser des questions sur les propriétés des métaux, la manière dont il les modifiait, et il s'était trouvé incapable de lui répondre. Sa première leçon particulière avec le professeur Vaissatis avait surtout consisté à faire le point sur sa façon de travailler jusqu'à présent et en quelques essais réussis de transformation d'objets. Portés par la même curiosité, Cedren et lui avaient décidé de creuser le sujet.

De son sac, il sortit un bougeoir et diverses petites pièces de métal. Il s'empara du premier avec un brin d'appréhension – en parler n'était pas la même chose que le montrer.

— Vous n'êtes pas obligé d'aller plus loin. Nous pouvons seulement en discuter ou changer de sujet si vous préférez.

— Non, non, c'est bon.

Le métal chauffa sous ses doigts, se pliant à ses volontés, matière devenue aussi malléable que de la pâte. Le bougeoir s'affina et s'allongea, prit peu à peu la forme d'un stylet aiguisé, dont le pommeau était à peine plus épais que la lame. Une arme facile à dissimuler, simple et efficace, que le professeur de Vieil Art lui avait fait créer. Le regard fasciné de Cedren ne le quittait pas et elle examina le stylet sous toutes ses coutures lorsqu'il le lui tendit.

— C'est impressionnant, c'est très fin. Et il n'est pas chaud, même si vous avez l'air de travailler de la matière en fusion.

Il prit l'une des pièces métalliques pour lui détailler le processus. Le métal eut une drôle de réaction lorsqu'elle tenta de l'effleurer ; il semblait fuir son contact, se replier à mesure qu'elle approchait, alors que Frédéric n'avait aucun mal à le manipuler.

— La magie vous affranchit des lois de la physique. Imaginez-vous ce que cela vous ouvre comme perspectives ?

— En cas d'attaque, je ne resterai pas désarmé longtemps.

Elle rit doucement.

— Ce n'est sans doute pas un mal. Mais il y a tant de métal autour de nous, dans la plupart des objets du quotidien, on en trouve même dans nos corps ! Est-ce que vous arriveriez à l'extraire ou avez-vous besoin de contact ? Et en changer la nature ?

Ce fut à son tour de rire.

— Je ne peux pas transformer l'argent en or.

Il avait essayé par le passé, convaincu d'avoir trouvé la solution pour aider ses parents. Mais il n'avait jamais réussi. Pouvait-il développer de nouvelles capacités ? Le temps le lui dirait. Quant à extraire du métal, créer de nouveaux alliages ou en changer les propriétés physiques comme elle le suggérait… Il ne lui restait plus qu'à en parler avec le professeur Vaissatis.

— On dirait vraiment que vous donnez vie aux métaux, d'une certaine façon.

— Ce sont toujours des objets, je ne peux pas créer d'artefacts.

Il ignorait surtout comment cela fonctionnait. Un sujet de plus à approfondir. Cedren secoua la tête.

— Excusez-moi, ce n'est pas ce que je voulais dire. C'est plutôt… Ils ont une sorte de personnalité, quelque chose en plus. Je n'aime pas les armes, mais celle-ci inspire presque confiance.

Elle rit comme pour se moquer d'elle-même.

— Si je m'imaginais dire ça un jour…

Ses paroles rappelèrent à Frédéric les mots de l'orfèvre. Une pointe de mépris le saisit. Que de temps perdu pendant toutes ces années ! Il aurait pu apprendre, comprendre tellement plus. Un frisson chaud le traversa tout entier. Oui. Il était à Cathédrale, les choses changeaient.

— Un artisan m'a dit que je… savais faire parler le cœur des choses.

— C'est comme cela que je le ressens aussi. Vous avez une âme d'artiste.

Il n'était pas – ne voulait pas être – que cela, mais, de sa part, le compliment le toucha. Il baissa les yeux sur l'arme qu'elle tenait toujours à la main pour se donner une contenance.

— Je vous l'offre si vous voulez. Ce n'est pas très conventionnel, mais…

Il était sûr qu'elle l'étudierait de nouveau sous tous les angles.

— Merci beaucoup, Frédéric. Pour ce présent et votre confiance.

La conversation dévia petit à petit vers leurs aspirations – son souhait à lui de trouver un poste haut placé tout en utilisant son don, sa volonté à elle de faire carrière dans les sciences sans se laisser arrêter par les obstacles que la société mettrait sur sa route.

Seule la cloche du dîner, assourdie et lointaine, les ramena à la réalité.

La fin de la semaine venue, Frédéric faisait les cent pas dans le hall de Cathédrale où Lionel lui avait donné rendez-vous. Un bruit lui fit lever la tête. Le Carélien arrivait. Frédéric se mordit les joues pour ne pas rire, mais le sourire qui lui échappa oblitéra tous ses efforts. Lionel portait une courte veste d'un bleu foncé, dont les manches, les poignets, le haut col droit et les revers s'ornaient d'épais parements d'argent. Elle s'accompagnait d'une écharpe rayée dans les mêmes teintes, retenue à la taille par un nœud compliqué. Frédéric désigna la fine rapière qui pendait à son côté tandis qu'il parvenait à sa hauteur, sourcils froncés.

— Devons-nous craindre une tentative d'assassinat ?

L'héritier ducal grommela :

— Protocole. Comme le reste de la tenue. Y allons-nous ? La voiture de l'école nous attend.

Au point où il en était, il aurait tout aussi bien pu prendre la sienne, aux armes de la Carélie. Frédéric se retint de lui faire remarquer qu'il n'était pas celui qui les mettait en retard. Dans la cour, un laquais leur ouvrit la portière et les deux garçons s'installèrent.

Lorsqu'ils franchirent la grille, Frédéric eut la brusque sensation qu'un poids s'échappait de sa poitrine ; il se sentit plus léger, moins… crispé. La quête du Cœur et l'atmosphère qu'elle instaurait au sein de l'école lui pesaient plus qu'il ne le pensait. Ce ne serait pas plus mal de s'en éloigner quelques heures. Cependant, un pincement au cœur, semblable à un vide soudain, lui fit tourner la tête vers l'arrière ; une part de lui espérait qu'ils ne tarderaient pas trop. À côté de lui, Lionel arborait un air pensif.

— La ville vous manque-t-elle ?

Frédéric se tourna vers l'étudiant.

— Pas vraiment. On s'habitue très bien à Cathédrale.

Son ton sec ne le désarçonna pas.

— Si vous le souhaitiez, vous pourriez rentrer de temps en temps chez vous. Je n'y ai pas songé pour aujourd'hui et le bibliothécaire du palais attend deux élèves, mais la prochaine fois, peut-être…

Frédéric lui jeta un regard aigu.

— Pourquoi ?

— Je pense à votre famille. Ma petite sœur me manque, mais elle vit dans le Nord. Si vous désirez revoir vos cadets, vous le pouvez.

On présentait tant Lionel comme l'unique fils et héritier du duc de Carélie qu'on en venait à oublier l'existence de sa cadette – Frédéric ignorait jusqu'à son prénom. En revanche, il savait n'avoir jamais parlé de sa famille à Lionel. Celui-ci se servait encore des informations de son dossier. L'étinceleur s'obligea à garder une allure neutre, regrettant d'avoir livré tant de renseignements qui ne semblaient pas prêter à conséquence. L'arrogance de Lionel ne doutait de rien.

— Je vous remercie, mais j'attendrai les vacances, comme tout le monde.

— Je comprends.

Ils s'engagèrent sur une vaste avenue semée d'hôtels aux façades de plus en plus riches et débouchèrent sur l'esplanade qui libérait la vue sur la résidence royale. Sa longueur la rendait difficile à appréhender dans son entièreté. La façade foisonnait de dorures, de statues, de piliers qui encadraient sur quatre étages une multitude de fenêtres, mais elle réussissait malgré tout l'exploit de garder une harmonie pour le regard, une semblance de légèreté. Bien que le soleil fût encore haut dans le ciel, un scintillement mordoré ceignait le palais : il émettait sa propre lumière. Frédéric eut l'impression d'entrer dans un monde précieux, délicat, que le moindre bruit trop élevé, la moindre secousse trop forte briseraient en milliers d'éclats. Illusion, bien sûr.

La voiture s'arrêta aux marches du bâtiment. Des fonctionnaires en habit noir, les mains encombrées de papiers, se frayaient un chemin au milieu des courtisans affairés. Frédéric ne se sentit pas autant dépaysé qu'il l'aurait cru ; au fond, Cathédrale ne constituait que la miniature de ce monde.

D'une pression sur le bras, Lionel lui indiqua l'escalier. Malgré les remous des uns et des autres, ils ne furent pas bousculés. La veste de Lionel agissait comme un bouclier et Frédéric constata avec surprise et fierté que l'insigne de Cathédrale sur la sienne provoquait presque le même effet – il y avait seulement moins de déférence, moins d'empressement à s'écarter devant lui.

L'excitation et la gêne se mêlèrent en lui alors qu'ils entraient dans le palais. C'était là qu'il travaillerait un jour, là que tous reconnaîtraient sa valeur. Lionel le guidait avec la sûreté que donne l'habitude.

— Surtout, ne quittez pas votre air béat, tout le monde croira que je vous fais visiter.

Frédéric le foudroya du regard.

— Ne devrions-nous pas faire preuve de discrétion ? rétorqua-t-il.

Un homme s'arrêta pour saluer Lionel – son visage disait quelque chose à Frédéric, peut-être l'avait-il déjà vu en caricature dans les journaux. Un ministre ? L'héritier des Andersen échangea quelques paroles aimables avec lui, au milieu desquelles Frédéric crut entendre le mot « Cœur ». Lionel attendit que l'homme se fût éloigné pour répondre.

— Ils me reconnaîtraient même sans cela et j'attirerais encore plus l'attention. Venez par ici.

Il pressa le pas. Des murmures s'élevaient. Le nom d'Haakon Andersen résonna. Frédéric comprit soudain pourquoi Lionel arborait les couleurs de son duché, comme un soutien supplémentaire à la reine. Il ne leur restait plus qu'à espérer que sa présence au palais ne ferait pas le tour des journaux.

Par pur esprit de contradiction, il fit de son mieux pour ne pas manifester son émerveillement. Il ne put cependant s'empêcher de marquer un arrêt devant un tableau en pied d'Isaura III, la représentant en costume de sacre. La souveraine se tenait debout et son regard bleu toisait les visiteurs. Une lourde cape pourpre, brodée des lions ailés dorés de la monarchie, recouvrait ses épaules larges ; son chignon brun supportait la couronne d'or et de pierres précieuses tandis qu'elle serrait dans ses mains les attributs de la royauté : le sceptre et l'épée. La richesse de sa vêture ne dissimulait pas la droiture de son maintien ni son charisme.

— Je suis désolé, fit la voix de Lionel, mais nous sommes attendus. Nous arriverons plus tôt la prochaine fois.

Ils rejoignirent une aile du palais guère fréquentée. Des valets s'inclinaient, ouvraient les portes sur leur chemin, les refermaient derrière eux avec une solennité un peu ridicule. Lionel poussa bientôt un battant. Un homme voûté par l'âge, aux cheveux de neige, les accueillit.

— Ah, monsieur Andersen ! Entrez, entrez, je vous en prie. Et vous devez être monsieur Naudin ? Je suis Léopold Delysle, le conservateur.

La bibliothèque royale réduisait celle de Cathédrale à peu de chose. Serrés les uns contre les autres, les ouvrages reliés de maroquin semblaient attendre qu'une main tentât de percer leurs secrets. L'odeur de miel de la cire d'abeille se mêlait à celle, plus entêtante, des livres. Quelques érudits, installés à des tables de travail, se penchaient sur des pages jaunies. Frédéric jeta des coups d'œil dans les travées, sans apercevoir aucun autre élève de l'école. Le conservateur s'arrêta devant son bureau.

— Vous désirez me soumettre une requête un peu particulière, je crois.

Lionel chuchota presque.

— Nous recherchons un ouvrage dont nous ne connaissons ni le titre, ni l'auteur, ni le sujet, seulement la cote. Peut-être a-t-il trait à la Carélie.

— Nous devrions nous en sortir, fit le conservateur, confiant. La lettre et les premiers chiffres indiquent toujours le thème.

Frédéric échangea un regard avec Lionel. Celui-ci se racla la gorge.

— Notre numéro ne comporte que des nombres.

Il lui donna les deux premiers. Léopold Delysle les dévisagea avec ennui.

— Vous me décrivez l'ancienne classification. Nous avons remanié tous les catalogues il y a une dizaine d'années et chaque livre s'est vu attribuer une nouvelle cote en fonction d'un classement plus rationnel. Nous n'avons pas gardé les correspondances, cela ne nous était pas utile.

L'étendue de la bibliothèque parut soudain écrasante à Frédéric.

— Vous souvenez-vous de la section à laquelle ces chiffres se rattachaient ? demanda Lionel. C'est de la plus haute importance.

— Je vais voir avec mes collègues.

Il disparut derrière les travées. Le regard de Lionel courut sur les rayonnages.

— Nous le trouverons.

Il semblait se parler à lui-même ; Frédéric ne répondit pas. Le conservateur revint dix minutes plus tard alors qu'il commençait à s'impatienter.

— Vous aviez raison : il s'agit de l'histoire de la Carélie. Je ne voudrais pas vous désespérer par avance, mais la section comporte un nombre conséquent d'ouvrages.

— C'est toujours moins que la bibliothèque dans son ensemble, sourit Lionel.

Commença alors un fastidieux travail pour sortir chacun des livres sans l'abîmer, l'ouvrir à la page de titre, consulter l'ancienne cote, puis replacer le volume. Les feuilles craquaient et crissaient sous leurs doigts ; elles libéraient une poussière surannée, dont l'odeur acidulée les fit éternuer à plusieurs reprises. Les gants blancs de Lionel prirent une teinte rouille et il les ôta. Ils progressèrent en silence, soupirant parfois lorsqu'un ouvrage leur résistait, collé à ses voisins. Par curiosité, Frédéric essaya de lire une page, mais renonça aussitôt : c'était écrit en carélien.

Lionel marqua également une pause, le temps de demander certaines archives concernant l'école. Il les parcourut du coin de l'œil, mais Frédéric eut l'impression qu'il s'agissait plutôt d'une mise en scène.

Lorsque Léopold Delysle vint leur signaler que la bibliothèque fermait, ils n'avaient rien trouvé et leur avancée demeurait faible en regard du nombre de livres.

Lionel prévint l'homme qu'ils reviendraient la semaine suivante, refusa encore de fournir le numéro complet de la cote afin que les conservateurs cherchent en leur absence.

Le coupé les ramena à l'école. Frédéric en retrouva les murs familiers avec soulagement, de même que la sensation un peu lourde qui accompagnait le pouvoir de Cathédrale.

La serrure du bureau de l'intendant de l'école céda. Avec un sourire triomphant, Frédéric se faufila à l'intérieur. Au moins ces bureaux n'étaient-ils protégés par aucune magie. Les renseignements fournis une nouvelle fois par Clément, en échange d'informations sur les tensions qui naissaient dans sa classe, se révélaient justes.

La haute armoire contenant les dossiers scolaires se trouvait au fond. Il avait déjà vu l'intendant en sortir le sien lorsqu'il l'avait convoqué pour un renseignement sur sa bourse. Il était bien trop tard pour en retirer des éléments, mais peut-être Lionel avait-il laissé échapper quelques informations utiles dans son propre dossier. Son désir brûlant de prendre sa revanche avait encore gagné en intensité depuis leur visite au palais, trois jours plus tôt. En mentionnant sa famille, Lionel avait dépassé les bornes.

Les dossiers avaient été rangés par ordre alphabétique. Il ne mit guère de temps à repérer le bon, retint l'impulsion qui le poussait à chercher ceux des autres étinceleurs. Avec un frisson d'excitation, il ouvrit la pochette de cuir. Ses yeux s'arrondirent lorsqu'il découvrit la date de naissance de Lionel. Ils avaient le même âge. Un sifflement lui échappa. Entré à Cathédrale avec un an d'avance, à tout juste quinze ans, l'un des meilleurs élèves de l'école… Partant, il ne s'étonnait plus de la jalousie des autres.

Frédéric lut rapidement la page des renseignements biographiques. D'un an plus jeune que Louise, sa sœur s'appelait Solveig.

Une mention à la rubrique santé lui fit froncer les sourcils : « Sujet à insomnies. Humeur versatile, lunatique. À ménager. » Ces problèmes expliquaient-ils l'attitude de Lionel envers lui ? Ses manipulations n'étaient-elles que l'émanation d'un esprit un peu tordu, malade, qui conduisait le garçon à agir de façon incohérente, selon son humeur du moment ? Lubie. Le mot de Martial l'avait marqué.

En marge, une annotation, du directeur peut-être, indiquait que le duc Andersen recommandait la plus grande sévérité à l'encontre de son fils ; la dernière page ne comportait qu'un mot : « Cœur ». Parce que l'écolâtre l'estimait capable de le découvrir ?

Frédéric referma le dossier, déçu. Son parrain avait livré le minimum d'informations sur lui et rien qui pût lui être utile au-delà de la mention de ces troubles de l'humeur.

Une fois dans le couloir de l'administration, il monta directement au troisième étage, le trajet le plus simple pour rejoindre sa chambre. Alors qu'il atteignait le dernier palier, un son ténu lui parvint. Un instrument ? Frédéric hésita. Puis il fit demi-tour.

La mélopée gagna en intensité ; l'étinceleur frissonna en entendant ses accents mélancoliques. Les notes devinrent douces et tendres, tout en gardant une tristesse que rien ne semblait enrayer. Frédéric atteignit la salle de musique ; un rai de lumière dessinait la porte légèrement entrouverte. Il poussa un peu plus le battant.

Quelqu'un était assis devant les claviers d'un clavecin d'une grande richesse. Le chandelier posé sur une table à côté reflétait ses incrustations de nacre et les petites flammes dansaient dans des cheveux couleur d'or bruni que Frédéric reconnut immédiatement. D'instinct, il se recula dans la pénombre. La musique ne varia pas. Offertes à la nuit, les notes s'envolaient, virevoltaient, ruisselaient en un flot ininterrompu, singulier et désespéré, comme un sortilège.

Soudain, tout s'arrêta. Le cœur battant à tout rompre, glacé, Frédéric demeura immobile, hésitant à respirer. Lorsqu'il osa se pencher en avant, le Carélien s'était tourné sur son banc et lui présentait son profil. Une silhouette animale fantomatique se tenait à côté de lui. Lionel avait fait apparaître son génie familier, cet esprit qui symbolisait la personnalité de chacun.

Sa main frôla les oreilles rondes du félin, glissa sur le museau de fumée. Un bruit léger parvint à Frédéric. Craignant d'être repéré, il amorça un mouvement de recul. Non.

Lionel pleurait.

Ses épaules tressaillaient. Le félin posa la tête sur ses genoux, mais Frédéric put voir les larmes translucides couler sur son museau et tomber dans une pluie d'argent qui s'estompait avant d'atteindre le sol, avalée par le néant. Saisi, mal à l'aise, il recula d'un pas. Il se sentit soudain indécent, grossier au dernier degré. De quel droit se trouvait-il là en train d'observer le chagrin d'un garçon qui s'isolait au cœur de la nuit pour y laisser libre cours, cette peine indicible que même la musique n'atténuait pas ?

Aussi silencieusement que possible, Frédéric s'enfuit.

Chapitre XI

Dans les trois semaines qui suivirent, Frédéric eut l'impression qu'une partie de ceux qui s'attachaient aux faits et gestes de Lionel se concentraient également sur lui. La moindre sortie s'accompagnait de grincements de parquet, de frôlements aux angles de couloirs, d'ombres qu'il surprenait du coin de l'œil et qui disparaissaient dès qu'il se retournait franchement. Cette surveillance lui portait sur les nerfs, et il aurait bien voulu en saisir un pour lui signifier sa façon de penser, mais ils étaient rapides. Presque trop, au point qu'il se demandait si son esprit ne lui jouait pas des tours.

D'autres ne se donnaient même pas la peine de se cacher. Élysée, l'un des suiveurs des Lamarcchia, semblait prendre un malin plaisir à se trouver partout sur son chemin, dans les couloirs des salles de classe, au réfectoire où il s'installait toujours dans son champ de vision, aux tables de la bibliothèque ou même dans le parc, lorsque Frédéric prenait l'air. Élysée ne lui parlait pas, se contentait de le toiser avec son sourire moqueur et ses allures hautaines, son regard méprisant et ses moues écœurées. Chaque fois qu'il l'apercevait, Frédéric se retenait de serrer le poing, même s'il rêvait de plus en plus du moment où l'héritier des Eliescu paierait lui aussi sa suffisance.

C'était peut-être cela le plus dur, la présence permanente des autres, le fait qu'ils soient obligés de partager les mêmes cours et les mêmes repas alors qu'ils appartenaient à des camps différents. Imité par Alexandre et Reinhardt, Frédéric avait pris l'habitude de s'asseoir systématiquement au fond des salles de classe, pour ne pas sentir le poids des regards sur sa nuque, qui exsudaient la méfiance et le disséquaient littéralement. Il ne pouvait pas s'empêcher de les observer à son tour, de se demander où ils en étaient, s'ils mettaient la même ferveur que lui à chercher le Cœur. L'école et son secret, obsédants, ne quittaient plus ses pensées. La magie de Cathédrale continuait de le soutenir, sa présence chaleureuse chantait en lui et renforçait ses pensées, les acérait. Sa détermination n'en ressortait que plus grande.

Lors de leurs visites à la bibliothèque royale, il s'était étonné d'y croiser si peu d'autres étudiants. Certains ne disposaient sans doute pas de toutes les informations, même si chaque duc avait des proches au sein de l'école. Lorsqu'il en avait parlé à Lionel, celui-ci lui avait répondu avec une telle satisfaction qu'il était certainement le responsable :

— Je crois que les services du palais ont reçu ordre de se pencher avec soin sur toute demande d'accès à la bibliothèque. Bien sûr, les alliés de Sa Majesté n'ont pas de restrictions, mais c'est plus délicat pour ceux qui s'opposent à elle. Et il me semble que le directeur dispense également les autorisations de sortie de façon parcimonieuse.

Cela leur laissait les mains plus libres pour chercher – il ne restait plus tant d'ouvrages à présent, ils finiraient bien par identifier celui qui les intéressait. Pourvu que le texte codé leur permette d'avancer réellement ! Lionel paraissait ne pas en douter, mais Frédéric ne se fiait guère à ce qu'il exprimait. Il avait partagé avec Reinhardt et Alexandre ce qu'il avait trouvé dans son dossier scolaire. Le premier s'était montré intéressé, décidé lui aussi à savoir ce que cachait Lionel, tandis que le second ne manifestait guère d'enthousiasme à l'idée de creuser dans ses problèmes – il était trop gentil. Il faudrait qu'il prenne conscience qu'ils devaient jouer à armes égales avec les autres pour réussir.

L'un des rares moments où Frédéric se sentait à peu près en paix, comme ce soir-là, c'était lors de ses cours particuliers avec le professeur Vaissatis. Ils n'étaient que deux, et la manipulation du métal, l'exploration de son pouvoir allégeaient le poids des autres élèves. Il se perdait dans la chaleur sous ses doigts, créant dans la réalité ce qu'il esquissait dans sa tête. Le professeur lui avait très vite fait arrêter la ciselure pour transformer les objets eux-mêmes.

Frédéric lui avait fait part des idées de Cedren sans lui en indiquer la provenance, et il les avait jugées très bonnes. Au terme du cours, Frédéric rassemblait ses affaires lorsque l'enseignant tendit un bras vers lui.

— Est-ce que tout va bien en ce moment ? L'intégration à l'école n'est pas toujours simple et avec le contexte actuel…

— Tout se passe au mieux, merci.

Le professeur lui sourit.

— J'en suis heureux. Si je peux me permettre un conseil… J'espère que vous ne vous investirez pas trop dans cette quête.

— Pourquoi ?

— La situation est tendue et je doute que cela s'arrange, même si nous comptons tout mettre en œuvre pour protéger nos étudiants. Quelle idée de faire reposer un tel défi sur des épaules aussi jeunes !

Frédéric répondit d'un hochement de tête poli, sans s'engager.

— Je tiens à ce que cette année se déroule aussi bien que possible, reprit le professeur, et je suis prêt à aider les élèves, notamment pour tout ce qui touche à la magie. Surtout, n'hésitez pas à venir me voir au moindre problème ; si vous souhaitez parler de quelque chose, qu'il s'agisse de vos études ou non, mon bureau vous est ouvert.

Si l'enseignant voulait l'amener à se confier à lui au sujet du Cœur, il en serait pour ses frais.

— Merci beaucoup, professeur. Je n'y manquerai pas.

La tête encore bourdonnante de son cours d'économie, Frédéric prit la direction de la bibliothèque en compagnie de ses amis. Alors qu'ils descendaient une dernière volée de marche, on le bouscula. Il se rattrapa à la rampe.

— Eh !

Élysée ne se retourna pas. Poings serrés, Frédéric allait se lancer à sa poursuite, mais Reinhardt le retint par le bras.

— Laisse-le. Ça n'en vaut pas la peine.

Frédéric fit la moue, guère convaincu.

— Je ne vais pas m'écraser longtemps devant lui. Il ne pourra s'en prendre qu'à lui-même. Et je me fiche de son influence, ajouta-t-il avec hargne à l'intention d'Alexandre qui ouvrait la bouche.

— On devrait peut-être travailler dans nos chambres, tenta celui-ci.

Reinhardt s'insurgea.

— Et nous excuser d'empiéter sur son espace ? Tu rêves. Allez, on y va.

Lorsqu'ils y arrivèrent, le chaos régnait dans la bibliothèque. Deux étudiants en étaient venus aux mains. Frédéric les connaissait de vue ; jusqu'à présent, ils semblaient amis et travaillaient ensemble – que ce fût pour les devoirs ou pour le Cœur. La voix du bibliothécaire peinait à dominer le vacarme.

— Messieurs, un peu de dignité ! Cessez immédiatement ! Messieurs !

Les belligérants ne l'écoutaient pas. Avec un sourire, Frédéric se glissa au milieu des élèves. Cela ferait un groupe de moins dans la course à l'artefact. Les étudiantes faisaient mine de reculer, l'air offusquées, mais elles ne perdaient pas une miette de ce qui se passait.

Des élèves s'écartèrent d'un bond lorsque l'un des adversaires heurta une table voisine. Il se redressa aussitôt, se rua sur l'autre qu'il projeta contre l'un des rayonnages. Le garçon s'affala au milieu des livres. Une partie du rayonnage tomba au sol dans un vacarme sourd. Une satisfaction vicieuse envahit Frédéric lorsque du sang coula sur le visage de l'étudiant. *Bien fait.* Des applaudissements retentirent.

— Messieurs !

— Que se passe-t-il ?

Un surveillant poussa Frédéric et se fraya un chemin jusqu'au pugilat. Les élèves se dispersèrent aussitôt dans les travées, Frédéric recula près de la porte, un vague regret au cœur. Il aurait voulu voir jusqu'où ils seraient allés. Alexandre le rejoignit, le visage fermé, tandis que Reinhardt, à quelques pas, ne quittait pas les adversaires du regard, une expression avide sur le visage.

— Ça t'amuse vraiment ?

Frédéric entendit à peine l'étinceleur. Le surveillant dut séparer de force les deux combattants, qui ne tenaient pas compte de ses appels au calme, et les maintint chacun par un bras. Le désordre de leurs uniformes, leurs cravates dénouées comme le revers déchiré de l'un ne masquaient pas leur statut. La même morgue sur le visage, tous deux se fusillaient du regard, ignorant l'homme qui les retenait. Celui atteint à l'arcade sourcilière saignait encore ; le col de sa chemise se teintait de rouge sans qu'il s'en soucie, pas plus que de la traînée impressionnante qui lui maculait le visage.

— Comment osez-vous vous comporter de la sorte ?

Le bibliothécaire s'avança.

— Où vous croyez-vous ? Au cirque ?

Le blessé amorça un mouvement, arrêté net par le surveillant. La rage déforma les traits de son visage ; une seconde, Frédéric crut qu'il allait s'en prendre directement à lui.

— Nous réglions seulement un différend.

Un rire discret, moqueur, jaillit à côté de Frédéric, aussitôt étouffé.

— Vous répéterez cela au directeur. Venez.

Le surveillant les entraîna avec lui, en veillant à ne pas les lâcher. Alors qu'il passait à côté de lui, Frédéric l'entendit marmonner :

— Cette école devient impossible !

Le bibliothécaire le prit à partie.

— Je n'ai jamais vu des élèves se comporter ainsi en vingt ans de carrière ! C'est une honte. Leurs familles seront averties, j'espère que le directeur fera preuve d'une extrême sévérité à leur égard. Rendez-vous compte ! Pourquoi êtes-vous ici ?

Il le regardait comme s'il le soupçonnait d'être sur le point de se ruer sur les livres ou un autre étudiant. Frédéric désigna ses amis.

— Nous venions travailler.

— Vous feriez mieux de remettre cela à demain.

Ils obtempérèrent. Autour d'eux, les élèves commentaient l'incident avec enthousiasme. Dans le couloir, Clément les rattrapa. Bien sûr, il avait assisté à tout.

— Un groupe qui vole en éclats, murmura-t-il avec l'air satisfait du chat à qui l'on vient de donner une écuelle de lait.

— Tu sais pourquoi ? demanda Reinhardt.

Le deuxième année leur retourna un regard impénétrable. Depuis peu, il monnayait ses informations. Les garçons se renfrognèrent. Ils n'avaient rien d'intéressant ou d'utile à lui fournir en échange. Reinhardt dissimula sa contrariété derrière un sourire entendu.

— Au moins, ils ne seront plus une gêne.

Clément approuva, puis les laissa. Alexandre fit la moue.

— Comment peux-tu le prendre aussi tranquillement ? Cette rixe n'avait rien de normal, surtout pour des nobles.

— Tant mieux pour nous s'ils commencent à perdre leur sang-froid, trancha Reinhardt. J'espère qu'ils ne seront pas les seuls.

— Et si c'était nous ? insista Alexandre. Vous ne pouvez pas…

Reinhardt lui envoya une claque sur l'épaule.

— Pourquoi en viendrait-on là ? Le seul d'entre nous à qui j'aimerais que ça arrive, c'est Lionel. Dépêchons-nous, ma motivation pour ces exercices est en train de s'envoler.

La voiture franchit la grille de l'école. Attentif, le Carélien perçut aussitôt le changement d'atmosphère. L'air s'allégea, dénouant quelque chose dans sa poitrine, comme s'il remontait à la surface après être resté trop longtemps sous l'eau. C'était de pire en pire ; pourtant, il ne lésinait pas sur l'énergie consacrée à apaiser la magie de Cathédrale. Les assauts permanents des étudiants se révélaient trop puissants pour qu'il puisse tous les contenir. Les affrontements comme les disputes se multipliaient – et c'était presque étonnant que ce ne soit pas plus grave. Cela faisait un mois et demi qu'ils étaient rentrés et les premières vacances n'arriveraient pas avant six semaines. De tout cœur, il espéra que la situation ne dégénèrerait pas davantage, même s'il ne s'illusionnait pas.

À côté de lui, Alexandre se perdait dans la contemplation de la ville. L'école l'affectait peu pour le moment. Frédéric l'inquiétait davantage, mais le deuxième année avait préféré que leur petit groupe bénéficie à tour de rôle de ces sorties. Même s'il avait accepté de l'accompagner avec Cedren, qui avait pris une autre voiture, Alexandre paraissait gêné par sa présence. C'était l'occasion de briser la glace entre eux ; jusqu'à présent, le garçon avait eu l'impression que Frédéric et Reinhardt faisaient corps autour de leur ami au point qu'ils ne s'étaient jamais retrouvés en tête à tête. L'étinceleur lui semblait sympathique, moins hostile que les deux autres.

Décidé à mettre à profit le trajet, le Carélien l'aborda avec prudence, mais Alexandre n'avait pas l'air prêt à se confier. Les questions sur sa famille, sur la carrière qu'il envisageait après Cathédrale ou sur ses passions n'obtenaient que des réponses monosyllabiques. Alors qu'ils approchaient du palais, l'étudiant désespérait de trouver un point d'accroche.

— Vous dites aimer la musique. Quel compositeur a votre préférence ? Je pratique le clavecin en amateur. Je ne possède pas un grand talent, mais c'est une de mes passions.

— Je l'ignorais.

Le Carélien sourit.

— J'en parle peu, cet art n'est pas très en faveur en ce moment. Mon père souhaiterait me voir employer mon temps à autre chose.

— Le mien l'exige aussi, répondit spontanément Alexandre. Pour lui, le chant n'est pas une activité convenable…

Enfin. Le deuxième année apprit ainsi en vrac qu'Alexandre aimait chanter depuis son enfance, qu'il avait suivi des cours avant que ses parents n'y missent un terme brutal et qu'il n'osait plus en parler à présent.

— Alexandre, nous pourrions pratiquer tous les deux si vous le désirez.

— Je… je ne sais pas…

Méfiance et espoir se mêlaient dans le ton de l'étinceleur. Ses doigts se tordaient sur ses genoux et son regard le fuyait. Le Carélien reprit les devants.

— Pardonnez-moi si je vais trop loin. Je ne veux pas vous mettre mal à l'aise et je comprendrais tout à fait que vous ne souhaitiez pas passer plus de temps avec moi ou vous mettre en porte-à-faux avec vos amis. C'était une simple proposition, en dehors de toute la situation qui nous occupe. Vous n'êtes pas non plus obligé de me répondre tout de suite, si vous préférez réfléchir.

La mention de Frédéric et Reinhardt lui attira un regard aigu, mais Alexandre ne commenta pas, préférant saisir le prétexte offert.

— J'y penserai, je vous donnerai ma réponse rapidement.

Il acquiesça, espérant qu'Alexandre accepterait. Échanger autour de la musique lui ferait du bien, tout en lui permettant de fragiliser l'alliance des trois garçons.

Lorsqu'ils arrivèrent au palais, une fois de plus, les têtes se tournèrent sur la veste aux couleurs de la Carélie. Il éluda cependant les quelques questions qu'on lui adressa sur le Cœur et assura que la souveraine triompherait.

Ils retrouvèrent Cedren dans la bibliothèque. Elle avait déjà commencé à parcourir les livres, en avait sorti quelques-uns pour faire mine de les étudier. Parfait. Ils se répartirent les rayons et l'exploration se poursuivit. Il ne restait plus guère d'ouvrages, il comptait bien en venir à bout dans l'après-midi.

Page de titre après page de titre, les livres dévoilaient leur ancien numéro. Le Carélien relisait trois fois les deux derniers chiffres afin de s'assurer qu'il ne manquerait pas les bons, conscient de l'absurdité de cette attitude. Il connaissait par cœur ceux qu'ils cherchaient. Dans ses rêves, la nuit, ils fuyaient loin devant lui et il s'épuisait à les rattraper.

Il tira un lourd volume, plus ancien que les autres, l'ouvrit à la première page. L'écriture manuscrite était difficilement déchiffrable, mais, par contraste, elle rendait plus évidente la série de nombres apposée dans un coin. Son cœur s'arrêta une seconde avant de repartir à toute allure. L'héritier des Andersen relut la cote six fois de suite pour se persuader qu'il ne se berçait pas d'illusions.

— Cedren, Alexandre, murmura-t-il, la gorge nouée.

Ils le rejoignirent en hâte.

— C'est lui ? souffla la jeune fille. Vous l'avez trouvé ?

Il leur présenta l'ouvrage. Leur soudaine fébrilité acheva de le convaincre qu'il ne se trompait pas. *Nous l'avons trouvé.* Un pincement au creux du ventre ternit son exaltation, il le repoussa.

— Alexandre, s'il vous plaît, auriez-vous la bonté de continuer à chercher pendant que nous l'examinons ?

Il préférait jouer la prudence jusqu'au bout. Tandis que l'étinceleur repartait dans les rayons, il porta l'ouvrage jusqu'à une table de travail.

— On ne nous permettra pas de l'emprunter, il est trop ancien. Mais j'ai apporté la liste des nombres.

— Regardons vite !

Le garçon les disposa entre eux. Les séquences de trois s'étalèrent. Le premier nombre pour les pages, le second pour les lignes. Le troisième..., l'emplacement des caractères, au vu de l'amplitude. De son sac, il sortit un crayon et une feuille vierge. Ses mains tremblaient légèrement.

— Lisez-moi les séquences, s'il vous plaît.

Sous la dictée de Cedren, il tourna avec prudence les pages de l'ouvrage. Beaucoup comportaient des taches brunes. À certains endroits, l'acidité de l'encre avait rongé des lettres ou des termes, laissant le papier troué et comme brûlé. Le Carélien entreprit de recopier les caractères donnés par le code. Il aurait pu travailler sans qu'on lui énonce les séquences, gravées dans sa mémoire, mais Cedren n'aurait sans doute pas apprécié.

— Qu'est-ce que cela dit ? demanda-t-elle, vibrante d'impatience.

— Je l'ignore. Il faudra que je reconstitue les mots et que je traduise.

Elle haussa les sourcils.

— Mais c'est du carélien, n'est-ce pas ?

— Du carélien ancien. Cet ouvrage a bien plus de trois cents ans. Je connais les caractères, mais je ne comprends pas les mots. Continuons, nous verrons cela plus tard.

La transcription les occupa toute la fin de l'après-midi. À un moment, Alexandre relaya Cedren dans la lecture des séquences ; en revanche, le deuxième année tint à tout vérifier et écrire lui-même. Hors de question qu'un autre que lui y touche.

Quand ils eurent terminé, tous trois se penchèrent sur la longue suite de lettres. Cedren et Alexandre n'entendaient goutte au carélien, mais, même à ses yeux, cela n'avait pas grand sens. Il lui faudrait reconstituer chaque mot avant de pouvoir les traduire. Il y arriverait. Ils y arriveraient.

Chapitre XII

Martial aimerait discuter, sans doute pour revenir sur notre accord. Je comprends que la situation commence à l'inquiéter sérieusement, possible aussi qu'il ait eu vent de ce qui se passe avec Frédéric. Nouvelle tentative auprès d'Alexandre qui a l'air de plus en plus intéressé. Je crois qu'il finira par accepter, cela nous fera du bien et Cathédrale devrait apprécier aussi, je peine à la calmer... J'ai un peu avancé sur la compréhension et la traduction du texte, mais cela reste fastidieux.

En deux jours, il aurait été difficile de travailler davantage sur le message codé. Lorsque Lionel ferma le carnet, une feuille en tomba. La dernière lettre envoyée par son père. Tracés d'une écriture élégante mais dure, les mots se résumaient en un ordre : « trouve-le, et vite ». Lionel avait tout aussi conscience que lui que la situation du pays se dégradait ; les conséquences économiques de la crise se faisaient sentir, les grands industriels attendant de voir comment les choses évolueraient. Les sessions du conseil royal se limitaient à la gestion courante, puisqu'un tiers des ducs n'y assistaient plus. Les Neuf-Duchés tout entiers retenaient leur souffle. Lionel froissa la feuille jusqu'à ce qu'il n'en demeure plus qu'une boule qu'il fit jouer entre ses doigts. Il la brûlerait une fois rentré. Il n'avait pas besoin de ces ultimatums.

Moins dérangé par les températures automnales que la majorité des étudiants, il s'était assis sur l'un des bancs de pierre qui parsemaient le tour de la pièce d'eau. Des feuilles mortes couvraient l'eau et dérivaient lentement, comme emportées par un courant invisible. Des frémissements ridaient la surface alors qu'aucun vent ne soufflait. Ce n'était pas normal. La magie de l'école se manifestait davantage.

Au-delà du bassin, quelques élèves se promenaient, l'air de rien, mais il les reconnaissait. La meute ne le lâchait pas. Cette fois encore, ils en seraient pour leurs frais. Derrière lui, il sentait la présence discrète mais attentive de Semen. Avec un sourire, il tira à lui le carton à dessin posé sur le banc. Il aurait préféré poursuivre la traduction du texte, mais il devait aussi composer avec les regards des autres. S'enfermer trop longtemps et trop souvent dans sa chambre les pousserait à s'y intéresser de près. De même, il avait décidé de maintenir les visites à la bibliothèque pour les semaines à venir afin de garder les enseignants à l'écart de ses avancées.

Bientôt, ses épaules se détendirent tandis que le crayon courait sur le papier, reproduisant le paysage qui l'entourait. Les longues feuilles d'un saule pleureur vinrent caresser l'onde. Il se penchait sur le ballet mort à la surface lorsque la voix du valet s'éleva :

— Monsieur.

Le Carélien se retourna. Martial approchait. L'héritier du duché d'Orelnan prit place à côté de lui.

— Fuyez-vous l'agitation de l'école ?

— En effet. J'aspirais à un peu de tranquillité.

Martial ramassa une pierre au pied du banc, la lança vers le bassin où elle ricocha à plusieurs reprises avant de couler, emportée par un léger tourbillon. Lionel fronça les sourcils. Reflet du soleil ou imagination, il lui semblait qu'elle avait été aspirée.

— Ils finiront par prendre conscience que vous suivre sans cesse ne les mènera à rien. Vous êtes là, mais vos pions agissent pour vous.

L'amertume perçait dans sa voix. Il ne lui pardonnait pas son association avec Frédéric. Mais ce qui était fait était fait. Lionel éluda :

— J'ai cru comprendre que votre père se rendrait à Samara dans les prochains jours.

— Il est décidé à montrer son soutien à la reine et il tenait à s'entretenir de vive voix avec le vôtre. Nous devons faire pression sur les duchés de Niemand et de Voïodim. Je me suis laissé dire que vous connaissiez Cedren Abalian. Son père est un vieux fou, mais il aura l'oreille du duc.

L'héritier des Andersen sourit.

— Connaître, c'est un bien grand mot.

— Et vous ne devriez pas laisser Eliescu graviter dans l'ombre des Lamarcchia. Ne serait-il pas temps de faire des concessions sur votre façon de procéder ? J'en ai parlé avec Eivind et nous ne sommes pas les seuls à le penser.

De cela, il avait conscience. Élysée s'était rapproché d'Orfeo et Lionel l'avait vu rôder près de Frédéric. Jovianna préférerait s'en prendre à l'étinceleur plutôt qu'à lui-même.

— Je ne crois pas.

Le regard de Martial se fit aigu.

— Porterait-elle des fruits ?

— C'est possible. S'il vous paraît nécessaire d'affiner votre propre méthode, je me fie entièrement à votre sens politique. De mon côté, notre accord me convient toujours.

Son parrain tendit le bras vers lui, mi-geste de protestation, mi-main tendue. Lionel s'écarta d'un mouvement fluide. La main de Martial retomba.

— Je ne vous comprends pas, Lionel. On dirait que tout ceci vous amuse et que vous ne rêvez que de voir le royaume à feu et à sang. Le Cœur n'est qu'un paramètre, la diplomatie est essentielle. Si nous isolons le Belastan et Eindovia…

— Martial, je vous en prie, n'essayez pas de me faire la leçon. Je sais ce qui se passe, je lis les journaux autant que vous et j'ose espérer connaître un peu la politique de ce pays. Pour autant, ce que je vois ne m'amène pas à modifier ma façon de faire.

Cette fois, il y avait du ressentiment dans le regard de Martial. Était-ce vraiment si difficile d'admettre qu'ils pouvaient emprunter deux chemins différents tout en restant unis ? Les archivistes du duc d'Orelnan avaient certainement trouvé le code à présent ou le découvriraient bientôt, Martial avait autant accès que lui à la bibliothèque royale et finirait par identifier le bon ouvrage. S'était-il convaincu que Lionel en savait bien davantage ?

— C'est inepte. Votre orgueil…

— Je vous serais reconnaissant de ne pas tout ramener à cela. Aussi étonnant que cela puisse paraître, je sais ce que je fais.

— Vous dresser contre tous ne vous aidera pas, pas plus que cela n'aidera les Neuf-Duchés. Si le royaume éclate, il ne restera rien de ce que nous avons construit. Pouvons-nous nous permettre d'afficher un front désuni ? Le pays ne s'en relèverait pas. Votre sens politique n'est plus à démontrer, Lionel, vous ne pouvez, vous ne devez pas faire bande à part, pas aujourd'hui, pas dans ces circonstances.

— Pour ma part, je suis tout à fait disposé à montrer à nos opposants que les alliés de Sa Majesté ne font qu'un. N'est-ce pas ce que nous faisons tous les jours à table ?

— Alors, pourquoi ne pas aller plus loin ?

— Je ne vois pas en quoi partager mes informations avec vous prouverait davantage aux autres que nous sommes unis. Si vous me faisiez confiance…

Martial plissa les lèvres.

— Votre arrogance risque de tous nous perdre. Vous êtes si persuadé de le trouver à vous seul…

— Je ne suis pas seul, Martial.

La moue dédaigneuse de son parrain fut sa seule réponse. Lionel haussa un sourcil.

— Êtes-vous donc si certain que j'échouerai ?

— N'y a-t-il que cela qui vous anime ? Briller, peu importe le prix et les conséquences, vous arroger une éventuelle gloire qui risque surtout de vous glisser entre les doigts ? Si vous persistez dans votre entêtement, si vous échouez, votre nom restera du mauvais côté de l'histoire, les Andersen et la Carélie ne s'en remettront pas. Vous ne pouvez…

— Inutile de me dire ce que je peux ou non. Je trouverai le Cœur, Martial. C'est une promesse, et je les tiens toujours.

Hors de question de le laisser en pâture à la meute, que ce soit celle qu'abritait Cathédrale ou celle qui rôdait à l'extérieur, impatiente. Ils s'affrontèrent du regard. Son gris-bleu ne céda pas devant le brun de son parrain. Celui-ci se leva brusquement.

— Très bien. Je prierai alors pour que votre orgueil absurde n'entraîne pas notre chute.

Le lendemain, Lionel terminait de déjeuner lorsque le directeur entra dans la salle à manger. Les conversations s'évanouirent et les garçons se mirent debout en hâte dans le vacarme des chaises repoussées. L'homme gagna le fond de la pièce dans un silence total. Qu'est-ce qui provoquait une telle visite ? Les bagarres n'étaient plus rares, mais au point d'amener l'écolâtre devant eux…

Celui-ci les toisa.

— Messieurs. On vient de m'apprendre que l'un de vos condisciples de quatrième année se trouve à l'infirmerie dans un état grave, suite vraisemblablement à un duel sauvage.

Sa voix grave roulait dans toute la salle. Un murmure parcourut les rangs. Bien que l'école fît tout pour les interdire, les duels se tenaient à la discrétion des élèves. Le règlement ne pouvait les empêcher de mener à terme leurs affaires d'honneur ; le médecin pansait les blessés en faisant mine d'accepter leurs explications. Mais ils restaient exceptionnels et, en général, il y avait des témoins, une assistance. Des règles.

— Son adversaire n'a pas daigné se faire connaître et ce jeune homme ne tient pas à dire son nom. Cette attitude bafoue tous les règlements ainsi que tous les principes de la courtoisie et de l'honneur, principes dans lesquels vous avez été élevés et à l'entretien desquels nous veillons. Que les événements actuels ne favorisent pas les valeurs que nous défendons à Cathédrale ne vous autorise pas à vous conduire comme des brutes ou des traîne-rapières. J'attends du responsable qu'il ait au moins la décence de reconnaître sa faute et de venir me l'avouer ; j'invite également ceux qui détiendraient des informations à se rendre dans mon bureau. En outre, je suspends toutes les autorisations de sortie accordées jusqu'ici pour le mois à venir et les activités sportives seront réduites au minimum et strictement encadrées. J'espère que vous aurez à cœur de remonter dans mon estime, ainsi que dans celle de mes collègues enseignants.

Une vague de protestation traversa le réfectoire. C'était surtout la punition qui les affectait, plus que le duel. Un mot du comte ramena le silence. Il les laissa sur un dernier rappel à l'ordre. Dès qu'il fut sorti, la salle explosa en commentaires. Lionel aurait voulu savoir si les deux adversaires étaient proches ou appartenaient à des camps opposés. Il tâcherait de se renseigner. En attendant, il n'avait plus rien à faire là.

De retour dans sa chambre, avant la sonnerie de l'après-midi, il s'approcha de la forêt. Les troncs des arbres ainsi que le vert des feuilles s'étaient assombris, comme si quelque chose dans le sous-bois aspirait les couleurs et la luminosité. Même la neige semblait grise. Lionel jura à voix basse. Les fondateurs de l'école avaient souhaité créer un cercle vertueux en faisant en sorte que Cathédrale réfléchisse les sentiments positifs des élèves et les renforce, mais à présent que sa magie s'abreuvait d'ambition, de colère et de jalousie... Le garçon n'aurait pas cru que la situation se dégraderait aussi rapidement.

Il inspira doucement pour se détendre, plaqua une main contre le mur. Une vibration chaude le traversa, remonta le long de son bras. Il s'efforça de transmettre ses propres émotions à l'école, de la rassurer.

Lorsqu'il se recula en vacillant, les paupières battant sous un léger vertige, les arbres avaient recouvré une partie de leur teinte originelle – pour combien de temps ?

L'après-midi se déroula dans une atmosphère tendue. Les étudiants ne cessaient de s'observer à la dérobée et l'héritier des Andersen sentait dans son dos le regard de ses condisciples. La classe se partageait à peu près à égalité entre ses partisans et ceux d'Orfeo, sans compter les deux ou trois tenants de la neutralité. Si leur duché n'avait pas officiellement pris position, certaines familles commençaient à osciller d'un côté ou de l'autre selon leur volonté propre et les résultats des négociations menées à l'extérieur. Son père s'efforçait de ramener un maximum de soutiens à la reine – si la quête échouait, ils représenteraient un poids non négligeable dans la suite des événements.

La journée s'achevait par un cours de rhétorique, le seul qui rassemblait tous les élèves de l'école, filles comme garçons, pour les entraîner à l'art du discours et au débat. Lionel eut à peine le temps de s'asseoir que le professeur appelait son nom.

Ainsi que celui d'Orfeo Lamarcchia.

Soit. Si l'enseignant tenait à les confronter, il ne se déroberait pas, même si l'idée ne lui paraissait pas des plus pertinentes. Orfeo et lui s'évitaient avec soin, trop prudents pour s'affronter ouvertement – trop conscients aussi des conséquences s'ils déclenchaient les hostilités.

Tous deux montèrent sur scène en veillant à garder une allure neutre. Le professeur se tourna vers le public qui manifestait bien plus d'intérêt que quelques minutes plus tôt.

— Le débat d'aujourd'hui différera des autres et adoptera un caractère plus politique. Monsieur Andersen, vous défendrez la volonté d'indépendance de certains duchés et sa nécessité éventuelle ; monsieur Lamarcchia, vous mettrez en avant les avantages qu'il y aurait à rester au sein des Neuf-Duchés.

Lionel ne dut qu'à sa maîtrise de lui-même de ne pas manifester sa surprise ni laisser échapper le « Est-ce une plaisanterie ? » qui lui brûlait les lèvres. Orfeo se contint de la même façon. Argumenter au bénéfice de l'autre… Était-ce une tentative d'apaiser les tensions, de les amener à se comprendre ? Ils n'avaient pas besoin de cela. Lionel saisissait parfaitement les raisons du Belastan et d'Eindovia ; ce n'était pas pour autant qu'il les jugeait fondées. L'histoire parlait pour lui. À moins que le professeur n'eût l'espoir puéril qu'ils se rendent soudain compte de l'absurdité de leur querelle et qu'ils se réconcilient là, sur cette scène. Lionel doutait que quiconque change d'avis en les écoutant.

L'exercice l'intéressait néanmoins pour sa capacité rhétorique. Discuter sans pour autant dénigrer son propre camp, tout en ayant l'air sincère… Le défi l'attirait. Sans vraiment réfléchir, il appela son génie.

Le lynx de fumée à l'air hautain apparut à son côté.

Des exclamations surprises retentirent. Des sifflements et des applaudissements aussi. Lionel sourit. Son choix compliquait le débat. Avec les génies, on livrait une partie de son intériorité ; ils devenaient le miroir des émotions de leur créateur, interdisant théoriquement tout mensonge. Cela avait été le cas au temps où la magie régnait sur le monde, mais les génies n'étaient plus à présent que la survivance d'une antique tradition et ne servaient que pour les discours politiques et les négociations, en signe de bonne volonté. Pour les plus doués, il était aisé de s'en servir pour masquer ses véritables sentiments et duper son adversaire. À Cathédrale, les étudiants se penchaient dessus lors de leur deuxième année, mais, dans de nombreuses familles de la haute aristocratie, cela venait plus tôt.

Des murmures s'élevèrent. Celui d'Orfeo ne se matérialisait pas. N'en était-il pas encore capable ? Cela prenait parfois du temps, mais Lionel n'y avait pas songé. Son geste risquait de passer pour une provocation malvenue et une humiliation. L'enseignant comprit aussitôt le problème et intervint :

— Ne vous précipitez pas, monsieur Andersen. Ce sera sans génie cette fois. Ce sont vos arguments qui m'intéressent.

Lionel inclina la tête.

— Je vous prie de m'excuser.

Le lynx s'évanouit. Orfeo lui répondit d'un froid hochement de tête. Il gardait une expression réservée, sur la défensive, sans être hostile. Peut-être arriveraient-ils tous deux à maintenir le débat à un niveau qui leur permettrait de s'en sortir sans dommages.

Au signal, l'héritier des Lamarcchia se lança le premier.

— L'unité des Neuf-Duchés pourrait amener à terme une prospérité économique que…

Lionel sourit intérieurement, soulagé. Loin des tons chauds et profonds qu'Orfeo utilisait dans ces cas-là pour faire porter sa voix, son timbre demeurait neutre, presque comme si tout cela ne le concernait pas – ce qui était vrai en un sens. Même sa gestuelle, d'ordinaire souple et travaillée pour renforcer son discours, conservait une sobriété qui ne lui allait pas. Tandis qu'il développait ses arguments, il semblait réciter une leçon. Une pointe d'excitation naquit en Lionel. Ce serait si facile de renverser son discours ! Cathédrale s'amusait avec lui, sa chaleur enflait dans sa poitrine. Non. Il devait rester sur le même terrain qu'Orfeo. Il s'avança à son tour.

— J'entends bien l'importance de cette richesse que vous soulignez, mais vous oubliez qu'elle vient avant tout de chacun des duchés, qui pourraient davantage se développer individuellement…

Il perçut le léger relâchement dans les épaules d'Orfeo, sans doute rassuré de voir qu'il suivait la même stratégie. Débiter des platitudes lui demandait davantage de concentration, l'obligeait à lutter contre son caractère. La déception de Cathédrale se faisait sentir. Leurs condisciples suintaient l'ennui ; certains se désintéressaient du débat pour chuchoter entre eux, d'autres se penchaient sur des notes de cours. N'était-ce pas l'objectif ? Cependant, cela le frustrait plus qu'il ne l'aurait cru. La voix d'Orfeo le ramena à l'échange.

— Certains duchés ne peuvent malheureusement pas s'en sortir seuls. Sans le royaume, ils ne pourraient pas exploiter correctement leurs ressources.

Le professeur s'interposa, la mine sévère.

— Messieurs, appelez-vous vraiment cette pathétique discussion un débat ? Vous m'avez habitué à bien mieux que ces poncifs, tant sur le plan oratoire que politique. J'imagine sans mal la déception de vos pères si c'est tout ce que vous avez à nous proposer.

Piqué au vif, Lionel se redressa. Il aurait pu – aurait dû – s'en tenir là, accepter la remontrance. Mais il était hors de question d'enrichir la liste de doléances du duc à son égard, la situation était déjà bien assez complexe.

— Bien sûr que non, professeur. Je m'efforçais seulement de me mettre à la hauteur de mon adversaire. Si vous souhaitiez un véritable débat, ce n'est pas à lui qu'il aurait fallu m'opposer, mais à Jovianna Lamarcchia. Elle est bien plus à même de mener le jeu.

Orfeo tressaillit et le fusilla du regard, un poing fermé près de sa ceinture, comme s'il avait oublié qu'il ne portait pas d'arme. Un ricanement moqueur monta du premier rang. Lionel avait parlé trop haut. Déjà, d'autres voix s'élevaient pour demander ce qu'il avait dit. Il retint un geste de dépit. Nul doute que d'ici une heure sa phrase aurait fait le tour de l'école.

— Vous le regretterez, murmura l'héritier des Lamarcchia sur un ton de défi.

La salle s'intéressait de nouveau à eux, guettant les prochains échanges. En d'autres circonstances, Lionel s'en serait réjoui. Là, la contrariété d'avoir cédé à l'influence de Cathédrale l'emportait. Voyant la situation dégénérer, le professeur décida de s'en tenir là.

— La gestion de vos émotions n'est visiblement pas votre point fort à tous les deux, prenez garde. Puisque vous êtes incapables de satisfaire à cet exercice, vous me rendrez un devoir écrit où vous exposerez votre argumentation, ainsi qu'une analyse de votre attitude.

Lionel serra les dents sans rien manifester. Répondre avait été une erreur, mais l'enseignant n'avait rien fait pour calmer le jeu. Pour le plaisir éphémère de ne pas abandonner à un autre le dernier mot, il risquait de perdre bien davantage sur le plan de l'école.

La poignée de main hypocrite qu'exigeaient les règles du débat lui laissa un goût amer.

— Jovianna... prochain duc d'Eindovia...

Des rires. Une remarque mal aimable sur Orfeo.

— Andersen... besoin de consulter... du repos...

Les mots parvenaient par petits groupes à Frédéric, assez pour qu'il en reconstitue le sens. Depuis la phrase lâchée par Lionel la veille, les élèves s'en donnaient à cœur joie contre Orfeo. Les rumeurs sur le Carélien avaient jailli dans la matinée comme un contre-feu. Ses sautes d'humeur fournissaient un terreau fertile à ses détracteurs.

En compagnie de Reinhardt, Frédéric gagna le réfectoire où le bruissement des conversations renvoyait les mêmes sujets ou les commentaires des journaux. Le duc Andersen affirmait avec son calme habituel que les recherches progressaient au mieux, mais il ne pouvait évidemment confier de détails, et cela finissait par ressembler à des déclarations d'intention. Le Belastan et Eindovia avaient beau jeu de parader en soulignant que le temps courait. Ils approchaient déjà de la mi-automne.

Tandis qu'ils s'installaient, un picotement parcourut la peau de Frédéric, né du sentiment d'urgence et de nécessité d'avancer plus vite qui ne le quittait plus. La magie dansait en lui comme une vibration, une pulsation, un écho qui battait au même rythme familier et apaisant que son cœur. Une musique qu'il était le seul à entendre et qui n'existait que pour lui, lui apportant la même sensation que lorsque le métal s'animait sous ses doigts et se pliait à ses volontés, la même impression un peu grisante de puissance.

— Lequel de vous ?

L'exclamation rageuse le tira de ses pensées. Alexandre se tenait devant eux, le regard noir. Frédéric haussa les sourcils, imité par Reinhardt.

— « Humeur versatile, lunatique. À ménager », cita-t-il. Ce sont les mots exacts qui circulent sur Lionel.

— Et donc ? Nous ne sommes sans doute pas les seuls à avoir fouillé son dossier. Il n'avait qu'à garder ça pour lui.

Les rumeurs ne venaient pas de lui, mais il ne comptait pas plaindre Lionel.

— Il est possible que j'aie aidé à préciser les termes, fit Reinhardt avec nonchalance, mais ils avaient déjà de quoi faire. Qu'est-ce qui te dérange exactement ?

Alexandre les fixa. C'était presque étrange de le voir aussi déterminé, surtout pour défendre quelqu'un comme Andersen.

— Utiliser les mêmes armes qu'eux n'a aucun sens.

— Elles ne leur sont pas réservées, contra Reinhardt. Ne me dis pas que tu compatis pour Andersen ! Tu sais autant que nous de quoi il est capable.

— Justement !

Alexandre commençait à perdre pied face à l'assurance de Reinhardt.

— Excusez-moi ?

Tous trois tressaillirent. Élysée les avait rejoints, un sourire aux lèvres. Un peu plus loin, ses amis ricanaient en essayant de rester discrets.

— Vous êtes bien Frédéric Naudin ? Pensant que nous étudiions dans la même classe, on m'a remis par erreur une lettre de votre petit frère. Tenez.

Sans un mot, Frédéric prit la missive, reconnut la main de son père d'un coup d'œil. Le sourire sardonique du deuxième année indiquait qu'il ne l'ignorait pas. En retournant le pli, Frédéric se rendit compte que l'enveloppe était légèrement décollée. Le temps qu'il levât la tête, l'étudiant s'était esquivé.

La rage au cœur et le rouge aux joues, Frédéric sortit la feuille recouverte de l'écriture maladroite de son père. C'était déjà heureux qu'il sût lire et écrire, même avec difficulté. Le contenu de la lettre acheva de l'énerver. Conséquence de la crise, certaines usines avaient déjà renvoyé une partie de leurs ouvriers. Son père y avait échappé, mais la situation demeurait instable – surtout avec la saison froide bien installée, qui les obligeait à dépenser une fortune en chauffage pour Étienne. Étienne qui d'ailleurs se demandait, avec Louise, quand leur dernière lettre recevrait une réponse. Frédéric serra les dents. Ses cadets pensaient-ils qu'il n'avait que cela à faire ? Il était temps qu'ils grandissent un peu !

La voix d'Alexandre l'arracha à ses pensées.

— Comment se porte ton petit frère ? Tu n'as pas l'air dans ton assiette.

— Occupe-toi de tes affaires !

Blessé, l'étinceleur se recula sur sa chaise. Reinhardt les observait tous les deux sans faire mine d'intervenir. Frédéric les abandonna sur place. Une fois dans le hall, il ferma les yeux. Son cœur battait à toute allure. Une voix derrière lui le fit sursauter :

— Écoute, Frédéric, s'il y a des choses dont tu veux parler…

— Mais c'est pas vrai ! Fiche-moi la paix, Alexandre, c'est si difficile à comprendre ?

Alexandre capitula.

— Très bien.

Il retourna dans la salle à manger. Frédéric desserra la main ; la lettre ne formait plus qu'une boule chiffonnée. Il s'était à peine engagé dans les escaliers que Lionel le rattrapait. Il jura à voix basse. Ne pouvaient-ils le laisser tranquille, ne serait-ce que quelques minutes ?

— J'ai entendu Élysée parler de cette lettre.

— Comme le reste de l'école, je suppose.

Lionel grimaça.

— Je suis désolé. Si vous le souhaitez, je peux…

— Non. Je ne veux rien de vous. Surtout pas dans ces circonstances.

— C'est pour vous aider.

Le Carélien souriait à présent, revenu à l'amabilité qu'il présentait parfois. Des cernes légers marquaient ses yeux.

— Je n'ai nul besoin de votre aide. Ne devriez-vous pas vous concentrer sur votre traduction ? Nous attendons toujours le résultat.

— Cela ne fait que quatre jours et j'y consacre la majeure partie de mon temps libre. Mais prenez garde à la magie de l'école, Frédéric, elle vous influence et vous obsède.

Lionel ne le manipulerait pas si aisément. Cathédrale le soutenait toujours, renforçant ses sentiments.

— Parce que ce n'est pas le cas pour vous ?

— Je la connais.

— Vous n'êtes pas le seul. Vous vous imaginez être meilleur que les autres dans ce domaine comme partout ailleurs, mais vous feriez mieux de prêter attention à ce dont ils sont capables.

Lionel posa la main sur son bras.

— Vous ne comprenez pas…

Frédéric le repoussa brutalement. Lionel partit en arrière, se rétablit deux marches plus bas en se retenant à la rampe. Son genou heurta une marche dans un bruit sourd. Frédéric regretta qu'il ne fût pas tombé. Un éclair d'inquiétude traversa le regard gris-bleu. Lionel se le tint pour dit.

— Nous aurons l'occasion d'en reparler. Faites attention.

La menace n'atteignit pas Frédéric.

Chapitre XIII

— Monsieur Andersen.

Sur le point de sortir de la classe, Lionel s'immobilisa sur le seuil et se retourna vers la professeure Markossian. L'économiste le regardait par-dessus son binocle rond qui lui donnait un air de hibou. Lionel se composa une mine intriguée mais polie et s'avança vers le bureau tandis que la salle se vidait.

— Professeure ?

Il dissimula son impatience. Près de deux heures plus tôt, la magie de Cathédrale s'était alarmée. De ce qu'il avait compris des sensations diffuses qu'elle lui envoyait, il s'était produit quelque chose qu'elle avait interprété comme une agression envers lui. Comme rien n'avait perturbé les cours, on avait dû pénétrer dans ses appartements en profitant d'une absence de Semen. Si les intrus n'avaient certainement rien découvert, il tenait à constater lui-même les éventuels dégâts.

Madame Markossian reprit :

— Je ne vous retiendrai pas longtemps. Le directeur est seulement soucieux de ce qui se passe au sein de l'école et espère que tout se déroule au mieux pour vous.

Lionel se composa un air embarrassé.

— C'est… difficile en ce moment. Les recherches au palais n'ont pas été aussi fructueuses que je l'imaginais, j'explore d'autres pistes, mais rien de vraiment précis ne s'en dégage encore. J'espère que vous êtes plus heureux que moi et que nous pourrons bientôt envisager d'en parler.

— Naturellement. Le directeur vous recontactera d'ici peu. Dans l'intervalle, si vous avez des demandes, besoin d'autorisations, n'hésitez pas à nous en faire part.

— Merci, professeure. Votre soutien est très apprécié.

Et il s'en passerait autant que possible.

Il rejoignit rapidement sa chambre. Les lieux semblaient tels qu'il les avait quittés. Pourtant, il y avait quelque chose de différent, l'impression d'une subtile variation. Il détailla la pièce du regard. Ce n'était pas grand-chose, en effet. Des bibelots sur une commode décalés d'un ou deux centimètres, des livres droits là où ils étaient légèrement en biais, la disposition des feuilles de cours étalées sur le bureau… Impossible de savoir qui s'était introduit dans la pièce. Dorénavant, il s'arrangerait pour que Semen soit présent la majeure partie du temps et que ses sorties ne suivent aucun schéma régulier.

Il s'assura que personne ne se dissimulait dans un recoin ou dans une armoire. Cathédrale le lui aurait signalé dans le cas contraire, mais son humeur commençait à fluctuer, trop secouée par ce qu'elle recevait des autres, et, si elle l'aidait, il sentait que des choses lui échappaient.

Une fois certain d'être seul, il revint vers la forêt en trompe-l'œil, effleura brièvement le feuillage en un remerciement muet, puis se concentra sur les animaux qui rôdaient. Le lynx lui retourna un regard aigu et s'écarta, entraînant un pan de mur avec lui.

De la petite cavité, il sortit avec un peu trop de brusquerie ses notes sur le Cœur ainsi que le dictionnaire de carélien ancien emprunté à la bibliothèque. Les paroles de Frédéric la veille ne le quittaient pas, ce n'était pas l'envie de lui jeter son travail à la figure qui lui manquait. Comment pouvait-il se plaindre de sa lenteur alors que lui-même ne faisait rien ? Sans parler de son geste. L'hématome sur son genou avait achevé de le plonger dans une rage froide.

Lionel prit une profonde inspiration pour se calmer. Son regard tomba sur le bracelet et le carnet posés sur la dernière étagère de l'ouverture secrète. *Bon sang, Aksel, c'est bien parce que c'est toi !* Sans ses promesses, il aurait envoyé paître l'étinceleur depuis longtemps.

Pour le moment, traduction. Il lui restait deux heures avant le dîner, largement de quoi avancer, et il entendait bien y consacrer la soirée. Chassant Frédéric de ses pensées, le désir brûlant de découvrir l'artefact l'envahit.

Les mains chargées, il s'installa à son bureau. Une bonne partie du texte avait été traduite – l'ancien duc s'adressait à son descendant sur un ton cérémonieux qui l'agaçait et ne parlait pas réellement du Cœur. Mais espérer découvrir directement la suite des indications n'aurait été que puérilité.

Les mots ne se dévoilaient qu'avec peine ; il effectuait de fréquents allers-retours dans le dictionnaire pour vérifier des terminaisons et s'assurer que le terme qu'il croyait deviner existait réellement. Parfois, il se rendait compte qu'il était allé trop loin ou pas assez, et lorsqu'il hésitait entre deux possibilités, il optait pour le mot le plus probable dans le contexte. Il jura à mi-voix. Il n'était pas le plus doué en langues, mais il ne comptait pas renoncer. Avec un peu de chance, la traduction serait achevée avant la fin de la semaine.

— Monsieur, le dîner est servi.

Il se retourna. Il avait certes entendu le valet revenir et vaquer à ses occupations, mais il n'avait pas conscience qu'il était déjà si tard.

— Merci. Vous pouvez disposer.

Lionel attendit que Semen fût sorti pour cacher de nouveau ses documents.

La dernière cloche de la journée sonna également la fin de la semaine. Le professeur d'histoire se hâta de leur donner le sujet de la dissertation à préparer avant de les libérer. Frédéric se glissa hors de la classe sans attendre Alexandre ni Reinhardt. Il avait besoin d'être un peu seul. L'inaction lui pesait de plus en plus. Lionel assurait qu'il pourrait bientôt leur communiquer la traduction du texte, mais Frédéric ne le croirait vraiment que le moment venu. Le laisser s'en occuper avait paru une bonne idée, puisqu'il était le seul à parler carélien, mais quelles garanties avaient-ils qu'il ne leur dissimulerait pas des informations cruciales ? Cedren et

Alexandre avaient été trop conciliants lors de leur dernière visite à la bibliothèque. Si Reinhardt ou lui-même avaient été là…

Un choc contre l'épaule manqua de l'envoyer contre le mur. Il fit volte-face. Élysée s'écartait déjà. Dans un réflexe, Frédéric l'attrapa. Le garçon se dégagea d'un mouvement brutal et avec une moue dégoûtée comme si son contact lui répugnait.

— Ne me touche pas !

— Qu'est-ce que tu as bu pour marcher droit si rarement ?

Une drôle d'expression traversa le visage d'Élysée avant qu'il ne se reprenne. Un sourire ironique lui tordit le visage.

— Tiens, tiens, on gagne en assurance ? Pourtant, je ne vois pas tes amis, le parvenu et l'étinceleur attardé. À moins que même eux en aient assez de fréquenter les rats d'égout ?

Frédéric pâlit, les poings serrés. Mais ils n'étaient pas dans la rue. Quoi qu'il tentât physiquement, cela se retournerait contre lui.

— Je préfère encore être un rat qu'un cafard.

— C'est vrai que tu es un spécialiste.

Il parlait d'une voix basse et rapide.

— En général, se débarrasser d'un rat constitue une œuvre de salubrité publique. Et pour certains, cela évite d'aggraver la détérioration de l'espèce. Entre l'hérédité, les conditions de vie désastreuses, l'absence d'éducation, la plupart des quartiers ouvriers dégénèrent… Ton frère doit être un peu avorton lui aussi, non ?

— Ta gueule !

Le cri lui avait échappé. Blême, Frédéric ne parvint qu'au prix d'un immense effort sur lui-même à ne pas le frapper. Quel plaisir cela aurait été de sentir son poing s'écraser sur son nez ou sa bouche, de lui faire ravaler son arrogance ignoble ! Élysée balaya l'air de la main, soulignant qu'il attendait précisément ce comportement de sa part.

— La violence, bien sûr, toujours la violence, la réponse la plus simple quand on ne possède aucun pouvoir…

La migraine battait aux tempes de Frédéric, ses oreilles bourdonnaient. Une énergie rôdait autour de lui, s'insinuait dans ses pensées pour le conforter et le soutenir.

— J'en ai bien plus que tu n'en auras jamais, siffla-t-il. Moi, je n'ai pas besoin de me vendre à plus puissant pour exister dans cette école.

Élysée éclata de rire.

— Peut-être que là d'où tu viens, cela donnait de l'importance de posséder une étincelle de magie, mais ici elle ne t'est guère utile. Surtout à côté du *vrai* pouvoir. Quel effet cela fait-il de le côtoyer tous les jours ? De quoi es-tu vraiment capable à côté de nous ?

Une bouffée de chaleur lui monta à la tête. Cathédrale était en colère, comme lui. Comment ce nobliau vaniteux pouvait-il se prétendre ainsi supérieur à la magie et nier sa force alors que l'avenir du royaume en dépendait ?

— Tu ne sais pas de quoi tu parles.

— Vaissatis a un vrai don, lui. Mais toi ?

C'était l'occasion ou jamais de leur montrer ce qu'il valait.

— J'ai un don et je te le prouverai.

Un fin sourire étira les lèvres d'Élysée.

— Pas dans six mois, j'espère ?

— D'ici demain.

La nuit venue, la colère de Frédéric n'était pas retombée. Elle pulsait dans ses veines au même rythme que le battement sourd de Cathédrale. Il devait viser très haut, là où personne ne l'attendrait.

La réponse s'imposa comme si l'école lui soufflait la réponse. Bien sûr. Il se glissa avec prudence dans les couloirs où les rondes des surveillants ne diminuaient pas, bien au contraire. Jouant avec les ombres, il remonta les couloirs en écartant ses doutes sur sa capacité à modeler un tel volume de métal.

Il y arriverait.

Alors qu'il atteignait le hall, des claquements secs lui tirèrent un sursaut. Il pleuvait. Dans la cour, l'eau ruisselait entre les pavés en milliers de rivières éphémères. Les vents d'automne balayaient l'école de leurs rafales rageuses. Tant mieux. Les gardiens ne s'attarderaient pas dans leur ronde et l'orage étoufferait tous les bruits.

Ses cheveux trempés lui gouttant sur la nuque, Frédéric s'immobilisa devant la fontaine monumentale au milieu de la cour. Elle représentait un attelage de chevaux émergeant de l'eau ; derrière eux, sur le char, trônaient la Justice et le Savoir, les vertus censées guider l'école. La première tenait une balance, une épée reposait en travers de ses genoux ; le second serrait un livre contre sa poitrine, frappé d'un « C » majuscule, et, de l'autre main, élevait un flambeau. Les magiciens qui avaient créé la fontaine avaient été pétris de bonnes intentions. Un sourire moqueur aux lèvres, Frédéric entra dans le bassin, vidé pour l'hiver, et effleura le plomb de la sculpture. Ce ne serait pas facile, mais il y parviendrait.

Il le devait.

Il eut à peine le temps de se poser la question de ce qu'il modèlerait qu'une image s'imposait à lui avec la clarté de l'évidence.

Le métal s'échauffa, accueillant, prêt à se soumettre à la moindre de ses volontés. Frédéric se mit à l'ouvrage. La statue fondit sous ses doigts. Il progressait étape par étape cependant, pour ne pas avoir à ciseler une trop grande quantité à chaque fois. Le plomb se creusait à sa demande, se dressait en de nouveaux reliefs, se tordait tantôt vers le ciel, tantôt vers le sol. On eût dit l'œuvre d'un sculpteur ayant perdu toute mesure avant que l'ensemble ne retrouvât une cohérence.

L'épuisement pesait sur ses membres. Serrant les dents, luttant contre son malaise latent, Frédéric poursuivit. Enfin, alors qu'il tremblait de tout son corps, il se recula en vacillant. La pluie et la nuit lui interdisaient d'admirer les détails de son chef-d'œuvre, mais celui-ci produirait son effet le lendemain. Élysée ne se moquerait plus de ses capacités. Un sourire victorieux lui vint.

Ses jambes se dérobèrent sous lui et il s'écroula plus qu'il ne s'assit sur la margelle. La tête lui tournait, il plongea son visage dans ses mains. Un éclair fendit le ciel et le tonnerre roula. La pluie tomba plus dru encore.

D'un pas incertain, il regagna la chaleur de l'école. Le chemin jusqu'à sa chambre lui parut durer une éternité. Il se força à se sécher au mieux avant de s'effondrer sur son lit.

L'horloge sonna bien trop tôt le lendemain. Lorsque Frédéric descendit prendre son petit déjeuner, l'agitation régnait dans le hall : une bonne partie des étudiants sortait dans la cour. Il se composa une mine surprise et jeta un coup d'œil par les fenêtres devant lesquelles s'attardaient les autres élèves. Le ciel restait gris et bas, mais la statue n'en imposait pas moins. Elle représentait un aigle immense, au bec acéré, au regard perçant et dominant, les ailes déployées en majesté, prêt à s'envoler. Il manifestait pleinement les valeurs qu'on lui attribuait : force, ambition et hégémonie.

— On dirait qu'il s'est vraiment posé là, souffla quelqu'un.

Frédéric se rendit à son tour dans la cour où s'agglutinaient les étudiants, filles et garçons mêlés. Certains tendirent la main pour toucher les plumes, subjugués par leur réalisme. Le vent semblait s'engouffrer sous les ailes.

— Avez-vous vu son regard ? On dirait qu'il va se jeter sur une proie !

— Il est vraiment parfait !

Parmi la foule, Frédéric chercha le regard de Cedren, curieux de savoir ce qu'elle en penserait. À distance, elle l'observait, sourcils froncés. Il amorçait un mouvement vers elle lorsqu'on lui saisit le coude. Il se dégagea d'un geste brutal. Les cheveux roux de Jacem ondulèrent tandis qu'il reculait, une main levée.

— C'est vous, n'est-ce pas ? Je n'imagine pas Alexandre se livrer à une telle démonstration. Pourquoi prendre le risque de le leur révéler ?

Leur compromission lui portait sur les nerfs.

— Pourquoi se cacher sans cesse ? Ils ont besoin de savoir qui nous sommes vraiment, ce que nous valons.

— Je n'ai que faire de leur respect, contra Jacem, je sais déjà moi-même ce que je vaux et je n'ai pas besoin de leur validation.

— Comme c'est pratique.

Sa raillerie tira un haussement d'épaules au quatrième année qui eut l'intelligence de ne pas le relancer. Frédéric prêtait de nouveau l'oreille aux commentaires lorsqu'on s'approcha.

— Quel talent effrayant, j'en tremblerais, grinça une voix condescendante. Mon père t'engagerait peut-être comme sculpteur, mais tu peux encore grandement t'améliorer.

Élysée faisait mine d'observer l'oiseau.

— Je ne doute pas qu'il puisse s'offrir tous les sculpteurs qu'il souhaite, mais il ne m'achètera jamais. À ta place, je m'inquiéterais plutôt pour moi-même ; vous, les nobles, vous êtes tous interchangeables.

Cette fois, l'étudiant ne lui répondit pas.

Assis dans le bureau du directeur, Frédéric entendait sans vraiment l'écouter le sermon virulent du comte. De toute façon, on ne pouvait pas le renvoyer après une telle démonstration, n'est-ce pas ? Son regard glissa sur les épais tapis, remonta sur les lourdes tentures de brocart, tandis que le directeur poursuivait :

— Que vous est-il passé par la tête ? Ne vous a-t-on pas invité à rester discret sur votre talent ?

— Si, monsieur, mais je l'ai été : personne ne m'a vu.

Les lèvres du directeur se pincèrent dangereusement devant l'insolence. Frédéric s'empressa de poursuivre :

— Je vous présente mes excuses et vous prie de les accepter. C'est… Avec le professeur Vaissatis, nous avions commencé à envisager de me faire travailler sur de plus gros objets et je me suis dit que…

— Vandaliser cette fontaine serait une bonne initiative ? Avez-vous eu cette idée seul ou vous y a-t-on poussé ?

— Elle vient de moi.

On frappa et la porte s'ouvrit avant que le directeur n'eût pu répondre. Un valet passa la tête par l'encadrement.

— Je prie Monsieur de m'excuser, mais monsieur Andersen vient d'arriver.

Frédéric se crispa. Évidemment, en tant que parrain censément responsable de ses actes, Lionel avait été convoqué lui aussi. Il entra sur un signe du comte et le salua avec déférence.

— Je tenais à préciser que monsieur Naudin n'avait pas agi de sa seule volonté.

L'étinceleur écarquilla les yeux.

— Je vous présente mes excuses pour cet… acte inconsidéré dont j'endosse l'entière responsabilité. Ce n'était qu'une plaisanterie, une façon de surprendre tout le monde. Frédéric rendra sans mal sa forme originelle à la fontaine.

Il exagérait un peu.

— Confirmez-vous cette version des faits, monsieur ? s'enquit le directeur.

Frédéric crut voir Lionel hocher très légèrement la tête. Cependant, il ne comptait pas adhérer à ses paroles. Sa mascarade amicale ne lui rapporterait rien, cette fois.

— Je maintiens que j'ai agi seul.

Lanark les examina tous les deux. Son regard s'attarda sur Lionel. À cause des mentions portées dans son dossier ? Ou parce que le contexte n'invitait pas à ce genre de plaisanterie ?

La voix froide de Lanark trancha dans ses réflexions :

— Vous me décevez tous les deux. J'attendais davantage de tenue de votre part, surtout de vous, monsieur Andersen. Je ne vous ai pas distingué pour que vous agissiez de cette façon.

— Cet écart ne se reproduira plus, monsieur.

— Je l'espère. Il va de soi que vous passerez quelques heures en retenue et estimez-vous heureux que je m'en tienne là. Vous, ajouta-t-il pour Frédéric, vous remettrez la fontaine en état dès que possible, aussi discrètement que vous l'avez saccagée. À l'avenir, efforcez-vous de réfléchir avant d'obéir aux extravagances de vos condisciples.

Frédéric répondit d'un hochement de tête. Il ne s'en serait peut-être pas tiré à si bon compte sans Lionel, mais il ne laisserait pas l'occasion à celui-ci de s'en vanter.

L'écolâtre les congédia. En silence, ils s'engagèrent dans l'escalier de pierre.

— Frédéric...

Celui-ci pivota, fusilla Lionel du regard.

— Je ne veux pas vous entendre. Vous n'aviez pas à intervenir.

— J'aimerais seulement vous mettre en garde. N'entrez pas dans leur jeu et ne répondez pas à leurs provocations, ils font cela seulement pour vous atteindre. Et m'atteindre à travers vous. Faites attention, je...

Frédéric atteignit le rez-de-chaussée, se retourna en se demandant ce qui avait interrompu Lionel. Il s'était immobilisé sur une marche, vacillant, une main crispée sur la rampe comme s'il s'était retenu de justesse. Frédéric railla :

— En avez-vous fini avec vos remontrances ?

Toute chaleur avait déserté le gris-bleu. Lionel jeta un coup d'œil aux alentours, acheva la descente d'un pas rapide. Il s'approcha si près que Frédéric dut prendre sur lui pour ne pas reculer. Une colère froide figeait ses traits. Un instant, il crut que Lionel allait le frapper, mais il parla d'une voix dure :

— Elles sont amplement méritées. Il n'y aura pas toujours *quelqu'un* pour vous sauver la mise, vous devez bien en avoir conscience. Un peu de reconnaissance ne vous tuerait pas.

— Je ne vous ai pas demandé de m'aider.

— Mais vous faites partie des éléments dont le directeur peut très bien décider de se passer sans avoir besoin d'y réfléchir trop longtemps. Est-ce que cela vous le comprenez ?

— Est-ce que ce sont des menaces ?

— Prenez-le comme vous voulez, du moment que vous agissez en conséquence.

Lionel le contourna et sortit du bâtiment de l'administration d'un pas vif. Mâchoires serrées, Frédéric le suivit du regard, plus perturbé par son changement brutal d'attitude que par ses mots.

Chapitre XIV

Frédéric s'assura une dernière fois que le couloir était vide et se glissa dans la classe où l'attendaient les autres. Même Cedren, souvent en retard, se trouvait déjà présente. Lionel lui sourit d'un air affable. Maintenant qu'ils n'étaient plus seuls, il faisait semblant de se montrer aimable, comme si cela avait encore le moindre sens. Une partie de son irritation dut transparaître, car le Carélien lui retourna un regard faussement surpris. S'il continuait à se moquer de lui… Reinhardt s'exclama :

— Enfin ! Lionel ne voulait rien nous dire en ton absence.

Frédéric s'assit avec un geste d'excuse à peine esquissé. Lionel se leva, les yeux brillants, un sourire frémissant au coin des lèvres.

— J'ai traduit le message. Recomposer les mots n'a pas toujours été simple, mais je suis parvenu à quelque chose de cohérent.

Reinhardt tambourina des doigts sur la table. Frédéric s'obligea à conserver une apparence neutre. Avec emphase, Lionel déplia ses notes.

— « À mon cher descendant, salutations. En premier lieu, j'aimerais vous adresser mes félicitations pour votre patience et votre persévérance, deux qualités qui vous ont sans doute permis de déchiffrer ce message. Vous vaincrez l'obstacle laissé par les siècles… »

La lettre effectuait un petit détour historique pour célébrer la grandeur de la Carélie et s'achevait sur les encouragements du scripteur qui incitait son héritier à poursuivre sa quête. Lorsque Lionel se tut, le silence s'abattit dans la pièce. Reinhardt bondit sur ses pieds, son poing heurta la table.

— C'est une plaisanterie ! Ce message ne nous dit rien, aucune mention du Cœur, aucune indication de lieu ou de livre… Est-ce vraiment ce que vous avez traduit ?

— Reinhardt !

La protestation de Cedren ne le calma qu'à peine. Frédéric partageait son sentiment. Lionel souriait malgré tout – un jour, l'étinceleur ferait disparaître cette expression de son visage.

— Avez-vous réussi à trouver le sens de cet éloge de votre duché ?

La voix d'Alexandre diminua leur tension. Bien sûr. Lionel n'arborerait pas cet air insupportablement satisfait dans le cas contraire.

— Le duc Yngve Andersen était profondément attaché à la Carélie ; je me retrouve dans ses mots.

Devant sa mine recueillie, Frédéric serra les poings sur ses cuisses. Plus ils réagiraient mal, moins ils obtiendraient de réponses. Reinhardt semblait cependant prêt à lui sauter dessus lorsque Lionel se décida à poursuivre, d'un ton détaché :

— Je ne sais pas si vous y avez prêté attention, mais cette lettre comporte différents nombres.

Frédéric comprit le premier.

— Les deux qualités, souffla-t-il, les dates ! Un message dans le message !

— Exactement ! Et ce second texte s'avère autrement plus intéressant que le premier. En reprenant l'original en carélien et en comptant les caractères…

— Attendez, je ne saisis pas, intervint Reinhardt. En comptant quels caractères ?

Avec patience, Lionel leur exposa sa méthode. Les nombres mentionnés au fil de la missive désignaient des lettres spécifiques. « En premier lieu » se référait ainsi au tout premier caractère du texte – un code qui ne fonctionnait évidemment qu'avec l'original carélien.

— Je suis arrivé à ceci.

Il leur fit passer une petite feuille.

— « Au cœur des ténèbres ouvertes, là où résonne l'unité, par les noms de celle et ceux qui furent viendra la lumière », lut Cedren.

Frédéric haussa les sourcils ; Reinhardt répéta les mots à voix basse. Alexandre scrutait le papier, un pli au milieu du front.

— Si vous doutez de la traduction, je peux vous prêter le texte original. Le dictionnaire de carélien ancien a retrouvé les rayonnages de la bibliothèque.

— « Celle et ceux qui furent » désigne forcément les ducs et la première reine, n'est-ce pas ? intervint Cedren.

Lionel approuva de la tête.

— Leurs noms doivent nous permettre d'accéder au dernier indice, poursuivit Alexandre, mais…

— La première partie du message reste la plus mystérieuse, coupa Reinhardt. Le cœur des ténèbres ouvertes… ouvertes…

— Des ténèbres qu'il faudrait ouvrir… Dites-moi, s'exclama Frédéric, il n'y a pas de souterrains ici ?

Tous fixèrent Lionel. Celui-ci écarta les mains.

— Aucun des ouvrages sur Cathédrale n'en parle, mais je ne serais pas surpris qu'ils existent. Le tout reste de les trouver. « Là où résonne l'unité », cela doit faire allusion aux salles historiques de l'école.

— Il y a des tombes au fond du parc, pointa Alexandre. Près d'une sorte de pavillon ou de temple.

Lionel hocha la tête.

— C'est un temple. J'y ai pensé également. Il nous faudra… les vérifier. De l'extérieur, je veux dire, ajouta-t-il en hâte.

— Si cela n'aboutit pas, les bâtiments ne sont pas si grands, fit Cedren d'un ton décidé. Établissons la liste des salles, surtout celles qui possèdent un lien particulier avec les ducs.

La connaissance que Lionel avait des recoins de Cathédrale leur fut utile.

— Le salon des ducs me semble le meilleur endroit pour commencer, conclut-il en parcourant son relevé. À moins que vous ne préfériez visiter le bureau du directeur.

Son choix fut approuvé à l'unanimité. La salle appartenait cependant à la suite des pièces d'apparat, qui n'étaient pas ouvertes aux élèves en dehors des réceptions. Lionel refusa tout net de demander la permission d'y avoir accès.

— Nous agirons la nuit.

— Je vous aiderai, ajouta Cedren.

Sa présence avec eux outrepassait déjà largement le règlement, mais elle n'en avait cure. Lionel dut songer que ce serait encore pire si on la découvrait en leur compagnie au milieu de la nuit. Cependant, au regard qu'elle lui lança, il eut l'air de comprendre qu'aucune objection ne tiendrait.

— Ne vous inquiétez pas pour ma dignité, assena Cedren. Elle se protège très bien toute seule.

— Vous n'avez pas été suivi, Lionel ?

Celui-ci secoua la tête. Ceux qui l'épiaient n'en étaient pas encore à veiller devant sa porte – du moins, pas toutes les nuits. Et si les professeurs continuaient de lui manifester beaucoup d'intérêt tout en s'agaçant de ses reculades, ils semblaient tenir à leur sommeil. Avec un sourire, Cedren reporta son attention sur le salon. Le garçon rejeta la capeline qui lui permettait de cacher ses cheveux et leva sa lanterne.

Le poids des négociations qui s'étaient tenues à la fin de la guerre lui nouait la poitrine. Elles s'étaient déroulées ailleurs puisque Cathédrale n'existait pas encore, puis le mobilier avait été transféré ici. Dans le halo lumineux se détachait une table assez longue pour accueillir une dizaine de personnes, protégée par un drap blanc qui tombait au sol. Dessus reposait ce qui ressemblait à une carte placée sous verre – une des premières représentations des Neuf-Duchés unifiés, dont le palais conservait également un exemplaire.

Malgré sa fatigue, l'excitation s'emparait de lui. Sa lumière coula sur de grands blasons accrochés aux murs, neuf en tout, aux armes des duchés. Rangés par alliances, nota-t-il. Les couleurs de la Carélie se tenaient aux côtés de celles de l'Orelnan et de l'Andaï, regardant en face celles d'Eindovia et du Belastan. Légèrement plus imposant que les autres, un dixième écu occupait seul le dernier mur et représentait le lion ailé devenu le symbole de la monarchie. Les détails de la pièce se gravaient dans sa tête, les couleurs affadies par la nuit, à peine dévoilées par les lanternes, et l'agencement de chaque objet.

Sous les blasons, installés chacun sur une petite colonne de marbre, les visages des ducs et de la reine au pouvoir trois siècles plus tôt les observaient d'un air inquisiteur. Le Carélien s'approcha de son ancêtre. Les traits en étaient extrêmement réalistes ; il aurait presque pu croire que la bouche de pierre au pli acéré allait s'animer pour lui donner les réponses qu'il cherchait.

Haussant les épaules, il se détourna. Les quatre autres s'étaient éparpillés dans la pièce. Il les appela à voix basse.

— Nous devons agir le plus silencieusement possible. Ne négligez rien : les bustes pourraient pivoter, n'importe quel élément d'un blason pourrait nous ouvrir un passage.

De même que les sculptures de la cheminée ou tout autre relief de cette pièce.

Ils se dispersèrent. Frédéric monta sur une chaise pour se concentrer sur les écus ; l'héritier de Carélie l'imita sur ceux du côté opposé. Malgré la fuite du temps, le bois peint resplendissait comme au premier jour. Ses doigts coururent sur le blason avec soin, cherchant le moindre accroc, le moindre renflement qui trahirait un mécanisme secret. Lourde et lente, la pulsation de Cathédrale remontait le long de son bras. Elle souffrait, et il ne pouvait pas lui apporter grand-chose en dehors de lui promettre de trouver le plus vite possible pour enfin effacer les tensions qui l'empoisonnaient. Dans son dos, Alexandre et Reinhardt examinaient la table, tandis que Cedren se penchait sur la cheminée, ses doigts fins explorant chaque détail des moulures en tentant de les faire jouer.

Le bouclier ne révéla rien, le second non plus. Un grincement de bois le fit se retourner. Frédéric s'efforçait de soulever l'un des écus. Le deuxième année traversa la pièce.

— Attendez, je vais vous aider.

Frédéric se crispa, comme s'il envisageait de laisser le blason lui tomber dessus mais se retenait au dernier moment. Le Carélien hésitait sur la conduite à adopter. Il devait lui parler, sans savoir encore comment présenter les choses, quoi dire… si Frédéric acceptait de l'écouter, sans même parler de le croire.

À eux deux, ils déposèrent le bouclier au sol. La tapisserie ne cachait rien. En silence, évitant même de se regarder, ils procédèrent de même pour chacun des blasons, sans rien trouver.

Reinhardt et Alexandre roulèrent les tapis pour tâter le parquet ciré à la perfection ; Cedren s'intéressa aux bustes et à la vieille horloge qui trônait dans un coin. Ses aiguilles s'étaient arrêtées de tourner depuis bien longtemps, figées sur l'heure exacte de la signature du traité de paix. Rien de ce côté-là non plus. Le Carélien retint un soupir de frustration. Un peu plus loin, le parquet grinça. Il se figea, tendit l'oreille. Tous suspendirent leur respiration, aux aguets. Les secondes défilèrent, pesantes, avant qu'il ne se détendît. Il souffla :

— Nous ferions mieux d'en rester là pour ce soir.

Chapitre XV

Le professeur de sciences politiques déroulait son cours sans remarquer l'agitation de ses élèves et les chuchotements qui parcouraient la classe. Tiré de sa prise de notes mécanique, l'héritier des Andersen se redressa. Les murmures ne paraissaient pas le viser, mais il ne parvenait pas à les saisir. La fatigue de sa nuit raccourcie par les cauchemars et la magie de Cathédrale lui tombait dessus.

Il croisa le regard de l'un de ses condisciples qui lui adressa un sourire complice. Clément arborait une moue appréciatrice quoiqu'un peu contrariée : pour une fois, il n'était pas à l'origine du bruit qui se répandait. Sans comprendre, le Carélien jeta un coup d'œil à Élysée, assis à côté de lui ce jour-là, qui haussa les épaules et se tourna vers la gauche, vers Orfeo. La source du problème devint limpide. Raide et digne, l'héritier d'Eindovia prenait le cours en note avec une application suspecte, presque rageuse, les mâchoires si serrées qu'il devait se faire mal. Des taches d'encre parsemaient ses doigts.

Élysée discutait par gestes avec d'autres élèves. Sur un signe impérieux, Aurèle finit par déchirer un morceau de son cours pour y tracer quelques phrases, y ajouta une autre feuille. Puis il plia les papiers avant de les leur faire passer. Les deux garçons se penchèrent aussitôt dessus.

« Je suppose que Lionel n'ignore rien de ce qui se passe. C'est ce qui circule depuis le début de l'après-midi. »

Celui-ci saisit la seconde feuille, mais il n'identifia pas l'écriture.

« Mais qu'est-ce que l'envie d'étudier ou de pratiquer l'escrime, à part des tocades passagères, quand on vient à la gouvernance d'un duché ? »

« Je n'ai pas les épaules pour cela ni pour leurs exigences. »

« Parfois, il me vient à l'idée que tout aurait été différent et peut-être (sans doute ?) mieux si Jovianna avait été un homme, elle libre de régner à sa guise sur Eindovia et moi de voyager là où le vent et la curiosité m'entraîneraient. »

Il relut les phrases deux fois. Il n'y avait guère de doute sur l'auteur des lignes – et vu la facilité avec laquelle il se confiait, elles devaient venir de la correspondance entre Orfeo et sa sœur Soliana. Cadette de la famille, sa santé trop fragile ne lui permettait pas d'étudier à Cathédrale. Seul le soleil du Sud des Neuf-Duchés la soulageait. Dans un mouvement irréfléchi, le Carélien porta la main à sa poche. Un bref soulagement le traversa lorsqu'il sentit la couverture de cuir du carnet sous ses doigts. Il y avait déjà assez de bruits de couloir à son sujet sans qu'il soit besoin de les enrichir. Les mots de son dossier avaient été choisis avec soin, parce qu'il pouvait les assumer et qu'ils offraient une explication satisfaisante. Mais c'était déjà bien assez.

— Est-ce vous ?

La voix d'Élysée le tira de ses pensées.

— Non. Je ne m'abaisse pas à ce genre de pratiques.

— Malgré ce que vous lui avez dit ?

Lionel regrettait encore la phrase qui lui avait échappé, mais il n'aurait justement pas jeté de l'huile sur le feu. Le brasier menaçait déjà d'échapper à tout contrôle.

— La guerre ouverte ne m'intéresse pas. Orfeo a d'autres ennemis que moi.

Le Carélien prit soin de ne pas se tourner vers le garçon humilié. Toute la classe interpréterait mal son geste. Avec lenteur, il déchira les deux feuilles jusqu'à les réduire en confettis. Élysée l'observait, dubitatif.

À la fin du cours, il se débarrassa des débris et se hâta de sortir. Il avait besoin de s'éclaircir les idées. Semen l'attendait dans sa chambre.

— La réponse de mademoiselle Narimal est arrivée.

Parfait. Leur conversation devenait d'autant plus nécessaire. Il parcourut le pli. L'étudiante de troisième année exigeait une rencontre « en toute confiance » selon l'expression consacrée. C'est-à-dire avec leurs génies comme garants de leur bonne volonté. Naturellement, elle ne se fiait pas à Lionel. Il soupira. Il comprenait sa volonté, mais, en l'occurrence, cela ne l'arrangeait pas du tout. Elle lui proposait de se retrouver dans la demi-heure à venir.

Il répondit au dos de la lettre.

« J'espère pouvoir être là, mais je crains qu'une affaire urgente ne me retienne. Demain à la même heure vous conviendrait-il ? L. A. »

Les rumeurs – qui n'en étaient plus vraiment – devaient faire le tour de l'école. Elle comprendrait son absence. Il confia le mot à Semen qui se retira. À pas lents, il s'approcha du mur. Les couleurs s'étaient ternies, aspirées à l'intérieur de la pierre, comme si celle-ci s'en abreuvait. Malgré ses efforts et l'énergie qu'il y consacrait, Cathédrale ne s'apaisait que pour de trop brèves périodes. Les autres élèves ne semblaient guère conscients du problème. Le changement avait été progressif, mais il gardait une image parfaite des teintes au début de l'année.

L'heure du rendez-vous avec Alexandre approchait. Celui-ci avait finalement accepté sa proposition de s'entraîner ensemble. Le Carélien l'attendait avec une relative impatience : cela lui ferait du bien, d'autant que le précédent avait été annulé et que jouer la nuit se révélait de plus en plus dangereux. D'ici là, il lui fallait se montrer.

Il gagna les salons où les discussions se partageaient entre les dernières nouvelles et Orfeo. Ce dernier restait hors de vue. L'héritier des Andersen sourit en entendant son propre nom et accueillit avec réserve les quelques félicitations en provenance de son camp. Il fit mine de s'intéresser aux journaux qui dédiaient toujours des colonnes au Cœur. Il avait reçu par courrier des demandes d'entretien exclusif auxquelles il avait opposé une fin de non-recevoir.

Il s'éclipsa lorsque l'horloge sonna dix-neuf heures. Les couloirs vides lui firent du bien après le brouhaha permanent du salon. Alors qu'il rejoignait l'étage de la salle de musique, un bruit de voix attira son attention. Reconnaissant celle de Jovianna, il s'immobilisa aussitôt, l'oreille aux aguets.

— Vas-tu les laisser rire à nos dépens et nous humilier encore longtemps ? Comment as-tu pu…

— Non. Dès que je tiendrai le coupable…

— Doutes-tu vraiment de son identité ?

— Je n'accuserai pas sans preuve, Jovianna. S'il est innocent, cela nous achèverait. Mais s'il est coupable, je le lui ferai payer.

Leurs voix venaient dans sa direction. Il se replia aussitôt. Le frère et la sœur passèrent sans le voir. Le Carélien attendit de ne plus les entendre pour prendre note des propos surpris et rejoindre Alexandre.

Lionel sortit de la bibliothèque les bras chargés des ouvrages nécessaires à ses prochaines dissertations. Il n'avait plus le temps de les déposer dans sa chambre ; le bibliothécaire s'était épanché sur ses malheurs – il y avait encore eu des échauffourées. La divulgation de la correspondance d'Orfeo avait attisé la haine entre les deux camps et tout le monde gardait les yeux fixés sur eux. Cependant, Orfeo ne l'avait pas sommé de s'expliquer et lui-même s'efforçait de garder l'attitude la plus neutre possible. Aucun d'eux ne tenait à voir la situation dégénérer davantage – et, à titre personnel, Lionel préférait ne pas avoir à tirer l'épée face au meilleur duelliste de l'école.

Siran lui avait donné rendez-vous dans l'une des salles de travail, plus discrètes que les salons. Il frappa, s'assura qu'il était seul dans le couloir avant de se glisser dans la pièce. Siran et Cedren se redressaient ; il ne s'attendait pas à trouver cette dernière, mais si l'étinceleuse se fiait à elle, il n'avait rien à y redire. Lionel abandonna ses livres sur un coin de table.

— Mesdemoiselles.

Le regard vairon de Cedren s'attarda sur lui. Il n'avait guère eu l'occasion de la recroiser depuis leur précédente exploration.

— Comment allez-vous ? Je n'ai pas pu échapper aux rumeurs…

— Elles ne m'atteignent pas.

— Vous n'êtes pas obligé de faire semblant ici.

À son tour, Siran l'examinait d'un air beaucoup plus critique. Elle portait encore les couleurs de l'école, vert et or, et la fatigue se lisait sur ses traits et dans sa posture. La même fatigue qui lui valait l'inquiétude de Cedren. Il comptait de toute façon jouer franc-jeu avec elles. Il fourragea dans ses cheveux tandis que son lynx apparaissait à son côté et s'asseyait avec une certaine nonchalance. Aussitôt, l'aigle royal de Siran bascula dans la réalité. Il s'envola dans un glatissement fantôme, tournoya au-dessus d'eux avant de revenir se poser à côté de l'étudiante, la tête haute, le regard dardé sur lui comme une sentinelle vigilante. Elle avait déjà tout de l'ambassadrice qu'elle comptait devenir.

— Très bien. Prendre soin de Cathédrale n'est pas de tout repos en ce moment, mais vous le savez autant que moi, Siran. Nous lui donnons une partie de notre énergie.

La jeune femme haussa un sourcil.

— Cela serait moins éprouvant si certains ne prenaient plaisir à gâcher ces efforts.

Le lynx de Lionel se redressa, adoptant une posture plus ferme.

— Je n'en suis pas responsable. Cathédrale va trop mal pour que je lui inflige cela et je n'ai nul intérêt à ce que la situation empire. Son influence prend beaucoup trop d'importance et il devient urgent d'y remédier. Seuls, nous ne pouvons l'arrêter, mais peut-être qu'en nous y mettant à plusieurs…

Cedren amorça un mouvement. Elle semblait sceptique.

— Siran m'a expliqué la façon dont vous ressentez la magie de l'école ; je reconnais que pour ma part je n'y suis guère sensible. Pensez-vous pouvoir la maîtriser de cette façon ?

— L'apaiser tout au plus. Seul le Cœur, éventuellement, nous permettrait de la contrôler. L'idée serait de rassembler tous ceux à même de percevoir l'influence de l'école afin de lui transmettre des sentiments plus positifs, comme un contre-feu, même si je ne suis pas certain que nous soyons assez nombreux pour y parvenir. À dire vrai, je commence à redouter les extrémités auxquelles la magie nous pousse. Vous avez dû noter certains changements de caractère…

Sourcils froncés, Cedren hocha la tête.

— Je ne vous ai pas attendu pour me pencher sur le sujet, intervint Siran. Trouver le Cœur ne servira à rien si nous nous entre-déchirons au-delà de toute réparation. J'ai identifié quelques personnes sensibles à la magie et je me réjouis de vous compter parmi elles, Lionel.

— J'ai également quelques noms que j'avais l'intention de vous soumettre. Peut-être pouvons-nous les mettre en commun ?

— Oui. Je me chargerai de les contacter ensuite. Ma position est bien plus neutre que la vôtre, on se fiera davantage à moi.

Il partageait son avis. Il dut cependant négocier pour qu'elle accepte de reconnaître au moins les doublons de leurs listes, au lieu de seulement noter les noms qu'il lui donnait, sans commenter. Ne pas avoir toutes les cartes en main le frustrait ; il aurait aimé savoir quels membres du camp d'Orfeo étaient aussi capables de prendre le pouls de Cathédrale et d'agir sur elle. Mais cela devenait dangereux. Tous ceux conscients de l'influence de l'école devaient s'en effrayer et mesurer leur impuissance.

— Rania Anandar et Mehran Rezal ?

Siran acquiesça.

— Mehran est avec moi depuis le début du mois. J'envisageais de parler à Rania d'ici peu, vous me confirmez que je ne fais pas erreur.

— Elle risque de nier. Si cela peut vous être utile, mentionnez mon nom.

Ils avaient plusieurs noms en commun, ce qui lui permit de confirmer ce qui n'était que des soupçons pour deux étudiants. S'il extrapolait sur ceux qu'elle lui taisait et en s'incluant, ils ne devaient pas être plus de dix ou onze sur les deux cents élèves de l'école. Il en restait peut-être quatre ou cinq non identifiés. Ce ne serait jamais assez. Il lut le même constat sur le visage fatigué de Siran et le sourire crispé qu'elle lui offrit. Lorsqu'elle reposa sa plume, Cedren lui pressa doucement la main en réconfort. Côte à côte, l'aigle et le lynx fixaient eux aussi la petite liste de noms, signe que toutes leurs pensées se focalisaient dessus.

— Les vacances commencent dans trois semaines, observa Cedren.

— Il nous faut tenir jusque-là en espérant que les choses n'iront pas plus loin. La pause devrait permettre à la magie de retomber en pression.

Lionel ferma les yeux. Il y avait déjà eu d'autres duels ; disputes et rixes ponctuaient les journées, une étudiante avait fait une chute dans les escaliers, tandis qu'une autre avait passé plusieurs jours à l'infirmerie suite à une indigestion qui n'en avait que le nom.

Trois semaines.

— Je vais faire mon possible pour calmer le jeu avec Orfeo et identifier l'origine de la fuite. Nous pouvons également espérer que nous aurons trouvé le Cœur d'ici là.

Cedren redressa la tête avec détermination.

— Nous poursuivrons nos recherches dès ce soir.

Il acquiesça, se tourna vers Siran.

— Je ne compte pas relâcher mes efforts au sujet de la magie.

Elle inclina la tête.

— Votre aide est la bienvenue et je l'accepte volontiers. Mais vous ne pouvez pas être sur tous les fronts. Gérez ce qui vous revient, je m'occupe de la magie. Si vous ne trouvez pas le Cœur, nous nous épuisons en vain.

— Très bien.

Ils ne tardèrent pas à se séparer. Cedren le rappela alors qu'il reprenait ses livres.

— Je suis très inquiète pour Frédéric, lui confia-t-elle. J'ai bien remarqué qu'il allait mal, mais j'ignore comment l'aider. Je ne comprends pas bien votre relation, mais vous êtes son parrain.

Un soupir lui échappa tandis que son lynx plissait le museau. Il lui aurait bien conseillé de ne pas s'en soucier et de laisser Frédéric se débrouiller, mais cela aurait rendu leur conversation caduque.

— Il n'ira mieux que lorsque l'école ira mieux ou lorsque les vacances seront là. Essayez peut-être de lui changer les idées, mais s'il réagit mal, ne le prenez pas pour vous et, pardon de le dire, n'enchérissez pas. Je ne sais pas si vous vous sentez parfois plus prompte à vous agacer de tout et de rien…

— Cela m'est arrivé ces derniers temps. Merci, je vais faire au mieux et essayer de ne pas vous rajouter de travail.

— N'hésitez pas non plus à m'arrêter si vous voyez que je vais trop loin. Il m'arrive de manquer de patience.

Siran ouvrit la porte.

— Eh bien, finalement, tout n'est pas perdu !

Chapitre XVI

Dix jours plus tard, ils avaient fini d'explorer les grands salons, la tour de l'administration et la majorité des pièces prestigieuses, à l'image de la salle de réception qui abritait les quatre statues des magiciens fondateurs. Les marqueteries précieuses du parquet n'avaient rien révélé. La bibliothèque était la suivante sur la liste, mais ils avaient été devancés par les professeurs. Ceux-ci avaient lancé une grande campagne de rénovation. Telle ou telle salle se trouvait fermée pour quelques jours sans paraître changée lorsque l'accès en était de nouveau donné aux élèves. Lionel avait maugréé en découvrant le message indiquant les travaux sur la porte de la bibliothèque. Frédéric avait craint qu'il ne lui demande de se servir de son don – et s'était préparé à refuser –, mais il s'en était abstenu, soulignant qu'un surveillant pouvait monter la garde dans la salle condamnée. Leurs rondes s'étaient multipliées, ils devenaient de plus en plus difficiles à éviter.

Ce soir-là, ils avaient décidé de se pencher sur les tombes au fond du parc. Arrivé dans le hall, Frédéric grimaça en découvrant la fine couche de neige sur la terrasse.

Elle disparaîtrait dans la journée du lendemain, mais elle était assez épaisse pour garder trace de leurs pas.

— On ne peut pas sortir.

Des murmures de dépit lui répondirent.

Il manquait Lionel. Pourvu qu'il n'ait pas encore été suivi ! Trois jours plus tôt, il avait préféré leur faire faux bond et entraîner ses pisteurs dans une déambulation sans but dans toute l'école, comme si l'insomnie l'avait pris. Frédéric, avec Reinhardt, aurait bien poursuivi sans lui, mais Cedren et Alexandre s'y étaient fermement opposés.

Le Carélien surgit quelques instants plus tard. Une fois averti, il jura à voix basse.

— Et la bibliothèque est toujours fermée.

— Nous pourrions tenter les caves, proposa Reinhardt. C'est le plus logique pour un souterrain.

— Non, il y a d'autres salles historiques, je pense que…

— Je suis d'accord pour les caves, coupa Frédéric.

Les doigts crispés sur sa lanterne, Lionel les considéra tous les deux. Dans le halo jaunâtre, les cernes qui lui mangeaient les yeux ressemblaient à des traces de coups. Ils étaient tous en manque de sommeil, mais il restait le plus marqué.

— C'est peut-être le plus simple pour ce soir, appuya Cedren.

Lionel se détourna d'un mouvement brusque.

— Venez, alors.

En silence, il les conduisit au-delà de la salle de Vieil Art, là où les escaliers en pierre lustrée, creusés en leur milieu par d'innombrables passages, menaient aux sous-sols. Il fit une brève pause au sommet des marches avant de s'y engager avec prudence.

— Vous ne pouvez pas aller plus vite ? marmonna Frédéric.

Il avait failli lui rentrer dedans. Lionel pivota. Sa peau ressortait encore plus blanche que d'habitude. Pour un peu, Frédéric aurait cru qu'il avait peur.

— Mais bien sûr, siffla-t-il. Vous ne voulez pas que je coure et que je crie aussi pour signaler notre présence à toute l'école ? Si vous avez d'autres brillantes idées, merci de les garder pour vous.

Frédéric serra les poings.

— Vous n'arrêtez pas de nous retarder.

— Je sais ce que je fais, moi.

— Arrêtez, tous les deux.

Cedren se faufila le long du mur et se plaça entre eux. Frédéric fusilla Lionel du regard.

— Vous et votre arrogance...

— Vous allez vraiment finir par nous faire repérer, souffla son amie. Et nous perdons du temps.

Sur un dernier regard chargé de mépris et de suffisance qui donna envie à Frédéric de lui tomber dessus, Lionel reprit la descente aussi lentement qu'avant. Frédéric tressaillit en sentant la main de Cedren sur la sienne. Elle lui sourit.

— Ces caves ne vont pas bouger et nous avons la majeure partie de la nuit devant nous.

— Oui, ce n'est pas grave si quelqu'un trouve le Cœur avant nous, quelle importance après tout ! Pourquoi cherche-t-on seulement ?

Sa mine blessée ne l'atteignit pas. Ils arrivaient au bas des marches. La nuque et les épaules raides, Lionel scrutait le couloir plongé dans les ténèbres. Sa lanterne fit briller les serrures et les poignées de portes en bois massif.

Reinhardt le dépassa sans qu'il proteste. Frédéric comprit alors qu'il avait vraiment peur. Lionel Andersen de Carélie, si pétri d'arrogance, effrayé par les espaces étroits et obscurs. Un sourire joua sur ses lèvres, mais, avant qu'il ne puisse parler, Cedren lui adressa un regard d'avertissement.

— Ce n'est pas le moment.

Deux heures plus tard, leur exploration n'avait rien donné. Les murs de pierre étaient aussi massifs qu'au premier jour et aucune faille ne s'y décelait. Les dalles du sol non plus ne cachaient rien.

Si Lionel ne supportait effectivement pas les caves, il réussissait à prendre sur lui en se réfugiant derrière un mur d'ironie qui le rendait encore plus détestable – ce que Frédéric n'aurait pas cru possible.

Sans Cedren et Alexandre, ils en seraient sûrement venus aux mains. À présent, la jeune fille marchait à côté de Lionel tandis que l'étinceleur restait à la hauteur de Frédéric.

— Comment pouvez-vous prendre sa défense ?

La nouvelle tendance de ses deux amis à s'interposer entre Lionel et lui l'interpellait. Qu'est-ce que le Carélien leur avait fait ? S'était-il arrangé pour les manipuler dans son dos ? Alexandre ne se démonta pas. Il commençait à gagner en assurance.

— Il n'a rien fait de mal. À sa place, tu réagirais comme lui.

Il en doutait.

Le rez-de-chaussée les accueillit. Lionel se détendit visiblement. Alors qu'ils s'apprêtaient à se séparer, il s'immobilisa soudain. Alerté, Frédéric tendit l'oreille. On venait sur leur droite.

— Courez, souffla Lionel.

Ils ne se le firent pas dire deux fois. Aussi silencieusement que possible, ils tournèrent les talons, traversèrent le hall et s'engouffrèrent dans l'escalier de marbre qui menait vers les salles de cours.

— Eh, vous, arrêtez !

Frédéric accéléra, espérant de toutes ses forces que le surveillant qui ahanait dans leur dos n'arriverait pas à les identifier. Devant, Lionel retint Cedren, l'entraînant avec eux. Elle avait dû vouloir rejoindre les appartements des filles.

Ils remontèrent le couloir des classes au pas de course, puis atteignirent la résidence. Lionel leur tint la porte et la claqua violemment.

— Frédéric.

Cette fois, il ne protesta pas. La porte se verrouilla sous ses doigts juste à temps. Des coups sourds résonnèrent contre le battant, puis un cliquetis de clefs leur parvint. Le souffle court, ils s'éloignèrent à pas de loup dans les couloirs endormis.

— Venez, murmura Alexandre, ma chambre est la plus proche.

Frédéric ne respira que lorsque l'huis se referma derrière eux. Dans la cheminée, les braises du feu les transformaient en ombres mouvantes et éclairaient par intermittence les murs aux teintes bleues. La chambre dégageait quelque chose de paisible, comme une bulle de chaleur où il faisait bon se réfugier.

Le silence les enveloppa tandis qu'ils reprenaient leur respiration. Plus calme, Frédéric se tourna vers Cedren.

— Il vaudrait mieux attendre un peu avant de retraverser.

Elle hocha la tête.

— Nous pourrions faire le point, commença Reinhardt.

— Silence, j'entends du bruit.

L'ordre venait de Lionel, affalé avec nonchalance dans un fauteuil. Tous tendirent l'oreille, en vain. Lionel souriait. Avait-il vraiment perçu quelque chose ? Ils s'installèrent en silence, Alexandre se lovant dans une position qui ne parut guère confortable à Frédéric. Attentifs aux bruits de la nuit, ils n'échangèrent que quelques chuchotements avant que Cedren ne finisse par prendre congé et qu'ils ne regagnent à leur tour leurs chambres.

La chaleur des flammes sauta au visage de Lionel et il se recula brusquement, manquant de basculer en arrière. Il était accroupi devant la cheminée. Une sensation humide, en partie dissipée par la flambée, s'attardait sur ses joues et un reste de tremblement agitait ses doigts, serrés sur une boule de papier. Une autre achevait de se consumer, quelques caractères à peine discernables sur la feuille noircie et tordue.

Il jura à voix basse, jeta celle qu'il tenait et la regarda s'embraser en une torche éphémère tandis que la chaleur séchait ses dernières larmes. Le jour n'était pas encore levé.

Sa main trouva la couverture de cuir du carnet posé à côté de lui. Il l'ouvrit d'un mouvement vif, parcourut les dernières pages qui relataient l'exploration de leur équipe au cours de la nuit. Ils avaient enfin pu se pencher sur les monuments du parc de l'école. En vain. Frédéric et Reinhardt devenaient de plus en plus difficiles à gérer. Lionel frôla du doigt l'écriture vacillante, en dents de scie.

Si seulement ils avançaient au lieu de se perdre en explorations vaines ! Il n'était pas loin de reprendre le texte carélien pour s'assurer qu'un indice ne lui avait pas échappé, mais c'était absurde. Leurs ancêtres ne comptaient pas leur faciliter la tâche. Quelle pouvait avoir été leur logique en dissimulant le passage secret ? Leur groupe avait-il bien interprété cette mention des ténèbres ? Lionel n'avait de toute façon pas d'autre idée ; il aurait seulement voulu que les choses aillent bien plus vite. L'école épuisait ceux qui essayaient de la protéger. Siran et ses alliés peinaient de plus en plus, sans obtenir de grands résultats.

Il se frotta les yeux, vérifia qu'il ne restait nulle trace des documents brûlés avant de se relever avec lenteur. Un jour timide filtrait à travers les rideaux. Il n'y avait pas cours, aussi alla-t-il s'allonger.

À son réveil, un rayon de soleil plus franc éclairait la chambre. Il se sentait un peu mieux et il était grand temps qu'il se lève s'il ne voulait pas réclamer un petit déjeuner aux cuisines. Des grappes d'étudiants s'attardaient encore dans la salle à manger, de mauvaise humeur visiblement. Certains, soutiens d'Orfeo Lamarcchia, lui lancèrent des regards assassins. Tous le soupçonnaient d'être responsable de la divulgation de son courrier et la plupart ne comprenaient pas pourquoi Orfeo ne venait pas lui demander des comptes. Des rumeurs de lâcheté s'ajoutaient à celles qui circulaient déjà. La position de l'héritier d'Eindovia devenait de plus en plus intenable ; Lionel se préparait à la confrontation.

Les quelques mots qu'il surprit au vol n'avaient pourtant pas de lien avec Orfeo. Clément terminait de déjeuner. Lionel prit place à côté de lui.

— Que se passe-t-il ?

— Ils vont fermer entièrement l'école pour les vacances.

Cela ne le surprit pas. D'ordinaire, les élèves qui le demandaient pouvaient rester à Cathédrale, mais il était logique que les professeurs utilisent la pause pour passer l'école au peigne fin en toute tranquillité. Leurs recherches suivaient à peu de chose près le même raisonnement que les leurs ; ils ne devaient pas disposer de davantage d'informations. Mais les imaginer profiter de longues journées de fouilles plutôt que de quelques heures grappillées une nuit sur deux… *Même s'ils découvrent le passage, le Cœur ne sera pas au bout. Il y a encore une étape.* Et peut-être eux-mêmes trouveraient-ils avant la date fatidique.

Un surveillant entra.

— Le directeur vous attend tous dans le salon, dépêchez-vous.

Lionel finit son café avant de se lever. La foule des étudiants achevait de se rassembler. Personne n'avait l'air de savoir de quoi il retournait. Bras croisés, Lionel s'adossa à la tapisserie pour garder un œil sur ses condisciples.

Entouré d'une partie de l'équipe professorale, le directeur exigea le silence. Une expression étrange traversa son visage, comme s'il cherchait ses mots ou hésitait, puis elle céda la place à un air grave, bien plus austère que sa mine habituelle. Cela n'annonçait rien de bon.

— Messieurs, j'ai la très grande tristesse de vous faire part du décès tragique de monsieur Jacem Eeden lors d'une chute de cheval ce matin. Sa monture s'est emballée et, malgré tous les efforts de notre médecin…

Le silence se fit plus lourd encore. Un frisson glacé courut dans le dos de Lionel tandis qu'un vertige brutal s'emparait de lui. Il s'écarta un peu du mur, mais l'étau qui se refermait sur sa tête ne se dissipa pas. Il encaissait le contrecoup de la réaction des autres. Le visage de l'étinceleur aux cheveux roux, étudiant en quatrième année, lui revint. Il était bon cavalier et n'aurait pu perdre ainsi le contrôle de sa monture, surtout dans un parc aussi paisible que celui de Cathédrale. À quel point le directeur en avait-il conscience ? Son visage ne laissait rien transparaître tandis qu'il continuait de parler, évoquait la suite.

Ce n'était pas un accident.

Leurs efforts pour apaiser Cathédrale n'avaient pas fonctionné.

— Un de moins, souffla une voix à peu de distance avec une pointe de jouissance.

L'école devient incontrôlable. La salle bruissait de murmures à présent. Lionel croisa des expressions choquées, de la panique pour certains qui jetaient des coups d'œil à droite et à gauche, comme s'ils s'attendaient à être brusquement agressés. Et il y avait trop de sourires mal cachés, d'épaules détendues, de commentaires enthousiastes même prononcés à voix basse. Un étinceleur de moins, pourtant relié à aucun des deux grands partis officiellement. Quoique du côté de la reine, il souhaitait se détacher de la noblesse. Qui avait eu intérêt à vouloir sa mort ? Craignait-on son don ? La démonstration irréfléchie de Frédéric avait-elle rappelé à certains que d'autres pouvoirs circulaient au sein de Cathédrale ? Peut-être Jacem avait-il refusé une alliance.

Une seule question importait vraiment.

Qui sera la prochaine victime ?

Même s'il n'était pas le seul à se la poser, cela ne suffirait pas à inciter les autres élèves à renoncer à leurs fouilles. *Cathédrale est ce que vous en faites.* Lionel aurait presque souhaité que les vacances commencent dès à présent plutôt que dans une dizaine de jours. Ils avaient tous besoin de répit.

Il chercha Clément du regard, le trouva dans un recoin, lui aussi en observation. Mais il s'était tendu, son regard bleu assombri. Jacem avait compté parmi ses amis. Lionel ne s'attarda pas sur lui, se haussa pour repérer… Siran se trouvait sur sa gauche, les traits durs, aussi droite que son aigle malgré sa fatigue évidente. Elle dut sentir son regard, car elle se retourna. Elle semblait toujours aussi déterminée et cela le rassura. Le pire était déjà advenu, mais il fallait encore l'empêcher de se répandre comme une épidémie.

Le comte évoquait les cérémonies à venir, disait qu'il comprenait leur peine, que les professeurs se tenaient à la disposition de ceux qui souhaitaient en parler.

Mais c'était vouloir éteindre un incendie avec un verre d'eau.

Chapitre XVII

Les insultes d'Élysée tournaient dans la tête de Frédéric ; les mots avaient volé entre eux dans la journée. Qui avait commencé à injurier l'autre, Frédéric ne le savait plus vraiment, et cela n'avait pas d'importance. Plutôt que d'en venir aux mains, ils avaient décidé de se retrouver dans la cour en fin de soirée. Tous deux voulaient en découdre.

Le vent glacé frappa Frédéric mais ne suffit pas à faire disparaître la colère qui le traversait par vagues. Élysée était accompagné de l'un de ses amis ; ayant assisté à une partie de l'altercation, Reinhardt avait accepté de le suivre. Cela ressemblait aux prémices d'un duel. Frédéric se tourna vers Élysée.

— Pas de magie, cette fois ? Mais c'est vrai que cela dépasse vos compétences.

Son ton railleur tira un rictus de mépris à Élysée. Ils se battraient sur le terrain de celui-ci. Le deuxième année expliqua ce qu'il avait en tête : il s'agissait ni plus ni moins que d'atteindre le faîte de l'école. Reinhardt et l'ami d'Élysée, Valens, monteraient dans les combles pour jouer les arbitres. Ce dernier pâlit mais ne protesta pas.

— Cela te convient-il ?

Le sourire narquois d'Élysée aviva la colère de Frédéric. L'aristocrate semblait s'attendre à ce qu'il déclare forfait. Il en serait pour ses frais.

Frédéric prit le temps d'étudier la façade richement sculptée de l'école, dont les hautes fenêtres leur offriraient un point de départ, puis revint sur Élysée. Malgré son allure dégingandée, il gardait une silhouette souple, aux muscles fins. Et il était originaire des montagnes. Frédéric ne le laisserait pas gagner. La haine brûlait dans ses veines, en harmonie avec le murmure de l'école. Ce n'était pas Lionel, pas encore, mais son tour viendrait. Cela en ferait toujours un de vaincu, un de moins. L'idée plaisait à Cathédrale, sa magie lui réchauffa le cœur. Élysée lui sourit.

— Tu peux renoncer si tu veux.

— Hors de question.

Valens et Reinhardt s'esquivèrent pour gagner les combles. Frédéric profita de ces quelques minutes pour s'échauffer, imité par Élysée. Celui-ci fut le premier à s'interrompre, visiblement impatient.

— Ils doivent être en position, maintenant.

Frédéric leva les yeux par réflexe, mais l'obscurité et la masse de l'école lui dissimulaient le toit. Seule son imagination lui permettait de se représenter le dôme au sommet, dont la flèche culminait à plus d'une quarantaine de mètres de hauteur. Il secoua la tête, s'avança vers la fenêtre du rez-de-chaussée par laquelle il entamerait l'escalade. Élysée agit de même de son côté. Il paraissait détendu.

Frédéric se détourna. Le balcon du premier étage ne semblait pas si loin…

Ils échangèrent un regard, se donnèrent le signal.

Frédéric se hissa aussitôt sur le châssis, tendit le bras vers un animal au-dessus de lui – un lion, peut-être ? Il l'identifierait plus tard. La pierre sèche, rugueuse, offrait des prises solides, et il ne lui fallut guère de temps pour rejoindre la rambarde du premier balcon.

Élysée atteignait presque le deuxième niveau ; il grimpait avec force et adresse, à l'image de ces contorsionnistes de cirque que Frédéric avait admirés une fois. Avec un juron, il poursuivit l'ascension, le pied posé sur la tête d'une statue. Par chance, les étoiles éclairaient suffisamment pour qu'il distinguât les reliefs.

Sa main frôla le bec d'un oiseau. Le vent jouait dans sa chemise. Frédéric s'emparait fermement de l'appendice, le corps étiré à l'extrême, lorsque son pied droit glissa. D'instinct, il se cramponna de toutes ses forces à la statue, en équilibre plus que précaire. Le sang lui battait aux tempes, son cœur cognait à tout rompre et résonnait dans la nuit. Le souffle court, il bougea avec précaution, tâtonnant centimètre par centimètre pour trouver une prise stable.

Quand il franchit enfin l'étroite corniche du toit, ses bras tremblaient de faiblesse et des points multicolores brouillaient sa vision. Le dôme se dressait devant lui. Ses élégantes arches de pierre s'élançaient avec grâce.

Élysée avait déjà entrepris l'escalade de l'une d'elles. Frédéric serra les dents, sa détermination renforcée.

Forçant sur ses jambes flageolantes, il saisit les premières sculptures de son arche. Si la profusion des ornements créait presque un escalier jusqu'au sommet de la coupole, leur finesse constituait un danger supplémentaire. Le moindre faux pas sur la dentelle de pierre précipiterait sa chute. Sa légèreté suffirait peut-être à garantir sa sécurité. Si seulement le dôme avait une structure métallique !

De la main il essuya la sueur qui coulait sur son front. Un cri étouffé retentit. Dans un sursaut, il resserra son étreinte sur la pointe devant lui. Les avait-on repérés ? Il tourna la tête vers la gauche.

Élysée n'était plus sur son arche.

Un brusque espoir au cœur, il regarda vers le bas, puis distingua les mains du jeune homme cramponnées à un relief de la corniche. *Dommage.* Mais ce n'était que partie remise avant qu'il ne lâchât prise, et cela lui libérerait la voie jusqu'au sommet. Cathédrale était de son côté, elle n'entendait pas qu'un autre l'emportât. Un frisson de joie féroce le traversa tandis qu'il imaginait la chute brutale, le choc sourd contre le marbre blanc trente mètres plus bas, le corps brisé, disloqué… Il ne rirait plus alors, celui qui s'était cru plus fort que lui.

Frédéric laissa l'éclat exalté prendre possession de lui, savourant déjà sa victoire. Inutile de se dépêcher à présent, il lui suffisait d'attendre, de guetter le moment où l'épuisement emporterait son adversaire.

Il voulait voir sa chute.

Il faudrait qu'il pense à le raconter à Étienne, toujours si friand d'exploits.

Étienne.

Le visage de son petit frère le transperça comme une douche glacée, déchirant un voile sur son esprit, son regard noir empli de confiance chassant pour un instant sa rage. *Tu seras le meilleur là-bas, tu leur montreras.* Un vertige le saisit, il raffermit sa prise, de crainte de glisser. Son frère ne comprendrait pas, Louise non plus. Il n'avait pas besoin de leur en parler.

Ils ne le quittaient pas, accusateurs. Mais c'était pour eux qu'il le faisait, pour leur offrir une vie meilleure. *En es-tu vraiment sûr ? Est-ce à eux que tu pensais ces dernières semaines ? Pour eux que tu es là maintenant ? Ou pour toi ?* Que s'apprêtait-il à commettre ? Il ne pourrait pas mentir à ses cadets. Il ne supporterait pas de voir se ternir le regard qu'ils posaient sur lui – et il changerait, forcément.

Mais sa revanche était là, à portée de main ! Il ne pouvait pas y renoncer, pas si près du but. Élysée ne méritait que cela.

Vraiment ? demanda Louise. *Pourquoi mérite-t-on de mourir ?* ajouta Étienne.

Ils n'étaient pas vraiment là, il le savait. Un vertige lui tournait la tête, comme s'il avait trop bu.

Maudissant pêle-mêle le regard trop limpide de son frère, l'attention de Louise et sa propre faiblesse, il amorça sa descente. Il atteignit la corniche, assura son équilibre. La trentaine de centimètres de largeur paraissait n'en faire que dix. Comme un funambule, il rejoignit le garçon.

Le silence de la nuit répercutait leurs souffles haletants et les gémissements d'effort d'Élysée. Ses mains glissaient sur la pierre. Frédéric se jeta à genoux sur le rebord, saisit ses poignets.

— Je te tiens !

Les pupilles dilatées d'Élysée se posèrent sur lui. Il tremblait sous sa poigne. Sa propre fatigue crispait ses bras. Il n'était pas sûr de pouvoir se déplacer sans les faire tomber tous les deux. Le deuxième année s'agita à la recherche d'une prise.

— Ne bouge pas, bon sang !

— Je vais tomber !

L'hystérie pointait derrière le chuchotement.

— Je ne te lâcherai pas, compris ?

Ce serait si simple, pourtant. Il n'avait qu'à ouvrir les doigts. Un de plus qui ne trouverait pas le Cœur, un de moins dans la course, un noble de moins. Il tenait littéralement sa vie entre ses mains ; il se gorgea de cette toute-puissance, de l'absolue vulnérabilité du garçon dont la survie ne dépendait que de lui. S'il écartait les doigts… Voir les yeux écarquillés d'Élysée au moment où il le lâcherait, la stupeur et l'horreur sur son visage, la prise de conscience, puis le contempler en train de s'écraser… Ou le secourir, peut-être, si Élysée se montrait convaincant. Que n'offrirait-il pas pour avoir la vie sauve ? La magie de Cathédrale battait sous sa peau dans un rythme hypnotique, amplifiant les sentiments de Frédéric, la colère et l'ambition, la haine et la vengeance qui bouillonnaient comme un magma noir.

— Frédéric !

Le chuchotement empli de terreur brisa le tourbillon. Dans un réflexe, Frédéric affermit sa prise. Il avait commencé à se relâcher.

Il perdait la tête. Il se raccrocha au visage d'Étienne dans un coin de son esprit. *Surveille-moi, toi, ne me laisse pas faire n'importe quoi.*

Un point d'ancrage. Il lui fallait quelque chose à quoi se retenir. Le peu d'amplitude visuelle que lui permettait sa position ne lui facilitait pas la tâche.

Soudain, une ombre tomba sur eux. Frédéric poussa un soupir de soulagement. Valens. Le teint pâle, il évitait avec soin de regarder vers le bas. Pourvu qu'il parvînt à museler sa peur du vide ! Reinhardt demeurait hors de vue.

Valens mit un genou en terre, attrapa Élysée.

— Assure-moi.

Frédéric se redressa. Il glissa un bras autour de la taille de Valens, enroula l'autre autour d'une sculpture. Aussitôt, le troisième année commença à hisser Élysée. Son visage dépassa de la corniche, puis son torse.

Bientôt, il fut en sécurité.

Son ami l'aida à s'asseoir un peu plus loin sur le toit. Élysée tremblait de la tête aux pieds et Frédéric crut voir des larmes couler sur ses joues. Il prit conscience avec un temps de retard qu'il se cramponnait encore à sa sculpture, la libéra et s'effondra là où il se trouvait, incapable de bouger. La brume l'environnait et il se sentait étrangement léger, comme un ballon sur le point de s'envoler. D'un geste convulsif, il se retint à la pierre du toit.

Élysée non plus ne semblait pas avoir les idées très claires.

— On devrait peut-être y aller ? suggéra Valens.

Frédéric le fixa, effaré, avant de comprendre qu'il leur proposait simplement de rentrer par la fenêtre qu'il avait empruntée. Dans un état second, il gagna la sécurité des combles. Une lanterne éclairait les lieux. Reinhardt se redressa à leur arrivée, l'air de dire : « Enfin. »

Bien qu'il tînt à peine debout, Élysée refusa de s'asseoir. Frédéric lui jeta un coup d'œil. Maintenant qu'ils étaient à l'abri, son geste lui paraissait absurde. Le deuxième année s'avança vers lui.

— Merci, murmura-t-il. Ce que tu as fait… Un instant, j'ai cru que…

Il n'acheva pas, mais son expression parlait pour lui.

— Moi aussi.

Il ne poursuivit pas, il n'en avait pas besoin. Valens et Élysée s'éloignèrent bientôt. Frédéric les suivit des yeux tandis qu'ils se faufilaient hors des combles. Avoir envisagé de ne pas l'aider fit courir un frisson dans son dos, et en même temps les regrets pointaient. Un moment estompée, la puissance de Cathédrale revenait en lui, exaltant ses sentiments, lui rappelant ce qu'il voulait. Trouver le Cœur. Vaincre les nobles. Cela seul comptait. Il avait été faible, il s'était fait avoir.

Frédéric croisa le regard de Reinhardt. La déception s'y lisait.

— Tu aurais dû le laisser tomber.

— Je sais.

La fatigue, encore et toujours, si lourde qu'elle lui nouait les membres et brouillait ses pensées. Mêlée de magie, elle rôdait comme un nuage noir et lui pressait les tempes dans un étau. Elle l'invitait à s'abandonner, à ne pas lui résister. Impossible de reprendre le dessus sur elle ; la charge d'émotions négatives de Cathédrale devenait écrasante.

— … et je voulais… Lionel, vous allez bien ?

Celui-ci cligna des paupières. Écroulé dans un fauteuil, Élysée posait un regard inquiet sur lui. Très pâle, ses boucles brunes en désordre, il avait l'air éprouvé comme s'il n'avait pas dormi de la nuit. Ses yeux cernés lui creusaient le visage et, surtout, il avait abandonné toute posture pour se replier dans son siège, ce qui lui donnait une allure plus jeune.

— Pardon, j'ai eu… un instant d'absence. Je crains que vos dernières phrases ne m'aient échappé.

D'ordinaire, Élysée n'aurait pas manqué de montrer ce qu'il en pensait, mais toute énergie paraissait l'avoir déserté. Il sourit faiblement.

— Ce n'est pas grave. Je vous disais que je voulais vous parler de Frédéric.

Le Carélien s'efforça de se concentrer sur la conversation. Une moue gênée traversa le visage de son condisciple.

— Il m'a… sauvé la vie et…

— Pardon ?

Le regard noisette plongea dans le sien.

— Il ne vous en a donc pas parlé.

Ils ne s'adressaient la parole que lors de leurs explorations – si l'on pouvait qualifier de conversation l'agressivité de son filleul. Il ne souhaitait cependant pas s'appesantir sur les ruines de leur relation. Devant son mutisme, Élysée reprit :

— Je ne tiens pas à revenir sur ces circonstances et je ne crois pas qu'il l'ait fait de gaieté de cœur. Mais il l'a fait.

Se retrouver en position de débiteur ne devait pas lui être agréable. Sans compter le fait qu'Élysée prenait en général des risques calculés. Même s'il moquait souvent les attentions de ses parents, il ne les oubliait jamais.

D'un geste, l'héritier des Andersen encouragea Élysée à poursuivre.

— C'est Jovianna qui m'a demandé de le provoquer, à la fois pour essayer de vous porter atteinte et pour connaître la nature de son don.

— Jusque-là, vous ne me surprenez pas.

— Cela est allé plus loin que prévu ; lui comme moi nous sommes laissés emporter au-delà de toute mesure. Tout cela pour vous dire qu'elle ne compte pas s'en tenir là, surtout avec ce qui se passe avec Orfeo.

Le garçon soupira.

— Je n'en suis pas responsable.

Élysée leva un sourcil.

— J'ai presque envie de vous croire. Quoi qu'il en soit, elle vous juge coupable et elle essaie de vous piéger tous les deux.

— De quelle façon ?

— Je n'en sais pas davantage, elle garde ses plans pour elle. Mon rôle était essentiellement de pousser Frédéric à bout, et j'ai l'impression qu'elle veut passer par lui pour vous atteindre, que c'est plus… simple.

Cela rejoignait ses propres réflexions. Mais il n'arrivait pas à déterminer l'angle d'attaque de la jeune femme. Élysée haussa les épaules.

— Cela ne vous avance pas beaucoup.

— Si. Je vais redoubler d'attention. Merci d'être venu m'en parler.

Élysée se leva, l'air toujours un peu perdu. Le Carélien n'était pas sûr qu'il accepte des mots ou des gestes de réconfort.

— Ne dites pas à Frédéric que c'est moi qui vous ai prévenu.

— Cela restera entre nous, je vous le promets.

Chapitre XVIII

En sortant de sa leçon particulière avec le professeur de Vieil Art, Frédéric tomba sur Alexandre en train de faire les cent pas dans le couloir, les mains tordues d'angoisse. Son ami lui sauta presque dessus.

— Viens.

— Quoi ? Qu'est-ce qu'il se passe ?

— C'est Lamarcchia ! Il voulait voir ta chambre, Reinhardt a essayé de l'en empêcher, mais...

Frédéric n'écouta pas la suite et se mit à courir, Alexandre sur les talons. Qu'est-ce qu'Orfeo manigançait ? Élysée lui avait-il parlé de leur mésaventure ? Dans ce cas, pourquoi ne pas l'aborder directement ?

Les marches défilèrent quatre à quatre tandis qu'il se ruait au troisième étage, son sac de cours lui battant le flanc. Le couloir était envahi d'élèves de première et de deuxième année essentiellement. Frédéric n'eut pas besoin de se frayer un chemin ; les rangs s'ouvrirent d'emblée devant lui.

Il s'immobilisa sur le seuil de sa chambre. Orfeo Lamarcchia se tenait devant son bureau, un paquet de lettres à la main.

— Comment osez-vous ? C'est privé !

L'héritier d'Eindovia pivota d'un mouvement vif. Son regard noir l'incendia. En trois enjambées, il traversa la pièce pour le saisir par le revers de sa veste d'uniforme. Frédéric attrapa son poignet sans qu'il en ait cure.

— Privé ?

Sa voix sifflait de rage.

— Il s'agit de *ma* correspondance avec *ma* sœur, que je viens de trouver dans *votre* bureau.

Les élèves attroupés dans le couloir ne perdaient pas une miette de l'échange. Frédéric le repoussa.

— Vous plaisantez ! Je n'ai jamais touché à votre courrier, c'est plutôt l'habitude de vos amis.

Orfeo lui brandit les lettres devant le visage. Frédéric ne reconnut pas l'écriture ; la missive était rédigée en eindovian et sur les bords se dessinaient encore les traces du sceau ducal. Comment… Orfeo le secoua.

— Pour cela, j'exige réparation.

Un brouhaha monta des rangs des élèves. En compagnie d'Élysée, Lionel arrivait. Son regard tomba sur les lettres et un brusque éclair de compréhension traversa son visage. Orfeo se tourna vers lui.

— Vous aviez beau jeu de clamer votre innocence sur tous les tons en lui confiant vos basses œuvres. Le défendrez-vous, maintenant ?

Les deux garçons se faisaient face, le brun brûlant de colère tandis que le blond gardait une allure détendue. Il se glissa jusqu'à Frédéric, demanda entre haut et bas pour que la question reste entre eux, son regard gris-bleu plongé dans le sien :

— Répondez-moi. Êtes-vous derrière cela ou non ?

Frédéric serra les poings.

— Quoi ? C'est vous qui…

Il ne voyait pas d'autre explication. Après avoir lancé les rumeurs, Lionel se défaussait sur lui.

— Répondez-moi.

— Bien sûr que non ! Je n'ai pas volé ces lettres !

— Merci de confirmer ce que je pensais.

Le Carélien se retourna vers Orfeo :

— Si j'avais comploté contre vous, je ne l'aurais pas fait avec une telle maladresse. Je suis le parrain de Frédéric, je défendrai donc notre innocence à tous les deux.

Sa voix claqua. Un silence étrange tomba sur l'assistance, quelques secondes, puis des murmures frénétiques reprirent, sur une tonalité différente. Orfeo le considéra.

— Soit. J'aurais cru que la leçon de l'an dernier vous aurait suffi. Vous connaissez l'arme autant que moi. Je ferai en sorte que nous disposions librement de la salle d'escrime demain en fin d'après-midi. Nous nous battrons à reddition. L'acceptez-vous ?

Frédéric en avait entendu parler. Seuls héritiers directs de leurs duchés, ils n'avaient pas le droit de se battre à mort. En ce cas, le premier à se rendre perdait le combat. Lionel hocha la tête.

— Parfaitement.

— Je doute que vous arriviez à vous trouver un témoin. Un arbitre devrait suffire.

Les deux garçons se serrèrent la main. Orfeo se retira sans un mot de plus, fendant les rangs avec raideur. Lionel ferma purement et simplement la porte de la chambre au nez des autres.

Sonné, Frédéric souffla :

— Je suis innocent.

— Je sais.

— Et vous-même ?

Lionel secoua la tête.

— Qui pourrait vraiment croire que je serais assez négligent pour dissimuler des éléments aussi compromettants chez mon *filleul* ou que j'aurais envie d'affronter Orfeo sur son terrain de prédilection ?

Son ton désabusé n'appelait pas vraiment de réponse. Frédéric désigna la porte d'un geste, comme pour englober toute l'école. Lionel fit la moue.

— Ils devraient montrer un peu plus de discernement et de réflexion. Jovianna nous a piégés. Ces lettres ont été mises ici sur son ordre. Orfeo n'en a sans doute pas conscience.

Comment aurait-il pu soupçonner une manipulation de sa propre sœur ?

— Mais pourquoi ?

— Parce que c'est précisément ce qu'Orfeo et moi voulions éviter et que c'était l'un des seuls moyens de nous forcer à nous battre tout en m'humiliant.

Frédéric se retrouvait encore simple pion au sein d'intrigues qui ne le concernaient pas. Il croisa les bras.

— Je ne veux rien vous devoir.

Lionel soupira, glissa les mains dans ses cheveux en les remontant sur sa tête. Ils retombèrent en mèches folles sur son front.

— Considérez alors que vous ne me devrez rien. Que voulez-vous faire, sinon ? Attendre qu'Orfeo vous passe sa lame à travers le corps ? Cette histoire ne peut se régler que comme il l'a décidé. Est-ce vraiment si difficile d'accepter mon aide ?

— Pourquoi cette générosité si soudaine alors que vous connaissez autant que moi l'état de nos relations ? Votre honneur a donc des résurgences ?

Lionel rit doucement.

— Quand c'est nécessaire, oui. À bientôt, Frédéric.

— Andersen ne peut pas…

Celui-ci se retourna, faisant taire ceux qui murmuraient dans son dos. Depuis la veille, la nouvelle du duel s'était propagée comme une traînée de poudre dans toute l'école et les conséquences n'avaient pas tardé à se faire sentir. Il suffisait de voir le vide, léger mais perceptible, qui l'entourait bien que le réfectoire fût plein. Il s'y attendait, et en s'installant il tira un ouvrage de sa sacoche dans lequel il fit mine de se plonger.

Les mots lui parvenaient malgré tout, la même rengaine : « c'est aberrant ». Sur le plan pratique, d'abord. Tous savaient qu'Orfeo l'avait dominé à chaque rencontre, que ses qualités d'escrimeur le plaçaient bien au-delà de la moyenne des étudiants. Mais ce n'était pas l'essentiel. Pour tous, cela faisait partie du jeu.

C'était surtout une faute politique.

Le Carélien avait conscience qu'on souhaitait sa défaite et que la majorité de ses condisciples s'en réjouiraient, même ceux de son propre camp. Auraient-ils réagi ainsi sans l'influence de Cathédrale ? Sans doute. Il y avait des choses qu'ils ne pardonnaient pas – ou pas avant longtemps. La lassitude s'emparait de lui devant cette mascarade – une de plus. En fin de compte, Martial devait être plutôt soulagé de ne pas s'être associé à lui ; le scandale l'éclaboussait à distance et il avait pris soin de ne pas se manifester, que ce soit pour apporter son soutien ou lui servir de témoin.

Parmi toutes les lois implicites qui régentaient la noblesse, il y avait celle qui stipulait qu'un aristocrate ne se battait pas au nom d'un roturier dans une affaire d'honneur. Jamais, quels que fussent les torts. Jovianna avait bien joué en impliquant Frédéric dans ses plans. Compromettre Lionel ne suffisait pas ; c'était le duel que toute l'école attendait déjà. Son acceptation du défi d'Orfeo en leur nom à tous deux était un camouflet, un gant jeté au visage des nobles. Certes, il aurait pu refuser de défendre Frédéric pour répondre seulement à l'accusation portée contre lui-même, mais on n'aurait alors pas manqué de souligner l'entorse à ses obligations de parrain, voire de l'accuser de lâcheté. Il préférait encore le mépris à la couardise.

Il ne pouvait pas perdre. Pour le Cœur, pour réaffirmer sa force face à ses adversaires et à son propre camp. Pour Frédéric et pour lui-même. Dire qu'ils n'étaient qu'à une semaine des vacances, qu'ils avaient failli tenir jusque-là !

Il se concentra sur son objectif : survivre à la fin de l'après-midi, en espérant qu'Orfeo résisterait à la magie de Cathédrale. Les paragraphes défilaient sous ses yeux. Les mots se gravaient dans sa mémoire sans qu'il les comprît vraiment.

La nausée lui coupait l'appétit. Il se força à avaler la plus grande partie de son assiette, conscient des regards qui ne rataient pas un seul de ses gestes. Entouré de ses proches, Orfeo gardait une allure dure, il participait peu à la conversation. L'héritier d'Eindovia ne commettrait pas l'erreur de le sous-estimer. Un peu plus loin, en compagnie de Reinhardt et d'Alexandre, Frédéric l'ignorait avec soin. Il aurait mieux valu qu'ils déjeunent ensemble, mais le Carélien se doutait que son filleul aurait refusé. Qu'attendait-il de toute façon ? Des remerciements pour une situation dont Frédéric n'était nullement responsable, seulement une victime collatérale ? Du soutien ? C'était absurde. Et pourtant… Parfois, l'envie le prenait de laisser tomber tous les masques. Il ne pouvait pas se le permettre, mais Frédéric et lui devraient parler après tout cela.

Au fil de l'après-midi, sa prise de notes se fit plus légère. Il se concentrait sur les quelques entraînements d'Orfeo auxquels il avait assisté. Peu, mais assez pour convoquer d'une pensée ses gestes, ses stratégies et les enchaînements qu'il utilisait le plus souvent. L'héritier des Lamarcchia était l'incarnation d'un manuel d'escrime tant sa souplesse était affûtée. Le Carélien disséqua chaque mouvement pour saisir les mécanismes derrière, tout en gardant à l'esprit que sa mémoire ne le sauverait pas le moment venu. C'était une chose de connaître les réponses ; c'en était une autre de les mettre en œuvre assez vite.

Lorsque l'heure sonna, après un détour par sa chambre pour récupérer sa lame, il dut se frayer un chemin au milieu de la foule qui convergeait vers la salle d'escrime. Les rangs s'ouvraient devant lui et se refermaient aussitôt, comme si on craignait qu'il tentât de fuir. C'était bien mal le connaître.

La vaste pièce était déjà bondée d'élèves. Ils avaient libéré un large cercle au milieu, à la limite duquel Frédéric se tenait avec ses amis. Cedren était là également. Alexandre l'aperçut en premier ; sur un signe de l'étinceleur, la jeune fille se tourna vers lui. Un sourire éclaira son visage. Leur soutien muet lui fit du bien. Il secoua cependant la tête lorsqu'ils amorcèrent un mouvement dans sa direction. Il ne voulait pas les entendre l'encourager – d'une certaine façon, ce serait encore pire. Un peu plus loin, Élysée fixait l'espace de duel avec une crispation un peu étrange, comme s'il brûlait de s'interposer. Mais c'était trop tard à présent. Sur sa gauche, Martial discutait avec d'autres élèves de troisième année.

S'efforçant de se fermer à tout, il gagna le centre de la salle. Un éclat doré sur le côté attira son attention. Jovianna était là, bien sûr. Elle n'attendait que de voir Orfeo l'humilier, d'assister à sa chute – à sa défaite dans leur guerre.

S'il perdait, rien ne lui redonnerait l'appui des siens. Face au regard triomphant qu'elle lui adressa, il piocha dans son arsenal de sourires hypocrites et arrogants.

Un bruissement parcourut la salle. Accompagné de l'arbitre, un étudiant de cinquième année neutre, Orfeo venait d'entrer dans le cercle. Tous deux se firent face. Ils ôtèrent veste et cravate pour ne garder que chemise et gilet. Orfeo s'avança vers lui, lame baissée.

— Lionel, nous pouvons l'éviter. Si vous me présentez vos excuses, je les accepterai.

Malgré sa colère, il essayait encore de sauver la situation.

— Vous n'êtes plus le seul offensé, Orfeo. Vous m'accusez à tort, de même que mon filleul. J'ai dit que je défendrais notre innocence, je ne me dédierai pas.

La froideur revint dans le regard noir. Orfeo entendait ses paroles comme une ultime provocation.

— Soit.

Ils se saluèrent de leurs rapières levées puis tombèrent en garde. Un silence de plomb régnait dans la salle.

Orfeo engagea le premier. Les lames crissèrent et plièrent en se croisant. Le Carélien tenta une feinte qui fut déjouée sans difficulté. Il serra les dents, remonta à l'assaut. C'était comme une danse – et il savait danser. Un ballet à quatre, avec des dames de fer qui ne pardonneraient pas le moindre faux pas.

Il rompit devant celle d'Orfeo. Les attaques et contre-attaques s'enchaînaient, à peu près comme il l'avait prévu, mais il se retrouvait de plus en plus souvent à seulement parer, incapable de prendre l'avantage. Il jura intérieurement. *Concentre-toi.* La sueur lui coulait sur le front, il recula de nouveau. Impossible de franchir le rideau métallique qu'Orfeo dressait. Il entraîna son adversaire à sa suite, cherchant la faille sans la trouver. Leurs échanges se firent plus secs, plus tendus. Orfeo abandonnait sa réserve, les traits durs. La pointe eindovianne accrocha sa manche ample, y traçant une profonde déchirure, sans atteindre sa peau.

L'héritier des Andersen riposta aussitôt, sans réussir à toucher Orfeo. Celui-ci ne lui laissa pas le temps de se ressaisir. Mâchoires serrées, le Carélien se dégagea comme il put, y gagna une éraflure au bras. Il la sentit à peine. Son souffle court résonnait à ses oreilles. Le combat ne devait pas avoir commencé depuis plus de quelques minutes, mais il avait l'impression qu'il durait depuis bien plus longtemps. Hors de question de se rendre. Frédéric n'était pas le seul à compter sur lui, il ne faillirait pas.

Il rompit encore. Son poignet se tétanisait, l'élancement remontait jusque dans son épaule, sa rapière devenait lourde. Dans un souffle rageur, il esquiva de justesse l'attaque d'Orfeo. Son adversaire commençait à fatiguer lui aussi, mais il avait plus d'endurance que lui, bien plus d'entraînement.

Orfeo se fendit soudain dans un mouvement brutal. Trop haute, l'épée du Carélien vint trop tard à la parade. La pointe s'enfonça dans sa cuisse en une brûlure glacée qui lui tira un cri de douleur étouffé. Un liquide chaud coula le long de sa jambe lorsque la lame se retira. Sa vision se troubla.

Frédéric grimaça tandis que des exclamations et des applaudissements retentissaient. Au niveau de la cuisse, le pantalon blanc de Lionel s'imbibait de pourpre. Celui-ci recula d'un pas vacillant, marqua une halte en posant le regard sur la tache qui s'élargissait. Les traits toujours durs, sans sourire, Orfeo abaissa sa lame. L'arbitre s'avança. Lionel pointa soudain son arme sur son adversaire. Son visage fermé affichait une détermination sans faille et une forme de colère.

— Je n'ai pas dit que je me rendais !

Frédéric tressaillit. Surpris, Orfeo glissa un regard vers l'assistance avant de raffermir sa prise sur son épée. Le duel se poursuivit dans un silence de mort, seulement troublé par le tintement des lames et le souffle un peu court d'Orfeo. Paradoxalement, Lionel semblait en meilleure forme que quelques instants plus tôt ; la courte pause lui avait permis de se ressaisir. Les deux adversaires s'attaquaient brutalement. Frédéric ne comprenait pas grand-chose à leurs gestes. Lionel lui parut changer de tactique, avec des attaques plus resserrées. Avait-il dissimulé une partie de ses forces pour déstabiliser Orfeo ? Le Carélien luttait sans faiblir. Comme si la blessure n'existait pas, comme s'il ne la sentait pas.

— Il en perd trop, murmura Cedren. Il faut qu'il arrête…

Mais le duel était à reddition et il imaginait mal Lionel renoncer à présent. Cedren dut suivre le même raisonnement. Sa main se referma sur le poignet de Frédéric. Il brûlait d'envie de voir Orfeo défait, tout en en voulant à Lionel de le défendre et à lui-même de rester là, impuissant parce que leurs règles l'empêchaient de se battre.

Lionel abandonnait toute retenue. À l'évidence, il cherchait à achever le duel le plus vite possible. Devant une épée devenue feu follet, Orfeo perdit l'offensive.

La rapière de Lionel s'enroula autour de celle d'Orfeo, et il le désarma d'une brusque torsion. La lame retomba quelques pas plus loin dans un tintement sourd. L'Eindovian amorça un plongeon pour la récupérer, mais la pointe de Lionel vint se poser sur son torse.

Face à face, les deux garçons se défièrent du regard. Leurs poitrines se soulevaient au rythme trop rapide de leur respiration.

Lionel haussa les sourcils. Son épée remonta, taquina la gorge d'Orfeo.

— *Reddeo me*, souffla celui-ci d'une voix rauque.

— Heureusement que j'entends assez l'eindovian pour savoir qu'il ne s'agit pas d'une insulte. Vous avez perdu, Orfeo, sur ce terrain comme sur tous les autres.

À la façon dont il accentua sa dernière phrase, Frédéric comprit qu'il parlait du Cœur et du royaume. Lionel s'approcha d'Orfeo qui se crispa. Mais il se contenta de lui dire quelques mots à voix basse. Les sourcils de l'Eindovian se froncèrent.

La salle explosa en exclamations agitées – et dépitées, surtout. Il n'y avait pas grand monde pour se réjouir de la victoire de Lionel. Livide, celui-ci lâcha son épée. Frédéric hésitait à le rejoindre lorsque Alexandre le devança.

Chancelant, le vainqueur du duel se retint au bras qui le soutenait. Sa blessure pulsait en longs éclairs douloureux et son pantalon était humide là où le sang coulait encore. La salle tanguait autour de lui. Il avait chaud tout en frissonnant de froid et des points multicolores dansaient devant ses yeux.

— Vous devez aller à l'infirmerie.

L'inquiétude imprégnait la voix d'Alexandre.

— Frédéric ?

Un silence. Alexandre s'apprêtait à répondre lorsque Cedren apparut à son tour, fendant la foule. Elle releva sa robe sans se soucier des exclamations offusquées et arracha une large bande de tissu de son jupon qu'elle noua avec énergie autour de la blessure. L'héritier des Andersen grimaça sous la douleur accrue ; sa main se crispa sur le bras d'Alexandre. L'étudiante se redressa.

— Cela devrait rester en place jusqu'à l'infirmerie. Voulez-vous que je vous accompagne ?

— Resteriez-vous avec Frédéric ?

Un mouvement d'humeur lui échappa, comme si elle prenait brusquement conscience que son filleul n'était pas à ses côtés. Elle hocha la tête.

Le Carélien se laissa entraîner par Alexandre. Lorsque la porte de la salle se referma dans son dos, atténuant enfin les discussions qui lui vrillaient la tête, il poussa un soupir de soulagement et de douleur mêlés.

Ils remontaient le couloir lorsque le battant se rouvrit. Frédéric les rejoignit. Dans son dos, l'héritier des

Andersen aperçut Élysée. Celui-ci lui adressa un signe d'encouragement, mais il recula devant son filleul. Il faudrait que l'un ou l'autre lui apprenne ce qui s'était vraiment passé. Lorsque les murs cesseraient d'osciller autour de lui. Une sueur froide lui mouillait le front et les environs se teintaient de vert. Frédéric le regardait comme s'il voulait lui sauter à la gorge – ou à celle d'Alexandre, peut-être.

— Merci, fit-il.

Le mot semblait lui arracher la bouche. Le deuxième année sourit faiblement ; il aurait sans doute dû dire quelque chose, mais ses pensées se brouillaient. La prise d'Alexandre se resserra sur lui.

— Venez, ou vous allez tomber.

Cela arriva, car lorsqu'il battit des paupières, il se trouvait étendu dans l'infirmerie, sous le regard sévère du médecin de l'école, le docteur Galène, et celui, inquiet, d'Alexandre. Une pression s'exerçait sur sa cuisse, là où l'aide du praticien achevait de bander la blessure.

— Restez allongé, ordonna le médecin. Nous allons interrompre le saignement, il faudra vous recoudre après. Que vous est-il arrivé ?

Le garçon rassembla ses pensées.

— Je m'exerçais à l'épée. Nous n'avions pas vu qu'une des lames était démouchetée. Est-ce grave ?

— Et vous avez choisi de terminer votre… entraînement avant de venir, si je comprends bien ? N'envisagiez-vous pas aussi une séance de course à pied dans le parc ?

Cette fois, il préféra garder le silence. Le médecin soupira.

— Souhaitez-vous que votre ami reste ?

Il tourna la tête vers l'étinceleur.

— Merci de m'avoir accompagné, Alexandre, c'était fort aimable. Pourriez-vous dire à Cedren de me rejoindre après ? Je dois lui parler.

À la façon dont l'étinceleur jeta un regard vers la porte, la jeune fille ne devait pas être loin. Sur un dernier encouragement, il prit congé.

Un long moment s'écoula avant que le médecin ne se décidât à retirer le bandage. L'épanchement s'était arrêté. Son assistant apporta de l'eau-de-vie. Le Carélien ne put réprimer une grimace.

— Il fallait y penser avant, monsieur Andersen.

Le docteur Galène entreprit de nettoyer la plaie nette et profonde. Dans un réflexe, sous la brûlure, le Carélien plia la jambe en tentant d'étouffer un cri de douleur.

— Ne bougez pas !

Il se mordit la lèvre et laissa le médecin agir, tendu à l'extrême. Celui-ci saisit ensuite son matériel de suture.

— Prêt ?

Le blessé hocha la tête. La sueur au front, les muscles crispés malgré leurs protestations, il évita d'observer le docteur suturer la plaie point après point. Des tressaillements lui échappaient parfois. Quelques plaintes filèrent entre ses lèvres, assourdies. Lorsque le praticien acheva de bander la blessure avec un pansement imbibé de vin miellé qui favoriserait la cicatrisation, ses dents et sa mâchoire restèrent douloureuses tant il les avait serrées.

Le docteur Galène le toisa tandis qu'il forçait ses muscles à se relâcher.

— Je ne veux pas vous voir vous déplacer sans béquilles pendant les quinze prochains jours, compris ?

— Oui, docteur.

L'assistant revint rapidement avec une collation. En buvant une première gorgée d'eau sucrée, le Carélien prit conscience de sa soif et de la sécheresse de sa gorge. Lorsqu'il eut vidé une bonne partie de la carafe, il commença à se sentir mieux. Sa tête restait lourde, mais c'était aussi lié à la chape de l'école.

Cedren survint sur ces entrefaites.

— Comment allez-vous ?

— Mieux, merci. Excusez-moi de vous recevoir ainsi…

Elle leva les yeux au ciel.

— Alexandre m'a dit que vous vouliez me parler.

— J'aimerais que vous demandiez à Frédéric de quitter l'école. Pour les prochains jours.

— Mais qu'avez-vous dit à Orfeo pour redouter de telles conséquences ?

— Quand ?

Elle lui jeta un regard acéré, comme si elle le soupçonnait de se moquer d'elle.

— Eh bien, tout à l'heure, à la fin du duel.

Il sourit.

— Ah. C'était entre lui et moi. Et il est assez droit pour ne pas chercher plus loin maintenant que les armes ont parlé. En revanche, je crains que Jovianna ne cherche à se venger.

Ce n'était pas l'unique raison. L'attitude de Frédéric était tout sauf normale. Il n'était pas sûr de ce que donnerait une semaine de plus sous la coupe de Cathédrale, surtout avec les retombées du duel, et il ne voulait pas s'y confronter encore.

— Je vais m'arranger avec le médecin pour offrir une excuse crédible au directeur. Vous êtes la seule à qui je peux le demander. Il n'écoutera ni Alexandre ni moi, et Reinhardt ne m'écoutera pas. Dites-lui aussi que je viendrai le voir, nous devons nous expliquer.

— Je doute qu'il soit plus disposé à mon égard, mais je vais essayer. Et vous-même ?

Il secoua la tête.

— Je ne peux m'éloigner.

Chapitre XIX

— Partir ? s'exclama Frédéric, incrédule.

Pour qui Lionel se prenait-il ? Cedren plongea son regard dans le sien. Ils s'étaient installés un peu à l'écart, dans l'un des salons. Cathédrale bruissait encore des événements, mais personne n'était venu lui en parler, heureusement.

— Oui. Et je crois qu'il a raison.

— Évidemment.

La pointe méprisante de son ton n'échappa pas à son amie.

— Pensez-vous qu'il me manipulerait si aisément ? Il s'inquiète pour vous et moi aussi. Ce ne serait que quelques jours, les vacances arrivent…

— Et cela lui laisserait le champ libre pour chercher le Cœur !

Cedren se redressa, le regard brûlant de colère. Cependant, elle ne perdit pas son calme.

— Le Cœur, bien sûr. Vous ne pensez plus qu'à lui. Est-ce que vous croyez réellement que Lionel est en état d'explorer l'école cette semaine ? Nous n'interromprons pas nos fouilles, mais cela sera entre Reinhardt, Alexandre et moi.

Reinhardt était le seul en qui il avait pleinement confiance. S'il avait imaginé qu'Alexandre se rallierait à Andersen ! L'étinceleur cachait bien son jeu sous ses airs timides et angoissés. Quant à Cedren… Il ne savait à quoi s'attendre avec elle. Elle prenait le parti de Lionel trop souvent à son goût ; toutefois, elle semblait garder une partie de son indépendance.

— Frédéric, s'il vous plaît. Je ne vous le demande pas seulement pour Lionel, mais aussi en tant qu'amie. Vos réactions… J'ai l'impression que vous n'êtes pas la même personne que celle rencontrée au début de l'année. Depuis combien de temps n'avons-nous pas parlé, pour de bon et d'autre chose que du Cœur ? Qu'en est-il de ce qui nous rapprochait ? De ce que nous projetions pour ces vacances ?

Il avait… oublié. Ou du moins il avait relégué leurs conversations à l'arrière-plan de sa mémoire, là où elles ne le gênaient pas. Rien d'autre ne comptait que le Cœur, que la vengeance enfin à portée de main. Il avait tenu Élysée à sa merci, il s'en était fallu de peu qu'il s'en prenne à Lionel après le duel, parce qu'il ne supportait plus cette fausse inquiétude qui transparaissait dans le regard gris-bleu, ces jeux permanents. Et il faudrait qu'il parte à la demande de ce même garçon, qu'il plie encore ? Ses poings se serrèrent.

— Écoutez…

— Monsieur Naudin ?

Il leva les yeux vers le valet de l'école qui les interrompait. Son air hautain ne lui plut pas.

— Vous êtes demandé à la grille pour un message urgent que l'on tient à vous remettre en main propre.

Frédéric fronça les sourcils. Ses parents utilisaient toujours les services postaux de la ville, ils n'avaient pas les moyens de faire appel à un coursier. Qui d'autre lui aurait écrit ? Il se tourna vers Cedren qui n'arborait qu'une expression d'attente polie. Pouvait-il s'agir d'une manipulation ? Était-elle chargée de faire diversion ?

— Dois-je lui demander de partir? s'enquit le domestique.

— Savez-vous qui envoie cette lettre ?

— Il me semble avoir compris qu'il s'agissait d'un médecin, mais le drôle la tient comme si sa vie en dépendait et ne veut rien dire de plus.

L'image d'Étienne s'imposa. L'arrivée de l'hiver restait un moment délicat et compliqué avec sa santé fragile. Frédéric retint un geste d'humeur. Ce n'était pas l'année pour tomber malade ! Que ferait-il de plus qu'un praticien, de toute façon ? Ses parents avaient dû s'inquiéter d'un rien, comme d'habitude. La main de Cedren sur son bras lui tira un sursaut. Elle ne semblait pas comprendre sa réaction. Frédéric soupira.

— Très bien, je vous suis.

Il se leva et Cedren lui emboîta le pas d'autorité.

Aux grilles patientait un gamin d'une huitaine d'années dont les vêtements usés jusqu'à la trame et la mine effrontée trahissaient l'origine. Il y en avait des dizaines comme lui dans son quartier, à la recherche de la moindre course ou commission qui pourraient leur rapporter quelques pièces.

Sa casquette de travers tombait sur son œil gauche et il la redressa d'un geste tout en les saluant.

— M'sieur, m'dame.

Il étudia Frédéric avec soin. Un sourire gouailleur lui vint, comme une forme de reconnaissance implicite.

— C'est vous, hein ? Z'êtes pas comme eux.

L'étinceleur répondit d'un hochement de tête. Le valet déverrouilla la grille. L'enfant se recula un peu et Frédéric s'avança, la main tendue. Un poids quitta sa poitrine, comme si l'air nocturne s'allégeait soudain et devenait plus respirable, mais il garda son attention sur le messager.

— Qui t'a chargé de cette course ?

— Un médecin qu'était drôlement pressé, et agacé aussi. Il avait pas que ça à faire, mais puisque c'était pour le gosse, qu'il a dit… C'est déjà une faveur de venir dans le faubourg, hein ?

Frédéric saisit la lettre, la déplia en hâte. Il ne reconnut pas l'écriture brouillonne. Le mot était bref et sec. Étienne était malade et ses parents l'appelaient auprès de lui. Le médecin ajoutait qu'il craignait une dégradation de son état dans la nuit, tant la fièvre était mauvaise.

Un bloc de glace tomba sur l'estomac de Frédéric. Il crispa les doigts sur la lettre. *Étienne.* Cela ne pouvait pas être une manipulation : le médecin citait le nom de son frère aîné, Véran, dont il n'avait pas parlé à l'école ni dans son dossier, puisqu'il ne vivait plus avec eux. Mais il ne pouvait pas quitter Cathédrale. Il ne leur restait que quelques jours avant les vacances, ils devaient les mettre à profit. Impossible de perdre du temps maintenant. L'école l'attirait, l'invitait à revenir, à franchir de nouveau les grilles protectrices.

Il baissa les yeux sur la lettre tout en s'assenant une gifle mentale. La culpabilité l'envahit. Cedren l'avait dit, Reinhardt et elle veilleraient au grain. Il inspira profondément. Malgré l'inquiétude logée dans son ventre, ses idées lui parurent étonnamment claires. Il se tourna vers Cedren, demeurée en retrait, qui l'observait avec une mine préoccupée.

— Je dois m'absenter cette nuit. Un souci familial, mais ça ne devrait pas me retenir trop longtemps. Je serai vite de retour.

Il ne pouvait pas en être autrement. Étienne allait s'en sortir.

— Très bien. Je vais demander une voiture.

D'un geste, elle envoya le valet aux écuries. Sa mission remplie, le messager tendit la main. Il avait sans doute déjà reçu le prix de sa commission et tentait sa chance. Frédéric garda le silence tandis que Cedren le payait. L'enfant les salua d'un grand sourire et fila dans la nuit.

Quelques minutes plus tard, Frédéric partait à son tour, l'inquiétude et les regrets se disputant en lui.

La voiture le laissa devant chez lui ; il lui demanda de ne pas l'attendre. Inutile de trop attirer l'attention.

Il monta les six étages quatre à quatre, arriva sur son palier pantelant, une main plaquée sur son côté. Il n'entendait rien de l'autre côté ; un peu de lumière filtrait sous la porte. Le cœur battant soudain d'appréhension, il porta la main à ses poches avant de jurer à voix basse. Évidemment, il n'avait pas ses clefs sur lui. Il frappa.

Au bout d'un instant, la voix ensommeillée de son père lui répondit :

— Qui va là ?

— C'est moi, c'est Frédéric.

Une exclamation surprise lui parvint. Ne l'attendaient-ils pas ? Enfin, l'huis s'ouvrit sur son père, le visage marqué par la surprise, tandis que sa mère se redressait dans son dos.

— Qu'est-ce que…

— J'ai eu le message, Étienne, comment est-ce qu'il va ? Je suis venu aussitôt…

Sa phrase mourut sur ses lèvres devant les regards d'incompréhension de ses parents. Son père posa une main sur son bras pour l'attirer à l'intérieur. Une seconde, Frédéric envisagea de lui échapper, de faire demi-tour, mais il se laissa faire. Il y avait sans doute une explication autre que celle qu'il commençait à entrevoir. Son père souffla :

— Ils dorment, viens t'asseoir…

Il brûlait de vérifier par lui-même. Tandis que sa mère ranimait le feu, il se faufila à travers la pièce, poussa légèrement la porte de la chambre. Louise et Étienne s'agitaient. Il voulut reculer. Trop tard.

— Frédéric !

Cinq minutes plus tard, il était assis à la table, son frère blotti sur ses genoux, aussi en forme que lorsqu'il l'avait quitté, et un bras autour des épaules de sa sœur serrée contre lui. Sous le choc, il ne parvenait pas à se reprendre. Il s'efforça d'enfouir la rage qui flambait dans ses veines. Lionel – qui d'autre ? – s'était joué de lui avec sa mise en scène. À quel point Cedren était-elle complice ? Et, surtout, comment s'y était-il pris pour construire cette histoire odieuse ?

Sentant sa raideur, ses cadets lui jetèrent des regards étonnés. Il se força à leur sourire.

— Je suis content de vous voir, murmura-t-il.

Par-dessus leurs têtes, il croisa les moues perplexes de ses parents. Ils ne l'interrogeraient pas devant les deux plus jeunes, cela lui laissait un peu de temps pour trouver une explication plausible.

— Tu dors ici cette nuit, hein ? demanda Louise.

— Maman, on ne retourne pas se coucher tout de suite ?

Mi-question, mi-déclaration, la phrase d'Étienne tira un demi-sourire à Frédéric. La tension dans ses épaules se relâcha.

Le lendemain, Frédéric se réveilla plus tard qu'il ne l'escomptait, sous le regard attentif de ses cadets, comme s'ils tenaient à s'assurer qu'il ne repartirait pas trop vite. Il abandonna la partie sans essayer d'argumenter. Une matinée d'absence restait acceptable, et il devait s'avouer que Louise et Étienne lui avaient manqué bien plus qu'il ne le pensait. C'était étrange d'être là, avec eux, loin de Cathédrale et de son atmosphère étouffante. À présent, les dernières semaines lui apparaissaient brouillées, voilées. Même sa colère envers Lionel, pourtant loin de disparaître, lui semblait moins acérée. Il se sentait un peu instable. Le changement brutal de cadre perturbait ses repères.

Dans la matinée, un messager de Cathédrale lui transmit une lettre de Cedren. Elle était passée outre ses précisions de la veille ou en avait profité pour atteindre son but : tout était arrangé avec le directeur ; il avait l'autorisation de demeurer avec sa famille jusqu'aux vacances. Il n'était pas sûr de s'y plier – sa fierté se rebellait contre la manipulation, mais il pouvait au moins profiter de la journée. Cedren ajoutait que Lionel voulait lui parler. Son ton calma un peu la rancœur de Frédéric à son égard : elle avait toujours l'air de croire aux mensonges du deuxième année et manifestait une inquiétude sincère pour ses proches.

La journée fila à toute allure au gré des questions de ses cadets et de leurs jeux. Frédéric accepta volontiers de leur lire quelques contes, mais en fin d'après-midi, un brusque vertige le saisit. L'appartement l'oppressait, il y était trop à l'étroit, ce n'était pas là qu'il devait être…

Le souffle court, le sang lui battant aux tempes, il se retrouva dans la rue en prétextant une envie de prendre l'air. Le froid hivernal lui fit du bien, mais le manque de Cathédrale resta prégnant, trop vif pour qu'il rejoigne tout de suite Louise et Étienne. Le désir irrépressible de gagner l'école rampait sous sa peau. Il avait passé bien assez de temps chez lui, tout allait bien. Il était donc inutile de s'attarder.

Les poings enfoncés dans ses poches, le cœur au bord des lèvres, Frédéric inspira profondément. Il avait besoin de marcher, de réfléchir. Le Cœur envahissait toutes ses pensées. Pouvait-il vraiment se fier à Reinhardt ? Lionel était certes hors jeu comme l'avait souligné Cedren, et Alexandre n'aurait sans doute pas le cran de s'opposer à leur ami, mais le doute subsistait. Il y avait tant de choses qui se jouaient ! Louise et Étienne comprendraient.

Un claquement de sabots fit sursauter Frédéric. Il cligna des yeux. Il avait atteint la limite entre les quartiers populaires et ceux plus bourgeois. Malgré lui, il avait repris le chemin de Cathédrale. *Qu'est-ce qu'il t'arrive ?* La migraine pointait sous son crâne, il avait envie de vomir bien qu'il n'eût guère mangé. Il ne pouvait pas partir sans dire au revoir à Louise et Étienne – et il était censé être avec eux. Il écrirait à Reinhardt pour savoir ce qu'il en était, ce serait plus simple.

À pas lents, il entama le chemin du retour. Un vide creusait sa poitrine.

Chez lui, sa mère l'accueillit d'un sourire. Le rire d'Étienne lui parvenait de la chambre et il se surprit à sourire.

— Tu rentres au bon moment, fit sa mère. Ton ami est là.

Frédéric balaya la pièce du regard.

— Mon ami ? Reinhardt ?

Une pile d'assiettes dans les mains, elle haussa les sourcils.

— Non, Lionel.

— Andersen !

Et s'il n'était pas en vue… La vaisselle tomba au sol dans un vacarme sourd tandis qu'une exclamation échappait à sa mère. Frédéric s'élança.

Lionel s'était assis sur le lit d'Étienne, sa jambe blessée tendue devant lui, et le petit garçon s'appuyait contre lui. Son regard brillait d'une excitation mal contenue qui se dissipa très vite. Installée à côté d'eux, Louise se tourna vers lui, surprise.

— Frédéric ?

Seule leur inquiétude le retint de se ruer sur eux pour les éloigner de Lionel. Ses poings se serrèrent. Comprenant le message, Andersen s'écarta un peu. Frédéric força ses mâchoires à s'ouvrir.

— Louise, Étienne, est-ce que vous pouvez rejoindre maman ? On doit… parler, lui et moi.

Il n'était pas sûr que son ton fût le bon. Louise souleva Étienne avec précaution. Lionel attrapa ses béquilles. Frédéric attendit que la porte de la chambre se fût fermée avant de le rejoindre en deux pas et de le saisir par les revers de sa veste.

Un choc sourd résonna quand le Carélien heurta le mur.

— Qu'est-ce que vous faites ici, avec eux ? siffla Frédéric.

Lionel ne se débattit pas. Dans la faible luminosité, il était très pâle et ses cernes noirs dévoraient ses yeux. Frédéric se rappela avec un temps de retard que la veille encore il se battait en duel. Cela lui semblait loin, presque dans une autre vie.

— Je voulais vous parler. Tu… Vous n'étiez pas là quand je suis arrivé et nous discutions simplement. Ils ne tarissent pas d'éloges sur vous.

Penser à ses cadets avec *lui* lui donnait mal au cœur. Il n'avait pas cru aux mots de Cedren, convaincu que jamais

Lionel ne s'abaisserait à venir ici. L'héritier ducal jurait dans le cadre, avec son uniforme trop riche.

— Ça suffit ! J'en ai plus qu'assez de vos manipulations et de vos jeux. Pourquoi ce message répugnant d'hier ? Comment vous vous y êtes pris ? Qu'est-ce que vous voulez vraiment ?

— Je suis désolé, Frédéric. Vraiment. Ce n'est pas ainsi que les choses auraient dû se passer. Mais vous avez dû sentir la différence depuis que vous êtes ici, n'est-ce pas ?

— Répondez à mes questions.

Lionel le regarda en face.

— Je veux m'expliquer avec vous sur ce qui se passe entre nous depuis la rentrée. Tout est ma faute et j'aimerais vous présenter des excuses ainsi que… revenir sur une ancienne dette.

Frédéric fronça les sourcils. D'un geste lent, comme s'il craignait de l'énerver davantage, Lionel sortit de sa poche le symbole offert par Aksel huit ans auparavant et qu'Étienne conservait précieusement.

Chapitre XX

Dans un éclair, Frédéric revit Aksel lui tendre le cœur entouré des deux mains et surmonté d'une couronne, l'entendit dire : « Avec mes deux mains, je te donne mon amitié et la couronne de ma loyauté. » Frédéric arracha le bijou à Lionel.

— Vous l'avez volé à Étienne !

— Non. Quand il a compris de quel duché je viens, il me l'a montré et m'a posé la question que j'espérais de votre part. Je pensais que vous n'accordiez aucune importance à cette vieille histoire. Votre frère m'a détrompé.

De toutes les informations privées, intimes, auxquelles Lionel avait eu accès, celle-ci était l'une des pires.

— Bravo, vous avez manipulé un gosse de huit ans, vous êtes fier de vous ?

Un soupir bref, douloureux échappa à Lionel. Pour une fois, il ne semblait pas jouer la comédie.

— Puis-je m'asseoir ?

Après une courte hésitation, Frédéric le libéra. Lionel prit place au bord du lit. Comment avait-il réussi à monter les six étages ? L'étroitesse de la cage d'escalier compliquait encore l'exercice. Lionel fixait le parquet, les mains crispées sur son pantalon.

— Je suis désolé, sincèrement désolé. Je n'aurais pas dû agir de cette façon. Nous n'en serions pas là et Cathédrale n'aurait peut-être pas eu autant d'influence si j'avais parlé tout de suite au lieu d'attendre. Je vous promets que je n'essaie pas de vous manipuler.

— Comment vous voulez que je vous croie après hier ? Vous avez espionné ma famille ?

Cela n'avait aucun sens. Lionel secoua la tête.

— Non. Je vous présente mes excuses. Semen, mon valet, a tenu le rôle du médecin auprès du coursier. Et ce que je sais de vos proches, c'est Aksel qui me l'a appris.

Il pointa le bijou que Frédéric tenait toujours fermement.

— Pouvons-nous l'évoquer ? Je reviendrai sur Cathédrale et le Cœur ensuite, mais j'aimerais commencer par là.

Il n'était pas vraiment sûr de le vouloir, mais plus vite ils évacueraient le sujet, plus vite ils aborderaient le reste. Qu'est-ce qui avait pu pousser Aksel à parler de lui à quelqu'un comme Lionel ?

— Vous le connaissez donc.

— Il était mon meilleur ami.

— Était ?

Lionel détourna le regard.

— Il est mort.

La foudre s'abattant à ses pieds ne l'aurait pas plus statufié. Quelque chose se craquela en Frédéric.

— Ce n'est pas possible ! Vous mentez ! Pourquoi devrais-je vous croire ? Il n'a pas écrit, ça ne veut pas dire qu'il est…

Il n'acheva pas. Lionel reprit :

— C'est arrivé l'hiver de ses onze ans. Le climat de la Carélie ne se montre pas toujours tendre avec ses enfants. Mais on l'a empêché de correspondre avec vous bien avant. Les domestiques ont parlé et son père a appris ce qu'il s'était passé ce soir-là. Il a interdit à toute la maisonnée d'envoyer les lettres d'Aksel. Il n'a jamais pu vous remercier comme il l'aurait voulu de ce que vous lui avez apporté.

Frédéric tremblait, la main fermée sur le bijou à s'en faire blanchir les phalanges, partagé entre la défiance et une détresse à laquelle il ne s'attendait pas. Huit ans qu'il pensait qu'Aksel l'avait abandonné, que cette soirée n'avait constitué pour lui qu'une façon de s'occuper dans un moment d'ennui, qu'il avait tout oublié sitôt Frédéric parti. Comment cette rencontre aurait-elle pu avoir la moindre importance pour un garçon qui possédait tout ?

— Je n'ai rien fait.

Son murmure résonna à ses oreilles comme s'il avait crié. Lionel l'observa.

— Aksel vivait dans l'ombre de son frère aîné ; son père favorisait celui-ci et ignorait pratiquement son cadet. Il n'était pas puni, le soir où vous l'avez rencontré ; c'est seulement que sa famille ne l'emmenait jamais aux réceptions où il aurait eu le droit de paraître. Ce que vous lui avez offert ce jour-là, en lui permettant d'exister, en l'acceptant, lui, tel qu'il était et non la pâle copie de son frère… Vous n'avez pas idée de ce que cela représentait à ses yeux, même si vous ignoriez sa situation. Il ne s'agissait pas que de jeux pour lui mais de… vivre pour la première fois quelque chose dont il avait souvent rêvé. Et il était très heureux que ce soit avec vous. Ce que vous avez partagé…, pas seulement les histoires et les contes, mais les confidences sur vos vies, le bracelet formé de deux mains ouvertes et reliées que vous avez créé pour lui avec votre talent, après qu'il vous a offert ceci – il désigna le bijou que tenait toujours Frédéric –, tout cela lui était extrêmement précieux. Il y avait quelque chose entre vous, qu'il ne m'expliquait que par « parce que c'est lui et moi, c'est tout ». Il a toujours regretté de ne pas avoir pu vous revoir ni vous écrire et il espérait ne pas vous avoir trop déçu.

— Taisez-vous, souffla Frédéric. Taisez-vous.

Il ne savait plus où il en était. Pouvait-il vraiment croire ce que Lionel lui disait ? Pourquoi lui mentirait-il ? Impossible d'inventer ces détails que seuls Aksel et lui connaissaient. Et à présent Aksel était mort ; il n'avait pas voulu trahir leur promesse. Frédéric se mordit la lèvre. Il ne pleurerait pas.

— Il vous a vraiment tout raconté ?

— Oui. Je l'ai rencontré un peu après et nous avons sympathisé. Nous sommes devenus proches. Il m'a parlé de vous, du bracelet qu'il portait encore. Quand il… À la fin… Il m'a fait promettre de vous protéger, de rembourser sa dette. Il avait la conviction que vous entreriez à Cathédrale et, compte tenu de nos âges, que nous nous y trouverions en même temps.

Frédéric se leva, se dirigea vers la porte.

— Frédéric !

Il ne se retourna pas. Il n'était pas prêt pour cette conversation. Sans répondre aux questions inquiètes des siens, il dévala l'escalier à toute allure. Une fois dans la rue, il s'élança, la vision brouillée, bousculant les passants.

Haletant, il se retrouva à genoux, une main au sol, dans un terrain en friche à la limite du faubourg. Il s'essuya les yeux d'un mouvement rageur. Quelque chose se brisait en lui. Aksel. Il prenait conscience qu'au fond de lui il avait toujours espéré le recroiser. Même si c'était pour lui crier dessus, même si c'était pour l'ignorer, même si c'était pour lui renvoyer dans la figure son geste de pitié. Mais il y avait eu quelque chose qui les avait rapprochés, comme s'ils se comprenaient, peut-être leur impression de ne pas être à leur place… Un sentiment qu'Aksel avait éprouvé lui aussi. Ses pensées s'emmêlaient. Il n'était plus là.

— Il est mort.

Une voix avinée lui rétorqua que c'était bien dommage. Frédéric se rendit compte qu'il avait parlé à voix haute. Aksel. Il entendait encore son rire, il revoyait le garçon qui lui cédait son manteau en disant qu'il ne craignait pas le froid… Le froid qui avait eu raison de lui trois ans plus tard.

Lorsque Frédéric poussa la porte de l'appartement, Lionel se trouvait en compagnie de ses parents et de ses cadets.

Il gardait l'envie brutale d'entraîner Louise et Étienne loin de lui.

Que penser de lui à présent ? La seule chose certaine, c'était que Lionel ne pouvait avoir menti à propos d'Aksel. Même Étienne n'aurait pu lui en apprendre autant. Un bref instant, il imagina les deux enfants côte à côte, Lionel et Aksel, le premier promettant par attachement au second de veiller sur un garçon inconnu auquel il ne devait rien. Un frisson le traversa.

Pour autant, Lionel avait attendu des mois avant de lui en parler et rien dans ses explications ne le justifiait. L'heure passée dehors l'avait aidé à surmonter une partie du choc, qu'il arrivait maintenant à garder à distance.

Son regard croisa celui du Carélien.

— Est-ce qu'on peut discuter ?

Ses parents se levèrent.

— Nous pouvons nous installer sur le palier, intervint Lionel. Nous vous dérangerons moins.

Frédéric acquiesça. Ils gagnèrent l'escalier en haut duquel ils s'assirent.

— Admettons que je vous croie quant à Aksel. Pourquoi ne pas m'en avoir parlé dès le début de l'année ? À quoi ça rime ?

— J'ai utilisé ce que je savais en me disant que, peut-être, cela vous pousserait à m'interroger. Je voulais savoir si vous vous souveniez de lui. Ce n'était pas une bonne idée.

— Je ne vois pas ce qui a pu vous faire penser que c'en était une. Si vous n'aviez pas discuté avec Étienne, vous auriez continué de tout garder pour vous et à vous ficher de moi ?

Lionel secoua la tête.

— Non. Je cherchais comment vous en parler, mais vu notre… relation, ce n'était pas simple.

— À qui la faute ?

— C'est la vôtre autant que la mienne. J'admets que mon comportement n'a pas toujours plaidé en ma faveur, mais vous vous êtes opposé à moi dès le premier jour.

Il n'avait pas complètement tort.

— On m'avait mis en garde contre vous et je m'y suis fié. Il n'y a pas eu grand-chose pour me détromper.

Lionel soupira. Sa main frottait sa cuisse, à l'endroit des sutures, en un geste trop nerveux, trop mécanique. Trop prononcé, aussi. Frédéric retint une grimace. Il devait se faire mal.

— C'est compliqué parce que je dois composer avec mon père, avec les autres élèves, avec…

— « Humeur versatile, lunatique. À ménager », cita Frédéric.

Lionel cilla.

— Je me demandais si c'était vous.

— Je n'ai pas répandu les rumeurs.

Le Carélien accepta la réponse biaisée. Frédéric lui jeta un regard de côté.

— Y a-t-il vraiment quelque chose ou n'est-ce qu'une manière de vous moquer d'autrui ?

Dans la lumière chiche du palier, il lui sembla que Lionel perdait des couleurs.

— Ce n'est pas qu'un simple jeu. Un jour, je vous en parlerai. Quoi qu'il en soit, aucun de nous deux ne s'est montré franc avec l'autre sur de nombreux aspects, n'est-ce pas ?

Frédéric comprit où il voulait en venir. C'était au moins un sujet qu'il se sentait plus à même d'aborder.

— Le Cœur.

— Je sais que vous m'avez menti sur vos motivations. Alexandre et Reinhardt sont avec vous.

Ce n'était pas une question.

— Je me demande toujours pourquoi vous avez accepté.

— J'espérais que cela nous permettrait de nous rapprocher. Mais j'ai laissé la situation se dégrader, j'en suis désolé.

— Tous les torts ne sont pas pour vous. Je suis allé trop loin aussi.

— C'est la faute de Cathédrale. Son atmosphère vous a beaucoup influencé. Est-ce que vous vous en rendez compte, maintenant ?

Frédéric se mordit les lèvres. Il ne pouvait ignorer le besoin avide qui s'attardait en lui, pas plus que la légèreté qu'il éprouvait depuis la veille lorsque Cathédrale ne l'obsédait pas. Et il y avait Élysée. Sur le moment, il avait eu l'impression d'agir normalement, mais avec le recul, ce n'était plus le cas.

— Parce que vous, elle ne vous influence pas ?

Sa voix avait perdu de son mordant.

— Pas autant, pas de la même façon. Elle joue sur nos craintes, nos ambitions, nos rêves, nos frustrations. Et vous en cachez beaucoup, Frédéric.

Il y avait une douceur inattendue et une pointe de tristesse dans le ton de Lionel. Frédéric s'obligea à ne pas réagir.

— Vous devez vous sentir mieux, maintenant.

— Oui, admit-il. Mais il faudra que j'y retourne pour récupérer mes affaires.

— Non.

La fermeté du ton le surprit. Lionel leva une main en un geste d'excuse.

— Pardon. J'aimerais vraiment que vous ne vous approchiez pas de l'école. Elle devient de plus en plus incontrôlable et c'est mieux pour tout le monde si nous prenons un peu de distance. Je vous ferai apporter vos effets, si vous le voulez bien.

Frédéric répondit d'un hochement de tête. Le silence tomba entre eux. Il ne savait pas trop quoi dire. Lionel reprit, avec un manque d'assurance étonnant :

— Nous pouvons peut-être en rester là pour ce soir ? Je suis… heureux d'avoir pu vous parler. Je souhaite vraiment que nos relations changent. Si vous le voulez bien.

Il en faudrait davantage pour que Frédéric pardonne les mensonges et les omissions de Lionel ; cela ne rachetait pas non plus l'attitude de ce dernier envers lui. Il se leva, tendit cependant la main au Carélien. Une fois debout, celui-ci tergiversa.

— J'aimerais vous proposer quelque chose, mais c'est peut-être précipité. Vous plairait-il de passer une dizaine de jours chez moi, en Carélie, à la fin des vacances ? À moins que vous ne préfériez profiter au maximum de votre famille.

Lionel était peut-être sincère dans sa volonté de tout remettre à plat entre eux, mais il lui faudrait du temps pour en juger. La Carélie permettrait de faire ressortir certaines de ses facettes. Et il y avait Aksel, Aksel qui avait vécu là-bas... Il pourrait peut-être en apprendre davantage à son sujet.

— J'ai besoin de réfléchir. Je vous transmettrai ma réponse.

Une fois le jeune homme parti, Frédéric retrouva Louise et Étienne tout en songeant à sa proposition. Il y serait aussi déplacé que Lionel dans son appartement. Non, se corrigea-t-il. L'héritier du duc de Carélie n'avait pas manifesté le moindre embarras, avait conquis ses parents comme ses cadets – un constat qui lui pinçait le cœur.

— Il a dit que c'est une magnifique boîte à musique, fit Étienne, et qu'il aurait bien aimé avoir la même.

— Et qu'on pouvait raconter des centaines d'histoires avec mes figurines, renchérit Louise.

Frédéric se força à sourire – gentillesse ou manipulation, il trancherait plus tard –, croisa le regard d'Étienne. Celui-ci ne détourna pas les yeux.

— Tu ne m'en veux pas ?

Frédéric l'attira sur ses genoux. Étienne enfouit son visage dans le creux de son épaule.

— Non. C'était une question intéressante à poser.

Il enclencha la boîte à musique, fit signe à Louise de les rejoindre. La mélodie les enveloppa et Frédéric repensa au son d'un clavecin au cœur de la nuit. Quels chagrins et quels secrets Lionel gardait-il enfouis ? Si sincère qu'eût paru la conversation, il n'avait rien dit sur lui-même, se contentant de survoler les questions sans y répondre.

Chapitre XXI

La voiture s'immobilisa enfin devant le palais qui rayonnait de mille feux. Des invités montaient les marches du grand escalier à pas pressés, enveloppés dans leurs manteaux d'hiver. Un sourire échappa à Lionel. Ils ignoraient ce qu'était le froid.

Sa portière s'ouvrit. Un valet de pied lui tendit le bras. Par réflexe, il faillit ne pas en tenir compte, mais les béquilles contre sa jambe le rappelèrent à davantage de prudence. Les marches restaient hautes et, même s'il ne sentait pas la douleur – pas cette douleur, en tout cas –, il ne souhaitait pas aggraver la situation. Le médecin de son père l'avait déjà tancé sur sa propension à trop toucher la plaie.

Tandis qu'il descendait, le valet rappela à l'ordre les journalistes qui se pressaient déjà autour du véhicule. Sans accréditation pour la réception, ils tentaient de voler quelques mots aux invités. Sourire aux lèvres, Lionel ne répondit cependant à aucune question. Il avait déjà passé l'après-midi en entretiens avec des journalistes choisis avec soin, avec l'impression de jeter un simple os à ronger à une meute affamée.

— Quand pensez-vous trouver le Cœur ?

— Que vous est-il arrivé ?

— Où en êtes-vous ? Vous a-t-on attaqué ? Le Cœur…

Le Cœur. Le Cœur. Le Cœur. Comme une pulsation, une palpitation qui lui vrillait les oreilles et l'écœurait. Lionel l'avait plus entendu en une journée qu'en trois mois à Cathédrale.

— Vous étiez chez la reine ce matin…

— M. Andersen !

Les domestiques du palais lui ouvrirent un chemin, mais les questions lui parvenaient encore. Il ne réagit qu'aux vœux de rétablissement – de cela aussi, il avait parlé le moins possible, même si les rumeurs allaient bon train. C'était heureux que son père ne fût pas à Samara, mais à l'étranger ; Lionel préférait qu'il l'apprît alors qu'ils ne se trouvaient pas dans le même pays. Il ne tenait pas non plus à accabler Orfeo.

Enfin, il pénétra dans l'immense hall d'entrée. Il gagna la salle de réception sur sa gauche, capable d'accueillir plusieurs centaines de personnes. Illuminée de lustres de cristal et d'or, elle scintillait dans son écrin de colonnes de marbre blanc. Les miroirs qui l'ornaient sur toute la longueur opposée aux fenêtres démultipliaient les couples de danseurs.

Lionel longea les baies vitrées – les miroirs le mettaient mal à l'aise – pour se rapprocher des buffets où se pressait la fine fleur de l'aristocratie des Neuf-Duchés. On le salua avec entrain et avec cette question au fond des yeux : « allez-vous le découvrir ? », qui devenait oppressante, comme un piège.

Il avait hâte de partir pour la Carélie afin d'y échapper. Besoin aussi de baisser sa garde – ce que l'éventuelle venue de Frédéric rendrait difficile.

Nombre d'étudiants de Cathédrale étaient présents, mais aucun ne lui parla. Nulle part Lionel n'aperçut l'or et le blanc d'Eindovia, pas plus que le vert et le noir du Belastan. La reine Isaura avait proposé à ses adversaires de restaurer le principe de la trêve hivernale en les conviant aux fêtes, mais ils avaient décliné, craignant sans doute une manipulation. Cela avait surtout renforcé la souveraine.

Lionel croisa le regard de Martial. Le jeune homme fit mine de ne pas l'avoir vu. Il était trop tôt encore pour qu'ils échappent à l'influence de Cathédrale – si tant est que ce fût possible : personne ne les laisserait oublier leur mission. Et le duel avait achevé de briser toute relation ; son parrain ne lui pardonnait pas d'avoir défendu un roturier. Ils devraient discuter, pourtant, restaurer ce qui pourrait l'être.

— Lionel !

Cedren et Siran se faufilaient dans la foule, main dans la main, doigts entrelacés en un geste intime qui interpella le garçon. Il n'était pas très sûr de la façon de le lire – là où Élysée ou d'autres n'auraient pas hésité – et craignait de commettre un impair, d'autant que Cedren lui pardonnait à peine le fait de l'avoir utilisée dans ses manipulations. Les deux jeunes femmes lui avaient déjà paru proches lors de leur discussion mais, s'il était au fait de l'orientation de Siran, il ne connaissait pas assez Cedren. Ils trouvèrent refuge près d'une baie vitrée, à l'abri des lourds rideaux de brocart pourpre brodés des lions d'or de la monarchie, en retrait de la foule sans pour autant disparaître. Ils n'abordèrent pas le sujet du Cœur. Comme lui, elles aspiraient à penser à autre chose.

Un frémissement agita la foule alentour. La princesse héritière s'avançait vers eux. Sous ses cheveux dont le doré tirait vers le brun, son regard d'un bleu foncé ne le quittait pas. Lionel s'inclina lorsqu'elle s'arrêta devant lui, tandis que Cedren et Siran faisaient leur révérence.

— Votre Altesse.

— Redressez-vous, Lionel, fit-elle, amenant d'emblée la conversation sur un terrain familier.

Ses yeux effectuèrent un bref aller-retour entre ses deux condisciples et lui. Percevant la question muette, il répondit d'un hochement de tête. De tous les convives, Cedren et Siran étaient les seules en qui il avait pleinement confiance. Maxime accepta son avis sans discuter. Cela ferait moins conciliabule. Malgré leurs six ans d'écart, ils s'entendaient bien – au point que les journaux à sensation s'acharnaient à lancer des rumeurs sur une éventuelle alliance. Ils en avaient encore ri l'été précédent, tous deux conscients que cela n'arriverait pas. Aucun duc ne tolérerait de faire passer son duché à la seconde place – et les consorts n'avaient aucun pouvoir politique. Maxime connaissait Siran, mais elle marqua le pas devant Cedren. Lionel s'empressa de faire les présentations. La princesse s'éclaira.

— Notre pays doit beaucoup à votre père, mademoiselle, et vous êtes de la même eau, d'après ce que je vois. Il me semble avoir beaucoup entendu parler de vous ces dernières semaines.

Elle jeta un regard complice à Siran, qui répondit avec un grand sourire et un regard pour Cedren dont la tendresse était indéniable.

— Vous avez insisté.

— Naturellement ! Comptiez-vous réellement me le cacher ?

Un bref sourire échappa à Lionel devant la joute amicale et il échangea un coup d'œil avec Cedren dont la mine implorante le poussa à ramener la conversation sur des terrains moins dangereux. Son amie ne s'attendait visiblement pas à se retrouver sous les feux de l'attention princière. Néanmoins, il s'en réjouissait pour elle ; les deux jeunes femmes s'accordaient bien. Pendant quelques instants, ils échangèrent des banalités. De l'autre côté de la pièce, l'orchestre commença à jouer un quadrille. C'était la danse qu'il aurait dû partager avec Maxime. Visiblement, elle ne l'avait pas remplacé.

— Martial m'a proposé cette danse, fit-elle comme si elle avait suivi ses pensées. Mais son temps n'est pas le mien et je vous avais promis ces quelques minutes, peu importe la façon dont nous les remplissons.

Sous le ton plaisant, l'orage grondait dans les yeux bleus. Martial avait oublié que plus on essayait de contraindre la princesse, plus elle était encline à agir à sa façon. Si, au moment de la création des Neuf-Duchés, les ducs avaient voulu s'assurer une certaine mainmise sur le pays en portant une reine qu'ils espéraient fantoche sur le trône, ils avaient eu le temps de s'en mordre les doigts depuis lors, et Lionel guettait avec impatience la montée sur le trône de la jeune femme. Les ducs se plaignaient régulièrement d'Isaura, et Maxime était d'une trempe plus forte encore que sa mère. Elle semblait déjà affûter ses armes – son amitié avec Siran cachait sans doute d'autres ambitions.

— Les documents que vous avez demandés sont prêts. Rien n'a attiré l'attention des archivistes, mais peut-être saurez-vous y voir des détails qui leur auraient échappé. Nous pouvons élargir leur consultation si vous le souhaitez.

À la reine comme à son héritière, il avait confié qu'ils cherchaient ce qui s'apparentait à des passages secrets. Elles avaient décidé de lui ouvrir les archives de la famille, qui n'étaient pas versées dans les collections officielles. Les plans d'origine de l'école l'attendaient.

— Je me suis donné une autre tâche que le Cœur, intervint Siran.

— Mais je pense que les plans de Cathédrale vous intéresseraient, Cedren ?

Celle-ci n'essaya même pas de dissimuler son enthousiasme.

— Bien sûr ! Je ne rentre pas tout de suite, ce serait un plaisir de vous aider.

— C'est accordé, alors, sourit Maxime. Je dois vous dire que nous avons eu la même demande de la part de Martial et qu'il aura le même accès.

— Vous a-t-il donné d'autres informations ?

La princesse fit la moue.

— Il n'a pas été plus loquace que vous. D'après lui, il doit vérifier des hypothèses. Lionel… Il serait bien que vous régliez votre différend. Vu la situation, peu m'importe lequel de vous deux le trouve tant qu'il nous revient. Cela seul compte. Me comprenez-vous ?

Il s'inclina.

— Parfaitement. Je comptais lui parler dans les jours qui viennent.

— Je souhaite que cela soit productif.

Puis elle dévia la conversation comme s'ils n'avaient fait que badiner.

Une semaine plus tard, Frédéric descendit de l'omnibus face à la gare, incertain encore de ce qui l'avait mené jusque-là. Avant que Cedren ne rentrât chez son père, tous deux s'étaient expliqués. Elle lui avait pardonné son attitude et leur amitié reprenait le dessus au point qu'elle avait proposé qu'ils se tutoient. Ils avaient rattrapé une partie du temps perdu : il lui avait parlé de sa famille tandis qu'elle avait évoqué son couple. Elle lui avait déjà confié s'intéresser aux filles et aux garçons, avec une préférence plus marquée pour les premières. C'était elle qui l'avait encouragé à accepter la proposition de Lionel ; sa volonté d'en apprendre plus sur lui pour mieux appréhender la suite de leurs recherches avait achevé de le décider.

Sous la verrière du hall, on se bousculait ; des porteurs de bagages s'empressaient auprès des passagers ; le sifflement aigu des trains en partance lui vrillait les oreilles. Le parfum de cuir des valises et des malles côtoyait les riches fragrances des voyageurs et les relents de charbon. Frédéric jeta un coup d'œil aux salons d'attente sans apercevoir Lionel. Repérant le numéro du train, il gagna les quais.

Dans l'air froid, la fumée de la locomotive tourbillonnait autour des voitures, masquant leur teinte d'un bleu vif, et baignait les voyageurs d'un étrange brouillard qui les transformait en silhouettes fantomatiques.

— L'accès au quai est réservé aux passagers munis de billets, gronda une voix sévère à côté de lui. Puis-je voir le vôtre ?

Le contrôleur le toisait avec une expression soupçonneuse.

— Je voyage avec Lionel Andersen, c'est lui qui…

L'homme se renfrogna.

— Vous ne savez décidément plus quoi inventer, vous…

— Il est avec moi, intervint Lionel.

Il boitait encore mais marchait sans aide. Le contrôleur le salua avec déférence et présenta ses excuses à Frédéric.

— Les journalistes, vous comprenez…

Le garçon hocha la tête. Il avait vu les unes des journaux au fil de la semaine. Ils s'arrachaient les entretiens avec Martial, Lionel et Orfeo, et leurs réponses succinctes ne les satisfaisaient pas.

Tous deux rejoignirent la tête du train et montèrent dans la deuxième voiture. Elle avait été transformée en salon.

Une table de bois précieux entourée de fauteuils tapissés meublait la pièce, ainsi qu'une bibliothèque fermée par des battants vitrés.

— Les voitures de ma famille, expliqua Lionel.

L'extrémité du compartiment servait de bureau au duc lorsqu'il voyageait ainsi, tandis qu'un autre wagon se divisait en petites chambres. Frédéric retint un soupir. Il ne s'habituerait jamais à un tel luxe.

Le trajet vers le nord durerait trente-six heures, lui précisa Lionel en lui montrant une carte sur la table du salon. Son doigt traça le chemin depuis la capitale jusqu'à la Carélie.

— J'espère que notre pays ne vous décevra pas.

— J'ai hâte de le découvrir.

Le possessif le déstabilisait. Évoquer Aksel, même implicitement, lui laissait une sensation curieuse, comme s'il ouvrait d'un coup un tiroir qu'il avait soigneusement tenu verrouillé pendant des années – il se partageait entre l'envie d'en apprendre davantage sur lui et celle de tout refermer.

Le train s'ébranla bientôt. Frédéric s'approcha de la vitre. Son cœur se serra tandis que la ville défilait. Il la quittait pour la première fois.

Il appréhendait quelque peu de se retrouver en tête à tête avec Lionel aussi longtemps et se tenait sur ses gardes, mais celui-ci tâcha le mettre à l'aise. Loin de Cathédrale, son arrogance disparaissait.

— Je vous avais promis un compte rendu de nos recherches au palais, fit Lionel. Mais après cela, j'aimerais que nous n'en parlions plus jusqu'à la fin des vacances, à moins d'une brillante idée. Est-ce que cela vous convient ?

— Très bien.

Leurs recherches n'avaient pas abouti : aucune mention du moindre passage secret, aucune pièce dérobée, aucune salle effacée par le temps ou par la magie de l'école n'apparaissait sur les plans. Avec Cedren, Lionel avait dressé un comparatif du mobilier principal – Frédéric ne l'avait pourtant jamais vu prendre de notes pendant leurs explorations –, mais dans les salles historiques, rien n'avait bougé. Il ne semblait manquer aucun élément lié à l'union des Neuf-Duchés…

— … ni aucun symbole, c'est un exemple remarquable de préservation du patrimoine, mais…

La mine dépitée, Lionel n'acheva pas.

— J'aimerais reprendre d'un œil neuf à la rentrée.

Frédéric s'efforça de se rassurer.

— Si nous sommes bloqués, les autres doivent l'être aussi.

— Je ne sais pas. Martial m'a donné l'impression d'avoir des idées et il ne mentait pas. Mes tentatives de conciliation n'ont pas abouti. Je n'ai pas d'information du côté des Lamarcchia.

Ils ne tardèrent pas à refermer le sujet. Au retour du dîner, Frédéric avisa la porte du bureau d'Haakon Andersen.

— Vos parents ne viendront pas ?

Partir en vacances sans les voir lui paraissait étrange. Au cours de la semaine écoulée, Lionel avait remplacé son père au palais. Et il s'en allait alors que le duc devait revenir sous peu.

— Ils resteront à Samara au cours des prochaines semaines.

Frédéric ne put s'empêcher de penser que Lionel avait agencé son emploi du temps de façon à ne pas les croiser.

La journée du lendemain se déroula de façon bien plus agréable que Frédéric ne l'escomptait. Le charme de Lionel fonctionnait – et il s'en voulut lorsqu'il s'en rendit compte. Débarrassé de son sourire hautain et de son orgueil, Lionel ressemblait à quelqu'un avec qui il pourrait devenir ami.

Au fil des heures, le paysage se couvrit d'un manteau blanc à perte de vue où se fondait le panache de la locomotive. Frédéric colla le nez à la fenêtre tandis que Lionel souriait.

— Bienvenue en Carélie !

— C'est magnifique !

À leur arrivée à Medvelem, la capitale, une berline aux armes du duché les attendait. Semen y chargea leurs affaires ; le cocher descendit de son siège pour aider Lionel. Frédéric se réfugia avec soulagement dans la voiture. Même avec le manteau de fourrure, la toque et l'écharpe prêtés par Lionel, le froid lui mordait le peu de peau à découvert.

De la fenêtre, il observa les maisons de rondins joliment peintes de couleurs vives qui se détachaient dans l'éclat des lanternes. Ils laissèrent la ville derrière eux ; la route s'enfonçait dans une épaisse forêt de sapins et s'élevait rapidement. Seules les lampes pendues aux quatre coins du véhicule permettaient de distinguer le chemin.

De hautes parois de rocher les encadraient parfois ; Frédéric rentra les épaules. Ils rejoignirent une sorte de plateau. Lionel se redressa.

— Nous arrivons.

Ils franchirent un pont enjambant des douves gelées, puis la voiture déboucha dans un parc auquel l'hiver et la nuit infligeaient une triste mine. Elle s'immobilisa bientôt. Lionel descendit et Frédéric le suivit, découvrant la pierre gris clair du château des ducs de Carélie.

La forteresse mêlait puissance et élégance. L'usage guerrier semblait s'être atténué au fil des années ; une délicate structure en bois sculpté surmontait le porche. Une dizaine de personnes les attendaient sur le perron. Au centre se détachait la silhouette d'une petite fille.

Lionel ouvrit les bras. La fillette abandonna aussitôt son maintien digne pour dévaler les marches. Il la souleva du sol, la serrant contre lui.

— Solveig, murmura-t-il.

— Je suis si heureuse !

Il la relâcha, mit avec précaution un genou en terre pour se retrouver à sa hauteur.

— Comment vas-tu, mon petit soleil ?

Le petit soleil prit un air maussade.

— C'est dur d'éclairer le château quand il n'y a personne.

Lionel l'étreignit.

— C'est toi qui me jetteras dehors quand tu ne pourras plus me supporter.

— D'ordinaire, il te suffit de trois jours pour me mettre hors de moi…

Ils rirent. Lionel se releva avec lenteur, fit taire d'une caresse sur la joue la question inquiète de sa sœur, puis procéda aux présentations. Frédéric s'inclina devant Solveig qui l'étudia avec soin en exécutant une révérence parfaite. Nul dédain cependant dans les yeux de la fillette, juste une surprise teintée de joie et de prudence.

— Je me réjouis d'accueillir chez nous un ami de Lionel, dit-elle avec application.

— Il m'a parlé de vous et je suis ravi de vous rencontrer, répondit le garçon en retenant un sourire.

— Trois Dieux, s'exclama Lionel, on dirait presque que vous aimez ça !

Le traîneau peint de couleurs vives glissait à toute allure sur la neige, tiré par deux chevaux. Les clochettes disposées à l'avant carillonnaient joyeusement. Autour, la poudreuse volait en immenses jets qui retombaient en une pluie scintillante, parant le traîneau d'un écrin blanc. Le Carélien sourit. Cela faisait si longtemps !

— Plus vite ! Plus vite !

Les chevaux forcèrent l'allure sous les éclats de rire heureux de Solveig. Des mèches s'étaient échappées de son épaisse tresse et se rabattaient autour de son visage. Son frère jeta un coup d'œil en direction de Frédéric qui souriait largement malgré une posture raide trahissant son manque d'habitude. Il s'était détendu depuis leur arrivée, trois jours plus tôt, mais il gardait une partie de sa défiance. Le Carélien s'en réjouissait cependant ; cela se passait bien mieux qu'il ne l'avait espéré. Loin de Cathédrale, ils parvenaient à nouer une relation apaisée.

Ces escapades lui laissaient toujours un arrière-goût amer. Comme si elle avait senti son changement d'humeur, Solveig posa sa main gantée sur son bras. Ils échangèrent un sourire, puis elle se retourna vers Frédéric. Dès qu'elle avait compris qu'il ne prêtait aucune attention à son comportement, elle avait abandonné une bonne partie de ses manières guindées pour emplir le château de sa joie de vivre.

Il ralentit les chevaux, répondit au coup d'œil interrogateur de Frédéric.

— Nous arrivons.

Il perçut la surprise de celui-ci mais se contenta de sourire. Ils atteignirent un village. La lumière violente de deux grands feux dessinait des ombres fantastiques sur les maisons de bois. Il confia la garde du traîneau à deux villageois, puis s'adressa à Frédéric.

— Nous fêtons le solstice, ce soir. La Carélie a adopté le culte des Trois Dieux, mais il nous reste des traditions plus anciennes.

Il marqua une pause.

— Aksel aimait beaucoup celle-ci et je me disais que cela vous ferait plaisir d'y assister.

Frédéric garda le silence. Chaque mention d'Aksel semblait le perturber, comme s'il ne savait pas comment réagir. Il le comprenait, d'une certaine façon. Avec un soupir, il entraîna Frédéric vers le cœur du village où se dressait un buffet.

Une musique lente s'éleva d'un groupe placé en arrière des feux. Des voix d'hommes retentirent, puis un chœur de femmes ; l'harmonie de leur chant fit tressaillir Frédéric. Le Carélien lui montra l'espace éclairé par les deux foyers.

Une dizaine de jeunes gens s'avancèrent ; deux d'entre eux étaient grimés de façon à représenter des arbres, un chêne pour l'un, pour l'autre un houx. Leurs compagnons portaient des tenues très vives ou, au contraire, dans des teintes grises et noires. Les danseurs se divisèrent en deux groupes distincts. Leurs pas mimaient la lutte des saisons.

— Le roi de Chêne et le roi de Houx, le printemps et l'hiver, la vie et la mort, souffla-t-il à Frédéric.

Celui-ci hocha la tête. Danse sauvage, violente, celle de la nature qui combat pour reprendre ses droits. Plus vif, plus souple, le houx sembla l'emporter en premier lieu, mais la puissance du chêne se manifesta petit à petit. Le houx se recroquevilla, avant de s'enfuir, suivi par les hordes de l'hiver. Le chêne se rapprocha des fleurs formant son escorte, qui commencèrent à s'éveiller et à déployer leur corolle, tandis que le chœur entamait une mélodie lente qui se poursuivit sur un rythme de plus en plus rapide.

Les danseurs se retirèrent sous les applaudissements consacrant la victoire du chêne. Les musiciens enchaînèrent sur des airs populaires. Le Carélien fit signe à Frédéric de se mêler aux villageois si l'envie lui en prenait.

Lui-même s'écarta. Il ne parvenait pas à se mettre au diapason. Un peu plus loin, Solveig dansait autour des feux. Frédéric se glissa dans le cercle. L'héritier des Andersen les observa, son filleul faisant tournoyer Solveig comme il l'aurait fait avec sa propre petite sœur. Elle riait aux éclats, sa tresse volant derrière elle. Qu'elle en profite au mieux.

Il s'assit, le cœur serré, refoulant l'envie de fuir. Il ferma les yeux, tenta de s'abandonner à la musique. Ses doigts jouèrent un air de clavecin dans le vide. Dès qu'ils rentreraient…

Un mouvement juste à côté de lui. Il rouvrit les paupières dans un sursaut. Frédéric venait de le rejoindre. Il lui sourit.

— Solveig vous a délaissé ?

— Elle est vive. Elle me fait penser à Louise.

— J'aurais volontiers proposé à votre sœur et à Étienne de nous accompagner, mais je me suis dit que l'hiver ici n'était pas une bonne saison pour lui.

— En effet. Cependant, ils attendent mes descriptions avec impatience.

Son regard dériva vers la fête.

— Cette tradition vous plaît-elle ?

— Beaucoup, oui. Nous n'accordons pas tant d'importance au changement des saisons à Samara.

— N'hésitez pas si vous souhaitez profiter davantage des danses et des feux. Je préfère rester ici, mais rien ne vous y oblige.

— Loin des lumières et de l'attention ? pointa Frédéric.

Son ton n'était pas aussi caustique qu'il aurait pu l'être. Le fils du duc de Carélie hocha la tête. Les villageois respectaient son besoin de tranquillité et il leur en était profondément reconnaissant. L'étinceleur ne bougea pas et reprit :

— Vous disiez qu'Aksel tenait à cette fête ?

Le Carélien apprécia l'effort.

— Oui, il aimait la neige et l'hiver autant que moi, mais il chérissait aussi l'espoir qui se cache dans le renouveau printanier, la lumière qui renaît après une longue nuit, un peu comme ces fins heureuses que promettent les histoires.

Du pied, Frédéric joua avec la neige sale.

— Elles mentent beaucoup.

— Oui. Mais je me dis que nous pouvons malgré tout trouver une bonne fin à celle-ci, ne croyez-vous pas ?

L'expression de Frédéric se fit réservée.

— Ce doit être possible, oui.

— Frédéric, j'espère que vous ne regrettez pas d'être venu.

Un soupir échappa à l'étinceleur, puis un fin sourire plissa ses lèvres.

— Aussi étonnant que cela puisse paraître, ce n'est pas le cas.

C'était plaisant à entendre. La conversation dériva vers des sujets moins sérieux, comme leur programme du lendemain – Frédéric accueillit avec un entrain mitigé sa proposition de patiner sur le lac gelé du domaine.

— En fait, j'ai des remords. Quand part le prochain train ?

— Oh !

Ils rirent. Le Carélien secoua la tête, amusé : il avait encore le temps de le convaincre de s'y mettre. C'était apaisant de discuter ainsi et il appréciait cette légèreté nouvelle entre eux, comme si les mois précédents s'estompaient. Pour une fois, il pouvait aborder tout ce dont il ne parlait jamais vraiment, trop pris dans les convenances artificielles.

Emporté par leurs échanges, il sursauta lorsqu'une main se posa sur son épaule. Solveig. Elle lui adressa un sourire doux tout en resserrant sa pression. Elle le voyait rarement ainsi, surtout à cette période.

Autour d'eux, les feux avaient diminué, de même que les chants. Sa sœur haussa un sourcil malicieux.

— Êtes-vous déjà fatigués ?

Frédéric secoua la tête ; ramené à la réalité, le Carélien sourit.

— Non, mais nous allons devoir rentrer.

— Maintenant ?

— Tu es le dernier rayon de soleil encore debout ; il faut que tu puisses te lever avec les autres demain.

Un sourire espiègle joua sur les lèvres de Solveig puis elle s'esquiva en criant :

— Juste cinq minutes !

Frédéric se pencha vers lui :

— C'est moi ou vous regretterez ces paroles au matin ?

— Ne m'en parlez pas !

Qu'elle le réveille à l'aube comme ces derniers jours si elle le voulait ! Il lui accorda dix minutes, ainsi que le temps qu'on leur amenât le traîneau.

Comme il s'en doutait, Solveig s'endormit sur l'épaule de Frédéric moins de cinq minutes après leur départ. Ils échangèrent un sourire ; aucun d'eux ne rompit le silence. Ils savouraient la beauté de la nuit. Les étoiles scintillaient doucement dans le ciel d'une clarté et d'une pureté qui lui avaient manqué à Samara.

Lorsqu'ils arrivèrent devant le château, un palefrenier s'avança pour s'occuper des chevaux. Le Carélien prit Solveig dans ses bras. Elle ne s'éveilla pas. Alors qu'ils entraient dans le vaste hall, la gouvernante les rejoignit avec un valet qui le déchargea de sa sœur.

— Je vous avais demandé de ne pas nous attendre, fit-il. Il est tard pour vous…

Sans un mot, la vieille femme lui tendit une lettre. Il se raidit brutalement.

— Que se passe-t-il ?

La voix de Frédéric le secoua. Le garçon l'observait d'un air curieux et inquiet, reposa sa question. Sous le regard de la gouvernante, Lionel parcourut la missive qu'il tenait, la roula en boule en se retenant à grand-peine de la jeter au sol.

— Il se passe que monsieur le duc a décidé de nous rendre une petite visite.

Chapitre XXII

L'arrivée d'Haakon Andersen avait gelé tout le château ; Lionel avait manifesté une humeur exécrable au cours des dernières heures. Le salut du duc avait été froid. La façon dont Lionel avait présenté Frédéric, comme son ami et filleul, avait sonné telle une provocation – celui-ci avait de nouveau eu le sentiment de n'être qu'un pion dans le jeu hostile auquel se livraient le père et le fils, dont il ne comprenait pas les tenants et les aboutissants. La duchesse Rhéa faisait corps avec son mari ; seule Solveig tentait d'arrondir les angles, sans succès.

Tandis que le maître des lieux avait exigé une discussion privée avec son héritier, Frédéric avait rejoint le parc. Le silence particulier, étouffant, presque oppressant, de la neige l'apaisa et il avança un peu au hasard, tâchant de retrouver les allées invisibles. Sur sa gauche, au pli du terrain, il reconnut la présence d'une pièce d'eau.

Au détour d'un chemin tracé entre les sapins, il tomba sur un haut monument. Un temple ? Non, comprit-il en voyant les noms gravés dessus. C'était le mausolée des Andersen. Il parcourut la lignée familiale qui s'étendait sur des siècles.

Les noms les plus anciens étaient illisibles. Yngve, Haakon et Aksel appartenaient aux plus donnés ; le père du duc actuel s'était appelé ainsi. Frédéric fronça les sourcils.

Les dates ne correspondaient pas.

Le dernier Aksel de la dynastie était né le même jour que Lionel – celui-ci avait eu un frère jumeau décédé à la naissance.

La neige crissa et il se retourna. Solveig arrivait derrière lui, un bouquet de fleurs dans les mains. Frédéric s'écarta.

— J'ignorais que Lionel avait eu un jumeau.

— Peu de gens le savent. Mieux valait se réjouir de la venue d'un héritier que pleurer un enfant perdu.

Sa froideur le déstabilisa. Elle parlait sans le regarder.

— Lui-même ne l'évoque jamais. Il m'a seulement dit qu'il ressentait parfois un manque en lui, un vide que personne ne pouvait combler.

Son expression s'était adoucie, mais Frédéric saisit l'avertissement.

— Aksel doit lui apparaître comme un prénom maudit, souffla-t-il.

— Il sait que c'est absurde, mais il espère ne plus en croiser avant longtemps.

Elle alla déposer son bouquet au pied des gravures. S'agissait-il d'un jour traditionnel ou désirait-elle honorer quelqu'un en particulier ? Il s'éloigna pendant qu'elle se recueillait, puis elle le rejoignit, les yeux rougis.

— Nous le verrons tout à l'heure, quand père en aura fini avec lui.

— C'est à cause du Cœur que le duc est revenu ?

Solveig hocha la tête.

— Le Cœur, le duel, tout ce que Lionel ne lui a pas dit et qu'il a appris par les journaux.

Frédéric se mordit la lèvre.

— Je peux…

— N'intervenez pas, coupa Solveig, cela ne ferait qu'empirer la situation.

— Pourquoi votre père se montre-t-il si dur avec lui ?

— Il aimerait que Lionel suive davantage ses principes au lieu de s'en émanciper sans cesse. Mon frère vous en parlera lui-même s'il le souhaite.

Mais celui-ci ne s'ouvrait guère. En avait-il seulement envie ? Quelle lubie se cachait vraiment derrière sa volonté de l'inviter ?

Le soir venu, lorsque Frédéric entra dans la salle à manger, Solveig se trouvait déjà là. Ses parents ne tardèrent pas à entrer. Les cheveux blonds d'Haakon Andersen se teintaient de gris ; il émanait de lui le charisme propre aux hommes de pouvoir. Les domestiques s'avancèrent pour leur tirer les chaises, mais il interrompit le mouvement.

— Où est Lionel ?

— Il ne souhaite pas dîner, monseigneur, osa le majordome.

— Il a passé l'âge des caprices d'enfant.

Le duc adressa un signe à un valet qui quitta aussitôt la pièce. Le silence s'installa, pesant. Solveig joua avec sa fourchette jusqu'à ce que son père lui ordonnât d'arrêter. Le domestique revint, penaud.

— Il n'est pas dans ses appartements, monseigneur, ni dans la bibliothèque.

— Je sais où il est, intervint Solveig, une nuance de défi dans la voix. Puis-je aller à sa rencontre ? Il m'écoutera.

Le duc donna son accord. La fillette sortit dignement, mais Frédéric entendit ses pas claquer sur le parquet dès qu'elle eut franchi le seuil. La duchesse Rhéa se tourna vers lui.

— Comment se déroulent vos études, Frédéric ?

— Plutôt bien, madame, je vous remercie.

— Réponse vide de sens, repartit Haakon. Développez.

Frédéric s'exécuta du mieux qu'il put ; la duchesse enchaîna et la conversation se poursuivit sans encombre jusqu'au retour de Solveig et de Lionel. La neige couvrait encore les cheveux du garçon et il avait les yeux rouges.

— Je vous prie de m'excuser pour mon retard, fit-il à voix basse sans regarder personne.

— Asseyez-vous vite.

La duchesse posa une main sur le bras de son fils. Il ne réagit pas. Il se serait sans doute muré dans le silence si le duc n'avait cessé de lui adresser la parole. Tout y passa, de la politique à l'économie, comme si son père tentait de le prendre en défaut. Lionel répondait d'une voix tendue, en s'efforçant de garder son aisance naturelle, mais même pour Frédéric il était visible qu'il jouait la comédie. Avec Solveig et la duchesse, ils essayèrent de fluidifier la conversation et y parvinrent assez pour conserver une apparence de normalité, mais Haakon Andersen n'accorda pas de répit à son fils, qui toucha à peine à son assiette.

Celui-ci voulut s'esquiver dès la fin du repas, mais le duc le retint.

— Dois-je vous rappeler à vos devoirs d'hôte ? À moins que vous ne préfériez vous retirer ?

La dernière phrase était destinée à Frédéric. Il n'aspirait qu'à cela, pressé de fuir l'atmosphère étouffante. Mais, s'il rejoignait sa chambre, Lionel devrait rester avec ses parents.

— Eh bien, Lionel m'avait parlé de certains ouvrages de votre bibliothèque. Vous possédez des pièces rares et je serais curieux de les voir.

Une brève incertitude traversa le visage de Lionel. Le duc hocha la tête. Il n'était sans doute pas dupe, mais il les laissa libres. Lorsqu'il eut franchi l'angle d'un couloir, Frédéric contint de justesse un soupir de soulagement. Lionel se rapprocha, l'air faussement détendu.

— La bibliothèque est…

Il n'avait toujours pas compris. Pourtant, ils n'avaient jamais eu cette conversation.

— Non. Si vous voulez être seul, vous le pouvez. Ça ne me dérange pas.

Lionel tressaillit. Ses épaules se relâchèrent d'un coup, libérant une partie de la tension affreuse qui le tenait droit. Il lui sourit avec reconnaissance.

— Merci, Frédéric. Je suis désolé de vous abandonner, mais cela vaut mieux pour ce soir.

Il s'éloigna rapidement. Déconcerté, mal à l'aise, Frédéric alla se réfugier dans ses appartements.

Que se passait-il vraiment dans cette famille ? Il essayait de dormir lorsqu'il crut entendre les échos lointains et mélancoliques d'un clavecin.

De nouveau livré à lui-même, Frédéric gagna le jardin d'hiver. La végétation luxuriante grimpait à l'assaut des parois vitrées. Une chaleur humide le saisit dès qu'il entra. Une petite fontaine bruissait, entourée de causeuses et de fauteuils formant salon. La neige tombait sur la délicate verrière et c'était étonnant de voir les plantes prospérer juste en dessous. Les lourds parfums le prirent à la gorge, il retint une quinte de toux.

— Tu obéiras, est-ce clair ?

Il sursauta. Le timbre du duc émanait de sa gauche.

— Je ne veux pas…

Lionel. La tension de sa voix fit grimacer Frédéric. Elle semblait sur le point de se briser. Sans bruit, il se faufila entre les hautes plantes, se dissimulant autant que possible. Entre deux feuilles émeraude, Lionel faisait face à ses parents. Son lynx se dressait devant le loup géant de son père, mais son assurance n'était qu'une façade. Frédéric arrêta de respirer. Les génies étaient immatériels. Ils ne pouvaient pas détecter sa présence. Ou alors il le saurait très vite.

— Pas quoi ? Trahir ceux que tu nommes des amis ? Ils ne comptent pas.

— Que vous importe notre façon de faire du moment que nous trouvons ?

Devant l'insolence, son père le gifla. Le claquement résonna comme une détonation aux oreilles de Frédéric, figé. Sous la violence du coup, Lionel vacilla, rétablit de justesse son équilibre. Il amorça un mouvement comme pour porter une main à son visage, avant de laisser son bras retomber. Ce fut sa mère qui reprit :

— Nous ne tolérerons plus d'apprendre tes frasques par les journaux ou par les parents de tes camarades. Que tu t'avilisses dans ces circonstances dépasse l'entendement.

— Préféreriez-vous que l'on me considère comme un lâche ?

La duchesse poursuivit comme s'il n'y avait pas eu d'interruption :

— Nous ne pouvons pas te laisser chercher sans avoir une vision claire de la situation. Transmets-nous la moindre de tes avancées, toutes les informations que tu possèdes.

— Rappelle-toi ce qu'il risque si tu désobéis encore. Cela devrait te faire réfléchir.

Un silence plana. Livide, les poings serrés, Lionel fixait ses parents. Le loup tournait autour du lynx figé, qui arborait le même air de détresse que le garçon.

— Vous ne le tuerez pas.

Sa voix blanche trahissait cependant son incertitude.

— Il y a d'autres moyens, répliqua le duc, une pointe plus acérée dans la voix. Certains étinceleurs ont des capacités tout à fait étonnantes quand il s'agit de manipuler les esprits.

— Ne lui faites pas de mal, je vous en prie…

L'expression du duc ne s'adoucit pas.

— Faible, encore et toujours. Sa sécurité ne dépend que de toi.

— Je vous donnerai tout.

La reddition teintait sa voix. Le duc lui saisit le menton et lui redressa le visage. Lionel se crispa.

— Je ne veux plus jamais rencontrer une telle résistance. Si j'ai le moindre signe que tu l'as averti de cette conversation, vous le regretterez.

Un frisson glacé courut dans le dos de Frédéric. Le duc et la duchesse ne tardèrent pas à sortir. Lionel resta immobile, avant de s'affaler dans l'un des fauteuils, le visage dans les mains.

Secoué, Frédéric ne bougea pas. Devait-il rejoindre Lionel ? Ou attendre qu'il lui en parlât – du moins, il espérait qu'il agirait ainsi ?

À qui son père menaçait-il de s'en prendre pour le forcer à obéir ?

Lionel se leva brusquement, les traits durs. Il quitta le jardin, claquant la porte si fort derrière lui que les vitres tremblèrent.

Frédéric patienta quelques minutes avant de se retirer à son tour. Si Lionel était sincère dans sa volonté de se rapprocher de lui, il lui confierait l'incident et ses conséquences. Dans le cas contraire, Frédéric le mettrait face à ses manquements. Hors de question de chercher le Cœur pour le duc de Carélie.

Le lendemain, les parents de Lionel et de Solveig quittaient enfin les lieux, rappelés à Samara par les affaires du royaume. L'atmosphère s'améliora sensiblement, même s'il ne restait plus grand-chose des vacances. Frédéric avait hâte de retourner à la capitale ; malgré ce qui s'était passé à Cathédrale, ces quelques jours comptaient parmi les plus étranges de sa vie. Il avait cependant eu le temps de constater qu'Haakon Andersen abandonnait parfois sa dureté. Il l'avait aperçu dans le parc en train de construire un château de neige et de patiner avec sa fille.

Lionel s'était esquivé après le départ de ses parents. L'après-midi s'achevait, Frédéric décida d'aller frapper à sa porte. Malgré lui, il prit encore le temps d'admirer les sculptures de bois présentes dans tous les corridors, arcs semblables à de la dentelle et fines colonnes torsadées qui s'élançaient jusqu'au plafond.

Il atteignit bientôt deux portes rapprochées qui constituaient son point de repère dans le couloir où les huis ne se distinguaient que par les gravures réalisées dans leur bois, qu'il confondait encore. Il frappa, sans obtenir de réponse. Arpenter de nouveau les corridors froids ne le tentait guère et il poussa le battant.

Solveig se trouvait là, allongée à plat ventre sur la fourrure étalée devant la cheminée, sans égard pour sa robe. Replié sur lui-même, son frère était étendu sur le côté, un bras sous la tête, le visage tourné vers le feu. Il dormait. D'une main douce, la fillette ordonnait ses mèches sur son front. Elle se redressa sans un bruit, arrangea sa tenue et le rejoignit.

— Je suis désolée, chuchota-t-elle, il n'a pas très bien dormi ces derniers jours.

— Laissons-le se reposer, alors.

Ils remontèrent le couloir en silence. Finalement, Solveig reprit :

— Vous savez, c'est la première fois qu'il amène un ami à la maison.

Il ne la corrigea pas sur son choix de vocabulaire.

— Il ne reçoit jamais personne ?

— Jamais, à l'exception des fêtes organisées par nos parents.

Le visage de la fillette devint grave.

— Vous comptez énormément pour lui ; j'espère que son attitude des derniers jours ne vous a pas contrarié et que vous ne lui en tiendrez pas rigueur. Il y a des moments qui sont… difficiles pour lui.

Il la croyait sincère, mais Lionel avait très bien pu lui raconter ce qu'il voulait. Était-ce vraiment si compliqué de se parler en vérité dans cet univers d'apparence et d'étiquette ?

Solveig attendait sa réponse. Il soupira.

— J'aimerais simplement qu'il se confie.

Elle lui sourit.

— Il le fera, quand il se sentira prêt.

Il n'en était pas sûr.

— Lionel ?

Il redressa la tête. Assis dans le fauteuil en face de lui, Frédéric le regardait avec curiosité. Lionel se ressaisit.

— Excusez-moi. Je pensais à autre chose.

Le train roulait toujours, secoué parfois par un interstice entre les rails. Ils ne tarderaient plus à arriver à Samara. Les vacances lui avaient paru filer comme l'éclair, la Carélie et ses étendues blanches lui manquaient déjà. Il n'en avait pas profité autant qu'il l'aurait souhaité.

— Est-ce la rentrée qui vous inquiète ? s'enquit Frédéric.

— Entre autres. Je voulais justement vous parler…

Son vis-à-vis se tendit soudain. Lionel avait déjà cru voir cette sorte d'impatience fébrile chez lui au cours des derniers jours, comme si l'étinceleur attendait… il ne savait quoi.

— Il vaudrait mieux que nous ne descendions pas ensemble.

Pris au dépourvu, Frédéric fronça les sourcils.

— Pourquoi ?

— Les journalistes m'attendront de pied ferme, je ne pense pas que vous teniez à vous faire traquer.

— Vous en parlez comme d'une meute de loups.

Lionel haussa les épaules.

— C'en est une, même si ce n'est pas la pire. Gagnez l'arrière du train quand les premières maisons apparaîtront, vous serez tranquille.

La rentrée aurait lieu le lendemain. Tout ce que la capitale comptait de journalistes devait être sur le qui-vive pour arracher un dernier entretien aux étudiants. Le Cœur occupait tous les esprits – le sien y compris. Il leur restait deux mois. C'était beaucoup et peu à la fois, selon la façon dont ils avanceraient. Il espérait que la magie de l'école avait pu s'apaiser au cours des dernières semaines, que la chape noire s'était étiolée.

La mine sombre, Frédéric semblait partager les mêmes pensées. Soulagé qu'il ne cherche pas à poursuivre la conversation, Lionel se perdit dans la contemplation du paysage jusqu'à ce que Samara se dessine derrière les fenêtres.

Frédéric récupéra sa valise. Le Carélien se leva pour le saluer, le rattrapa sur le seuil du compartiment.

— Un dernier conseil : profitez au mieux de cette journée avec les vôtres. Vous savez ce qui nous attend. Changez-vous les idées, oubliez le Cœur, libérez-vous l'esprit autant que possible, notamment de ce qui s'est passé avant les vacances.

Hors de question que l'étinceleur retombe sous l'influence de l'école. Il aurait bien assez à faire avec les autres étudiants sans avoir à s'occuper de cela en plus. Son ton froid parut déstabiliser Frédéric, mais celui-ci se contenta de hocher la tête.

— Je serai bien plus vigilant.

Lionel eut l'impression que la phrase l'englobait en sus de l'école. Malgré le rapprochement opéré ces dernières semaines, l'étinceleur conservait une partie de sa défiance. Lionel sourit.

— Tant mieux, alors. Saluez Louise et Étienne de ma part, et à très vite.

Le train ralentissait. Il ne tarda pas à entrer en gare et s'immobilisa dans un crissement de roues.

Avec une profonde inspiration, Lionel gagna la porte que son valet lui ouvrait. Des agents s'efforçaient de tenir les journalistes à distance. L'héritier des Andersen raffermit sa posture, afficha la mine détachée de circonstance et descendit du train. Les questions fusèrent sans qu'il se souciât d'y répondre, suivant le chemin tracé pour lui.

L'une d'elles se détacha nettement au-dessus des autres.

— Pensez-vous découvrir le Cœur ?

Question absurde.

Peu importait ce qui se mettrait en travers de leur route : ils le trouveraient.

Chapitre XXIII

Un bref soulagement traversa Frédéric devant la façade accueillante et baignée de soleil de Cathédrale, accompagné de la sensation qu'il rentrait enfin chez lui. Illusion, mais le sentiment demeura.

Lionel l'attendait devant les grilles, les sourcils légèrement froncés. Ni Reinhardt, ni Cedren, ni Alexandre n'étaient en vue. Frédéric se résolut à le rejoindre. Le Carélien recula d'un pas ou deux. Frédéric n'eut pas le temps de s'étonner. Un vent glacé le balaya et un hoquet de surprise lui échappa. Une brève seconde, il eut l'impression de sombrer dans les eaux lourdes et poisseuses d'un fleuve. Sa respiration se bloqua. Il n'arrivait pas à reprendre son souffle tandis qu'une pierre lui broyait le ventre, l'entraînant loin de la surface. *Pars.* La pensée naquit, viscérale, primale, venue du fond de lui-même, lui enjoignant de tourner les talons au plus vite.

Puis il battit des paupières. Cathédrale se tenait toujours devant lui, un peu voilée et assombrie, bien qu'aucun nuage ne couvrît le soleil. Un frôlement contre son bras. Dans un sursaut incontrôlable, Frédéric se dégagea. C'était Lionel qui avait seulement posé la main sur son manteau. Lionel qui l'étudiait, prêt à poursuivre ses jeux et ses manipulations sous son masque aimable.

Le temps de reprendre contenance, la respiration toujours hachée, Frédéric parcourut du regard les élèves déjà présents. Les analysa. Première, deuxième année à peu de distance. Nobles, roturiers, étinceleurs. Leurs allures alertes ; leurs regards défiants, à l'affût. Ils formaient une masse mouvante, diffuse, mais dangereuse. Ennemie. La menace sourde glissait sous sa peau, lui vrillait les nerfs. Il serra les poings, refusant de se laisser faire. Une braise de colère s'alluma, monta, cherchant du combustible, prête à s'embraser.

— Frédéric.

— Qu'est-ce que…

— C'est Cathédrale.

Les entrailles nouées, Frédéric suivit Lionel à l'écart. La magie de l'école s'accrochait à lui ; il en percevait la noirceur. C'était elle qui ternissait l'éclat du soleil.

— Vous n'êtes pas obligé de rester.

Il lui fallut quelques secondes pour comprendre que Lionel lui offrait de partir. Se croyait-il toujours plus fort que tout le monde ? Frédéric l'avait vu plier, cependant, face à son père.

— Pour vous attribuer tous les mérites ?

Stop. Sa main plongea dans sa poche, effleura la figurine prêtée par Louise et le bijou rendu par Étienne. La sensation huileuse reflua, ses pensées s'éclaircirent.

— Non. Parce que cela va être encore pire que ce que vous avez traversé à l'automne. Vous le sentez déjà. Je vous demande de peser le pour et le contre avec soin, de vous assurer que vous êtes vraiment prêt.

— Vous parlez comme si nous partions en guerre.

Un sourire sans joie étira les lèvres de Lionel.

— C'est exactement cela, Frédéric. Nous voulons tous la même chose et il faut bien que l'un des camps l'emporte. Je ferai mon possible pour calmer le jeu, mais moins il y a de départs de feu possible, mieux cela vaut. Si vous venez, il faut que nous puissions nous faire confiance mutuellement. Ressortez, respirez et dites-moi ce que vous en pensez.

— Vous avez dit la même chose aux autres ?

— J'ai croisé Cedren et Reinhardt, déjà, répondit-il évasivement.

Avec un soupir, Frédéric obéit. Ce fut plus difficile cette fois. Il ne voulait pas abandonner Cathédrale de nouveau. Sa place était ici, nulle part ailleurs.

Dans la rue, il inspira profondément. Une légèreté nouvelle courait dans ses veines. Non. Il revenait à son état normal, comme un noyé crève la surface et aspire sa première goulée d'air. Lionel avait plus que raison.

Mais il ne pouvait pas renoncer au Cœur, alors que c'était une voie rapide pour le futur qu'il voulait pour sa famille. Il ne tournerait pas non plus le dos à ses amis – il était sûr que Cedren et Reinhardt avaient choisi de rester.

Ses doigts se refermèrent sur les cadeaux de ses cadets. Il y arriverait. Dans deux mois, au plus, tout serait terminé.

Deux mois… Il ne lui en avait pas fallu autant avant les vacances. Mais cette fois il était averti.

Lionel lui sourit lorsqu'il franchit de nouveau les grilles, vacillant malgré tout sous la chape de plomb qui lui broyait la poitrine. Frédéric lui montra la figurine de porcelaine et le bijou.

— Étienne me l'a rendu, se crut-il obligé de préciser.

Lionel hocha la tête.

— Je me suis demandé pourquoi vous ne l'aviez pas détruit.

Il y avait déjà pensé. Souvent. Ou plutôt à le vendre, quand Étienne était tombé malade et qu'ils n'avaient plus rien. Il l'avait montré à l'orfèvre, s'était préparé à endurer son regard sévère, celui qui se demandait comment quelqu'un comme lui pouvait posséder un objet précieux, celui qui clamait « voleur » une seconde avant que la bouche ne prononce le mot. Pas cette fois. « Cela ne se vend ni ne s'achète », avait dit l'orfèvre. Frédéric avait voulu insister, l'homme avait refusé, arguant qu'aucun honnête artisan ne le lui prendrait. L'étinceleur se moquait de la valeur symbolique du bijou, qui ne pouvait se transmettre que par don – elle n'avait pas de sens. Tout ce qu'il savait, c'était qu'un usurier lui en offrirait bien moins que sa valeur marchande. Il avait pensé à le fondre. Quelques pièces, ce serait déjà ça. Mais le soir même, l'orfèvre l'avait payé en avance et davantage que les autres fois. La fierté de Frédéric avait plié et il avait empoché l'argent. Le bijou était demeuré dans sa poche, il l'avait confié à Étienne ensuite. Il cligna des yeux. Lionel attendait sa réponse.

— Cela a failli arriver.

Lionel ne chercha pas à creuser. Frédéric l'étudia.

— Vous pensez pouvoir vous fier à moi. L'inverse est-il vrai ? Si vous aviez des… éléments nouveaux autour du Cœur, si vous changiez d'avis sur vos motivations, vous ne me le cacheriez pas, n'est-ce pas ?

Lionel ne cilla pas.

— Bien sûr que non. Mais nous le cherchons avant tout pour le protéger, nous sommes d'accord ?

Une morsure acide lui rongea le ventre et cette fois cela n'avait rien à voir avec la magie de l'école. Frédéric força un sourire sur ses lèvres.

— Oui.

Un buffet avait été dressé dans les salons d'apparat, mais pour une fois bien peu de parents étaient restés. C'était surprenant, étant donné leur curiosité avide envers ce qui se tramait, mais le Carélien soupçonnait la magie de Cathédrale d'agir comme un repoussoir. Il fit le tour de la salle sans tenir compte des regards mauvais qu'on lui adressait.

Trop de monde, il y avait trop de monde. Cependant, certains n'étaient pas revenus. Vinciane, la cousine de Martial. Un Eindovian de quatrième année. Trois étudiants de duchés neutres. Les visages défilaient dans sa tête. Il en manquait douze. C'était à la fois beaucoup et peu.

Les Lamarcchia étaient là, évidemment. Jovianna, d'abord, en train de discuter avec ses amis de cinquième année, royale comme à son habitude. Son rire cascadait, mais il la connaissait assez pour repérer le pli léger au coin de ses lèvres et la façon dont ses doigts serraient son verre. Elle était en colère. Aussi loin d'elle que possible, Orfeo échangeait avec son ancien parrain. Sa mine sombre était plus prononcée qu'à l'accoutumée.

Au buffet, le Carélien croisa Élysée. Celui-ci arrêta le serveur qui remplissait son verre, ne le gardant qu'à moitié plein. Il semblait en meilleure forme qu'avant les vacances, remis du choc.

— Je suis presque surpris de vous voir, Élysée.

Celui-ci tressaillit.

— Mes parents ne voulaient pas que je revienne, admit-il. Ils n'ont pas tout à fait renoncé à l'idée de me ramener avec eux.

L'héritier des Andersen s'apprêtait à l'interroger sur les Lamarcchia et leur éventuelle dispute lorsque le regard de son vis-à-vis se porta par-dessus son épaule. Comme appelés, les parents d'Élysée venaient vers eux. Les épreuves avaient marqué les visages des Eliescu ; des rides en patte d'oie entouraient le regard clair de sa mère, tandis que des sillons creusaient le front de son père, et sa carrure pourtant solide paraissait ployer sous un fardeau trop lourd.

Ils partaient, avec une invitation explicite à l'intention de leur fils. Le Carélien se retira avant de se retrouver pris à partie. Repliée dans un coin, Siran analysait elle aussi les étudiants. Elle paraissait déjà fatiguée, les traits tirés. La magie pesait sur eux. Partout, les couleurs s'étaient ternies.

— Il manque deux de nos relais, lui apprit-elle. Si tant est que notre présence et notre énergie changent quoi que ce soit.

C'était ainsi qu'elle nommait ceux sensibles à la magie de l'école, qui se relayaient pour essayer d'endiguer la vague sombre. Il encaissa la nouvelle.

— Nous ne pouvons pas renoncer.

— Ce n'est pas ce que j'ai dit. Mais ne nous leurrons pas. Nous n'inverserons pas la charge négative de l'école et nous n'empêcherons pas les drames. Tout au plus les ralentirons-nous.

S'ils pouvaient sauver une vie, ce serait toujours cela de gagné. Jouant nerveusement avec sa coupe de vin pétillant, le Carélien parcourut de nouveau la salle du regard, comme si cela lui donnait accès aux pensées de ses condisciples. Deux mois.

Il fallait que ce soit moins.

— Nous reprenons les recherches dès demain.

Leur petit groupe restait complet, même si une part de lui avait espéré que, contre toute attente, Reinhardt préfère se retirer. Siran hocha la tête.

— Je vous souhaite de le trouver, mais je reconnais que je partage l'avis de Maxime. Si la situation continue de se dégrader, peu importe qui le découvrira tant qu'il s'agit du camp de la reine.

— Je vous comprends.

Cela n'entamait en rien sa propre détermination. Des années qu'il en rêvait. Ce n'était pas pour se faire doubler sur la ligne d'arrivée.

Chapitre XXIV

La leçon particulière de Vieil Art s'achevait lorsque le professeur Vaissatis retint Frédéric.

— J'espère que vos problèmes familiaux se sont arrangés.

Quels… Le mensonge de Lionel lui revint brutalement.

— Oui, tout va bien maintenant, merci.

— Je m'en réjouis. Si vous avez besoin d'en parler, n'hésitez pas, poursuivit le professeur en rassemblant ses affaires. Ou d'autre chose. L'école a à cœur de prendre soin de ses élèves, surtout ceux qui ont des talents rares.

Frédéric hocha la tête sans plus s'avancer. Ils traversèrent la classe ensemble.

— Nous sommes plusieurs d'ailleurs, dans l'équipe enseignante, à penser que nous n'en faisons pas assez pour vous. Vous savez, entre nous, le choix des élèves est toujours délicat entre politique et talent, nous devons faire des concessions. J'aimerais que nous accordions plus de place au second ; certains ont déjà suffisamment d'opportunités. N'êtes-vous pas de cet avis ?

— Si, admit-il. Mais, avec tout le respect que je vous dois, je ne suis pas sûr que cela change un jour.

L'aristocratie ne renoncerait pas à son hégémonie sur Cathédrale. Le professeur lui sourit d'un air jovial.

— Vous êtes bien défaitiste ! Cette année est très particulière, elle pourrait nous réserver d'autres surprises.

Il ouvrit la porte de la salle, marqua une halte en tombant sur Reinhardt qui faisait les cent pas dans le couloir.

— Vous me cherchiez, M. ap Arvelhod ?

— J'attendais Frédéric.

Celui-ci haussa les sourcils. Ils ne devaient pas se retrouver avant une demi-heure, mais il n'était pas mécontent de disposer d'un prétexte pour échapper à l'enseignant. Reinhardt l'entraîna dans les couloirs.

— Il te garde toujours aussi longtemps ?

— Il était surtout en pleine tentative de corruption. Visiblement, ils recrutent des élèves pour les aider à chercher.

Cela signifiait que leurs fouilles pendant les vacances n'avaient pas abouti. Reinhardt fronça les sourcils, mais l'inquiétude remplaça ses questionnements.

— Alexandre t'a dit s'il prévoyait quelque chose après les cours ? Il n'est pas dans sa chambre, ni à la bibliothèque, ni dans les salles de travail…

Ni dans le parc, selon toute vraisemblance : il pleuvait des cordes.

— Les salons ?

— Pas vu non plus. J'ai pensé à Andersen, mais il est absent aussi.

Jacem s'immisça dans les pensées de Frédéric. Les étinceleurs restaient convoités. Si des étudiants espéraient le forcer à les rejoindre… Il pressa le pas.

— On tente les salles de classe ?

Reinhardt approuva. Les couloirs s'étaient vidés, maintenant que les cours étaient terminés. Les deux garçons s'efforçaient de faire le moins de bruit possible, à l'affût du moindre signe de présence. En vain. Les salles de classe n'abritaient plus personne. Un surveillant les aperçut et les renvoya vers les salons. Reinhardt ne décolérait pas.

— Il n'est peut-être pas seul, tenta Frédéric pour se rassurer. S'il est avec Lionel…

— Ils ne se parlent jamais. Au fait, ton voyage a été fructueux ? Tu as appris des choses sur lui ?

— Pas grand-chose. À part qu'il était sincère sur ses motivations.

Reinhardt marmonna.

— Assez pour que tu lui fasses confiance, maintenant ?

Frédéric hésita trop longtemps. Reinhardt lui jeta un coup d'œil de côté.

— Ah, alors ?

Il revit Lionel face à son père, la détresse qui n'était pas jouée, les mensonges qui se poursuivaient en dépit des promesses. Malgré lui, il se refusait à aborder le sujet avec Reinhardt.

— J'ai des choses à éclaircir avec lui. J'en discuterai ce soir après la réunion.

— Très bien. On ne peut pas se permettre qu'il nous lâche en premier. Et s'il tente de s'adjoindre Alexandre…

La Carélie appelait un autre souvenir. C'était le seul étage qu'ils n'avaient pas fouillé.

— Attends, je crois que je sais où est Lionel. Il pourra peut-être nous renseigner sur Alexandre.

Ils traversèrent les salons où Cedren les remarqua. Elle aussi s'inquiéta en apprenant la disparition d'Alexandre.

Au troisième étage, Frédéric sut qu'il avait vu juste en entendant les sonorités d'un clavecin. Pourvu qu'Alexandre soit avec Lionel ! Une voix accompagnait ce dernier au chant. Sourcils froncés, Frédéric échangea un regard avec Reinhardt. Ils accélérèrent. Les notes mélancoliques d'une ballade résonnaient.

— *Sonne l'heure, sonne le glas*

» *Des jours écoulés…*

Frédéric poussa la porte. Une exclamation retentit. C'était bien Lionel qui se tenait assis aux claviers. L'air surpris, il se tournait vers eux. Et à côté…

— Alexandre ! On te cherchait partout !

Devant l'éclat de Reinhardt, l'étinceleur baissa les yeux, les joues rouges.

— Ah ? Mais ce n'est pas encore l'heure de la réunion ?

Sa tentative de dévier la conversation échoua. Le regard de Reinhardt courait entre les deux garçons. Frédéric perçut sa tension, la colère qui pointait. Alexandre ne leur avait jamais dit… Lionel ouvrit la bouche, sans doute pour prendre leur défense.

— C'était très beau, intervint Cedren. Vous êtes doués tous les deux, vous entraînez-vous ensemble ?

Lionel hocha la tête.

— Oui, cela nous arrive. Je trouve que nous nous complétons bien.

Alexandre acquiesça, le regard fixé sur Reinhardt.

— C'est plus agréable de travailler des morceaux de cette façon. Nous avons commencé à l'automne.

Il parut sur le point de poursuivre avant de s'interrompre.

— Pourquoi ne nous en as-tu pas parlé ? lâcha Reinhardt.

Alexandre croisa les bras.

— Vous ne me l'avez jamais demandé.

— C'est en bonne partie ma faute, enchaîna Lionel. Je ne suis pas à l'aise devant un public.

Une protestation sceptique échappa à Reinhardt. Frédéric pouvait lui accorder le bénéfice du doute sur ce point. C'était surtout blessant de voir Alexandre s'ouvrir à Lionel alors qu'il ne se confiait pas à eux. À l'automne… Ses soupçons sur les manipulations du Carélien pour mettre Alexandre et Cedren de son côté s'avéraient. Cedren sourit.

— J'espère avoir un jour la chance de vous entendre davantage.

Reinhardt ne comptait pas s'en tenir là, Frédéric posa une main sur son bras.

— Nous aurons l'occasion d'en reparler. Maintenant que nous sommes tous là, autant nous mettre au travail. Qu'en pensez-vous ?

Son ami saisit l'allusion à la discussion qu'il désirait avoir avec Lionel et ne protesta pas. Alexandre se détendit.

Ils prirent place. Lionel resta derrière le clavecin, sans doute prêt à donner l'impression qu'il jouait si on les surprenait.

Ils revinrent au message traduit.

— « Au cœur des ténèbres ouvertes, là où résonne l'unité, par les noms de celle et ceux qui furent viendra la lumière », souffla Lionel. Nous n'avons rien trouvé dans les salles historiques et nous avons fait le tour de ce qui faisait allusion aux Neuf-Duchés. Et de tout le reste.

Quelle autre interprétation tirer du texte ? Lionel avait-il commis une erreur de traduction ? S'était-il trompé dans le décompte des mots ? Reinhardt posa la question. Le Carélien lui certifia que non.

Frédéric parcourut la salle du regard à la recherche d'une étincelle. Les bras croisés, Cedren réfléchissait. Nerveux, Alexandre battait la mesure du pied. Frédéric reconnut le rythme de la ballade qu'il chantait. Lionel aussi, qui laissa ses doigts courir sur les touches sans appuyer.

Avant de se figer.

Il fredonna quelques mots puis pivota franchement vers eux.

— Trois Dieux. Alexandre, vous êtes un génie. Je crois que j'ai compris.

L'étinceleur écarquilla les yeux. Lionel s'agitait.

— C'était juste là, sous nos yeux. Comment avons-nous pu passer à côté ? C'était trop simple…

Frédéric se racla la gorge. Reinhardt fixait le Carélien comme s'il le soupçonnait de perdre ses nerfs. Cedren tenta :

— Lionel ?

— C'est le refrain. « Sonne l'heure… » « Là où résonne l'unité », ce n'est pas seulement historique, c'est au sens littéral !

Cedren fut la première à saisir.

— L'horloge !

Celle qui se trouvait dans le salon des ducs, la première pièce qu'ils avaient fouillée. Reinhardt se tourna vers la jeune fille. Son ton policé disait assez qu'il essayait de se maîtriser.

— Mais vous l'avez examinée, n'est-ce pas ? Elle ne marchait pas.

— Nous n'avons pas tenté de la faire sonner, répliqua Lionel.

— Nous étions au milieu de la nuit, pointa Frédéric.

Cependant, il commençait à voir où il voulait en venir.

— Ce n'est qu'une intuition, bien sûr, reprit Lionel, mais je pense que cela vaut le coup de s'y arrêter. Nous y retournerons dès cette nuit.

Le cœur battant d'excitation, ils se retrouvèrent dans le salon au milieu de la nuit. Le silence enveloppait l'école, mais il était trompeur. La sensation de danger ne quittait pas Frédéric, et il restait en alerte, les nerfs aiguisés. Le moindre craquement de parquet lui pesait. Et Lionel voulait s'amuser à faire sonner une horloge. C'était absurde. Déraisonnable. Ils devraient plutôt se concentrer sur autre chose, au lieu de suivre le garçon. Qui sait ce qu'il inventait encore ?

Le souffle court, Frédéric plongea sa main libre dans sa poche. À côté de lui, les autres paraissaient également mal à l'aise.

— Ne la laissez pas vous influencer, murmura Lionel.

— Vous avez de quoi la remonter ? rétorqua Reinhardt.

Le Carélien exhiba une clef.

— C'est celle de l'horloge de ma chambre. Mais je pensais…

Devant son regard, Frédéric soupira et tendit la main. Tandis que Cedren et Alexandre vérifiaient qu'ils étaient bien seuls, il compara la clef à l'orifice. Rien qu'il lui fût impossible d'arranger. Le métal chauffa et plia sous ses doigts, puis s'adapta au trou.

— Il n'y a personne, indiqua Alexandre.

L'horloge indiquait onze heures, l'heure de signature du traité de paix.

— Je la fais sonner sur cette heure-là ?

— Le message parle de l'unité, fit Lionel lentement.

Visiblement, qu'elle se trouvât déjà sur la bonne heure le contrariait. C'était trop simple. Cedren s'avança :

— La suite du message parle de la reine et des ducs. L'unité s'est faite autour de ces dix personnes. Il me semblerait plus logique que ce soit dix heures.

Les deux solutions étaient plausibles. Et ils n'auraient sans doute pas le droit à l'erreur. Lionel et Cedren débattaient à mi-voix. Ils finirent par tomber d'accord.

— Dix heures, alors ? s'enquit Frédéric.

— Dix heures, confirma Lionel.

Frédéric fit tourner l'aiguille des heures avant de remonter la mécanique, afin de ne pas la laisser sonner les demi-heures.

— J'espère juste qu'elle ne va pas réveiller toute l'école, murmura-t-il.

Quelques tours de clef suffiraient. Pour la première fois depuis trois cents ans, l'aiguille des minutes s'enclencha. Le cœur battant, Frédéric la vit rejoindre le sommet du cadran. Basse et grave, la sonnerie retentit. Un coup, deux… Andaï, Belastan, Carélie, égrena mentalement le garçon, Eindovia, Ezinga, Niemand, Orelnan, Sérès, Voïodim. Isaura Ire. Neuf duchés, une reine. Le dernier tintement résonna longuement puis le silence retomba.

— Oh, souffla Cedren. Je croyais…

Un chuintement la fit taire. Tous pivotèrent. Une section entière du plancher glissait lentement. Reinhardt s'écarta d'un bond. Un courant d'air froid ainsi qu'une odeur d'humidité saisirent Frédéric. D'un même mouvement, ils se ruèrent au bord de l'ouverture. Un escalier de hautes marches de pierre plongeait dans les ténèbres.

Très pâle, Lionel fixait les degrés.

— Félicitations, Cedren. Vous aviez vu juste.

— À vous aussi.

Lionel détourna le regard.

— Trouvons comment le refermer.

Ils n'eurent pas à fouiller. Quelques secondes plus tard, le plancher réintégrait de lui-même sa place. Frédéric se tourna vers l'horloge. Dix heures passées d'une minute.

Avant qu'ils ne le rouvrent, Lionel sortit un mouchoir qu'il cala dans le mécanisme de l'horloge pour atténuer le bruit. Frédéric brûlait de descendre, mais le deuxième année était décidé à ne rien laisser au hasard. Il leur fit d'abord chercher un dispositif d'ouverture à l'intérieur.

Frédéric fut le premier à mettre le doigt dessus. Ils ne risquaient pas d'être bloqués sous terre. En revanche, depuis l'escalier, on n'entendait rien de ce qui se passait dans le salon.

— Il faudra que l'un de nous reste à l'extérieur, remarqua Cedren. Nous ne pouvons pas prendre le risque de le rouvrir alors qu'il y a quelqu'un.

Imité par Reinhardt, Frédéric pivota vers Lionel. Lèvres pincées, ce dernier secoua la tête. Évidemment.

— Je veux bien vous attendre, offrit Alexandre.

— Tu n'es pas obligé, contra Reinhardt.

— Mais cela ne me dérange pas.

Ils avaient assez perdu de temps pour la soirée.

Le drap qui protégeait la table lui offrirait une cachette décente. Ils convinrent d'une heure à partir de laquelle Alexandre rouvrirait le passage toutes les dix minutes. Le teint pâle, la main fermement serrée sur sa lanterne, Lionel s'engagea le premier dans l'escalier. Avec précaution, il tâta une marche après l'autre avant d'y faire peser son poids. Une poussière humide et grasse recouvrait les degrés et colla à ses chaussures. Seules ses empreintes se détachaient, signe que personne n'était descendu avant eux. Il se retourna avec une légère grimace.

— Nous devrons prendre garde à ne pas salir le parquet en sortant. Nous sommes sans doute parmi les premiers à entrer ici depuis la fondation de l'école.

Cedren lui emboîta le pas. Frédéric vint ensuite, tandis que Reinhardt fermait la marche. Le plancher ne tarda pas à coulisser au-dessus d'eux.

— Ça va aller ? demanda Frédéric.

Lionel le toisa, hautain.

— Pourquoi cela n'irait-il pas ?

Il reprit la descente. Frédéric serra les dents. Il compta cinquante-quatre marches avant d'arriver à un tunnel. Sous ses doigts, le mur était parsemé de traînées blanchâtres et la pierre froide suintait. Il retira sa main. Leur souffle s'élevait en vapeur devant eux. Il leva sa lanterne et déchanta aussitôt. Le couloir se terminait par une paroi de pierre. Lionel prit une inspiration brutale, hachée, se retourna comme pour s'assurer que l'escalier se trouvait toujours là. Cedren le devança.

— Il doit y avoir un moyen de l'ouvrir.

Le mur *frémit* lorsqu'elle posa les doigts dessus, mais il ne bougea pas. Frédéric la rejoignit, suivi par Lionel et Reinhardt. À son tour, il effleura la paroi. Elle parut s'enfoncer dans le sol, avec une lenteur exaspérante, s'immobilisa dès qu'ils voulurent s'écarter.

— Gardez vos mains dessus, souffla Lionel.

Il se mit à leur hauteur, toucha la pierre à son tour. Cette fois, dans un grondement sourd, le mur s'abaissa. En quelques secondes, il n'en subsista d'autre trace que deux sillons à peine marqués, distants d'une trentaine de centimètres.

— L'unité, murmura Cedren.

Seul, arpenter les lieux aurait été impossible ; à deux, cela serait resté difficile. Lionel enjamba l'obstacle. Devant s'ouvraient de nombreux embranchements.

— Un labyrinthe.

Il jura à voix basse. Cedren exhiba un morceau de craie blanche et grasse. Un sourire crispé échappa au Carélien qui sortit une craie pratiquement identique. Frédéric croisa le regard exaspéré de Reinhardt, mais il préféra ne pas commenter.

Lionel s'enfonça dans le tunnel, marquant chaque couloir d'une flèche qui indiquait la direction de la sortie, assez bas pour les dissimuler au mieux. Ils progressèrent en silence. Frédéric tressaillait lorsqu'il recevait une goutte d'eau glacée dans le col. Trois ou quatre pas devant eux, Lionel avançait sans hésitation. La raideur de ses épaules et de sa nuque trahissait sa tension et il étreignait sa lanterne comme s'il craignait qu'elle ne s'enfuît. Lorsqu'ils aboutissaient à une impasse, ils examinaient le mur avec soin, puis il traçait une croix à l'entrée du couloir y menant.

D'autres parois s'abaissaient en revanche lorsqu'ils les touchaient, dévoilant de nouvelles sections du labyrinthe. Avaient-elles un but autre que de vérifier qu'ils étaient toujours le même nombre ? Il était trop tôt pour le savoir.

Ils avaient dû dépasser les limites de l'école depuis un moment. À moins qu'il ne s'agît encore d'une illusion liée au pouvoir de Cathédrale. « Au cœur des ténèbres… » Comment identifier le centre du labyrinthe ? Traçant une nouvelle flèche, Lionel tourna à gauche. Une salle s'ouvrait au bout du couloir. Le deuxième année accéléra le pas, mais, sur le seuil, il se prit les jambes dans un obstacle que Frédéric ne distingua pas et s'écroula avec une exclamation de surprise. Sa lanterne se brisa en heurtant le sol.

— Lionel !

Un grondement s'éleva.

— Attention !

Cedren retint Frédéric par le bras alors qu'il s'élançait. Il eut juste le temps de voir Lionel ramener ses jambes vers lui dans un réflexe, avant qu'une masse rocheuse ne s'écroulât dans un choc sourd qui le projeta au sol. Il se releva d'un bond.

— Lionel !

Seul le silence lui répondit. Frédéric jura, explora la paroi.

— Il y a forcément un moyen de la rouvrir !

Reinhardt s'adossa au mur avec nonchalance.

— Je ne suis pas contre le laisser mariner. Il se croit plus malin que tout le monde, mais...

— J'aimerais vous y voir, coupa Cedren, sous son regard railleur.

— Je n'ai pas peur du noir, moi.

L'expression de Cedren devint glaciale.

— Nous en sommes ravis pour vous. Mais il nous faut sortir Lionel de là.

Reinhardt se décolla du mur.

— Évidemment ! Dès qu'il parle, vous vous couchez tous devant lui ! Il vous a mis dans sa poche, je ne parle même pas d'Alexandre...

Il jura.

— Bon sang, vous les avez vus tous les deux comme moi ! Lionel l'a complètement retourné avec ses histoires de musique, en trouvant son point faible. Il se prétend ton ami, Frédéric, et même toi tu commences à le défendre. Vous ne voyez pas à quel point ça crève les yeux ? Il nous utilisera autant qu'il pourra avant de nous doubler. Je ne vous pensais pas aussi faibles, l'un et l'autre.

Cedren se reprit la première.

— Mon amitié avec lui ne vous concerne en rien et je ne suis pas aussi naïve que vous semblez le croire. Rappelez-vous qu'il a accepté de partager ses recherches avec nous alors que rien ne l'y obligeait.

— Ça, c'est parce que…

— Il suffit, coupa Frédéric. Reinhardt, tu régleras tes comptes avec Lionel plus tard si tu y tiens. Nous ne pouvons pas l'abandonner là, alors mettons-nous au travail.

Ils se défièrent du regard. Enfin, Reinhardt laissa échapper un reniflement méprisant. Frédéric crut qu'il allait faire demi-tour. Avec une mauvaise volonté non dissimulée, il se rapprocha néanmoins de la paroi. Ils explorèrent la surface rocheuse et inégale. N'importe quel creux, n'importe quelle bosse pouvait abriter un mécanisme – du moins, Frédéric souhaitait qu'il y en eût un.

— Allez, murmura-t-il, ouvre-toi !

Tandis qu'il se baissait, ses doigts rencontrèrent soudain un morceau de pierre plus lisse que le reste. Il pressa de toutes ses forces. Le roc bougea, sans provoquer de réaction.

Frédéric attira l'attention de ses amis dessus. Tous deux essayèrent à leur tour de l'enfoncer.

— Il doit y en avoir un autre, conclut Reinhardt.

Il leva sa lanterne vers le plafond.

— Frédéric, monte sur mes épaules.

Celui-ci s'exécuta. Reinhardt se redressa en souplesse. Tendu au maximum, Frédéric scruta les détails du sommet de la galerie.

— Décale-toi un peu vers la gauche.

— Tu vois quelque chose ?

Non. Mais s'il suivait la logique, une pression en bas à droite devait se coupler avec une autre en haut à gauche. Le soulagement l'envahit quand il sentit un morceau s'enfoncer sous ses doigts.

— Ah, voilà ! Cedren, peux-tu appuyer de ton côté ?

La paroi frémit puis commença à s'élever centimètre par centimètre.

— Ne relâchons pas la pression avant qu'elle soit entièrement remontée, fit Reinhardt.

Cedren reprit sa place ; elle avait tenté de s'élancer dans la salle dès que l'espace s'était avéré assez large. Malgré son inquiétude, Frédéric nota que, une fois de plus, seul ou à deux, il aurait été impossible de rouvrir le piège. Dans un dernier raclement, le pan de pierre s'immobilisa. Avec précaution, les jeunes gens se reculèrent. Rien ne bougea. Cedren se redressa aussitôt.

— Lionel !

Frédéric se laissa glisser des épaules de Reinhardt. Celui-ci revint s'adosser au couloir, indifférent à ce qui se passait. Cedren s'était agenouillée près de Lionel, recroquevillé contre le mur. Le souffle haché, précipité, il tremblait de tout son corps. Avec douceur, elle posa une main sur son bras. Il sursauta, la repoussa brutalement.

— Ne restez pas là ! La magie…

— Il n'y en a pas, Lionel, vous ne risquez plus rien. Respirez.

Frédéric détourna le regard, mal à l'aise. Il fallut plusieurs minutes à Cedren pour l'apaiser, et elle n'essaya pas de le presser. En revanche, Reinhardt jouait avec sa montre en un geste plus qu'explicite. Frédéric haussa les épaules.

Enfin, Lionel se releva, le corps raide. Un reste de panique brillait dans son regard et ses mâchoires étaient crispées comme s'il retenait un cri, mais il arrivait à bouger.

— Je pense que nous allons nous en tenir là pour ce soir, jugea Cedren.

Reinhardt sourit, narquois.

— Bien sûr. Il est seulement dommage que nous ayons perdu autant de temps. À l'évidence, le Cœur n'est pas pour les natures trop… fragiles.

Lionel toisa Reinhardt avant de se détourner. Frédéric n'était pas sûr qu'il fût en état de répondre.

Guidés par les traces de craie, ils cheminèrent en direction de la sortie. À son grand soulagement, le mur était toujours baissé. Dès qu'ils l'eurent franchi tous les quatre, il retrouva sa place, verrouillant l'accès au labyrinthe.

Chapitre XXV

— Pourquoi tu ne nous as rien dit ?

— À quel propos ?

Frédéric leva les yeux au ciel devant la réponse d'Alexandre. Celui-ci regardait droit devant lui. Il soupira, abandonna :

— Le chant ou le fait que je pratique avec Lionel ?

— Surtout le premier, en fait. Même si je me demande aussi pourquoi tu as accepté.

— Parce que nous avons échangé autour de la musique et parce que cela nous convenait. L'idée vient de lui, j'ai mis du temps à accepter… Je sais ce que tu penses, ajouta-t-il, les dents serrées. Il ne m'a jamais rien demandé sur toi ou Reinhardt. Certes, il est aimable dans ces moments, mais depuis quand est-ce un défaut ? Je n'oublie pas le reste pour autant. Tu as bien passé des vacances chez lui !

Il triturait la lanière de son sac. Autour d'eux, les étudiants rejoignaient la bibliothèque ou les salons, en petits groupes. Ils ne croisaient personne seul ; même Reinhardt était parti pour le terrain de paume en compagnie de ceux avec qui il voulait jouer.

— Il n'est pas toujours aussi insupportable qu'il en a l'air, admit Frédéric. Mais tu sais ce que je faisais avant Cathédrale, on connaît le goût de Reinhardt pour le sport, alors pourquoi… ?

Le silence s'éternisa. Ils atteignaient la résidence.

— Vous êtes durs, Reinhardt et toi, tu sais ? Vous ne laissez pas passer grand-chose. Au début, j'ai… craint que vous ne vous moquiez de moi. Vous veniez de me proposer de chercher avec vous, je n'allais pas tout gâcher. Je n'ai pas votre assurance, vos certitudes. Celles que vous affichez, tout du moins.

Frédéric ne releva pas. Mieux valait qu'Alexandre s'exprime. C'était peut-être la première fois qu'il s'épanchait autant.

— Et puis, c'est compliqué pour moi d'en parler, mes parents trouvent que c'est une perte de temps complète, que je ferais mieux de me concentrer sur mes études. C'est trop… *artistique* pour eux.

Le mot sonnait d'une drôle de façon dans sa bouche, presque comme une insulte.

— J'ai l'habitude de le taire. Et encore faut-il trouver le bon moment. Quand le dire ? Comment ? Est-ce que c'est vraiment intéressant ? Utile ? Qu'est-ce que ça apporte ?

Son débit s'accélérait. Il interrompit son énumération, mais Frédéric sentit qu'il aurait pu continuer sur sa lancée.

— Il y a eu plein d'occasions. Je le sais. Mais le temps que je me décide, c'est déjà passé et ça n'a plus de sens. Le silence est plus simple à gérer.

Il désigna l'école autour d'eux.

— Je crois que tu sais comme moi ce que c'est d'être à contre-courant.

Oui – même s'il ne le ressentait pas à ce point dans ses relations.

— Je suis désolé. On aurait dû faire plus attention. Et je ne me serais jamais moqué de quelque chose que tu aimes. Ou de toi.

Ils s'arrêtèrent devant la chambre d'Alexandre. Celui-ci sourit faiblement. La conversation semblait l'avoir drainé.

— Je suis content qu'on ait discuté.

— Moi aussi. Est-ce que tu veux que j'en parle à Reinhardt ?

Alexandre pesa le pour et le contre. L'idée le tentait, cependant il finit par secouer la tête.

— Merci. Je trouverai l'occasion.

Frédéric acquiesça. Il tournait les talons lorsque Alexandre le rappela.

— Tu ne vas pas dans ta chambre ?

— Je dois discuter avec Lionel.

L'étinceleur hocha la tête.

— Tu dois décider si tu lui fais confiance ou non, on ne peut pas continuer comme ça. Maintenant qu'on a trouvé le labyrinthe… Seul, il ne pourra rien faire.

C'était on ne peut plus vrai. Si Lionel s'obstinait dans ses mensonges, ils devraient se séparer. Lionel hors jeu pendant qu'eux quatre continuaient de chercher… Ce serait une belle revanche.

Lorsqu'il frappa chez le Carélien, Semen lui ouvrit.

— Lionel n'est pas là.

— Je peux l'attendre.

Le valet le laissa entrer. À présent, il devait le considérer comme un proche de Lionel. Les trompe-l'œil des murs lui sautèrent au visage ; un instant, il se crut de retour en Carélie. Sans les quitter des yeux, il s'installa dans un fauteuil. Après lui avoir proposé un rafraîchissement, Semen se retira.

Fasciné, Frédéric s'approcha de la forêt. Les troncs des arbres comme le vert des feuilles étaient étrangement assombris, couleurs et luminosité aspirées et étouffées. Même la neige prenait une teinte grise.

Un lapin sautillait dans la poudreuse. Il ne paraissait pas en alerte malgré les prédateurs. Lionel ne devait pas vouloir de scène sanglante sur ses murs. Le regard de Frédéric glissa vers le lynx, emblème de la Carélie et génie de Lionel, puis sur le carnivore à côté. Il plissa les yeux. Il ignorait la race précise de la panthère qui avançait épaule contre épaule avec le premier félin. Tous deux revêtaient un pelage clair, ocre pour le lynx, gris pour la panthère, et il reconnaissait les oreilles rondes de celle-ci, la forme de son museau…

— Trois Dieux, souffla-t-il.

Face à Orfeo, Lionel avait bien fait apparaître un lynx. Mais ce n'en était pas un le soir où Frédéric l'avait surpris au clavecin, en train de pleurer. Comment pouvait-on posséder deux génies ? Du doigt, il frôla les animaux. Impossible de s'y tromper maintenant qu'il les apercevait côte à côte.

Alors qu'il retirait sa main, ils se fondirent dans le mur. Frédéric tressaillit. Apparut une cavité dissimulée dans l'épaisseur de la cloison. L'étinceleur jeta un coup d'œil par-dessus son épaule. Semen demeurait hors de vue.

Lionel ne rangeait que des documents sur les petites étagères. La plus basse contenait des dessins remarquables de précision et de finesse. Celle du milieu révéla des lettres et il n'y toucha pas ; il identifia les notes du garçon sur le Cœur. Sur la plus haute, en revanche… Un épais carnet sur lequel reposait le bracelet offert à Aksel. Le cahier devait avoir un lien avec ce dernier. Le cœur battant, Frédéric écarta le bijou, s'empara du calepin. Derrière lui, la cache se referma.

Les premières pages avaient été arrachées. Il n'en restait que des bribes ici et là, au plus près de la reliure. « Je… app… el… Je… Ak… » Aksel ? Soudain fébrile, il se pencha sur le texte. L'encre avait pâli par endroits, mais l'écriture demeurait parfaitement lisible, déjà mature pour un enfant d'une dizaine d'années.

La gouvernante m'a conseillé de tout mettre par écrit. Pour moi, pour me vider la tête, pour que je n'oublie pas qui je suis – même si j'aimerais être capable d'effacer mes souvenirs comme une ardoise. Pour laisser une trace. À quoi bon ? Je n'existe pas. Père serait furieux s'il l'apprenait. Mais c'est pour Lionel aussi.

Les mots d'Aksel serraient le cœur de Frédéric, faisaient écho à ce que lui avait dit Lionel sur la façon dont les siens le délaissaient. Il déchanta. La suite du carnet était codée. Les lettres s'alignaient sans aucun sens. Il jura à voix basse.

Les pages tournèrent sous ses doigts. Parfois, un paragraphe en clair se détachait.

À sept ans, il était grand temps de découvrir Samara. Mais je n'avais pas non plus le droit de sortir. C'était Lionel qui me racontait la ville, la dessinait pour moi, esquissait les visages de ses nouvelles rencontres et les salons du palais, s'efforçant de graver chaque détail dans sa mémoire pour me les restituer, de retenir les conversations ou de prendre quelques notes quand on ne le regardait pas. Il aurait pu ne pas se donner autant de peine, profiter davantage des soirées, mais égoïstement cela me faisait plaisir. Et cela le frustrait d'oublier parfois des détails, de devoir s'y reprendre à deux ou trois fois pour rendre convenablement le visage de quelqu'un. Il ne le disait pas parce qu'il savait que moi, j'aurais préféré ne pas me souvenir de chaque jour comme si c'était hier, mais il ne pouvait pas me le cacher.

Ensuite, le texte était de nouveau codé. Frédéric serrait le carnet de toutes ses forces. Lionel lui avait dit avoir fait la connaissance d'Aksel après leur propre rencontre. Pourtant, ils semblaient être amis depuis déjà longtemps. Son cœur se tordit. Il avait cru Lionel, ce soir-là, parce qu'il ne pouvait pas inventer ce qui s'était passé entre Aksel et lui, mais il avait quand même trouvé le moyen de travestir la réalité. Quelque chose le dérangeait cependant dans la façon dont Aksel dépeignait leur relation, sans qu'il arrivât à mettre le doigt dessus. C'était juste là, à la lisière de son esprit, quelque chose qu'il aurait dû saisir, mais qui lui échappait.

En colère, frustré, Frédéric tourna les pages. Un nouveau passage en clair attira son regard. Il lut son nom.

Je me sentais seul. Je n'avais pas d'amis à qui écrire, personne à qui parler. Aksel ne possédait aucune réalité, Aksel n'existait pas.

Puis j'ai rencontré Frédéric.

Il y en avait des pages et des pages. Le garçon avait relaté toute la soirée dans ses moindres détails. L'abrupt sentiment de solitude qui l'avait conduit dehors, leur rencontre, sa joie profonde, sincère, entière de voir que Frédéric acceptait de rester avec lui.

Il n'imaginait pas quel effet cela me faisait de lui dire : « Je m'appelle Aksel. » Je ne m'étais jamais présenté avant cela. Avec lui, je pouvais être moi-même. Exister en tant que tel dans le regard d'un autre. C'était exaltant. Effrayant aussi. Comme un rêve qui bascule dans le monde éveillé, l'image de ce qu'aurait pu être la réalité. C'était parfait. J'ai failli tout lui avouer. J'ai seulement dit que j'étais puni.

Les détails resurgissaient sous la plume d'Aksel, leurs conversations, les questions qu'il lui avait posées, les réponses qu'il ne se rappelait pas avoir données, leurs jeux, leurs inventions, leurs échanges et leurs fous rires. L'inquiétude du garçon, aussi, à l'idée de mal s'y prendre parce qu'il n'avait jamais invité qui que ce fût. La joie d'Aksel devant le bracelet, ravi de recevoir un cadeau en main propre pour la première fois.

J'ai bien sûr tout raconté à Lionel à son retour. Il m'a regardé étrangement. Il vivait les soirées comme une contrainte. Mais lui connaissait les autres ; il discutait avec les invités, avait des compagnons à défaut d'amis. Il n'était pas seul. Il l'a pris comme un reproche. Ce n'en était pas un. Pour la première fois, nous sommes restés une journée sans nous parler. La nuit venue, nous sommes tombés dans les bras l'un de l'autre, avant qu'il ne reparte pour une quelconque réception. Il a jeté un mauvais regard à mon bracelet sans rien dire. Je le connais assez pour savoir qu'il déteste Frédéric. Cela me peine. Mais Frédéric est et restera mon ami.

Le carnet manqua de tomber des mains de Frédéric. Son cœur cognait à toute force. Ses doigts tremblaient sur le papier. Les mots de Lionel chez lui lui revenaient.

« Aksel vivait dans l'ombre de son frère aîné ; son père favorisait celui-ci. » « Sa famille ne l'emmenait jamais aux réceptions », « non la pâle copie de son frère… »

C'était cela qui le gênait, cette sensation à portée de doigt, dans la façon dont Aksel décrivait leurs interactions.

Lionel était le frère d'Aksel.

La journée du lendemain se traîna avec une lenteur insupportable aux yeux de Frédéric. Déjeuner avec Lionel, en compagnie de Reinhardt et d'Alexandre, faillit être au-dessus de ses forces. En conséquence, il préféra sauter le dessert, prétextant un devoir à avancer. Dans sa poche, les quelques phrases codées recopiées en hâte avant de ranger le carnet et de fuir la chambre le brûlaient.

Il n'était pas sûr que tout cela eût le moindre sens. Lionel avait toujours été présenté comme fils unique ; les dates du mausolée étaient claires également. Pourquoi taire l'existence de son jumeau ?

Il y avait une autre question qui le rendait encore plus avide de décoder les mystères du carnet.

Aksel était-il vivant ou mort ?

On avait voulu le faire passer pour mort-né ; Lionel lui avait dit, les yeux dans les yeux, que la maladie l'avait emporté cinq ans plus tôt. Cela pouvait tout aussi bien être un mensonge, une façon de refermer cette parenthèse et de s'assurer qu'Aksel était bel et bien disparu aux yeux du monde. Mais il y avait eu Solveig devant la tombe et les yeux rouges de Lionel – ce n'était pas une mise en scène.

Les avertissements que le duc avait adressés à Lionel lui revinrent. Il menaçait de s'en prendre à quelqu'un si son fils ne lui obéissait pas. Quelqu'un à qui Lionel ne voulait surtout pas qu'on fasse de mal. Un frisson glacé traversa Frédéric. Il avait passé une semaine là-bas. Aksel était-il présent, invisible ? L'idée lui donnait mal au cœur.

Ou peut-être qu'Aksel était vraiment mort et qu'il avait trop d'imagination. Qu'il espérait… il ne savait pas vraiment quoi. Sa main ne quittait pas le bijou dans sa poche.

Il devait en avoir le cœur net.

Alors seulement il parlerait à Lionel.

Au premier cours de l'après-midi, il posa discrètement le papier sur ses genoux. Les lettres dansaient devant ses yeux et l'agaçaient. Un coup de coude léger lui fit relever la tête. Alexandre glissait une feuille entre eux.

« ?? »

« Blague d'un ami. Je connais rien aux codes. »

« J'ai quelques fondamentaux. »

Alexandre ajouta aussitôt :

« Si tu veux. »

Évidemment. L'étinceleur s'était renseigné sur le sujet lorsqu'ils réfléchissaient sur le code qui les avait menés au labyrinthe, par curiosité puisqu'ils connaissaient déjà son principe de fonctionnement. Mais il était allé beaucoup plus loin que ne l'imaginait Frédéric. Il lui parla en détail des codes par substitution simple ou à clef. Frédéric espéra de toutes ses forces qu'il s'agissait des premiers, qui consistaient à remplacer une lettre par une autre, toujours la même, plutôt que les seconds qui utilisaient un mot-clef sans lequel il n'arriverait à rien. Le carnet était déjà un brûlot en soi ; le code devait être une dernière sécurité.

— Messieurs Naudin et Enderlin auraient-ils quelque chose à nous partager ?

Écarlate, Alexandre baissa les yeux sur ses notes. Frédéric rectifia sa position sous le regard sévère de l'enseignant de sciences politiques.

— Non, professeur.

— Alors concentrez-vous.

Frédéric faillit ignorer l'avertissement, mais Alexandre vivrait sans doute mal de se faire expulser de cours. Il en savait de toute façon assez maintenant.

Dès que la dernière sonnerie les libéra, il fila dans sa chambre. Les caractères le défiaient ; la vérité était à portée de main – du moins, une partie. Il devrait trouver une nouvelle occasion de mettre la main sur le carnet.

Codes par substitution simple, pour commencer, c'est-à-dire qu'une lettre en remplaçait une autre en suivant l'ordre alphabétique. Si le A devenait D, le B était alors un E et ainsi de suite. Aksel avait pu choisir n'importe quelle combinaison. Ou opter pour une substitution précise, parce qu'elle aurait du sens à ses yeux.

Aksel. Lionel.

Tout tournait autour d'eux.

La solution devait être là.

Il tenta d'abord de remplacer le A par un L, puis le L par un A. Aucun des deux ne fonctionna. Un grognement frustré lui échappa. Aksel n'avait vraiment pris aucun risque. Mais il y avait forcément une logique.

Les notes d'Alexandre sous les yeux, il essaya d'autres combinaisons sans obtenir plus de résultats.

Alexandre vint le chercher pour le dîner ; il faillit le sauter, cependant, ils prévoyaient de retourner dans le labyrinthe. Ils ne tiendraient pas longtemps s'ils descendaient toutes les nuits, mais Lionel semblait décidé à avancer le plus vite possible. Si Frédéric le rejoignait sur ce point, ses secrets l'obsédaient aussi, au point de reléguer le Cœur au second plan.

Lionel resserra les doigts sur sa lanterne. Chaque descente se révélait éprouvante, mais il était hors de question de rester en arrière. Narquois, Reinhardt lui avait proposé de monter la garde. Le Carélien l'avait ignoré et Alexandre s'était dévoué, soucieux d'éviter les conflits.

La lumière balaya les marques rassurantes tracées au bas des murs tandis qu'ils avançaient dans les premiers couloirs. En sus, Lionel avait commencé à dessiner un plan des lieux pour se repérer. Pour l'heure, le croquis ne faisait pas grand sens, tant les ramifications se multipliaient. Le bras levé haut malgré la gêne sourde que cela provoquait, il scrutait les alentours à s'en faire mal aux yeux. Les parois coulissantes ne présentaient aucun signe particulier. Instruit par l'expérience, le Carélien prenait soin de tester le chemin avec un bâton ramassé dans le parc, mais aucun piège ne se déclencha.

Un frisson courut dans son dos. On le fixait. Il se retourna brièvement. Le regard de Frédéric ne le quittait pas, avec une intensité analytique qui le mit mal à l'aise. Que lui arrivait-il ? Dans d'autres circonstances, Lionel aurait lancé les hostilités, mais tant que cela n'allait pas plus loin, il le supporterait. Leur groupe ne tenait pas à grand-chose ; pour autant, il ne pouvait pas se passer d'eux. Des yeux, il lui transmit un avertissement muet, que l'étinceleur ignora. Plus d'une fois, Lionel pivota, sourcils haussés, moue arrogante aux lèvres, comme s'il le défiait de se moquer de lui, sans que Frédéric réagît.

Sur le chemin du retour, le Carélien pressa le pas, décidé à échapper au plus vite à l'atmosphère oppressante du labyrinthe comme à l'attitude de Frédéric. Alors qu'il traversait un carrefour, la voix de Cedren le retint :

— Êtes-vous certain que c'est la bonne direction ? Les flèches indiquent ce couloir.

Elle désignait celui qui s'ouvrait sur sa droite. Lionel s'arrêta, perplexe. Reinhardt se préparait à lancer une pique, mais il lui tourna le dos pour étudier les marques. En effet, les signes pointaient un autre chemin.

— Êtes-vous si pressé de fuir cet endroit que vous ne suivez plus vos propres repères ?

La raillerie lui fila au-dessus de la tête. Sourcils froncés, Frédéric examina lui aussi les flèches puis se pencha sur le plan. Lionel revint au couloir qu'il avait voulu emprunter. Sous la marque orientée dans ce qui lui semblait la mauvaise direction, quasiment disparue, se discernait une tache blanche. Il passa les doigts dessus, les retira imprégnés de poudre. De la craie.

Quelqu'un avait sciemment effacé ses indications pour les remplacer par d'autres. Il ne leur avait manqué qu'un peu d'eau pour que leur forfait fût indétectable.

Sentant sur lui le regard des trois autres, il se recula pour étudier toutes les parois.

— Qu'est-ce que…

Frédéric se tut. Là. Près du plafond, dans une teinte qui se fondait davantage sur la roche, se trouvait un autre symbole. Un qu'aucun d'eux n'avait tracé.

— Trois Dieux.

Le juron de Frédéric résonna dans le couloir. Même Reinhardt parut à court de mots.

— Nous ne sommes donc plus les seuls à avoir découvert le labyrinthe, conclut Lionel.

Tous quatre scrutèrent les alentours. S'ils rôdaient encore dans les parages, leurs ennemis se cachaient bien.

— Que faisons-nous ? murmura Cedren.

— Nous pourrions leur rendre la pareille, pour commencer, gronda Reinhardt.

Il s'avança vers le mur, mais l'étudiante le retint.

— Non. Nous n'allons pas nous abaisser à leur niveau. Et pour l'instant, mieux vaut qu'ils ne sachent pas que leur ruse a été éventée. N'est-ce pas ?

L'idée de Reinhardt le tentait, mais Lionel préférait tabler sur leur discrétion. La confrontation ne leur apporterait rien de bon. Malgré son allure indécise, Frédéric ne protesta pas.

— Vous avez raison. Sortons d'ici, Alexandre aura peut-être des informations. Pour les prochaines fois, vous est-il possible de vous procurer des armes ?

Cedren remonta sa manche. Comme lui, elle portait un stylet dissimulé dans ses vêtements. Frédéric et Reinhardt échangèrent un regard.

— On va se débrouiller, lâcha l'étinceleur. Si vous le souhaitez, ajouta-t-il, je peux me pencher sur les vôtres pour les renforcer.

La proposition venait à contrecœur, mais Lionel ne la refusa pas.

— Volontiers.

En hâte, ils reprirent le chemin de la sortie. À leur grand soulagement, la trappe s'ouvrit à l'heure prévue. Alexandre les attendait, les yeux écarquillés.

— Tout va bien ? Vous avez vu…

— Non, mais nous savons qu'ils étaient là, coupa Lionel. Qui ?

— J'ai reconnu Jovianna Lamarcchia et Ranjani Natal. Ils étaient quatre, j'ignore l'identité des deux autres.

— N'y avait-il pas Orfeo ? Élysée ?

L'étinceleur secoua la tête négativement. C'était déjà bien qu'il eût pu identifier une partie de leurs adversaires depuis sa cachette. Lionel prit note de l'information. Soit les Lamarcchia alternaient, soit la brouille entre le frère et la sœur se poursuivait, et il espéra que la seconde hypothèse fût juste. Qu'Élysée gardât ses distances était une nouvelle appréciable.

— Ils n'ont laissé personne derrière eux, compléta Alexandre. Ils sont ressortis comme s'ils ne craignaient rien.

— Je suppose qu'ils se sont arrangés avec les surveillants, fit Cedren. Ils ont les moyens de monnayer leur silence.

Lionel approuva. Un choix que lui-même avait décliné, compte tenu des propositions du directeur. Il y avait des loyautés que l'argent n'achetait pas et il ne tenait pas à parier dessus.

Aucun d'eux ne souhaitait s'attarder dans les parages. Malgré les hautes fenêtres et le ciel dégagé, les couloirs demeuraient oppressants. Lionel lutta contre la sensation de n'avoir pas quitté le labyrinthe. Quelque chose pesait sur son ventre et il se sentait nauséeux. Il n'aspirait qu'à rejoindre sa chambre, mais ils durent s'arrêter plusieurs fois. Ils n'étaient pas seuls. Des craquements de parquet, juste assez forts pour trahir un poids humain, résonnaient ici et là et lui portaient sur les nerfs. Il ne se relâcha qu'une fois dans ses appartements, et une pointe de douleur courut dans ses épaules tant il s'était crispé.

Que Jovianna eût elle aussi percé le secret de l'horloge ne le surprenait pas, même s'il avait espéré avoir plus de temps. Leurs prochaines expéditions exigeraient bien plus de vigilance.

À cran, Frédéric referma la porte de sa chambre derrière lui. Il tombait de sommeil, mais la tension de la soirée ainsi que ses propres découvertes l'empêcheraient de dormir. Que Jovianna eût ainsi tenté de les piéger le révoltait, et s'il comprenait la volonté de discrétion de Lionel, elle lui apparaissait maintenant signe de faiblesse et de lâcheté. Il n'avait pas voulu provoquer de dispute alors que leurs ennemis étaient peut-être encore dans le labyrinthe. Ils auraient sans doute d'autres occasions de leur rendre la monnaie de leur pièce. À commencer par la découverte du Cœur. L'idée de pouvoir s'armer efficacement lui mit du baume au cœur. Leurs adversaires trouveraient à qui parler.

À la recherche d'un dérivatif, il revint à son bureau. L'incident n'avait pas entamé son ardeur à comprendre les secrets de Lionel, aussi se plongea-t-il dans l'exploration des possibilités données par Alexandre.

L'aube perçait derrière les rideaux lorsqu'il reposa enfin sa plume, un sourire aux lèvres. Aksel avait bien utilisé un mot-clef plutôt qu'une substitution par simple lettre, que Frédéric n'avait pu trouver que parce qu'il connaissait son identité. Le Carélien avait fondu son prénom et celui de son frère en un seul mot : Lionaksel. Frédéric avait d'abord cru que « Lionel » était la clef, mais cela n'avait fonctionné que jusqu'au N. Pris d'une inspiration subite, il avait tenté avec le A. Et le texte avait continué de se dérouler, au fur et à mesure qu'il répétait le mot.

Avec satisfaction, il relut le paragraphe décodé :

Père dit souvent en riant que mère ne fait jamais les choses à moitié, et c'est bien ce qui s'est passé avec nous. Au lieu d'offrir un héritier au duché, elle lui en a donné deux. Lionel Haakon, l'aîné, et moi, Aksel Yngve.

Des jumeaux, c'était un de trop. Un qui pourrait revendiquer pour lui le duché. L'histoire familiale n'est pas exempte de querelles fratricides. Alors que nous n'avions pas même une heure de vie, père me considérait comme le possible assassin de mon frère.

La solution s'est alors imposée à lui : agir comme s'il n'avait qu'un seul fils, Lionel, l'aîné. Quant à moi… Il était aisé de m'écarter.

Un enfant invisible dont tous ignoreraient l'existence.

Chapitre XXVI

Nerveux, Frédéric scrutait les alentours. La lumière jaune de sa lanterne paraissait bien pâle à côté de l'aura menaçante du labyrinthe. L'obscurité se peuplait de mille petits bruits qui le faisaient se retourner régulièrement. Cedren et Reinhardt agissaient de même, sur le qui-vive. Quant à Lionel, il regardait droit devant lui, son plan dans une main, la seconde fermée de toutes ses forces sur sa lampe. Il était peut-être celui qui redoutait le moins une mauvaise rencontre. À chaque intersection, il s'assurait que ses marques n'avaient pas changé.

D'un geste machinal, Frédéric frôla le pommeau de son poignard. Il en avait renforcé la lame pour l'aiguiser au-delà du possible et il avait fait de même pour celles des autres. Le voyant à l'œuvre, craignant de se couper, Cedren et Lionel avaient glissé les leurs à leur ceinture plutôt que de les garder dissimulées dans leur manche. Depuis trois jours qu'ils avaient découvert la manœuvre des Lamarcchia, chaque descente se révélait pire que la précédente.

Alors qu'il pivotait une nouvelle fois, Reinhardt lui adressa un coup d'œil interrogatif. Il semblait n'avoir rien entendu. Le labyrinthe tordait leurs sens, déformait le moindre écho. Pour ce qu'il en savait, c'étaient ses propres battements de cœur qui lui donnaient l'impression de venir de loin. Un courant d'air frôla sa joue, mais c'était impossible. Frédéric inspira. L'endroit se jouait de ses craintes, la magie les renforçait. S'il ne se calmait pas, tout finirait par lui apparaître comme un danger.

Nous ne sommes pas suivis, se raisonna-t-il. Aux carrefours, Lionel avait pris soin de s'éloigner des marques étrangères, mais l'étinceleur gardait le sentiment que le pouvoir de l'école les ramenait sans cesse les uns vers les autres. Irrationalité ou non, il ne parvenait pas à trancher.

Une nouvelle paroi se dressa devant eux. Frédéric rejoignit Lionel et Cedren pour l'abaisser. Alors qu'elle amorçait sa descente, un halo doré se dessina par-delà la pierre.

— Attention !

Son exclamation chuchotée résonna en même temps que celle de Cedren. Lorsque le mur acheva de s'enfoncer dans le sol, le plan de Lionel avait disparu et ils avaient tous dégainé leurs lames. Dagues et poignards brillaient dans l'éclat des lanternes, tenus avec une détermination identique. L'étroitesse du couloir ne leur permettait pas de se déployer efficacement. Au moins étaient-ils en nombre égal de part et d'autre. Difficile cependant d'y trouver un avantage. Frédéric déglutit, prêt à se défendre.

Des quatre étudiants adverses, il ne reconnut que le cinquième année, Ranjani, dont la dague s'arrêtait à une vingtaine de centimètres de celle de Lionel.

Jovianna manquait à l'appel, ainsi que son frère. Une seconde de silence, écrasante de tension, qui parut durer des heures puis…

— Bonsoir, lança Lionel avec une amabilité qui détonnait.

Sa nonchalance retrouvée et sa courtoisie, comme s'il se trouvait dans un salon, n'en crispèrent que davantage leurs ennemis. Ranjani les balaya d'un regard acide, s'attarda une seconde sur Cedren, dont il semblait découvrir l'appartenance à leur équipe, avant de jeter :

— Vous ne faites donc pas que racler la fange. Mais je suis toujours surpris de constater à quel point certains s'avilissent dans cette recherche.

— Vous venez pourtant de prouver que vous fouissez bien plus profondément que nous, rétorqua la jeune fille.

— Comparer nos mérites respectifs est un plaisir sans cesse renouvelé et égaye cette morne soirée.

Malgré son ton affable, le Carélien joua légèrement avec sa lame. La manière dont elle reflétait la lumière attira l'attention des autres. Frédéric comprit pourquoi il lui avait demandé de faire en sorte que ses modifications se *voient.* Sans avoir l'air d'y toucher, Ranjani étudia chacune d'elles. Son groupe était peut-être plus âgé, mais Reinhardt avait une carrure de sportif, Cedren savait se servir de sa dague et Lionel… Nul n'avait oublié qu'il avait vaincu Orfeo. S'ils avaient cru détenir l'avantage, Ranjani et ses comparses en doutaient à présent.

— Il semblerait que nous soyons dans une impasse, fit doucement Lionel.

Aucun d'eux n'avait intérêt à déclencher les hostilités. Mais qui oserait rengainer en premier ? Frédéric risqua un regard vers Reinhardt, en retrait, de façon à tenir leurs ennemis à l'œil tout en restant attentif à ce qui se passait derrière eux. Ce dernier rêvait d'en découdre avec les Lamarcchia. Frédéric croisa mentalement les doigts pour qu'il ne perde pas son calme. Les étudiants en face demeuraient vigilants, calculateurs.

— Nous allions bientôt partir, ajouta Cedren. Nous sommes attendus, tout comme vous, je pense.

Frédéric saisit la balle au bond.

— Il serait vraiment regrettable que nous tardions. Qui sait ce qu'on pourrait imaginer devant notre absence ?

Il n'avait aucune certitude que Ranjani y croie, mais on les voyait toujours avec Alexandre au réfectoire et il aurait été idiot de leur part de se passer d'un étinceleur.

— Ils se moquent de nous, jeta un étudiant adverse.

Il avança d'un pas, mais Ranjani le retint. La posture de Lionel se relâcha presque imperceptiblement. Cependant, aucune lame n'avait encore été baissée.

— Que nous partions chacun de notre côté n'aurait pas de sens, fit le cinquième année. Vous pourriez toujours nous piéger.

— Et réciproquement, acquiesça Lionel. Je propose que nous sortions ensemble pour ce soir. Et pour la suite, nous aviserons avec Jovianna. Est-ce que cela vous convient ?

L'hésitation flotta un instant parmi leurs rivaux, comme s'ils redoutaient un traquenard, mais la seule autre solution était le combat et, après un dernier regard sur leurs armes, Ranjani y renonça.

Le retour ne se déroula pas dans la sérénité. Chacun gardait les autres à l'œil et personne n'avait réellement rangé sa lame. Ils avaient fini par s'agencer sur deux files dont Lionel et Ranjani avaient pris la tête. Frédéric ne put que reconnaître le sang-froid du Carélien. Ses propres nerfs étaient à vif et son cœur tambourinait à ses oreilles. Le moindre faux mouvement et leur trêve ne tiendrait plus.

L'escalier ne leur permettait pas de passer à deux de front et, après un instant de flottement, Lionel s'y engagea le premier. Il était encore un peu tôt pour qu'Alexandre ouvrît la trappe, mais si leur déduction concernant les surveillants était juste, autant jouer dessus et faire croire aux autres qu'ils procédaient de la même manière.

Lionel actionna le mécanisme sans hésiter et sortit le premier, de façon plus bruyante qu'en temps normal.

— Venez, Ranjani.

Tous se retrouvèrent dans le salon. Frédéric évita avec soin de regarder là où se tapissait Alexandre. Lionel diminua la luminosité de sa lanterne. Ses doigts tremblaient sur sa poignée et il la laissa pendre le long de son flanc.

— Nous allons continuer de la même façon, fit Ranjani. Nous retournons ensemble à la résidence.

Lionel ne protesta pas. Ils reviendraient ensuite chercher Alexandre. Ce ne fut que lorsqu'ils se furent débarrassés des autres que Frédéric s'autorisa à respirer librement, et il eut l'impression de prendre sa première inspiration de la nuit.

Profitant des heures avant le dîner, Lionel gagna le salon où il avait rendez-vous avec Jovianna. La pièce bourdonnait de discussions. Sur sa droite, il aperçut Cedren, les deux étinceleurs et Reinhardt. Après qu'il lui eut fait part de ses idées, son amie les avait approuvées avant de proposer d'en parler elle-même aux trois garçons. Cela passerait plus facilement venant d'elle et il avait accepté sans hésiter. La fatigue et la tension de la nuit précédente s'attardaient. À peine avait-il fermé les yeux qu'il s'était retrouvé en cours et le fil de la journée ne l'avait pas aidé à se sentir mieux. Cathédrale l'écrasait, mais il s'efforçait de résister. Il n'était pas celui qui en souffrait le plus.

À l'opposé du salon, Ranjani et ses comparses faisaient mine de converser. Lionel rejoignit le canapé où l'attendait Jovianna. Il s'inclina devant elle.

— Jovianna. Nous vous avons regrettée hier soir, la fête n'est jamais complète sans vous.

— Vraiment ? J'ai ouï dire que vous vous amusiez au plus haut point.

Avec un sourire, il prit place à côté d'elle, conscient des regards que leur conversation attirait. Plutôt qu'un endroit discret comme le parc, ils avaient préféré négocier en pleine lumière. Cedren avait levé les yeux au ciel devant cette idée, mais elle avait reconnu que ce n'était pas son domaine.

— C'était très divertissant, admit-il, et cela me manquait ces derniers temps. Cependant, cela relève de cette rare catégorie de plaisirs qui ne fonctionnent qu'une fois avant de devenir terriblement ennuyeux. Vous n'en disconviendrez pas, j'imagine ?

— Je ne pensais pas vous lasser si vite. Je crains malheureusement qu'il ne faille vous en accommoder.

Bien qu'elle sourît, son regard restait de glace.

— Vous avez un goût prononcé pour les duels, mais ceux-ci ne vous serviront pas. Si cela avait dû être le cas, ils auraient eu lieu hier soir.

Le recul de Ranjani l'avait soulagé. Ce n'était que partie remise, bien sûr, néanmoins les complices de Jovianna y réfléchiraient à deux fois avant de s'en prendre à son propre groupe. Pour autant, aucun d'eux n'avait d'intérêt à faire un bain de sang, et fouiller en regardant sans cesse par-dessus leur épaule allait devenir invivable. Jovianna devait en avoir conscience autant que lui.

— Je suppose que si vous avez tenu à me rencontrer, c'est que vous avez une idée autre que m'inciter à renoncer.

Il inclina la tête, acceptant le chemin direct vers le cœur de la discussion.

— Naturellement. Nous battre ne nous mènera nulle part et, de ce que j'ai constaté, nous ne divisons pas nos équipes. Dans ces conditions, nous ne pouvons pas consacrer toutes nos nuits à nos explorations, surtout si cela se prolonge.

Il ne connaissait que de loin ceux qui la suivaient, mais il la voyait mal faire confiance à un autre que Ranjani dont elle semblait proche.

— Je voulais donc vous proposer que nous alternions. Un soir réservé aux vôtres, le lendemain aux miens, et ainsi de suite. Cela nous donnerait toute liberté de chercher en nous laissant autant de chances de réussir. Vous savez comme moi qu'une nouvelle rencontre ne se déroulerait pas aussi bien et vous ne pouvez pas vous permettre qu'une partie de votre groupe se retrouve hors jeu.

— Vous non plus, pointa-t-elle.

— Parieriez-vous dessus ? Ranjani n'a pas gagné cette manche.

— Mais puisque vous êtes venu, vous n'êtes pas sûr de remporter la suivante.

— Pardonnez-moi, j'omettais le fait que vos petites manœuvres pour nous égarer n'ont pas fonctionné non plus. Jusqu'à présent, je me suis abstenu de renchérir. Dois-je vous rappeler comment nous accédons à notre champ de bataille et qui se trouve dans mon équipe ?

Elle ne tourna pas la tête mais saisit sans mal l'allusion à Frédéric. S'il lui demandait de modifier le mécanisme de l'horloge, il leur faudrait du temps pour descendre de nouveau dans le labyrinthe. Et il ne pensait pas qu'elle tenait à ce point à impliquer le personnel de l'école dans ses manigances. L'alternance était la proposition la plus honnête et généreuse qu'il pouvait lui faire ; l'escalade ne leur apporterait rien et la chape de Cathédrale pesait bien assez sans qu'il en rajoute. Siran ne le lui pardonnerait pas et elle ne serait pas la seule. Au moins Jovianna ne rejetait-elle pas son offre d'emblée.

— J'y vois cependant un inconvénient. Vous n'êtes pas seul à jouer de votre côté et vos belles paroles n'ont l'air que de cela : des paroles.

Lionel répugnait à admettre qu'il n'avait aucune idée des avancées de Martial. Rien dans le labyrinthe n'indiquait qu'il avait trouvé l'accès. Il pouvait malgré tout utiliser leurs marques pour se repérer tout en dissimulant sa présence. Néanmoins, l'idée que les ducs n'aient créé qu'une entrée au souterrain le dérangeait. Ils devaient bien se douter que leurs héritiers finiraient par se déchirer. En prévoir une deuxième, c'était multiplier les risques de découverte, mais c'était aussi s'assurer de ne pas tout remettre entre les mains d'une personne. Que les ducs Andersen et Lamarcchia de l'époque aient choisi le même accès était peut-être un signe de sagesse : priver l'autre du pouvoir de Cathédrale, c'était se condamner soi-même. Sauf si certains de leurs alliés leur offraient une solution. C'était alambiqué, tiré par les cheveux, mais Lionel croyait de plus en plus à cette deuxième possibilité. Pour autant, il renâclait à l'idée de se rapprocher de Martial, sans déterminer si ce sentiment venait de lui ou de l'école. Si Jovianna refusait toute conciliation, il amorcerait un mouvement vers son parrain.

— Pour autant que je sache, nous ne sommes que deux pour l'instant, concéda-t-il. Ce n'est évidemment pas une proposition de paix ni de non-agression, à moins que vous n'ayez décidé de vous rallier à mon point de vue, ce qui me réjouirait. Il n'y aurait qu'un engagement : respecter l'alternance et ne pas empêcher l'autre de descendre. Cela vous agrée-t-il ?

On leur jetait encore des regards, quoique plus espacés qu'au début. Ils parlaient trop bas pour qu'on les entendît, cela manquait d'animation aux yeux des étudiants – sauf à ceux d'Orfeo, visiblement, assis un peu plus loin en compagnie d'Élysée. Il y avait peut-être quelque chose à tenter de ce côté-là. L'héritier d'Eindovia devait bouillonner devant l'attitude de sa sœur. Il ne souhaitait peut-être pas diviser son camp au vu des enjeux.

— Cela peut me convenir si cet engagement se révoque dès lors qu'un changement susceptible de nous porter préjudice se produit.

Bien sûr, si elle avançait, elle mettrait tout en œuvre pour qu'il n'obtienne pas la même information – et il ne se priverait pas de faire de même.

— J'accepte.

— Nous avons un accord, alors, conclut Jovianna. Il me paraît plus simple que nous tirions au sort pour savoir qui aura l'honneur de commencer. Procédons dans un endroit plus discret, je déteste me livrer en spectacle.

Un sourire aux lèvres, Lionel se leva et lui tendit le bras. Tous deux quittèrent le salon sous les murmures.

La satisfaction d'avoir remporté le tirage au sort ne dura pas longtemps : leur exploration nocturne ne leur apprit rien de nouveau. Alors qu'ils traversaient le hall, Lionel crut entendre un bruit de voix. Cedren et Frédéric marquèrent une halte brutale. La pièce ne leur offrait aucun abri, sauf…

D'un mouvement, ils plongèrent dans l'ombre d'une des statues au pied des escaliers. Lanterne éteinte, ils s'accroupirent au moment où la porte s'ouvrait sur deux étudiants. Le visage masqué, ils disparurent de l'autre côté de la pièce.

Lionel attendit d'être sûr qu'ils ne revenaient pas pour se redresser. Tous les cinq filèrent sans bruit dans les couloirs. Les garçons raccompagnèrent Cedren jusqu'à sa résidence avant de repartir vers leurs propres chambres, restant seuls le moins possible.

Le lendemain matin, le Carélien se réveilla bien trop tôt à son goût. Le Cœur n'était pas tout ; il avait promis à Siran de l'aider et de tenir sa place dans leur relais. Il n'était pas le plus doué, mais il ne comptait pas se dérober.

La nausée l'envahit lorsqu'il posa les doigts sur le mur. La magie de l'école, lourde, poisseuse, l'imprégnait. Bien plus forte et noire que la veille, violente, *désespérée* presque. La vague le submergea. Avec une exclamation, il bondit en arrière, le souffle coupé, les yeux écarquillés, prêt à fuir si jamais la magie débordait. Lionel considéra le mur quelques secondes avant de rassembler assez d'énergie pour s'en rapprocher.

Il ferma les paupières, s'efforça de rappeler tout ce qu'il avait comme sensations positives. Assurance et réconfort. Comme s'il devait rassurer sa jument. Les naseaux de Nordlys lui vinrent à l'esprit, lui tirant un sourire.

— Tu ne veux pas une carotte ou une pomme, toi aussi ? Ce serait plus simple.

Lorsqu'il se recula, il était drainé, mais le pouvoir de l'école s'était adouci. Un peu. Pour combien de temps ? Ses doigts caressèrent l'once et le lynx tandis qu'il appuyait le front contre le mur quelques secondes. *Allez.*

Alors qu'il descendait, les marches résonnèrent derrière lui. Il s'écarta de la rampe juste à temps pour se plaquer au mur. Un petit groupe le dépassa en le bousculant, manquant de le faire tomber. Des mots orduriers leur échappèrent, auxquels il s'abstint de répondre. Depuis le duel et avec la magie de l'école, les heurts devenaient quotidiens ; les élèves ne cachaient pas qu'ils ne le respectaient plus et ne rêvaient que de le voir à terre. Il gardait la tête haute, les défiant de sa seule attitude.

L'ambiance du réfectoire était plus que morose lorsqu'il y pénétra. La majorité des étudiants s'y trouvaient, les traits tirés. Les conversations ne s'élevaient pas plus haut qu'un murmure. Alexandre lui faisait signe de le rejoindre, mais il était en compagnie de Reinhardt. Lionel balaya les élèves des yeux. Dommage qu'Élysée ne fût pas encore descendu. Quoi qu'il en fût, il ne pouvait pas déjeuner seul.

Il prenait place à côté des deux garçons lorsque les portes se rouvrirent. Le directeur, l'intendant et deux professeurs s'avancèrent. Lionel se raidit. Dans un silence pesant, le comte traversa la salle puis leur fit face.

Leur attitude grave lui rappela le moment où on leur avait annoncé la mort de Jacem. Malgré lui, Lionel commença à parcourir les tables. Ce n'était pas un jour de classe, tout le monde ne se levait pas à la même heure…

— … vous faire part du décès de monsieur Élysée Eliescu cette nuit…

Élysée ? La pièce vacilla autour de lui tandis qu'un frisson courait dans son dos. Le directeur évoquait un accident.

— Son corps a été retrouvé dans la pièce d'eau à l'aube.

Il poursuivit, « chute », « emprise de l'alcool », « tragique événement ». Cela n'avait aucun sens. Ou alors pas celui qu'on essayait de donner.

Ils l'ont tué.

Il chercha Orfeo. Les doigts serrés sur sa tasse comme s'il voulait la briser, la bouche réduite à une ligne fine, lui aussi encaissait le choc.

Le directeur invitait tout éventuel témoin à se rapprocher de l'administration, proposait du soutien. Les mots glissèrent sur Lionel. Élysée. Dont les parents ne voulaient pas qu'il revienne. Ses parents… Son estomac se tordit. Il était absolument hors de question que le comte de Lanark leur sorte les mêmes inepties. Il devrait lui parler – c'était d'ailleurs intéressant que cette fois le directeur n'eût pas pris la peine de tous les rassembler. Craignait-il un débordement ? Ou peut-être était-ce plus simple pour surveiller leurs réactions. Silencieux, les professeurs ne les quittaient pas du regard.

Eux aussi savaient qu'il s'agissait d'un meurtre.

Lionel sortit de la tour de l'administration. Le directeur lui avait assuré qu'il n'entrerait pas dans les détails concernant la mort d'Élysée, conscient que ses parents venaient de perdre leur dernier enfant. D'après les constats du médecin, il s'était effectivement noyé.

La matinée avait filé sans qu'il s'en aperçût. Lionel rejoignit le parc et sa pièce d'eau. Seule une barque abandonnée sur le rebord rappelait ce qui s'était joué. *Cette nuit…* Alors qu'ils exploraient le souterrain, qu'ils étaient peut-être encore dans les couloirs. Trop loin pour percevoir quoi que ce fût. Élysée avait-il vu, entendu quelque chose qu'il n'aurait pas dû ?

Cathédrale est ce que vous en faites.

Il n'y avait pas de vent, mais de longs frémissements ridaient la surface. L'eau tournoyait doucement. Lionel vérifia qu'il était seul avant de gagner la margelle et demeura debout. Même en barque, les domestiques avaient eu du cran. Ou peut-être ne sentaient-ils pas la menace qui flottait entre deux eaux. Qu'Élysée eût été conscient ou non, les remous n'avaient pas dû lui accorder beaucoup de chances de s'en sortir.

Lionel recula lentement. Le parc silencieux le mettait mal à l'aise ; il se sentait observé. Surtout, il venait à bout de sa courte liste de prétextes pour retarder l'inévitable.

Déterminé, il rejoignit la résidence. Le directeur lui avait appris que le corps de son ami reposerait dans sa chambre pour y être veillé. Devant la porte, Lionel marqua une hésitation. Une odeur d'encens flottait déjà dans l'air.

Élysée avait été déposé sur son lit, trop habillé pour avoir l'air de dormir – trop raide aussi, le teint trop blanc. La fumée envahissait les lieux, mais Lionel reconnut sans mal le garçon déjà présent. Orfeo. Il amorça un mouvement de recul.

— Vous pouvez rester, Lionel.

Sa voix vacilla. La gorge nouée, le Carélien s'avança. Son regard se perdit sur les boucles brunes, les traits fins. Leur relation était particulière, mais il appréciait sincèrement Élysée.

Orfeo se moucha. Lionel battit des paupières. L'héritier d'Eindovia lui laissa quelques minutes avant de se tourner vers lui, les yeux rouges.

— Jovianna croit que c'est vous.

— Pardon ?

Orfeo ne le quittait pas du regard.

— Parce qu'il était en partie de notre côté et à cause de ce qui s'est passé entre Frédéric et lui. Mais vous n'auriez pas créé une mise en scène aussi grotesque.

— Il ne buvait pas d'alcool. Et je n'aurais pas ruiné notre accord alors que c'est moi qui l'ai demandé.

Lionel ignorait si l'un de ses proches avait un souci avec la boisson ou s'il ne souhaitait simplement pas en consommer. Élysée gardait un verre à la main dans les diverses réceptions, autant pour suivre les convenances que pour éviter les questions, sans jamais le porter à ses lèvres. L'imaginer boire au bord de l'eau en pleine nuit…, c'était absurde.

— J'ai parlé avec le directeur. Il ne le dira pas à ses parents.

Les dents d'Orfeo grincèrent presque.

— Encore heureux. C'est déjà odieux de parler d'accident. Ils ne veulent faire intervenir personne, n'est-ce pas ?

Il partageait la même impression. Deux morts – deux meurtres. Il y avait de quoi demander la présence des services de la reine. Mais le Cœur et la magie de l'école brouillaient tout. Son regard revint sur Orfeo. C'était étrange, cette conversation à mi-voix, dans ces circonstances. Il songea à la noirceur de l'école. À ce qu'elle faisait d'eux. À Élysée, surtout. Leur ami méritait mieux que leur antagonisme. Peut-être pourraient-ils aussi ralentir les événements s'ils montraient l'exemple.

— Orfeo, le directeur m'a appris que, si les parents d'Élysée l'acceptaient, il organiserait une cérémonie ici. Si cela se confirme, je pensais… Peut-être pourrions-nous leur proposer de lui rendre hommage ensemble ?

Orfeo ne répondit pas immédiatement.

— En vérité ?

Sans mascarade, ni apparences ou hypocrisie. Lionel hocha la tête.

— En vérité.

— Alors j'accepte.

Un bref soulagement traversa Lionel. Orfeo reprit :

— Je vous dois des excuses, Lionel. Frédéric et vous étiez bien innocents.

Il avait donc tenu compte du conseil adressé après le duel de chercher qui avait réellement intérêt à les voir s'affronter.

Le nom avait flotté entre eux sans que Lionel le prononce. Orfeo était allé au bout du raisonnement – ce qui expliquait la distance entre sa sœur et lui.

Lionel inclina la tête. Il acceptait les excuses.

En silence, tous deux poursuivirent leur veille.

Chapitre XXVII

Frédéric se glissa au fond du temple qu'abritait le parc de Cathédrale. Il avait hésité avant de s'y rendre. Les insultes d'Élysée restaient vives dans sa mémoire, même si les Lamarcchia et la magie de l'école en avaient inspiré une partie. Ce qui s'était passé sur les toits comme la dette qu'Élysée voulait payer l'avaient convaincu de venir.

Devant l'autel, les élèves s'asseyaient selon la hiérarchie compliquée entre proches, alliances et rangs de préséance – cette alchimie subtile où chacun connaissait sa place et qu'il peinait encore à appréhender. Les parents d'Élysée se tenaient au premier rang, ravagés par le chagrin. Ils repartiraient ensuite avec leur fils pour l'enterrer chez eux.

Un tintement cristallin retentit et l'assemblée se leva. Lionel et Orfeo entrèrent, vêtus de noir de la tête aux pieds, une cape de la même teinte sur les épaules. Ils portaient chacun un lourd chandelier d'argent duquel s'élançait un haut cierge immaculé. Leur décision avait suscité de nombreux commentaires, en bien ou en mal, mais c'était frappant de les voir avancer côte à côte. Lionel ne semblait pas à l'aise. Ses doigts se crispaient sur le métal, comme s'il s'y cramponnait. Les fumées d'encens les enveloppaient.

Frédéric baissa la tête au passage du cercueil. Les deux garçons attendaient en sentinelle. Lorsque les officiants eurent déposé la bière entre eux, ils placèrent leur cierge de part et d'autre. Orfeo resta là, veilleur vigilant, tandis que Lionel gagnait le clavecin installé sur le côté.

Ses notes accompagnèrent toute la cérémonie ; pas une seule fois il ne tourna la tête, mais au tremblement de ses épaules, visible même à distance, Frédéric comprit qu'il pleurait. Les morceaux solennels, auxquels le talent de Lionel donnait force et profondeur, lui serrèrent le cœur.

La cérémonie s'acheva au son du clavecin. Frédéric quitta les lieux dès que ce fut décent. Le temps que le temple se vide, que se tienne le buffet prévu ensuite… Il pourrait se concentrer sur les mots d'Aksel.

Il s'introduisit sans bruit dans la chambre de Lionel et récupéra le journal dans sa cache. Il revint sur les premières pages, mais Aksel détaillait surtout leur enfance – leur éducation différente, la façon dont Lionel lui partageait tous ses enseignements, les rares moments où, profitant de leur ressemblance, Aksel se glissait à sa place dans les réceptions.

Cela ne lui donnerait pas ses réponses. Il sauta à la fin du carnet, là où des pages entières se trouvaient codées. De l'eau avait dilué certains passages, comme si le garçon avait pleuré en écrivant. Cela devait correspondre à l'époque où Lionel avait situé sa « mort ». Il n'avait pas beaucoup continué au-delà. Cela ne lui dirait pas si Aksel était encore en vie, mais cela lui apporterait peut-être assez d'éléments pour comprendre ce qui se passait.

Je ne l'oublierai jamais. Je l'ai déjà écrite. Des dizaines de fois, noircissant des feuilles et des feuilles. Des feuilles que j'ai brûlées. Lionel l'a dessinée aussi. Mais cette journée continue de hanter nos cauchemars. Comme si nous y étions encore. Je crois que nous ne sommes jamais sortis de ce souterrain. Que nous n'en sortirons jamais.

Les notes l'enveloppaient, s'accordaient sur sa peine et sur son âme, murmuraient leur réconfort comme chaque fois, mais ce n'était pas assez, jamais assez, pour oublier le vide en lui, la noirceur et les ténèbres qui l'engloutissaient. Les larmes coulaient sur ses joues. Il aurait dû les essuyer. Il ne parvenait pas à ôter ses doigts du clavier. S'arrêter, ce serait… insupportable. Il n'y aurait plus que le silence glacé, la solitude intolérable. La musique la chassait un peu lorsqu'elle le submergeait, sans jamais la faire disparaître. Il aurait voulu oublier ce qu'il y avait derrière lui, oublier les images qui revenaient, chaque instant de la cérémonie gravé dans son être. Il y avait eu un cercueil aussi. Il était seulement plus petit.

Les notes l'enveloppaient, mais il n'y avait pas eu de musique ce jour-là, ou si peu, juste en arrière-plan. Des morceaux qu'il connaissait et qu'il n'avait plus jamais été capable de jouer ensuite. Quelques personnes à peine, alors qu'il aurait dû y en avoir des dizaines. Un véritable hommage et non cette mascarade, une de plus, une qui s'ajoutait à tant d'autres.

Les notes l'enveloppaient, seul réconfort là où il aurait voulu croiser un regard gris-bleu si semblable au sien, entendre les phrases qu'il aurait complétées sans même y penser, sentir les bras de son frère autour de lui…

— Lionel !

Des notes discordantes échappèrent au clavecin lorsque le prénom résonna. Un cri, un rejet au bord des lèvres, un « non » qui se pressait dans sa gorge. Pas maintenant. Il cligna des yeux. Le temple des Andersen ne ressemblait pas à…

Il n'était pas en Carélie.

Il était à Cathédrale.

Depuis quand était-il parti ? Les doigts toujours posés sur les touches, il tremblait de tout son corps. On s'approcha.

— Lionel, je suis désolée.

— On vous a entendu jouer…

La voix d'Alexandre se perdit. Avec effort, le Carélien pivota. Son regard bondit vers l'autel, mais il n'y avait plus rien ni personne d'autre que Cedren et l'étinceleur, la mine soucieuse.

— Me cherchiez-vous ?

— Nous nous étonnions de ne pas vous voir au buffet. Nous pensions que vous étiez avec Frédéric, mais nous ne vous avions pas vu sortir. Nous avons préféré vérifier. Est-ce que nous pouvons faire quelque chose ?

Il n'en savait rien. Il lui fallait se reprendre, paraître au repas, échanger avec les parents d'Élysée. Tenir. Il força un sourire sur ses lèvres qui ne convainquit ni Cedren ni Alexandre.

— Je vais bien, murmura-t-il. C'est l'affaire de quelques minutes.

Ils restèrent avec lui, lui laissant le temps de revenir pleinement dans la réalité.

Ensemble, ils retournèrent à la réception, où il s'efforça de remplir son rôle jusqu'à la première occasion décente de se retirer.

Fébrile, Frédéric poursuivait son déchiffrage, sautant des lettres lorsqu'il reconnaissait un mot. Les phrases devenaient plus courtes, presque froides, loin du débordement d'autres passages, comme si Aksel avait retenu ses sentiments. Ou n'arrivait pas à les coucher sur le papier. D'étranges arabesques peuplaient les marges, le moindre emplacement libre sur les pages. Elles ressemblaient aux ornements des portes qu'il avait vus en Carélie. Avec un froncement de sourcils, il se rendit compte que c'était toujours le même qui était représenté.

Père venait de nous apprendre que Lionel entrerait au collège à la prochaine rentrée, prélude à Cathédrale, et que je ne pourrais évidemment le suivre. Pendant quinze jours, nous avons tout tenté pour fléchir nos parents. Nous avons menacé de dévoiler la vérité. Ils n'ont pas cédé. Nous ne nous sommes pas quittés pendant ces quinze jours, oubliant tout ce qui n'était pas nous.

C'est moi qui ai eu l'idée. Une partie du château nous était formellement défendue : il s'agissait d'anciens passages qui abritaient le bureau secret de père, où il réglait ses affaires diplomatiques les plus importantes, comme tous les Andersen avant lui. En onze ans de bêtises, nous n'avions jamais osé braver l'interdit. Il était temps d'agir. Je ne projetais rien de très précis ; nous tenions surtout à faire comprendre à père qu'il ne réussirait pas à nous séparer. Ridicule présomption… Lionel a hésité ; il savait que les représailles me seraient destinées, mais je ne m'en souciais guère.

Nous nous y sommes rendus une après-midi. Les protections magiques des sous-sols ne se sont pas activées pour nous. Nous étions des Andersen. Ici, rien ne pouvait nous atteindre. Les premières salles se sont révélées décevantes ; elles ne contenaient que des documents.

Nous avons finalement découvert le bureau de père au bout du couloir. Avec un regard complice, Lionel s'est élancé le premier.

Alors, le monde a basculé.

Une onde de choc a envahi la pièce et des vagues d'énergie ont déferlé. Lionel s'est tourné vers moi, m'a poussé en arrière au moment où la magie nous frappait. Je me suis relevé d'un bond. Mais une barrière infranchissable se dressait entre lui et moi.

Lorsque le tourbillon de l'artefact qui protégeait le bureau s'est calmé, Lionel gisait au sol, presque sur le seuil.

Je l'ai tiré hors de la salle. Il ne m'a pas résisté. Du sang coulait de son nez et au coin de ses lèvres, lentement. Je ne l'avais jamais vu aussi pâle. Plus blanc que la neige. Et son visage… Son visage exsangue, tordu par la souffrance. Mes mains sur lui pour le secouer, pour le réveiller ; son prénom, encore et encore, jusqu'à ce que ma voix se casse. Mes doigts sur sa joue froide, sur la fine pellicule de sang déjà sec qui se craquelait et que j'ai essayé d'enlever. Ce serait mieux sans.

Ma lampe a fini par s'éteindre, consumée jusqu'au bout. Les ténèbres nous ont engloutis.

Père nous a retrouvés des heures plus tard. Après que les domestiques ont fouillé le château de fond en comble, le parc, la forêt, examiné le lac, envisageant une fugue ou un accident. Sa lumière n'a pas dissipé l'obscurité. C'était comme si elle venait d'un autre monde, voilée, brumeuse. Ou peut-être que c'était nous qui étions déjà ailleurs.

Père a mis un genou en terre à côté de nous. Il ne lui a pas fallu longtemps pour comprendre. Il a voulu me prendre Lionel. J'ai résisté, mais il y est parvenu. Je n'ai pas bougé. Lionel semblait si frêle dans ses bras. Il s'est tourné vers moi, m'a toisé : « Tu devais le protéger, c'était ton rôle ; c'est toi qui aurais dû mourir. »

Il est parti. Je suis resté là. Vide. Seul. Lionel. Lionel. Mon frère, mon confident. Mon jumeau. La moitié de moi-même.

Père est venu me voir dans ma chambre. Sa voix gardait la même froideur. Il m'a annoncé qu'il s'occuperait du nécessaire pour Lionel. Non. Pour Aksel. « C'est moi, Aksel », ai-je répondu. « Non. Aksel est mort ; tu es Lionel, le seul héritier des Andersen. »

Le carnet glissa des mains de Frédéric dans un bruit de page froissée. Il était glacé, incapable de bouger. La dernière phrase tournait dans sa tête, infernale. Il s'était trompé, il avait mal…

— Frédéric, qu'est-ce que vous faites ?

Frédéric releva la tête dans un sursaut. Sur le seuil, Lionel – non, *Aksel* – le fixait, les yeux rougis et écarquillés. Livide, il se cramponnait d'une main au chambranle. Frédéric se leva.

— Tu es Aksel.

Le prénom résonna à ses oreilles comme un coup de tonnerre. Seule sa prise au mur le tenait debout. Son regard tomba sur le carnet à terre, et il amorça un plongeon. Il n'était peut-être pas trop tard pour revenir en arrière, faire comme si ces quelques secondes n'avaient pas existé. Il s'immobilisa net lorsque Frédéric attrapa le journal avant lui. Celui-ci le posa sur la table, le rejoignit en deux enjambées pour le saisir par les revers de sa veste. Le Carélien attrapa ses poignets, sans savoir s'il le repoussait ou se retenait à lui.

— Tu es Aksel.

Celui-ci ferma les yeux devant le ton accusateur, marqué par une pointe d'incrédulité qui n'en effaçait pas la certitude ; il tremblait de tout son corps. Incapable de trouver sa voix, il hocha la tête. Oui. Pour le moment. Il ne supporterait pas d'entendre cette phrase une troisième fois.

Il en avait pourtant rêvé si souvent. Mais pas comme une condamnation et un rejet. Frédéric l'observa comme s'il le voyait pour la première fois.

— Eh bien voilà. *Enfin* un peu d'honnêteté et de vérité. On va pouvoir discuter, maintenant.

Il se tut, comme pour lui laisser le temps de protester. Le frère de Lionel garda le silence. Le bloc de glace dans son estomac se diffusait dans tout son corps. Frédéric perdit patience.

— Tu m'as raconté qu'il… que tu… qu'Aksel était mort !

Cette fois, il réussit à parler.

— C'est la vérité. Aksel est mort là-bas. Ou peut-être le jour de sa naissance, qui sait ? Ou peut-être qu'il n'a jamais existé. Il y a plein de vérités, choisis la tienne.

Frédéric le secoua.

— Arrête ça, je ne joue plus, j'en ai plus qu'assez des mensonges et des demi-vérités ! « Ce que vous avez apporté à Aksel », « il m'a fait promettre de vous protéger… » Pourquoi ne pas me dire que c'était toi ? Tu comptais me mentir, te taire toute ta vie ?

Frédéric connaissait déjà les réponses, il enchaîna aussitôt.

— Pourquoi revenir vers moi, alors ? Pourquoi faire semblant de me détester, ou me détester tout court, d'ailleurs, pour ce que j'en sais, alors que tu aurais pu m'ignorer ? Je n'aurais jamais deviné. Pendant des années, j'ai espéré qu'on se revoie…, pas toujours avec de bonnes raisons, mais maintenant je me dis qu'il aurait mieux valu que ça n'arrive jamais.

Il pointa le carnet.

— Peut-être as-tu raison après tout, l'Aksel que j'ai connu est mort. Il n'aurait pas agi ainsi cette année.

Ses jambes cédèrent sous lui et Frédéric ne le retint pas. Ses genoux heurtèrent le sol dans un bruit sourd. Il prit une inspiration trop courte qui n'atteignit pas ses poumons. Les suivantes non plus. Un poids lui écrasait la poitrine. « Aksel est mort. »

— Respire, Aksel. Doucement.

Il essayait. Des mains sur ses épaules. Il n'avait pas la force de se dégager ni de parler.

— Fais comme moi. Respire.

Il se raccrocha à Frédéric, jusqu'à parvenir à prendre une première inspiration normale – longue, profonde, qui emplit enfin ses poumons. Une chaleur humide baignait ses joues. Il avait froid et ses mains engourdies le picotaient. Frédéric l'aida à s'asseoir, le dos contre son lit. Derrière la colère qui marquait encore le visage de l'étinceleur, il y avait de l'inquiétude. Pendant quelques instants, seule sa respiration laborieuse envahit la chambre. Le Carélien plongea son visage dans ses mains.

— Je n'aurais pas dû dire ça, murmura Frédéric. Mais je ne comprends pas.

Si seulement il avait lu la fin !

— Moi aussi, je voulais te retrouver. J'espérais… j'espérais qu'on pourrait recommencer, même après tant d'années. Que tu n'avais pas oublié, toi non plus.

— Mais quoi ? Jouer le rôle de Lionel t'obligeait à mal te comporter ? Ça n'a toujours aucun sens.

Il déglutit. Est-ce qu'il pouvait aller plus loin ? Frédéric avait déjà compris le pire. Les mots lui échappèrent presque malgré lui.

— Je suis Aksel, mais Lionel aussi.

— J'avais cru comprendre, oui !

— Non, je veux dire… pour de bon. Il est avec moi.

Frédéric sursauta.

— Tu te fous de moi ? Ton journal est assez clair sur…

— Non. Je vais t'expliquer, tu vas comprendre.

Il l'espérait, du moins. Frédéric avait déjà leurs vies entre les mains. Lui en confier davantage était un risque sans nom. Mais peut-être accepterait-il ensuite… C'était à la fois trop tôt et trop tard. Dans quelques mois, il n'y aurait plus eu de secret, Lionel serait de nouveau lui-même, seul – entier, d'une certaine façon. Dans l'intervalle, pouvait-il vivre pour de vrai, exister aux yeux d'un autre ? Il n'en savait rien. Il le voulait pourtant, désespérément, viscéralement, tout en sachant que cela ne mènerait nulle part.

Le regard fixé sur les nœuds du parquet, il développa à voix basse :

— Nous avons… nous avons enterré Lionel. Sous mon prénom et en occultant la vraie date. C'était une injure pour Lionel et pour moi ; c'était odieux. Une façon pour le duc de se convaincre que son héritier vivait, qu'il se débarrassait d'Aksel pour de bon. Au fond, il nous a tués tous les deux ce jour-là. Ce que tu as lu, c'est aussi ce qu'il a dit à ceux qui connaissaient la vérité. Seule la gouvernante a compris, elle était l'une des rares à nous distinguer.

Cela n'a rien changé, elle ne pouvait pas faire autrement que m'appeler Lionel.

Ses poings se serrèrent. Le parquet était dur sous ses phalanges, ses ongles lui rentraient dans les paumes.

— Je… je n'étais plus moi-même. Tu n'imagines pas… Non, tu ne peux pas concevoir ce que cela fait d'entendre le prénom de ton frère, d'accourir en te disant que tu ne veux plus jamais revivre un tel cauchemar et de comprendre qu'en fait c'était toi qu'on cherchait. J'ai passé des journées et des nuits près du mausolée. Il ne pouvait pas me quitter, n'est-ce pas ? Et deux mois après, j'ai entendu sa voix dans ma tête.

Frédéric sursauta. Le Carélien le remarqua à peine. Il s'en souvenait comme la veille, de ces échos auxquels il avait eu tant de mal à croire avant de se reprocher son incrédulité : bien sûr que Lionel ne l'avait pas abandonné ! Alors qu'il se laissait mourir, son frère avait trouvé le moyen de le rejoindre.

— Je regrettais de ne pas pouvoir le voir ou le toucher, mais il était présent et c'était l'essentiel. Sept semaines plus tard, j'ai cessé de l'entendre et il s'est produit autre chose. J'ai commencé à souffrir d'absences, de trous de mémoire de plusieurs heures.

Le duc fustigeait son comportement, lui reprochait de mal se tenir l'après-midi alors que tout allait bien le matin, ou l'inverse. C'était comme un tableau noir, un sommeil sans rêves.

— Un jour, j'ai découvert un dessin sur mon lit. Un croquis de Lionel, que je ne connaissais pas et qui le montrait en présence de père. J'ai couru dans son bureau, mais mon frère n'y était pas. Le duc m'a juste dit qu'il m'avait reçu un peu plus tôt et m'a mis dehors. J'ai fini par comprendre. Ces absences... C'était parce que Lionel se trouvait là, en moi. Il prenait ma place quelques heures, puis je revenais. Et ainsi de suite. C'est ainsi depuis... Cela va faire cinq ans.

Aussi immobile qu'une statue, Frédéric souffla :

— C'est pour ça que j'ai eu l'impression que tu ne me supportais pas ? Parce que lui me déteste encore ?

— Il a toujours éprouvé de la jalousie envers toi. Nous sommes exclusifs... Il l'est plus encore que moi.

Il pouvait presque voir défiler le début de l'année dans les yeux de Frédéric. Lionel et lui avaient pourtant passé des mois à s'accorder pour dissimuler au maximum leurs différences de caractère, ainsi que son aisance moindre en société. Frédéric avait mis en danger leur système. Ses lèvres remuèrent sans qu'il prononce le moindre son. Le garçon crut reconnaître le mot « lunatique ».

— C'est pour ça que tu as deux génies.

Il tressaillit.

— Comment le sais-tu ?

— Je t'ai surpris en train de jouer du clavecin une nuit. La panthère, là...

Il désigna le mur. Le Carélien répondit machinalement :

— Une once.

Frédéric fit la moue. Ce n'était sûrement pas ce qu'il attendait, mais que lui dire d'autre ? Frédéric le scruta.

— Tu m'as tout avoué, cette fois ? Il n'y a plus de mensonges ?

Le deuxième année tordit la bouche.

— Ma vie entière est une mascarade. Les mensonges font partie de moi, mais c'est la deuxième fois que je dis la vérité et la première qu'elle est entière. Le hasard ou le destin ont fait que c'était à chaque fois à la même personne.

Il se sentait vide, nu. Dépouillé jusqu'à l'âme, comme s'il ne restait rien de lui. Il avait espéré gagner en consistance, retrouver une partie de son identité. C'était plutôt le contraire. Il s'étiolait. Ce n'était peut-être pas plus mal.

— Personne d'autre que moi ne sait…

— Lionel, nos parents. La gouvernante. À part mon frère, tous m'appellent Lionel. Cela faisait des années que… que je n'avais pas entendu autre chose.

— Solveig ?

Il se raidit.

— Non. Elle était trop jeune à l'époque, elle savait à peine depuis quelques mois que nous étions deux, parce que Lionel avait décidé de contourner les ordres de nos parents. Il ne supportait pas qu'elle ne me connaisse pas.

Il croisa les bras sur son torse.

— Après, cela n'avait plus de sens de lui dire qui avait vraiment survécu, puisque j'étais Lionel quand même, qu'Aksel était mort et n'aurait jamais d'existence.

Il soupira.

— J'aurais dû te tenir loin de tout cela, je n'en ai pas eu la force. Pas plus que celle de tout t'avouer, chez toi. C'était comme si j'avais une chance d'exister, juste là, à portée de main, mais que je n'osais pas la saisir. J'avais peur aussi que tu ne me comprennes pas. Et de toute façon… Après les vacances, cela n'avait plus d'importance.

Frédéric fronça les sourcils.

— Pourquoi ?

— Te rappelles-tu le soir où Solveig est allée me chercher près du mausolée ? Père sait que ce jour-là je suis présent, et il voulait me parler.

Lionel ne venait jamais au jour anniversaire de sa disparition. Son frère s'efforça au calme. La condamnation sans appel de leur père s'était gravée au fer rouge dans sa tête.

— Il m'a signifié que… qu'il fallait que je rende sa place à Lionel. Que je disparaisse, que j'arrête de le parasiter.

Frédéric poussa une exclamation horrifiée.

— Mais c'est toi ! C'est… ton corps, ton apparence ! Pas ceux de Lionel. Tu lui as dit ?

— J'aurais dû mourir.

Si seulement il avait eu plus de réflexes ce jour-là ! Les poings serrés, Frédéric s'insurgea :

— Tu ne peux pas accepter ça !

— Je n'ai pas le choix. Père ne veut pas que cela continue ainsi. Cela nous laisse trop de liberté, il y a trop d'incertitudes sur ce que nous pourrions faire.

Ils avaient franchi trop de limites depuis le début de l'année. La faute était entièrement sienne et pourtant il ne le regrettait pas autant qu'il aurait dû. Le duc ne pouvait pas s'en prendre à leur corps, mais il avait été clair sur les capacités de certains étinceleurs à manipuler les esprits. Il pourrait le mettre en sommeil sans porter atteinte à Lionel.

— Seulement j'ai envie… j'aimerais être encore un peu… moi. Que Lionel ne soit pas le seul à savoir et, surtout, à accepter.

Les mots sortirent dans un murmure. Son frère ne comprenait pas son besoin d'exister dans le regard d'un autre que lui – à ses yeux, ils se suffisaient à deux. Cependant, il avait le droit d'être lui-même, de vivre sous son vrai nom si ce n'était dans son corps. C'était égoïste, mais il n'avait jamais pu éteindre ce sentiment, cette nécessité. Frédéric était le seul à même de combler ce manque. S'il le voulait bien.

— Lionel le sait ?

La question abrupte le tira de ses pensées.

— Non. Le duc m'a interdit de lui en parler. Il le prendrait très mal, et ce n'est pas le moment.

Il désigna l'école autour d'eux.

— Et j'ai besoin d'un peu de temps.

Il ignorait comment le lui dire sans déclencher une guerre ouverte entre leur père et Lionel. Frédéric se perdait dans ses pensées. Qu'est-ce que cela signifiait ?

— Frédéric, est-ce que tu me crois ? Est-ce que je suis… je suis bien…

Frédéric plongea son regard dans le sien. Cette fois, il le soutint.

— Tu es Aksel, le frère de Lionel et l'… ami que j'ai rencontré il y a huit ans.

Aksel soupira de soulagement, même si l'hésitation lui serra le cœur. Il n'avait pas le droit d'exiger quoi que ce soit de Frédéric.

— Penses-tu pouvoir me pardonner un jour ? Je suis désolé de t'avoir entraîné dans tout cela.

La crispation de Frédéric, le bref éclat de colère intérieure, aussitôt maîtrisé, ne lui échappèrent pas.

— Je comprends pourquoi tu devais mentir, reconnut Frédéric, même si cela reste difficile à admettre. Je ne refuse pas tes excuses, pour autant je ne sais pas si je peux te pardonner.

Aksel accepta la réponse.

— Est-ce que tu penses qu'on peut construire quelque chose pendant ces prochains mois ? Pas seulement pour moi, mais pour nous deux ? Je sais que c'est égoïste…

Frédéric prit le temps de peser le pour et le contre. Un long soupir lui échappa finalement.

— Parce que c'est nous et c'est tout, c'est bien ce que tu disais ? C'était vrai il y a huit ans, ça peut l'être aujourd'hui. Je ne dis pas que ce sera facile, mais on peut essayer. De toute façon, il est hors de question que ton père trouve le moyen de te faire disparaître.

Il en aurait pleuré. Il s'essuya les yeux, serra doucement le poignet de Frédéric.

— Merci.

Chapitre XXVIII

Une semaine plus tard, Frédéric chercha Lionel du regard en rejoignant l'amphithéâtre pour le cours de rhétorique. C'était l'un des rares endroits où il était sûr de tomber sur le bon jumeau. Il fit signe à Cedren, Alexandre et Reinhardt de ne pas s'occuper de lui.

Près de la scène, Lionel discutait avec Jovianna. Malgré leur allure détendue, Frédéric doutait que leurs propos le soient. Lionel remonta la pente de l'amphithéâtre, trébucha soudain avec une exclamation. Il se rétablit de justesse. Un élève assis au bord de la rangée ricana. Frédéric comprit qu'il lui avait fait un croche-pied. Sans rétorquer, Lionel s'installa – seul, comme toujours dès qu'il n'était pas avec eux. Lorsque Frédéric prit place à côté de lui, le Carélien lui jeta un coup d'œil de côté et fit semblant de se plonger dans la relecture d'un cours.

Qui était-il vraiment ? Une projection de l'esprit d'Aksel, brisé par la mort de son frère, ou le vrai Lionel, revenu en partie grâce à leur lien ? Il n'arrivait pas à se décider.

— Essayez-vous de limiter les dégâts avec Jovianna ?

— Échanger des menaces est toujours un excellent moyen de vivifier nos relations. Mais si vous voulez tout savoir, nous avons conclu d'un commun accord que nous ne danserions pas ensemble au prochain bal.

Malgré son ton froid et sérieux, Frédéric jugea qu'il se moquait de lui et revint à sa principale préoccupation.

— J'aimerais vous parler d'Aksel.

— Vos affaires ne me regardent pas.

À présent qu'il connaissait la vérité, Frédéric voyait plus nettement la différence entre les deux frères. La hauteur de Lionel qu'Aksel n'avait jamais possédée, sans doute parce qu'ils n'avaient pas reçu la même éducation. Parce que Lionel prenait à cœur son rôle d'héritier et parce qu'il essayait d'être le plus fort des deux.

— Je sais que vous me détestez, mais je sais également que vous êtes prêt à tout pour protéger Aksel. Je tiens à faire de même.

— Nos affaires ne vous concernent pas non plus.

Il ne se donnait plus la peine de cacher son animosité.

— Comment comptez-vous agir par rapport au Cœur ? Je me trouvais dans le jardin d'hiver lorsque vos parents…

La plume de Lionel dérapa sur sa feuille, y laissant une tache d'encre. Sa mâchoire se durcit.

— Je vois.

— Aksel dit que vous avez l'habitude de leur mentir. Ce n'est pas l'impression que vous m'avez donnée ce jour-là. Est-ce que vous comptez tout leur donner ? Est-ce que vous pensez vraiment que cela contentera votre père et qu'Aksel l'acceptera ?

Seul le silence lui répondit. Frédéric insista :

— Vous savez mieux que moi à quel point il est fragile…

Lionel soupira, fourragea dans ses cheveux. Frédéric revit son frère effectuer le même geste. Cinq ans qu'ils ne s'étaient pas aperçus et ils gardaient les mêmes attitudes.

— Dans notre enfance, finit-il par dire, en entendant la légende, Aksel et moi nous sommes juré de trouver le Cœur de Cathédrale. Cette quête nous ferait entrer dans l'histoire du royaume. Nous ne voulions pas comprendre qu'il nous serait impossible d'étudier tous les deux ici. Cette promesse tient toujours aujourd'hui, même si Aksel a souhaité s'associer à vous.

L'amertume transparaissait derrière ses mots.

— Elle nous offre l'occasion de progresser ensemble malgré… la situation. De partager nos recherches, nos idées, d'unir nos efforts dans un but autre que d'éviter que le mystère de notre attitude soit découvert.

Frédéric hocha la tête. Ils agissaient comme s'ils étaient encore deux.

— Alors pensez-vous vraiment que j'aie envie de trahir Aksel ? Que je souhaite le briser davantage ?

— Non.

Il avait craint que Lionel ne cède pour de bon face aux menaces de son père. Si le Cœur comptait tant pour eux, il résisterait au duc.

— Mais votre père…

— Vous ne m'apprendrez rien sur la façon dont je dois protéger Aksel. C'est ce que j'ai toujours fait et continuerai de faire, quoi qu'il m'en coûte.

— C'est ce que je voulais entendre…

— Messieurs Naudin et Andersen auraient-ils l'amabilité de partager avec nous leur avis sur ce débat qui semble les passionner ?

Frédéric tressaillit. Le professeur les toisait depuis la scène. Lionel avait davantage suivi que lui et se révéla capable de restituer les grandes lignes de l'argumentation. Lorsque l'enseignant se détourna, Frédéric ne manqua pas le sourire narquois du garçon qui l'ignora complètement ensuite.

Le silence de l'école lui pesait sur les nerfs. En traversant le hall, Frédéric jeta un regard par-dessus son épaule, mais il était seul. Il prit une inspiration – trop courte, un peu étouffée, comme si l'air lui-même changeait de texture, lui engluait la gorge et les poumons. Il se secoua. Depuis qu'Aksel lui avait parlé en détail des effets de Cathédrale, il avait l'impression de les sentir de plus en plus, sans savoir si c'était le cas ou si son imagination l'emportait. Il ne lâchait plus les présents de Louise et d'Étienne, déterminé à rester lui-même.

Frédéric n'entra dans le salon que le temps d'attraper un quotidien, s'efforçant de garder un pas naturel. Pendant le bref aller-retour, des regards inquisiteurs lui transpercèrent la nuque.

Il ferma la porte en retenant un soupir de soulagement. Il s'isola dans la salle à manger, déserte à cette heure, et ouvrit le journal.

Le pays se délitait de plus en plus. Les royaumes de Celse, de Coriolan et d'Andelor, frontaliers des duchés, s'éveillaient ; la situation ravivait leur volonté impérialiste. Haakon Andersen avait fort à faire pour affirmer la force des Neuf-Duchés face aux menaces extérieures tout en se montrant rassurant quant au Cœur. Quelques semaines plus tôt, Frédéric aurait pu éprouver une pointe d'admiration pour la manière dont il se dévouait aux quatre coins du pays.

Les journalistes ne dissimulaient plus leur pessimisme. Il leur restait un mois et demi pour trouver le Cœur – et n'importe qui d'autre pouvait y parvenir avant. Le papier crissa lorsque Frédéric serra les doigts dessus. Les alliances pourtant anciennes se fragilisaient : même les soutiens séculaires de la Carélie rechignaient à suivre les commandements d'Haakon Andersen ; d'autres, plus réservés, attendaient de voir dans quelle direction le vent tournerait. Les nouvelles économiques n'étaient pas bonnes non plus, comme si l'industrie du pays se mettait en pause. Frédéric en avait eu des échos par ses parents. Son père, surtout, avait vu son salaire déjà maigre fondre. Sans la bourse de leur fils, ils n'auraient pu joindre les deux bouts.

Leurs recherches progressaient lentement. Le plan de Lionel semblait sans fin. L'idée que les Lamarcchia puissent explorer le labyrinthe autant qu'eux devenait intolérable. Il s'interrogeait également au sujet de Martial de Gondissan.

Lionel avait partagé avec eux son hypothèse d'une deuxième entrée et Frédéric la jugeait plausible.

Pour l'heure, Aksel l'attendait. Ils avaient pris l'habitude de se rejoindre après les cours lorsqu'il était présent, profitant de la moindre occasion pour passer des moments tous les deux. L'amitié sincère d'Aksel, sa façon de ne pas le pousser le touchaient. Il retrouvait une bonne partie du garçon dont il se souvenait, ainsi que celui qu'il avait côtoyé en Carélie. À présent, il se demandait comment il avait pu le confondre avec Lionel.

Lorsqu'il frappa, sa voix lui parvint faiblement. Il s'empressa d'entrer. Appuyé contre le mur, Aksel se tenait près de la cachette aménagée. Sa pâleur n'augurait rien de bon. Il avait le front moite, le regard fiévreux, cerné.

— Comment tu te sens ?

Aksel sourit de façon un peu forcée.

— Ça va.

Ses doigts frôlèrent les peintures. Elles s'étaient éclaircies, comme chaque fois qu'il communiquait, à défaut d'autre mot, avec le pouvoir de Cathédrale. Mais celui-ci prélevait son dû. De son côté, Lionel encaissait la fatigue de leurs explorations. Chacun ressentait son propre épuisement, mais leur corps accusait davantage le coup. Combien de temps tiendraient-ils à ce rythme-là ? Aksel balaya ses inquiétudes, amenant la conversation sur d'autres terrains.

L'heure du dîner sonna sans qu'ils l'aient vue venir. Loin des autres, Aksel s'animait, abandonnant la distance de son frère, et Frédéric regretta le carcan que celui-ci lui imposait.

Ils se levèrent. Aksel le retint.

— Oh, attends, avant qu'on descende…

Il rouvrit la cache du journal et pivota, le bracelet dans la paume.

— Il est devenu trop petit avec les années. Est-ce que tu pourrais… ?

Touché, Frédéric le prit. Aksel remonta légèrement sa manche pour lui montrer son poignet et, quelques instants plus tard, il enfilait de nouveau le bijou.

Arrivé le premier dans le salon des ducs, Lionel s'assura que tout était en ordre. Malgré leur accord, il guettait toujours une possible traîtrise de Jovianna. Ils avaient fini par établir leur mutuelle non-responsabilité dans la mort d'Élysée et il gardait l'impression qu'elle piétinait autant qu'eux. La montre jouait pour elle, mais elle détesterait l'emporter par défaut.

Frédéric le rejoignit avec ce regard scrutateur qui indiquait qu'il cherchait à deviner qui, d'Aksel ou de lui, était présent. Son hochement de tête froid suffit à le renseigner. Une fois qu'ils furent au complet, Alexandre prit place sous la table – s'il échangeait parfois avec Cedren, se rendre utile tout en profitant du calme nocturne ne semblait pas lui déplaire.

Luttant contre son malaise, Lionel s'engagea le premier dans le labyrinthe. Jusqu'à présent, ils avaient déjoué les embûches imaginées par les anciens ducs, et il s'efforçait de ne pas anticiper les suivantes. Elles pouvaient se trouver là depuis trois cents ans comme sortir tout droit de son esprit grâce au pouvoir des lieux. Il s'intéressait aux parois coulissantes, mais aucun schéma ne se détachait de leur agencement. Fallait-il en ouvrir certaines et en fermer d'autres pour créer… il ne savait quelle figure qui leur donnerait accès à la suite ?

— Pourquoi cette direction et pas une autre ?

Se disputer avec Reinhardt lui offrait au moins un dérivatif.

— Parce que je procède de façon rationnelle au lieu de courir au hasard. Je ne vous empêche pas de partir de votre côté, cela dit.

Cedren se dressa à côté de lui, coupant court à l'échange.

— Je vous suis.

Lèvres réduites à une ligne fine, Reinhardt resta avec eux. Lionel lui adressa un sourire railleur.

Un nouveau cul-de-sac les contraignit à faire demi-tour. Ils marchaient depuis plus d'une heure, il leur faudrait bientôt rentrer.

— Vous entendez ? souffla Frédéric.

Lionel s'immobilisa. Rien ne lui parvint tout d'abord, et il s'apprêtait à le signifier au garçon à l'imagination débordante lorsqu'il perçut une sorte de chuintement, en provenance du tournant qu'ils allaient emprunter.

— Nous ferions mieux de…

Sa phrase s'étouffa. Un immense nuage charbonneux déboulait sur eux, absorbant tout sur son passage. Lionel pivota, heurta Frédéric.

— Courez !

Sa voix dérapa, mais il n'eut pas à le répéter. Le flot noir frôlait ses épaules, s'enroulait autour de ses chevilles. Serrant les dents, Lionel accéléra encore. Devant lui, Cedren filait sans faiblir. La lanterne de Lionel s'éteignit soudain et il la lâcha dans un sursaut paniqué. Il apercevait les lueurs sautillantes des autres et il s'efforça de les suivre, de s'extraire de la masse noire qui l'attirait vers elle. Non. Un cri retentissait dans sa tête. Une secousse brutale le ramena à la réalité. Il avait trébuché. La douleur palpita dans sa cheville.

Au bout d'un temps qui lui parut infini, la pression se relâcha. Cedren jeta un coup d'œil derrière elle.

— C'est bon, arrêtez-vous !

Lionel ne put s'empêcher de vérifier. Le sang lui battait aux tempes, tout tournait autour de lui et une voix dans sa tête lui hurlait encore de courir. Ses jambes manquèrent de se dérober sous lui, il se retint au mur, luttant contre la nausée. Secoué par les spasmes, il se plia en deux. Quand ils se calmèrent, il resta penché, le front contre la pierre froide malgré les frissons qui le traversaient et les contractions de son estomac vide. Un goût aigre s'attardait dans sa bouche.

Ses battements de cœur résonnaient à ses oreilles comme un tambour. Il se rappela alors seulement qu'il n'était pas seul, se rendit compte du poids léger sur son épaule, comme un soutien. Cedren.

— … le secouer un peu !

Reinhardt. Lionel compta jusqu'à vingt mentalement, essaya d'inspirer plus en profondeur et prit sur lui pour se redresser. Sa cheville demeurait douloureuse, mais elle soutenait son poids.

Frédéric se tenait devant Reinhardt comme pour lui bloquer le chemin. Ce dernier irradiait de colère. Cedren demanda :

— Vous sentez-vous mieux ?

Il hocha la tête.

— Pas de larmes ni de gémissements, cette fois ? railla Reinhardt. Loués soient les dieux, nous progressons.

Lionel se tendit, mais Cedren fut plus rapide.

— Savez-vous où nous sommes ?

Le silence brutal poussa Lionel à observer l'intersection où ils s'étaient arrêtés. Aucun des quatre couloirs ne portait de marque de craie, que ce fussent les siennes ou celles des Lamarcchia.

— N'avez-vous pas suivi les flèches ?

Il aurait voulu supprimer la pointe de panique qui froissait sa voix, mais garder le contrôle de ses nerfs lui demandait bien assez d'énergie.

— « Suivi les flèches », cracha Reinhardt, comme si c'était aussi simple avec votre manie de les cacher ! C'est votre faute si nous sommes perdus !

Lionel le fixa sans vraiment le voir. S'ils étaient égarés pour de bon, qu'Aksel revenait… Il se raccrocha à son frère, dans un effort monumental pour ne pas craquer, qui le laissa le souffle court et les poings serrés au point de blanchir ses phalanges. Il ne pouvait pas lui infliger ça.

— Vous nous avez menés droit dans le piège. « Rationnel », tu parles ! Vous êtes tout sauf rationnel, c'est bien ce qu'ils ont mis dans votre dossier, non ? « Lunatique », « à ménager », des jolis mots pour ne pas dire que vous êtes complètement détraqué !

Lionel se rua sur lui. Il le heurta de plein fouet, l'envoyant contre le mur.

— Non !

On le tira en arrière. Il se débattit, avant de comprendre que c'était Cedren qui le retenait. Frédéric ceinturait Reinhardt à grand-peine, les deux talons plantés dans le sol.

— Tiens, tiens, c'est une corde sensible, siffla celui-ci. Vous faites illusion avec vos belles apparences…

Cedren resserra sa prise. D'une secousse, Reinhardt se libéra de Frédéric, mais l'étinceleur se jeta devant lui.

— Ça suffit !

La voix de Cedren claqua contre les murs.

— Tous les deux. Nous sommes perdus, ce n'est pas le moment de vous insulter ni de vous battre. Vos paroles odieuses ne vous honorent pas, Reinhardt. Et ne l'écoutez pas, Lionel, vous savez autant que moi…

Cathédrale est ce que vous en faites. La peur lui faisait perdre le contrôle, donnait plus de poids à l'école. Il inspira profondément, les doigts crispés sur le bras de Cedren. La seule priorité, c'était de sortir d'ici avant le retour d'Aksel. L'esprit verrouillé sur cet objectif, il parvint à recouvrer un peu de calme. Cedren le laissa aller quand elle le sentit se détendre.

Frédéric et Reinhardt chuchotaient furieusement. Finalement, l'étinceleur s'écarta un peu, gardant le garçon à l'œil. Celui-ci frémissait, mais il ne tenta rien. Le regard de Frédéric les balaya.

— Comment allons-nous faire ? Nous ne pouvons tourner au hasard.

Un ricanement bref échappa à Lionel.

Il avait consulté sa montre juste avant le déclenchement du piège. Il avait cependant perdu la notion du temps depuis. Cedren lui confirma qu'ils avaient couru cinq minutes, de quoi parcourir une certaine distance. Il ne possédait pas la mémoire d'Aksel, mais la sienne était entraînée depuis des années. Il y avait des éclairs épars dans son esprit, ceux des lanternes devant lui. Malheureusement, il doutait qu'ils soient assez nombreux et cohérents pour ce qu'il projetait.

Il n'avait pas le choix.

— Nous allons revenir sur nos pas.

Lionel se détourna, s'enfonça dans le couloir par lequel ils étaient arrivés. Cedren se plaça à sa hauteur pour l'éclairer. Sa main ne tremblait pas. À chaque intersection, il s'efforçait de visualiser la position des lanternes. Les autres comprirent rapidement son but et firent appel à leurs propres souvenirs. Ils s'alignaient parfois pour tenter de recréer au mieux leurs images mentales. Certaines intersections leur posèrent davantage de fil à retordre que d'autres, mais ils parvinrent à se mettre d'accord, quitte à revenir sur leurs pas si la suivante ne leur disait vraiment rien. Reinhardt se calquait sur Frédéric. Lionel évita de s'adresser directement à lui.

Il ne restait aucune trace du nuage noir, comme s'il n'avait jamais existé. Il l'avait pourtant senti sur lui, avait cru que ses ténèbres l'emporteraient… Il s'immobilisa.

— Un problème ? s'inquiéta Cedren.

— Non. Tout va bien.

Tout allait très bien, même. Les mots du message codé lui revenaient. « Au cœur des ténèbres ouvertes, là où résonne l'unité, par les noms de celle et ceux qui furent viendra la lumière. » Le Cœur pouvait-il vraiment se tenir là, presque à portée de main ? Lionel faillit s'en ouvrir aux autres, y renonça aussitôt. Ils voudraient essayer immédiatement et il n'aurait pas la force d'affronter la magie une seconde fois. Il devait réfléchir à la suite, comment jouer au mieux la fin de la partie… et avec qui. Hors de question que Reinhardt y participe.

Lorsqu'ils atteignirent les premières flèches, il était épuisé et la migraine brouillait ses pensées. Un soupir de satisfaction s'échappa de toutes les poitrines.

Le plancher coulissa. Lionel rejoignit le salon et Alexandre avec un soulagement qui le fit vaciller. Bientôt trois heures du matin. Son frère ne sentirait pas cette fatigue le lendemain, mais lui l'éprouverait de plein fouet s'il se réveillait à l'heure habituelle.

— Nous allons…

— Cessez donc avec vos directives, marmonna Reinhardt.

— Je ne veux plus entendre un mot de votre part, même le remerciement minimal requis dans ces circonstances.

— Je ne vous dois rien.

Lionel le toisa.

— J'aurais dû vous laisser chercher la sortie seul.

L'idée lui causait un plaisir trop mauvais pour être seulement sienne.

— Silence !

Des pas provenaient du salon sur leur gauche. D'un même mouvement, ils s'élancèrent sur la droite, vers l'enfilade de salons.

— Halte !

Lionel s'engouffra dans la pièce suivante. Alors qu'il atteignait la dernière, un choc sourd et une exclamation lui firent tourner la tête. Le surveillant avait mis la main sur Alexandre. Lionel hésita. Au même instant, l'homme leva sa lanterne et, à son expression, Lionel comprit qu'il l'avait identifié. Il jura intérieurement. Cependant, mieux valait ne pas laisser l'étinceleur seul face aux autorités de l'école. Dans son dos, les pas des autres s'étaient estompés. Ils arriveraient sans doute à faire croire au surveillant qu'ils n'étaient que deux.

— Voyons, voyons, qui avons-nous là ? Andersen et…

Le visage d'Alexandre ne lui disait visiblement rien. Dommage que ce n'eût pas été Frédéric ou Reinhardt.

— Alexandre Enderlin, monsieur.

Le surveillant fronça les sourcils, comme si ce n'était pas la personne qu'il escomptait trouver. Il balaya le salon de sa lampe avec soin.

— Vous n'êtes que deux ?

Son regard revint sur Lionel qui serra les dents. Visiblement, il s'attendait plutôt à trouver Frédéric à ses côtés.

— Eh bien, eh bien, je crois que le directeur sera ravi de vous recevoir.

— Ils rôdaient dans le salon des ducs, monsieur, acheva le surveillant. Ils ont tenté de s'enfuir, mais j'ai réussi à les rattraper.

— Merci, Marten. Attendez à côté.

L'homme salua avec obséquiosité. Le directeur se tourna vers les deux garçons.

— Que maniganciez-vous dans ce salon à cette heure ?

Alexandre fixait ses genoux. Aksel se redressa.

— Nous ne faisions que passer. Je n'arrivais pas à dormir et Alexandre a gentiment accepté de m'accompagner…

Le regard sombre du directeur s'attarda sur lui.

— Vous avez de curieuses façons d'occuper vos insomnies. Monsieur Enderlin, attendez-nous dans l'antichambre.

Alexandre lui jeta un regard inquiet. Aksel garda une allure détendue, sans pour autant paraître nonchalant. Le directeur reprit :

— Seriez-vous moins attaché à cette école que je ne le pensais, monsieur Andersen ? Je ne puis croire que vous n'avez pas avancé ces derniers mois. À moins que vous ne considériez notre accord comme nul et non avenu.

— Je n'ai rien reçu de votre part non plus. Je comprends votre prudence, elle a été la mienne également. Nous ne pouvons disperser nos informations.

— Comprenez cependant que nous n'avons plus le temps pour ces discussions. J'imaginais que les récents événements vous auraient poussé vers davantage de coopération.

Derrière les mots, la note sourde de l'inquiétude pointait. La disparition brutale de deux élèves préoccupait les enseignants bien plus qu'ils ne le montraient. Aksel haussa les sourcils.

— Je suis surtout étonné de la façon dont vous traitez ces... *accidents*. Il ne me semble pas avoir vu le moindre homme de Sa Majesté.

— Il ne nous a pas paru pertinent de les faire intervenir. Pour la dernière fois, monsieur Andersen, que faisiez-vous exactement ?

Aksel se laissa aller contre le dossier de son fauteuil.

— J'ai des insomnies, monsieur le directeur, renforcées par les événements tragiques. J'ai seulement essayé de trouver un dérivatif à mes pensées, mais ce n'était pas une bonne idée.

Le comte de Lanark frappa d'un coup sec sur son bureau. Un seconde porte, au fond de la pièce, s'ouvrit. Aksel déglutit tandis que le professeur de Vieil Art entrait.

— Vous rendez les choses difficiles, monsieur Andersen, et vous nous obligez à prendre des mesures appropriées.

Aksel se redressa.

— C'est inutile. Je n'ai rien de pertinent à vous apprendre.

Une fois que Vaissatis aurait mis la main sur lui, il ne pourrait rien lui cacher. L'enseignant contourna le bureau. Aksel se releva d'un bond en poussant son fauteuil. Le siège heurta le sol dans un bruit sourd.

— Non !

La porte s'ouvrit presque aussitôt sur le surveillant et Alexandre. L'étinceleur tressaillit en apercevant le professeur.

— Monsieur ? demanda Marten, incertain. Pardon, le bruit nous a...

Un regard du directeur le réduisit au silence. Aksel croisa le regard du comte et le soutint. Celui-ci se détourna le premier.

— Nous en avions terminé de toute façon. Ramenez-les à leurs appartements.

— Bien, monsieur.

Aksel ne se détendit réellement qu'une fois qu'ils eurent quitté le bâtiment de l'administration. Après avoir jeté un regard au surveillant qui les précédait, Alexandre se pencha vers lui.

— Il a essayé de lire vos pensées ?

— Oui. Je vous conseille de ne pas rester seul avec lui, je préviendrai Frédéric.

Alexandre se rembrunit.

— Nous avons des cours particuliers, je ne suis pas sûr de pouvoir... Nous trouverons des solutions.

Sa voix se raffermissait, teintée de colère.

— Je suis désolé, Alexandre.

— Je suis content que vous lui ayez échappé. Que les autres s'en soient sortis aussi.

Aksel acquiesça, incapable de deviner ce qui s'était passé. Voir Alexandre et le surveillant lui avait permis de comprendre de quoi il retournait, mais pas ce qui les avait menés là. Une fois dans sa chambre, Aksel s'attabla à son bureau pour rapporter la fin de la soirée à Lionel. Pourvu que celui-ci ne tarde pas à lui écrire son propre retour !

Chapitre XXIX

Frédéric étudia l'enveloppe venue de Carélie. Le cachet en était intact. Il le brisa et en sortit une lettre couverte d'une écriture fine et élégante, quoique encore un peu enfantine.

Cher Frédéric,

Quel plaisir de recevoir de vos nouvelles ! La vie n'est guère passionnante depuis votre départ. Les vacances passent toujours si vite !

Je suis contente et rassurée que Lionel vous ait parlé de notre famille et qu'il s'appuie sur vous.

Solveig ne semblait vraiment rien connaître de la mystification. Son cœur se serra pour Aksel. Comment supportait-il le regard de sa sœur en sachant qu'elle le prenait pour un autre ?

Cependant, je m'inquiète pour lui. Nos parents sont revenus quelques jours à la maison et il m'a été donné d'entendre une de leurs conversations. Apparemment, mon frère leur aurait écrit pour leur transmettre ses recherches sur le Cœur.

Cela m'a étonnée, car il veille jalousement sur ce secret. Avez-vous une idée de ce qui l'a conduit à changer d'avis ? Je préfère m'adresser à vous ; il me répondrait par une pirouette afin de me rassurer. Mais je ne suis plus une petite fille. Compte tenu de la situation, père a l'intention de revenir bientôt à Samara afin de suivre les événements au plus près. J'espère que tout se passe bien.

Avec toute mon amitié,

Solveig

La feuille froissée à la main, Frédéric claqua la porte de sa chambre. Comment Lionel avait-il pu trahir son frère ? Il pénétra chez eux sans prendre la peine de frapper. Installé à son bureau, le Carélien se leva pour lui faire face. Frédéric plissa les yeux. L'autre dut percevoir son flottement, car il s'enquit avec froideur :

— Que puis-je pour vous ?

— C'est justement vous que je venais voir.

Il lui jeta la lettre au visage. Lionel fronça les sourcils en arrivant au bout, puis un sourire lui échappa tandis qu'il la laissait tomber sur son bureau.

— Elle souhaite trop bien faire.

— Qu'est-ce que vous avez transmis ?

— Tout.

Frédéric serra les poings.

— Vous avez trahi Aksel ! Vous m'aviez assuré que vous ne révéleriez rien.

Lionel le toisa, son insupportable sourire supérieur aux lèvres. Frédéric plongea une main dans sa poche, trouva le bijou d'Aksel et d'Étienne. *Reste calme. Il le fait exprès.*

— Vous avez compris ce que vous vouliez entendre lors de notre conversation. J'ai dit que je n'en avais pas envie et que je protégerais Aksel quoi qu'il m'en coûte. C'est ce que j'ai fait.

— Comment pouvez-vous infliger ça à Aksel, après m'avoir appris ce que la quête représentait pour vous ?

Lionel tordit la bouche, le regard mauvais.

— Je vous interdis de juger une situation dont vous ignorez tout, parce que vous vous targuez de l'amitié d'Aksel. Vous étiez là, vous savez… Je ne pouvais pas accepter que le duc le force à disparaître.

— Parce que vous croyez sincèrement que votre père changera d'avis ?

Lionel perdit de son assurance. Il y avait cru – ou avait voulu y croire –, parce que c'était la seule échappatoire viable qui se présentait.

— Il ne peut pas…

— Il a déjà arrêté sa décision. Aksel ne souhaitait pas vous le dire. Vous vous rendez compte de ce qu'il sacrifie pour vous ? De ce que vous lui volez ? Vous ne vous êtes jamais dit que vous êtes mort et que vous devriez cesser de le parasiter ? Vous ne devriez pas être là !

Il perçut le changement dans les traits du garçon trop tard pour retenir ses mots. C'était la première fois qu'il le voyait vraiment. La colère disparut, remplacée par la surprise et une douleur qui lui fit mal au cœur. Aksel cligna des yeux, pris au dépourvu de le découvrir si proche, puis le fixa avec une intensité inquiétante.

— Pourquoi est-ce que tu as dit cela ?

— Lionel nous a trahis. Il a tout révélé à vos parents.

— Non !

Pour toute réponse, Frédéric saisit la lettre de Solveig et la lui tendit. Aksel pâlit en arrivant au bout.

— Pourquoi ?

Ses mains tremblaient sur la feuille.

— Lionel espérait te sauver en lui obéissant.

— Cela ne te donnait pas le droit de lui dire qu'il était… mort et qu'il me parasitait.

Aksel avait à peine prêté attention à sa réponse. Frédéric se mordit la lèvre.

— Il va bien falloir choisir, un jour, fit-il doucement. Et c'est toi qui es là.

Aksel le coupa d'une voix basse et froide.

— Tu crois donc que Lionel n'est qu'une illusion ? Que j'invente tout ? Que je suis « détraqué », peut-être ? C'est bien ce que dit Reinhardt, n'est-ce pas ?

Frédéric hésita une seconde de trop. Aksel recula d'un pas, le visage figé.

— Écoute-moi, Aksel, s'il te plaît. Il ne peut pas rester. Il t'empêche d'être toi-même, de vivre ta vie. Tu es toujours obligé d'agir en fonction de ce qu'il veut. Tu ne peux pas te sacrifier encore pour lui ! Tu lui as déjà énormément donné, mais tu ne peux pas continuer ainsi ! Ça te pèse, tu l'as écrit toi-même…

— Non. Ce n'est pas lui qui me pèse.

Toujours cette voix distante. Il ne bougeait pas, mais Frédéric eut l'impression qu'il s'éloignait. Malgré lui, il s'avança ; Aksel recula d'autant.

— Lionel avait raison, je n'aurais pas dû t'en parler. Il pensait que tu ne me croirais pas. Je lui ai affirmé qu'il se trompait. Je n'imaginais pas me fourvoyer à ce point sur ton compte.

Une drôle de lueur dansait dans ses yeux gris-bleu. Son calme tira un frisson à Frédéric.

— Aksel... Je veux seulement t'aider. Il n'y a que moi qui connaisse la vérité, je ne veux pas t'abandonner. On est amis.

— Si on l'était vraiment, tu n'essaierais pas de me séparer de Lionel.

Il plongea la main dans sa poche, en sortit le bracelet que son frère rangeait là lorsqu'il était présent. Il le fit lentement tourner entre ses doigts. Frédéric déglutit. Il aurait presque préféré le voir s'effondrer à ce retranchement distant, comme s'il coupait tous les ponts avec l'extérieur.

— Je n'aurais pas dû parler de cette façon. Mais tu ne peux pas non plus accepter qu'il prenne le pas sur toi. Je m'inquiète pour toi, Aksel.

— Je sais ce que je fais. Bien mieux que tu ne le comprendras jamais. Laisse-nous, maintenant.

— Aksel...

Le garçon posa les mains à plat sur son bureau. Un frémissement nerveux les traversait. Le bracelet lui échappa, tomba au sol dans un tintement sourd.

— Je t'ai dit de sortir. Personne ne le fera disparaître. Personne, tu entends ?

— D'accord, j'ai compris. Est-ce qu'on peut continuer à discuter ?

— Laisse-nous !

Son cri alerta Semen qui accourut. Frédéric recula.

— Je dois vous prier de quitter cette chambre, monsieur.

La tension affreuse d'Aksel lui faisait mal, mais il ne voyait pas comment le raisonner.

— Si tu veux me parler, tu sais où me trouver.

— Pars. C'est tout ce que je te demande.

Le valet lui désigna la porte d'un doigt impératif. La mort dans l'âme, Frédéric se résigna à obéir.

— Lionel ne se joindra plus à nous, annonça Frédéric.

Les mots lui laissaient un goût de cendre. Alexandre jeta un coup d'œil vers la porte comme s'il espérait le voir entrer, ravi de sa plaisanterie. Cedren fronça les sourcils, tandis que Reinhardt ne dissimulait pas un air victorieux.

— Vous vous êtes disputés ? Je croyais que vous étiez proches, tu ne le quittais plus.

— Que s'est-il passé ?

— Son père l'a obligé à lui transmettre toutes les informations en notre possession.

Reinhardt bondit sur ses pieds.

— Tu m'avais juré qu'il ne nous lâcherait pas ! Il nous a bien dupés avec ses histoires, « je ne cherche pas le Cœur pour la Carélie », tu parles ! Je vous avais prévenus qu'il chercherait à nous doubler.

— Si son père l'a forcé…

— Alexandre ! Le crois-tu vraiment ?

L'étinceleur baissa la tête. Cedren n'avait guère l'air convaincue ; elle attendrait d'en savoir davantage avant de juger. Les jumeaux l'écouteraient-ils ? Ils l'appréciaient. Elle parviendrait peut-être à convaincre Aksel de lui parler. Depuis la veille, celui-ci mettait un soin tout particulier à éviter Frédéric. Il n'avait cependant pas l'intention de le laisser tomber.

— … fini pour lui, poursuivait Reinhardt. J'ai hâte de voir sa tête et celle de son père lorsque nous l'aurons trouvé. Vous êtes avec moi ?

— Bien sûr, répondit Alexandre. Mais…

— Il nous a seulement utilisés pour avancer, nous ne lui devons rien.

L'incompréhension se lisait sur le visage d'Alexandre. Reinhardt poursuivit :

— Il s'est montré gentil avec toi par pur intérêt, Alexandre. Il se moquait de ta voix, cela lui a seulement servi de prise sur toi.

Frédéric retint de justesse une protestation. Cedren s'insurgea à sa place.

— Je n'en crois pas un mot.

— Vous verrez bien s'il vous adresse encore la parole. Il ne pourra pas descendre seul, l'accord avec les Lamarcchia tient toujours, cela nous laisse le champ libre pour agir. Par contre… Frédéric, tu traînais tout le temps chez lui, tu as dû voir où il rangeait son plan ?

Celui-ci songea à la cachette dans le mur. Le regard de Reinhardt devenait de plus en plus dur.

— À quoi tu joues ? Tu veux aider ta famille ou lui lécher encore les bottes ?

Frédéric se crispa.

— Je ne sais pas où il est. On va devoir tout reprendre…

Reinhardt abattit son poing sur la table.

— C'est hors de question. C'est autant notre travail que le sien. Pour la clef, tu peux t'en charger ?

Frédéric hocha la tête. Pour l'heure, argumenter contre Reinhardt ne servirait à rien. Il avait besoin de réfléchir. Il en voulait à Aksel pour son aveuglement, à Reinhardt pour son autorité sans concession, à Alexandre pour sa passivité, à Cedren parce qu'elle attendait des explications qu'il ne pourrait pas donner. À lui-même pour n'avoir pas su parler comme il fallait, la veille.

Ils se séparèrent bientôt. Alexandre fut le premier à s'éloigner, et cela ressemblait à une fuite. Reinhardt le suivit. Cedren et Frédéric restèrent face à face.

— Que s'est-il passé ? J'avais l'impression que vous aviez fait la paix. Est-ce si mal qu'il ait tout transmis ? Nous n'avons rien de concret de toute façon.

Frédéric détourna le regard.

— C'est… compliqué. Il avait des raisons de le faire. Je ne les accepte pas, mais je les comprends, en partie. Je ne peux pas les partager, ajouta-t-il devant sa mine curieuse.

— Il ne voulait pas vraiment nous laisser tomber.

— Non. Il ne nous manipulait pas ; je le crois sincère dans ses relations avec toi et Alexandre. Seulement…

Il écarta les mains, impuissant. Si seulement Aksel pouvait se confier à d'autres ! Soulagée, Cedren hocha la tête.

— Est-ce que cela te dérangerait que je lui parle, s'il est d'accord ? Je compte bien continuer à chercher avec toi, mais j'aimerais savoir si je peux l'aider.

Sa demande était purement formelle, elle ferait comme elle l'entendait quelle que soit sa réponse.

— Non, au contraire, ça me rassurerait. Je ne veux pas qu'il reste seul. En revanche, il vaudrait mieux que Reinhardt ne l'apprenne pas.

Cedren fit la moue.

— Je me doute que c'est en partie la faute de Cathédrale, mais…

Elle n'acheva pas et Frédéric se contenta de hocher la tête en réponse.

Chapitre XXX

Je ne comprends pas que Frédéric ait tenté de nous séparer ! Comment a-t-il pu te dire de telles horreurs ! Comment... Lui, entre tous ! Je lui faisais confiance, il m'a cru quand je lui ai dit la vérité...

Mais c'était la première fois que j'en parlais, je m'y suis sans doute mal pris pour lui expliquer la situation, je n'ai peut-être pas été assez clair, j'aurais dû... Je ne sais pas.

Ou peut-être ai-je trop espéré que cela fonctionnerait, trop espéré que nous existerions enfin tous les deux pour quelqu'un, que je pourrais enfin être Aksel et toi, rester toi-même... Mais tu sais que tu ne me parasites pas, n'est-ce pas ? Tu le sais ? Ce qu'il a dit est complètement faux, ne le crois pas, je ne veux pas que tu disparaisses, cela n'arrivera pas, je ne laisserai personne te faire du mal, jamais...

Trop précipitée, parsemée de taches d'encre, l'écriture devenait illisible. D'un geste brusque, Lionel referma le poing sur la feuille couverte des mots de son frère. Frédéric avait de la chance de ne pas être à proximité. N'avait-il pas imaginé quel impact ses paroles auraient sur Aksel ? Les menaces à son sujet ne l'atteignaient pas ; Frédéric n'avait aucun moyen concret de s'en prendre à lui.

Le garçon s'obligea à prendre une profonde inspiration. Par chance, il n'y avait personne alentour. Aksel s'était réfugié dans un coin discret de la bibliothèque. La tenue le soir même du bal costumé occupait bien plus les élèves que leurs devoirs – cette volonté des professeurs de maintenir une apparence de normalité l'agaçait.

Depuis deux jours, ses tentatives pour rassurer son frère n'avaient pas abouti. Trois Dieux, pourquoi Aksel avait-il mis autant d'espoir dans son amitié pour Frédéric ? Les coudes en appui sur la table, Lionel plongea les mains dans ses cheveux. Il voulait tous les envoyer paître, son père, Frédéric, l'école et le Cœur.

Calme-toi.

La seule chose qui comptait, c'était de sauver Aksel. Pour cela, il avait besoin du Cœur. Une fois l'artefact en sa possession, il aurait une chance de négocier avec le duc. Cedren accepterait-elle de l'accompagner sans rien dire à Frédéric ? Il leur faudrait convaincre une troisième personne au moins. Siran, peut-être ? Pas besoin de plus : il avait fait des tests dans le labyrinthe, la magie reconnaissait qu'ils étaient deux, Aksel et lui.

— Monsieur Andersen ?

Il redressa la tête. Perdu dans ses pensées, il n'avait pas vu le valet.

— Vous êtes demandé à l'infirmerie.

Le cœur soudain battant, il se redressa.

— Qui…

— Mademoiselle Narimal aimerait que vous l'y rejoigniez.

Lionel bondit sur ses pieds et quitta la bibliothèque. Bien qu'il fût tôt, un crépuscule permanent étendait ses ombres sur les couloirs, comme si le soleil ne parvenait plus à franchir le rempart des vitres. Lionel chassa l'impression dérangeante d'évoluer hors de la réalité. L'appréhension ne le quittait pas. Pourquoi Siran voulait-elle le voir là ? Lui était-il arrivé quelque chose ? Ou alors… À l'école, Cedren était leur seule relation commune. Non. Impossible. Lionel accéléra jusqu'à courir dans le dernier couloir.

Il entra sans frapper à l'infirmerie. Elle lui parut vide tout d'abord, puis son regard tomba sur les draps tendus pour ménager un espace privé. Il s'approcha, écarta la toile.

Il se figea en apercevant Cedren étendue sur le lit, les yeux fermés, un bandage autour de la tête. *Elle est vivante.* La pensée le percuta ; un instant, il avait imaginé le pire. Cependant, le teint cendreux de son amie n'annonçait rien de bon. Sa respiration se percevait à peine.

Assise à ses côtés, Siran tenait sa main dans la sienne, leurs doigts entrelacés, et son pouce caressait sa paume en petits cercles. Devant l'intimité du geste, Lionel amorça un mouvement de recul, mais Siran tourna la tête vers lui, les yeux rougis.

— Je vous attendais.

— Je suis désolé. Qu'est-ce qui s'est passé ? Comment va…

La gorge serrée, il n'acheva pas. Une seconde chaise avait été installée de l'autre côté du lit et il y prit place. Il tendit la main, frôla les doigts de Cedren en évitant les bandes qui maintenaient son poignet. Son amie ne réagit pas. Qui avait bien pu s'en prendre à elle ? Pourquoi ? Jovianna avait-elle décidé de briser leur accord ?

— Nous ne savons pas vraiment, murmura Siran. On l'a trouvée au bas des escaliers de votre résidence. Quelqu'un l'a fait tomber.

La rage perçait sous sa voix basse. D'un mouvement du menton, elle lui désigna le stylet posé sur le meuble de chevet, dont la pointe était tachée de sang.

— Elle s'est défendue, mais cela n'a pas suffi. Le médecin ne sait pas exactement quand elle se réveillera, ni comment.

Sa voix s'étouffa. Lionel se pencha vers elle, posa doucement une main sur son bras. Alors qu'il ouvrait la bouche, Siran le devança.

— Elle vous rendait visite. Elle voulait vous parler de ce qui s'est passé dans votre groupe, elle avait également une hypothèse au sujet de vos… recherches. Je n'en sais pas davantage.

Il s'attendait à ce qu'elle tienne à tirer au clair ce qui s'était passé avec Frédéric. Quant à leurs explorations… Avait-elle, elle aussi, compris le sens de la masse ténébreuse ? Siran ne le quittait pas des yeux, mais elle n'était pas accusatrice.

— J'étais à la bibliothèque, je ne l'ai pas croisée.

Si Aksel et lui n'avaient pas bougé, auraient-ils pu empêcher l'agression ? Qu'avait-elle vu, entendu, si elle n'avait partagé son intuition avec personne ? Était-ce une façon de l'atteindre, lui ?

— Est-ce que Frédéric…

— Ils sont partis peu avant votre arrivée.

C'était sans doute mieux ainsi. Il crispa le poing tandis qu'il revenait sur le visage de son amie inconsciente. Il ferait payer cher à ceux qui s'en étaient pris à elle.

— Nous devons écrire à Sa Majesté ou à Maxime. Elles feront intervenir leurs forces.

— C'est trop tard, Lionel. N'avez-vous pas lu les journaux ?

Aksel évitait les salons et il n'avait pas eu le temps de s'y rendre. Siran se pencha sans lâcher la main de Cedren, attrapa trois quotidiens sur l'étagère basse du meuble de chevet.

— Frédéric les a laissés là pour vous.

Lionel ne masqua pas sa surprise, mais il se concentra sur les journaux. Les titres lui sautèrent aux yeux.

« Sa Majesté sur le point de trouver le Cœur ? Les rumeurs du palais affirment que les soutiens de Sa Majesté à Cathédrale entreront bientôt en possession du Cœur, mettant enfin un terme à des mois d'incertitude sur l'avenir du royaume. »

Son cœur fit un bond, mais ce n'était pas le pire.

« Une alliance avec le royaume d'Andelor en cas de défaite ! Les voyages récents du duc Haakon Andersen chez les ennemis séculaires des Neuf-Duchés laissent apparaître la possibilité d'une alliance militaire si la reine venait à perdre le défi. Lorenzo Lamarcchia et Leendert de Vosgaryan, ducs d'Eindovia et du Belastan, ne cachent pas leur inquiétude… »

Le dernier était la deuxième édition de la journée.

« Démentis du palais ! La reine affirme qu'aucune alliance avec le royaume d'Andelor n'a été négociée, il s'agit de " préserver les Neuf-Duchés face aux appétits voraces de nos voisins ". Pour rassurer ses adversaires, Sa Majesté la reine Isaura s'engage à ne pas intervenir en personne à Cathédrale et à laisser le cours des choses se dérouler, malgré sa certitude que les siens l'emporteront. »

Lionel pâlit. D'où que vienne la fuite sur ses informations, les articles lui dessinaient une cible dans le dos. C'était suffisant pour que Jovianna passe outre leur accord. Et la reine ne répondrait à aucune demande. Il jura à voix basse.

— Vous n'avez plus le choix, Lionel. Vous devez le trouver. Est-ce que vous avez des pistes ?

— Oui. Mais je vais avoir besoin de votre aide.

Siran se redressa.

— Elle vous est acquise. Je ne resterai pas neutre plus longtemps. Quand pouvons-nous agir ?

Une fois le bal terminé, ils auraient une ouverture.

— Il nous faudra également une troisième personne.

— Est-ce que vous pensez que Frédéric ou Alexandre accepterait ? s'enquit Siran.

Il n'en savait rien. Rien que l'idée de faire appel à Frédéric le faisait grincer des dents. Siran dut sentir son hésitation.

— Quoi qu'il se soit passé, je ne suis pas sûre que Frédéric vous en veuille réellement. Il avait l'air plutôt soucieux. C'est lui qui a demandé à ce que je ne vous fasse pas prévenir tout de suite. Il préférait que Reinhardt et vous ne vous trouviez pas face à face.

Frédéric avait dû songer à Aksel. Le premier mouvement de Lionel aurait été d'achever de séparer son frère et l'étinceleur. Mais derrière la détresse et la colère de son jumeau perçaient aussi les regrets. S'il voulait sauver son amitié avec Frédéric, Lionel n'avait pas le droit de l'en empêcher. Siran le sortit de ses réflexions.

— Je ne peux qu'imaginer à quel point il vous est difficile de lâcher prise. Si cela vous aide, les secrets que vous lui avez confiés sont bien protégés ; Cedren s'interrogeait beaucoup à ce propos, mais il lui a dit que ce n'était pas à lui d'en parler. Pour elle, pour vous et pour le Cœur, je pense que vous pouvez vous fier à lui.

Il devait s'assurer des intentions de l'étinceleur – il n'avait pas parlé, mais il attendait peut-être la bonne occasion.

— Je réglerai cela ce soir. Nous ne perdrons pas plus de temps.

Le silence tomba entre eux. Siran gardait la main de Cedren dans la sienne. De toutes ses forces, Lionel espéra que son intuition soit juste, que le cœur des ténèbres soit bien ce qu'il imaginait. Que Cedren se réveillerait et se remettrait.

Plus secoué qu'il ne voulait l'admettre, Lionel regagna sa chambre avec prudence. Les couloirs restaient déserts. Un malaise insidieux ne le quittait pas.

Il comprit en atteignant ses appartements.

La table et les fauteuils étaient sens dessus dessous ; leur tapisserie lacérée pendait en lambeaux misérables. Arrachés du lit, draps et couvertures étaient dispersés dans la pièce, on avait vidé armoire et commode de leur contenu. Les bibelots jonchaient le parquet ; les plus fragiles avaient été brisés. Les doigts de Lionel se crispèrent sur la lanière de son sac, le regard passant d'un meuble à l'autre. Rien n'avait été épargné. Leurs cours s'étalaient au sol, une partie des feuilles avait été déchirée. De même que leur correspondance avec Solveig. Leurs livres avaient subi le même sort. De longs jets d'encre tachaient murs et tapis.

D'abord, s'assurer que la chambre était bien vide. Dès qu'il en fut certain, il se précipita vers leur cachette, effleura le lynx et l'once qui le regardaient d'un air contrarié.

— Ce n'est pas moi.

Sa voix résonna étrangement. Le soulagement s'abattit sur lui en constatant que rien n'avait été touché.

Était-ce pour cela qu'on s'en était pris à Cedren ? Parce qu'elle avait surpris ceux qui étaient venus fouiller les lieux ? La réaction aux articles de journaux avait été plus que rapide. Il ne s'agissait pas de Frédéric et de ses amis en tout cas : l'étinceleur les aurait menés droit au bon endroit. Cela l'étonnait d'ailleurs qu'ils n'insistent pas davantage pour obtenir son plan ; il s'attendait à lutter contre Reinhardt.

Si seulement le bal ne se tenait pas le soir même, condamnant tout accès au labyrinthe ! Les salons devaient déjà pulluler de domestiques. Impossible d'agir avant une heure avancée de la nuit.

Lorsqu'il pivota, le désastre lui sauta de nouveau aux yeux. Il se secoua. Mieux valait que ce fût lui qu'Aksel. Il devait effacer les traces les plus visibles du carnage. Pour l'encre et les habits, attendre le retour de Semen serait plus pertinent. Quant au reste… Il se mit au travail, redressant les meubles avant de mettre un genou en terre pour ramasser les éclats de verre et de cristal.

Un juron lui échappa lorsqu'il se coupa. Les gouttes pourpres se diluèrent dans la noirceur de l'encre répandue. Lionel chercha son carton à dessin du regard avant de se ressaisir. Il préférait ne pas savoir dans quel état il se trouvait, malgré l'envie viscérale de se perdre dans les couleurs. Une part de lui aurait voulu qu'Aksel soit là. Sentir sa main sur son épaule, croiser son regard. Les mots ne compensaient pas le manque physique de l'autre. Combien de fois Aksel ne l'avait-il pas soutenu…

Mais il n'y en avait plus pour longtemps maintenant.

Chapitre XXXI

Frédéric considéra le costume étalé sur son lit. Le deuxième bal de l'année étant lié au carnaval, les élèves devaient s'y rendre déguisés. Après ce qui était arrivé à Cedren, il avait espéré que les enseignants l'annuleraient, mais ils continuaient d'agir comme si tout était parfaitement normal.

Suite aux dernières nouvelles, qui s'amuserait vraiment ? Ils étaient tous sur les dents. Sans le message apporté par un domestique, Frédéric ne s'y serait pas rendu. Lionel lui donnait rendez-vous dans la soirée. Du moins, vu la froideur du ton, il supposait que c'était lui, mais cela le surprenait. Peut-être voulait-il lui faire une offre pour le Cœur. Au moins cela leur permettrait-il de parler d'Aksel. Il regrettait ses mots pour le mal fait à son ami, pas pour leur vérité.

Frédéric se changea rapidement. Sa tenue s'inspirait des contes qu'aimait tant Étienne. Une fois paré, il descendit dans le hall pour y retrouver Alexandre et Reinhardt.

Le second avait revêtu une tenue d'officier en empruntant une épée dans la salle d'armes, bien qu'il n'eût pas le droit de la porter. Malgré son air fier, il ne semblait pas très à l'aise ;

la colère des derniers jours se mêlait d'autre chose. L'attaque contre Cedren les avait tous atteints. De son côté, l'étinceleur avait opté pour une tenue de capitaine au long cours. Il avait réussi, Frédéric ne savait comment, à donner une teinte halée à ses traits, comme si le soleil les avait burinés. N'eût-il été en compagnie de Reinhardt qu'il ne l'aurait pas reconnu. Son déguisement le vieillissait ; ses cheveux grisonnaient.

Autour d'eux, magiciens et personnages de théâtre côtoyaient des personnalités historiques – Frédéric fronça les sourcils en constatant l'omniprésence des tenues traditionnelles de chaque duché. Le parrain d'Aksel, Martial, arborait celle d'Orelnan. Un peu plus loin, rendant inutile tout port d'un masque, Orfeo Lamarcchia affichait les couleurs d'Eindovia. À quel point le bal allait-il tourner à la guerre interduché ? Quel costume aurait choisi Aksel ? Il ne devait guère aimer ce genre de fête.

Les deux étinceleurs et Reinhardt s'entre-regardèrent, silencieux, puis Frédéric souffla :

— On y va ?

Il régnait une atmosphère étrange dans la salle de réception. Les sourires restaient forcés, l'amusement déployé n'avait rien de sincère. Personne ne semblait avoir envie de se trouver là – et pourtant ils y étaient tous, jouant leur partition selon leur habitude. Jamais autant que ce soir-là l'école ne lui avait paru être une scène de théâtre. Même la musique sonnait faux.

Son regard glissa sur la foule à la recherche d'Aksel. Il tomba sur Jovianna. Son costume de reine de la nuit éclipsait ceux qui l'entouraient. Sa robe de soie d'un bleu profond était brodée d'étoiles en fil d'or, or qui resplendissait dans ses cheveux et autour de sa gorge, accompagné de saphirs. Les mêmes teintes se retrouvaient sur son masque ; elle aurait pu se dispenser de le porter. Un sourire hautain aux lèvres, elle s'avança parmi les élèves qui s'écartèrent sur son chemin.

Reinhardt, Alexandre et lui se réfugièrent près du buffet, à proximité d'une porte-fenêtre entrouverte. Reinhardt grimaça en attrapant un verre, le changea de main. Il semblait toujours ailleurs. Frédéric faisait tourner le sien entre ses doigts, en quête d'une excuse pour s'éloigner le moment venu. Nul doute que les deux autres prendraient mal sa volonté de discuter avec Lionel.

Il se perdait dans la contemplation du parc lorsqu'un bruissement se fit entendre. Aksel – Lionel ? – arrivait. Il avait préféré se tourner vers les neiges de son pays. Le blanc étincelant de son costume rendait toutes les nuances du manteau de l'hiver, comme s'il était composé de cristaux de glace. Pour lui aussi, le loup blanc, dont les contours découpés imitaient un flocon, s'avérait inutile, mais il cachait sa fatigue. Son teint se confondait presque avec sa tenue.

Au milieu des teintes vives ou des costumes noirs que certains avaient conservés, il se démarquait infailliblement. Ce qui mettait d'autant plus en évidence la fracture entre lui et les autres. Sans prêter attention aux chuchotements sur son chemin, il se dirigea vers l'un des buffets. Frédéric chercha Jovianna du regard. La reine de la nuit et le prince des neiges… Une fois de plus, tous deux s'élevaient sans effort au-dessus des autres.

Alexandre et Reinhardt discutaient, mais il ne les écoutait pas vraiment. Il avait surtout envie de fuir cette atmosphère fausse, étrange et malsaine, ces lumières presque irréelles, le tourbillon des autres autour de lui. Les rires trop rares résonnaient comme des détonations. Que cachaient-ils vraiment derrière leurs costumes rutilants ? Lesquels d'entre eux s'en étaient pris à Cedren ? Lesquels guettaient le bon moment pour agir à leur tour ou recommencer ? Lesquels…

Un poids sur son bras le fit sursauter violemment. Alexandre le regardait, inquiet.

— Tu te sens bien ?

— Il fait trop chaud, je vais dans le hall.

— Veux-tu qu'on vienne ?

Il secoua la tête.

— Ne vous en faites pas, je ne vais pas loin.

Il s'éloigna aussitôt. Une fois dans le hall, ses pensées s'éclaircirent. Comme l'heure de son rendez-vous avec Lionel approchait, il décida de l'attendre là. Le Carélien devait être tout aussi pressé que lui d'échapper à la lourdeur de l'école – mais à quel point l'affectait-elle vraiment, en comparaison d'Aksel ?

Vingt minutes plus tard, Lionel n'était toujours pas là. Son frère l'avait-il remplacé ? Inquiet, Frédéric revint dans les salons. Des couples tournoyaient sur la piste. Le mur de glaces rendait difficile l'exploration de la pièce, mais nulle part il n'aperçut le costume blanc.

Alexandre et Reinhardt échangeaient avec d'autres première année. Frédéric leur adressa un signe discret. Alexandre fut le premier à l'apercevoir et le rejoignit.

— Tu n'as pas croisé Lionel ? demanda Frédéric.

— Non, pourquoi ? Tu lui parles encore ?

Frédéric fit la moue.

— Pas vraiment, mais il voulait me voir.

Alexandre fronça les sourcils. Aucun d'eux n'avait cru Lionel coupable de l'attaque contre Cedren, mais le soupçon avait flotté quelques instants.

— Merci, je vais le chercher.

L'étinceleur jeta un bref coup d'œil à Reinhardt qui discutait toujours.

— Je viens avec toi. Aucun de nous ne reste seul.

Frédéric ne protesta pas.

Venir avait été une erreur. Lionel s'en rendit compte sitôt franchi le seuil de la salle de réception. La tête lui tourna dès qu'il s'aventura parmi la foule ; la nausée l'envahit. Les autres ne percevaient-ils rien ? Son cœur cognait contre ses côtes comme s'il voulait s'en échapper. Lionel gagna le buffet ; tenir droit, ne rien montrer nécessitait la majeure partie de ses forces. Quelques mots lui parvinrent à droite et à gauche ; les élèves parlaient du Cœur, encore, et des articles qui faisaient la une. Il fit mine de ne pas entendre son nom et la colère qui l'accompagnait, attrapa au hasard un verre sur le buffet. Il faillit s'étouffer avec la première gorgée.

L'animosité des étudiants l'enveloppait. Sa peau était moite et il frissonnait comme s'il avait de la fièvre ; une pulsation noire et lente battait en décalage avec son pouls. *Ne reste pas là.* Dans un état second, Lionel rejoignit l'une des portes-fenêtres. La magie lui collait à la peau. D'un pas chancelant, il s'avança sur la terrasse déserte.

Une main se posa soudain dans son dos.

— Venez vous asseoir.

Il n'identifia pas la voix. Il voulut résister, mais la pression s'accentua. Au bout de quelques pas, il put respirer sans gêne. On le tenait toujours. Il essaya de s'écarter, mais une main se referma sur son bras.

— Ne résistez pas.

Il s'arrêta net. Son masque rétrécissait son champ de vision et les lumières de la salle de réception ne portaient pas si loin, mais il reconnut Ranjani, et il n'était pas seul.

— Laissez-moi !

Il s'arracha à la prise du cinquième année, mais l'un des étudiants le ceintura aussitôt. Lionel se débattit sans parvenir à se libérer. On lui tordit un bras et une main se plaqua sur sa bouche. Il se cambra sous la douleur aiguë qui fusa dans son épaule.

— Dépêchez-vous ! On est trop près…

Ils l'entraînèrent dans le parc malgré ses efforts. Ils s'immobilisèrent au bord de la pièce d'eau où les attendait Jovianna. Lionel fit une nouvelle tentative et cette fois ils le lâchèrent. L'eau clapotait doucement dans son dos. Il retint un frisson. Devant lui, les cinq étudiants formaient un demi-cercle qui lui coupait toute possibilité de fuite. La jeune femme en occupait le centre, un sourire triomphant aux lèvres. À part elle, tous étaient armés. Lionel sentait le poids du stylet le long de son bras, mais il ne lui servirait à rien face à des lames bien plus longues. Il força un sourire sur ses lèvres.

— Jovianna. Si vous désiriez tant mettre un terme à notre accord, un mot aurait suffi.

— J'économiserais mon souffle à votre place. Les journaux ont beau vanter votre victoire par avance, elle vous échappera.

— Croyez-vous le trouver avant moi ? Si j'en juge par vos fouilles de cette après-midi, vous en êtes encore loin. Aviez-vous vraiment besoin d'attaquer Cedren Abalian ?

Au flottement qui traversa les étudiants, il comprit qu'il s'était trompé. Jovianna haussa les sourcils, narquoise.

— Vos ennemis sont nombreux. Vos recherches ne m'intéressent pas ; vous ne me direz pas où vous les avez dissimulées et, puisque vous avez absolument tenu à vous isoler, cela réduit d'autant les moyens de pression. Je n'ai besoin que de temps.

Lionel n'attendit pas la fin de la phrase pour s'élancer sur le côté. Pris par les paroles de Jovianna, les étudiants réagirent en retard. Lionel feinta le premier, mais un deuxième se jeta sur lui. Ils roulèrent au sol. Le garçon s'efforça de se dégager de la masse qui l'écrasait. Son poing heurta une mâchoire.

Un grondement rageur lui répondit. Un genou s'enfonça dans son ventre. Un coup l'atteignit en plein visage.

Aksel battit des paupières tandis qu'on le hissait sur ses pieds. La douleur jaillit dans son épaule lorsqu'on lui tordit un bras dans le dos. *Qu'est-ce que… Lionel !* Une voix moqueuse retentit :

— Deux coups et tu as ton compte ?

Il pinça les lèvres en reconnaissant Jovianna et ses acolytes. Une sensation chaude et humide s'attardait sur son menton, il devait saigner du nez ou avoir une lèvre fendue.

On l'amena au bord de l'eau. Quoi que Lionel eût voulu faire, le basculement leur avait coûté de précieuses secondes. Pourquoi les attaquer maintenant ? Surtout en pleine soirée, s'il en jugeait par leurs costumes. Que s'était-il passé ? Ses derniers souvenirs dataient du début de l'après-midi.

— Vous regretterez de vous en être pris à moi.

— Les regrets sont l'apanage des faibles. Vous auriez mieux fait de perdre cette affreuse habitude de vous vanter. J'ignore qui a jugé bon de nous débarrasser de mademoiselle Abalian, mais cela me facilite la tâche et vos petits pions vont suivre le même chemin.

Aksel sursauta, si fort que Ranjani raffermit sa prise. *Cedren !* La fin de la phrase lui échappa en partie, mais il en comprit le sens.

— Ils ne vous apporteront rien.

Elle lui jeta un regard où perçait une pointe d'exaspération.

— Nous n'avons que trop perdu de temps et je ne veux pas que le prochain quadrille se danse sans moi. Débarrassez-vous de lui.

Aksel se débattit. Le cinquième année le lâcha et profita de son déséquilibre pour lui assener une bourrade brutale. Aksel battit des bras, mais l'eau froide du bassin se referma sur lui.

Elle s'enroula autour de lui comme les anneaux d'un reptile, bloquant ses mouvements, l'entraînant vers le fond. Aksel se contorsionna. Il y avait *quelque chose* dans le bassin, quelque chose qui n'appréciait pas du tout sa présence. De toutes ses forces, il s'élança vers le haut. Un tourbillon l'emporta plus loin sous la surface. Il perdait tous ses repères dans l'eau boueuse, ne savait plus dans quelle direction nager. L'air commençait à lui manquer. *C'est moi, Cathédrale, c'est moi !* Le bassin mesurait près de trois mètres de profondeur. Dès qu'il aurait touché le fond… Il lutta pour ne pas paniquer, pour transmettre à la magie un calme qu'il n'éprouvait pas. Ses poumons le brûlaient. Dans un sursaut, il détendit ses jambes, sentit enfin la vase sous lui. Il donna un brusque coup de pied, se propulsa de nouveau vers le haut. *Laisse-moi sortir.* Lionel comptait sur lui, il ne pouvait pas l'abandonner ! Dans un dernier élan, il força sur ses bras. La pression de l'eau se relâchait. Un mouvement, puis il creva la surface.

La première inspiration lui enflamma la gorge et lui tira une violente quinte de toux. Un remous le submergea.

Il recracha une partie de l'eau avalée, haussa davantage la tête pour inspirer à grands traits, les poumons douloureux.

Le rebord était à portée de main. Il y prit appui, se donna quelques secondes, le temps de rassembler ses forces, avant de se hisser. Ses bras tremblaient, il n'aurait pas de seconde chance.

Enfin, il y parvint. Le cœur au bord des lèvres, un goût de vase dans la bouche et des papillons noirs devant les yeux, il resta allongé le dos contre la margelle. Le froid l'engourdissait. Ses dents claquaient. Les dernières phrases de Jovianna dansaient dans sa tête. Il lui fallait prévenir Frédéric et les autres avant qu'elle ne s'en prît à eux.

Chapitre XXXII

Frédéric se réveilla tôt le lendemain et gagna la salle à manger. De rares élèves s'y trouvaient déjà, les yeux encore bouffis de sommeil, le nez plongé dans leur tasse. Les jumeaux n'étaient nulle part en vue. Cela commençait à l'inquiéter.

Les étudiants arrivèrent et repartirent sans qu'Aksel se montre. De guerre lasse, Frédéric renonça et rejoignit leur chambre. Semen répondit à son premier coup, n'entrouvrit le battant que sur quelques centimètres.

— Oui ? s'enquit-il d'un ton pincé.

— J'aimerais voir Lionel.

— Il ne reçoit pas.

Frédéric tenta de protester, mais le valet lui ferma la porte au nez. Aksel était-il tombé malade ? Un détour par l'infirmerie lui apprit que le médecin ne l'avait pas reçu ; Frédéric en profita pour rester avec Cedren, toujours inconsciente. Siran se trouvait là également. Ils veillèrent en silence un long moment, à l'écoute de la respiration régulière de leur amie. Le médecin ne pouvait rien faire de plus, il fallait attendre. Attendre en espérant qu'elle se réveille ;

attendre le moindre signe, le moindre frémissement. Et chaque heure passée l'affaiblissait.

Assis là, l'inquiétude de Frédéric pour Lionel se fondit dans un sursaut coléreux. Le Carélien avait changé d'avis et ne voulait plus le voir ? Grand bien lui fasse ! Ce n'était pas son problème. Il semblait attaché à Cedren et ne venait même pas lui rendre visite. N'y avait-il qu'Aksel pour avoir de l'importance à ses yeux ? Évidemment. Frédéric chassa Lionel de ses pensées, se concentra sur Aksel, malgré la petite voix qui lui soufflait que son ami ne méritait pas son inquiétude.

En fin d'après-midi, en compagnie d'Alexandre, Frédéric effectua une nouvelle tentative auprès des jumeaux. Les couloirs trop vides, où le moindre bruit de pas résonnait, lui mettaient les nerfs à vif. Il jeta un regard en coin à Alexandre, qui tournait fréquemment la tête. Il devait se méfier de tous, n'accorder sa confiance à personne. Se rapprocher des jumeaux signifiait partager avec eux leur découverte du Cœur et il n'y tenait pas. Tout le mérite, toute la gloire devait leur revenir, à Alexandre, Reinhardt et lui.

— Frédéric ?

La voix de l'étinceleur, venue de très loin, l'arracha au tourbillon de ses pensées. Il s'était arrêté au milieu du couloir. Il faillit faire demi-tour.

— Rien.

Alexandre ne se montra pas dupe. Tous deux pressèrent le pas. Cette fois, Frédéric entra dans la chambre sans frapper.

Se figea en voyant l'état des lieux. Qu'est-ce qui s'était passé ? Aksel brillait toujours par son absence. Alexandre souffla :

— Ils ont dû fouiller pendant le bal. Ils devaient chercher ce qu'il savait…

Frédéric acquiesça. La cache ne semblait pas avoir été ouverte. Il amorça un mouvement vers elle avant de se retenir, partagé entre son inquiétude et la conscience que le plan dont ils avaient tant besoin était juste là, à portée de main.

— Crois-tu qu'il ait pu quitter l'école ? demanda Alexandre. Se réfugier chez ses parents ?

— Et abandonner ?

Cela ne leur ressemblait pas, mais si Lionel avait eu peur pour son frère… Ou l'inverse, peut-être. Il inspira profondément, se passa une main sur le visage. Peu importait. Son regard revint sur la cache. S'ils étaient vraiment partis, pourvu qu'ils n'aient rien emporté !

Décidé, Frédéric s'avança vers le mur. Reinhardt avait raison ; ce plan était autant le fruit du travail de Lionel que du leur. Et il devait penser à sa famille.

— Que faites-vous là ?

Il se retourna d'un bond. Semen les toisait.

— Je veux parler à Lionel.

— Il n'est pas là, répondit le valet de mauvaise grâce, soulignant l'évidence.

— Quand reviendra-t-il ?

— Il est maître de son emploi du temps.

La tension qui émanait du domestique ne lui échappa pas. Il n'était pas aussi serein qu'il voulait le faire croire.

— Vous feriez mieux de sortir.

Ils quittèrent la pièce.

— Qu'est-ce qu'ils auraient pu lui faire ? murmura l'étinceleur. Il n'y a pas eu de… d'autre accident…

Un instant, l'image d'un corps flottant dans la pièce d'eau traversa l'esprit de Frédéric et il s'empressa de la chasser.

Les doigts de Lionel glissèrent sur la roche froide et humide, désespérant de trouver un mécanisme quelconque. Ou ne serait-ce qu'une fissure, une faille pour lui rappeler qu'il n'était pas dans un tombeau. Sa main se referma en un poing. De justesse, il se retint de l'abattre contre la pierre. La conscience que ce n'étaient pas *ses* doigts le ramena à plus de raison. D'un mouvement brusque, il pivota. Quatre pas sur deux, c'était tout l'espace à sa disposition, à peine éclairé par une lanterne. La petite flamme palpitait. Lionel s'y ancra. Elle n'était plus très haute – bientôt, elle s'éteindrait en silence dans une flaque de cire, cédant la place au noir complet. Il n'arrivait pas à la quitter des yeux.

Son cœur battait trop vite, le sang pulsait dans ses tempes. Sa respiration s'accéléra, tandis que ses doigts se crispaient sur la pierre, comme pour s'y accrocher. Non. Rien ne bloquait son souffle.

Inspiration, expiration.

Lentement, il se laissa glisser contre la paroi, jusqu'à se retrouver assis. Il tremblait. Il entoura ses genoux relevés de ses bras, ferma les yeux, plongeant dans une obscurité plus familière que celle qui l'entourait.

Il devait s'occuper. Écrire à Aksel. Si on leur avait ôté leur montre, on n'avait pas jugé utile de leur prendre les quelques feuilles et le crayon qu'ils gardaient dans leur poche. Son frère lui avait déjà résumé la situation dans une écriture que l'angoisse rendait tremblante, difficilement lisible. Après la tentative de meurtre de Jovianna, on l'avait attaqué – mais il n'avait pas eu le temps d'apercevoir ses agresseurs.

Glacé, il s'était réveillé là, où on lui avait donné de quoi se changer. Un de leurs propres uniformes. Aksel pensait qu'ils se trouvaient encore à Cathédrale, et l'atmosphère humide rappelait assez celle du labyrinthe pour que Lionel partageât son avis. Même si tous ces endroits maudits se ressemblaient.

La lumière tremblota. La bougie achevait de se consumer. *Tiens bon encore un peu, quelques minutes…* Depuis quand leur geôlier n'était-il pas passé ? L'écoulement du temps lui échappait, mais il ne devrait plus tarder, n'est-ce pas ? Il ne devrait plus…

Le noir recouvrit les lieux. Lionel referma les yeux. Les aspérités de la pierre froide lui rentraient dans le dos. Il s'y appuya malgré tout, luttant contre la sensation qu'il allait s'évanouir ou que le néant allait l'engloutir. Un cri résonnait dans sa mémoire, des éclats de lumière, l'énergie qui déferlait, la douleur, brutale, intense, qui effaçait tout… Il plongea les mains dans ses cheveux, referma les doigts sur ses mèches. Il ne devait pas perdre contact avec la réalité. Mais où se trouvait-elle maintenant que les ténèbres régnaient ? *Aksel, aide-moi*. Non, il ne devait pas l'appeler.

Un frottement rocailleux. Hagard, Lionel redressa la tête. Il leva un bras devant son visage, aveuglé par la lanterne qu'apportait un homme inconnu, mais absurdement soulagé de l'apercevoir. Celui-ci la déposa au sol. Dans sa main droite, il tenait un pistolet.

— Qu'est-ce que vous voulez ?

Le silence, encore. La panique et la colère se mêlaient. Lionel amorça un mouvement pour se relever, mais l'arme se braqua immédiatement sur lui. Il s'immobilisa.

— Répondez-moi.

— Vous croyez-vous réellement en situation de donner des ordres ? jeta une voix.

Lionel tressaillit. Ce n'était pas possible. Il se mit debout, détaillant le garçon qui venait d'entrer dans le cachot.

— Martial.

C'était lui, bien que son amabilité eût disparu sous un masque dur qu'il ne lui connaissait pas. Le troisième année le toisa. Un sourire moqueur étira ses lèvres.

— Le si brillant, prétentieux et méprisant Lionel Andersen de Carélie, réduit à peu de chose par quelques heures de cachot… Vous imaginiez-vous tomber si bas ?

Il se raidit.

— Cessez immédiatement cette mascarade, Martial. J'ignore ce qui vous a poussé…

Le troisième année s'avança, en veillant à ne pas couper la ligne de tir de son… domestique, sans doute. S'il l'attaquait, peut-être l'homme hésiterait-il à faire feu. Martial dut s'en rendre compte, car il conserva une certaine distance. Lui aussi était armé.

— Vous n'auriez pas dû me repousser ni mépriser les alliances que je vous proposais, pas plus que votre père n'aurait dû prendre de haut le mien, en refusant de partager ses informations.

Lionel croisa les bras, s'efforçant de retrouver l'attitude nonchalante et orgueilleuse que Martial détestait tant.

— Moi qui vous pensais pas toujours très malin, certes, mais intelligent, Martial… Je me rends compte à quel point je vous ai mal jugé. Vous ne méritiez pas une once de mon estime.

Martial le gifla à la volée. Furieux, Lionel voulut se jeter sur lui, mais le valet s'interposa. Sous la menace de l'arme à feu, la joue brûlante, il se recula.

— Paradez tant que vous voulez, siffla Martial, vous ne sortirez pas d'ici tant que vous ne m'aurez pas dit où se trouve le cœur du labyrinthe ou que votre père n'aura pas plié devant le mien.

Lionel lui rit au nez avec tout le mépris qu'il put rassembler. La bouche de Martial se tordit.

— Vous savez où il est, n'est-ce pas ? Jovianna a tenté de vous tuer pour vous empêcher de l'atteindre avant elle. Cela fait des semaines que nous explorons ce labyrinthe. Mais vous détenez la réponse et vous allez me la donner. C'est l'occasion de réparer vos erreurs de cette année.

Lionel serra les dents. Si, au cours des derniers jours, Martial lui avait proposé une nouvelle alliance, il aurait accepté. Mais maintenant le sort d'Aksel pesait dans la balance. Sur combien de temps pouvait-il parier ? Jovianna n'avait pas trouvé non plus. Qu'elle y parvienne ou non, le royaume exploserait – son père aurait autre chose à faire alors que se soucier d'Aksel. Le Cœur ou la guerre : Lionel prendrait le premier qui se présenterait tant que cela préservait Aksel. Son frère n'apprécierait pas, mais Lionel était incapable de faire passer les Neuf-Duchés avant lui.

Raffermi malgré la panique sourde qui lui hurlait de céder, de faire n'importe quoi pour sortir de là, il croisa le regard de Martial.

— C'est dans cette intention que j'étais venu vous voir lors de la trêve hivernale et vous m'avez envoyé paître.

— Ce n'était pas une alliance que vous me proposiez, vous suintiez la condescendance comme si vous daigniez m'accorder une faveur, agissant comme si j'étais l'un de vos vassaux.

La colère et l'offense perçaient dans la voix de Martial. La magie brouillait ses perceptions. Il aurait peut-être dû demander à Maxime de jouer les intermédiaires, mais Martial aurait pu tout aussi mal le prendre.

— C'est vous qui nous avez menés là, répliqua Lionel. Si les Lamarcchia ou d'autres le trouvent avant, vous pourrez vous féliciter, votre père et vous, d'avoir causé la chute des Neuf-Duchés. Est-ce ainsi que vous voulez que l'histoire se souvienne de vous, comme d'un lâche et d'un traître ?

Cette fois, il vit le coup venir. Le bras de Martial acheva sa course contre son poignet. Son ancien parrain l'attrapa, referma les doigts dessus de toutes ses forces.

— C’est vous et votre arrogance qui nous perdez. Je vous avais mis en garde, Lionel, vous avez choisi de ne pas m’écouter. Vous finirez par parler si vous ne voulez pas donner l’avantage aux Lamarcchia. N’espérez guère d’aide. Après tout, qui se soucie de vous ici ?

Lionel serra les dents, mais sa raideur n’échappa pas au troisième année.

— Seriez-vous un enfant, à toujours redouter le noir ? J’espère que quelques heures supplémentaires dans les ténèbres vous délieront la langue.

D’un geste brutal, Martial le renvoya contre le mur. La tête de Lionel heurta la pierre. Le troisième année se détourna tandis que son valet ramassait la lanterne, sans remplacer celle qui s’était éteinte.

Chapitre XXXIII

Frédéric, Reinhardt et Alexandre traversaient la salle de réception en direction des salons lorsque ce dernier s'immobilisa et leur désigna la porte devant eux. Un rai de lumière filtrait par en dessous, sans varier. Ce n'était donc pas les Lamarcchia. Un surveillant ou un professeur, puisqu'ils avaient attiré l'attention du directeur sur la pièce ? Les lieux devenaient bien trop fréquentés au goût de Frédéric. Alors qu'il tergiversait sur la conduite à adopter, Alexandre se tourna vers eux d'un air décidé.

— Je m'en charge. Allez vous dissimuler dans le hall.

— Comment…, entama Frédéric.

— J'ai une idée. Ne vous inquiétez pas, je sais ce que je fais.

Comprenant qu'il comptait utiliser son pouvoir, Frédéric hocha la tête et entraîna Reinhardt. Tous deux se tapirent dans un recoin du hall. Par un effort de volonté, Frédéric réussit à ne pas revenir sur ses pas pour espionner Alexandre. Quelques minutes plus tard, un surveillant sortit de la salle de réception sans paraître alarmé. Alexandre surgit bientôt :

— La voie est libre pour cette nuit.

Ravalant leurs questions, Frédéric et Reinhardt le suivirent jusqu'au salon. Le plancher coulissa. Frédéric jeta un dernier regard nerveux autour d'eux avant de s'engager dans l'escalier. Il se sentait mal à l'aise, épié. Le silence régnait pourtant.

En bas, imité par Reinhardt, Frédéric posa sa main sur la paroi, en un geste désormais familier. Le roc demeura immobile. La première fois, pourtant, lorsqu'ils avaient été deux à l'effleurer, il avait bougé. Frédéric s'attendait à devoir patienter de longues minutes, mais pas à ce blocage pur et simple. Reinhardt plaqua ses deux paumes contre la pierre, et il en fit autant. Toujours rien. Un juron fila entre ses lèvres. Il avait craint que sans Cedren ce soit difficile, mais pas à ce point.

Reinhardt frappa du poing contre la pierre.

— Ouvre-toi !

Sa colère ne provoqua aucune réaction. Était-ce parce que la magie sentait qu'ils n'étaient pas aussi nombreux que d'habitude, que leur groupe n'était plus le même ?

— Allons chercher Alexandre, proposa-t-il. Il ne lui faudra pas plus de deux minutes pour faire le trajet, on doit prendre le risque.

Hors de question d'échouer si près du but. Les journaux se concentraient sur les trois héritiers ducaux, considérant les autres étudiants comme quantité négligeable. Il entendait bien les détromper. Alors qu'ils rebroussaient chemin, un cri résonna. Frédéric pâlit.

— Alexandre.

Ils s'élancèrent au pas de course à l'instant où l'étinceleur chutait au bas de l'escalier. Une douzaine de marches plus haut, Ranjani faisait demi-tour.

— Arrête-toi !

Reinhardt doubla Frédéric, sauta par-dessus Alexandre et s'engouffra dans l'escalier. Mal lui en prit : Ranjani le repoussa et il tomba à son tour. Frédéric contourna ses deux amis. Leur ennemi avait atteint le salon. Frédéric n'eut que le temps de distinguer les visages narquois de ses acolytes avant que le passage ne se refermât. Il tendit le bras vers le mécanisme de leur côté, l'actionna.

Rien ne se passa.

Une sueur glacée s'empara de Frédéric. Il essaya deux fois, trois, avant de se rendre à l'évidence. Le dispositif s'enfonçait dans la roche, mais aucun morceau de métal ne dépassait. Il leva sa lanterne. Rien ne laissait deviner qu'il y avait une ouverture à cet endroit. Et il savait déjà qu'on n'entendait rien de l'autre côté.

Jovianna et les siens avaient préparé leur piège.

La gorge nouée, il redescendit les marches. Reinhardt s'était relevé et se tenait près d'Alexandre. Celui-ci gémissait. Frédéric grimaça devant la bosse sanglante qui ornait son front ainsi que la coupure sur sa joue. Dans l'échauffourée, sa lanterne s'était brisée et un éclat lui avait entaillé le visage. Il bougeait avec précaution, mais rien ne semblait cassé. Reinhardt l'attrapa par le bras, lui tirant un sursaut et une exclamation douloureuse.

— Qu'est-ce qui s'est passé ?

— Ils venaient pour nous. À quatre contre un, je n'ai rien pu faire.

Une exclamation dédaigneuse échappa à Reinhardt. Alexandre se tendit sans répondre.

— Heureusement que nous étions là, alors. Ils n'ont pas voulu se battre...

— Ils n'en avaient pas besoin, coupa Frédéric. Ils ont cassé le mécanisme.

Il étreignait sa lanterne de toutes ses forces. Lentement, Reinhardt tourna la tête vers lui.

— Pardon ?

— Il est irréparable. On ne pourra pas sortir tant que quelqu'un n'ouvrira pas le passage.

Reinhardt se précipita dans l'escalier. Frédéric ne le lui reprocha pas, il en aurait fait autant. Une bordée de jurons résonna bientôt, ainsi qu'un choc sourd, comme si le garçon s'acharnait sur la trappe. Les mains crispées sur ses genoux, livide, Alexandre baissa les yeux. Frédéric resta immobile jusqu'à ce que Reinhardt redescendît, furieux.

— Tu les as laissés faire.

— Non ! Je te l'ai dit, ils étaient quatre, qu'est-ce que tu voulais...

— Te défendre, te battre, je ne sais pas ! Que tu te rendes utile, pour une fois !

Alexandre pâlit encore plus, mais il cracha, alors que Frédéric s'interposait entre eux :

— C'est facile de me crier dessus maintenant ! Tu n'as jamais voulu rester en arrière. C'est bien le problème, ça t'a toujours soulagé que je ne descende pas !

Un grondement rageur échappa à Reinhardt. Frédéric leva les mains.

— Arrêtez. Ce n'est pas le moment de nous disputer.

Reinhardt retourna examiner le mécanisme. Frédéric prit place au bas des marches.

— Comment tu te sens ?

Alexandre haussa les épaules.

— Comme un drap qui vient de passer sous le battoir. Mais ce n'est pas le plus important. Qui, à part nous et eux, connaît ce passage ?

— Lionel.

Plus haut, Reinhardt ricana.

— Il s'est enfui. Finalement, c'était peut-être lui le plus intelligent.

Frédéric en doutait de plus en plus. Était-ce seulement une affaire de temps avant que le corps d'Aksel ne fût retrouvé dans l'école ?

— Cedren aussi, murmura Alexandre.

Sans répondre, Reinhardt glissa le long du mur pour s'asseoir. Frédéric se força à poursuivre :

— Son parrain ? Les Gondissan et les Andersen sont alliés.

Mais Aksel ne parlait plus à Martial. Celui-ci avait cependant pu découvrir le labyrinthe de son côté. Alexandre reprit :

— Peut-être des gens de l'école. Nous avons attiré l'attention de Lanark sur le salon.

Son ton manquait cruellement de conviction.

— Espérons que quelqu'un descendra vite. Ou que Cedren se réveillera. Siran ne savait rien ?

Frédéric réfléchit.

— Je ne crois pas.

Silencieux, le visage sombre, Reinhardt les écoutait. Alexandre tâta sa bosse d'un doigt prudent, grimaça et laissa retomber sa main.

— Combien de temps tient-on sans eau ?

— Tes bouquins ne t'apprennent pas ça non plus ? rétorqua Reinhardt. L'expérience te le dira. Ou alors – il passa la main sur la paroi humide – nous pouvons être optimistes et croire que cela nous suffira.

Frédéric pointa les traces blanches.

— C'est du salpêtre. Du sel.

Reinhardt se releva d'un bond et donna un violent coup de pied dans le mur, accompagné d'un cri de rage.

— Les salauds !

Sourcils froncés, Alexandre ne le quittait pas des yeux.

— Tu t'es fait mal en tombant ? demanda-t-il.

— Quoi ?

— Tu as du sang sur ta manche de chemise.

Frédéric plissa les yeux. Effectivement, une traînée pourpre maculait son poignet droit. La veille, au bal, il avait déjà paru gêné en tenant son verre de ce côté-là et, depuis qu'ils avaient quitté leurs appartements, il avait gardé sa lanterne dans la main gauche. Reinhardt rabattit la manche de sa veste dans un mouvement d'humeur.

— C'est rien.

Alexandre s'approcha.

— Montre-moi.

Il effleurait à peine le poignet de Reinhardt que celui-ci le repoussait violemment. Alexandre trébucha et tomba. Frédéric se redressa.

— Ça ne va pas ! Qu'est-ce qui te prend ?

La mine mauvaise, Reinhardt se tourna vers lui.

— J'ai dit que ce n'était rien, il n'avait pas à insister.

— Comment tu t'es fait ça ?

Alexandre se relevait lentement.

— Moi, j'ai une idée. Alors, j'espère que tu as une très bonne explication à nous fournir sur l'origine de cette blessure.

Frédéric n'avait jamais vu une telle expression, entre colère et désarroi, chez le timide étinceleur. Reinhardt croisa les bras dans une attitude de défi.

— Je me suis blessé avec la lame que j'avais empruntée hier. C'était un faux mouvement, mais ce n'est rien de grave, je n'ai donc pas jugé utile d'en parler. Satisfaits ?

— Pas vraiment, non. Vu que ça coule au moindre choc, la plaie est profonde et pourtant tu n'es pas allé voir le médecin. Surtout qu'on a passé pas mal de temps à l'infirmerie depuis hier – enfin, sauf toi, parce que ça ne te met pas vraiment à l'aise de voir Cedren, n'est-ce pas ?

Frédéric se figea, le regard oscillant d'un garçon à l'autre, Alexandre droit et déterminé, malgré un tremblement léger, Reinhardt crispé, l'air provocateur. Dans la lueur jaune de la lanterne, il était pâle.

— Attends, Alexandre, tu ne veux pas dire…

— Si. C'est exactement ce que je veux dire. Elle s'est défendue au dernier moment parce qu'elle connaissait la personne qui s'approchait d'elle et qu'elle ne s'attendait pas à cela. À part nous, quels autres garçons voit-elle régulièrement ?

— Tu perds la tête, je ne sais pas ce qui te prend, s'insurgea Reinhardt. Elle allait voir Lionel ! C'est à lui qu'il faudrait demander. Il a très bien pu…

— Ce n'est pas son style.

— Parce que c'est le mien ? J'ignore où tu veux en venir, mais ça devient complètement ridicule.

Alexandre l'interrompit.

— Non. Par contre, fouiller la chambre de Lionel te ressemble. J'ai d'abord pensé que c'était arrivé pendant le bal, mais maintenant… Cela m'étonnait que tu n'insistes pas davantage pour récupérer son plan. En fait, à dire vrai, je m'attendais à te voir lui tomber dessus et à devoir vous séparer. Au lieu de cela, tu as préféré agir autrement, n'est-ce pas ? Et, comme tu l'as dit, Cedren lui rendait visite hier après-midi. Imaginons qu'elle ait vu *quelqu'un* en train de fouiller la chambre, qu'elle soit intervenue et que la discussion ait tourné à la dispute…

Un ricanement échappa à Reinhardt.

— Tu as beaucoup d'imagination, Alexandre. Dommage que tu l'emploies si mal.

Son ironie énerva Frédéric. En deux pas, il rejoignit Reinhardt, lui attrapa le bras et remonta violemment ses manches. Un bandage teinté de sang courait le long de son avant-bras, dessinant le tracé de la plaie, comme s'il avait levé le bras en défense. Il tenta de le repousser, mais Frédéric le plaqua contre le mur, un bras contre sa gorge.

— Je le trouve très convaincant, moi. Est-ce que c'est vraiment toi ? Qu'est-ce qui s'est passé ? Réponds !

Le visage de Reinhardt se tordit de colère.

— C'est la faute de Lionel. S'il nous avait donné son foutu plan au lieu de le garder pour lui, ça ne serait pas arrivé ! Et toi ! Tu as quasiment avoué que tu savais où il le cachait et tu n'as rien fait, comme d'habitude ! Je ne sais pas ce qu'il t'a promis…

Sa voix s'étouffa lorsque Frédéric appuya plus fort.

— Ma faute, celle de Lionel, jamais la tienne, pas vrai ? Merde, tu l'as poussée dans les escaliers simplement parce qu'elle t'a surpris ? Mais qu'est-ce qui t'est passé par la tête ? Tu as failli la tuer, on ne sait même pas si elle va s'en sortir ! Et tu as le culot de nous mentir en face, de dire à Alexandre qu'il affabule ! Elle avait compris ce que cache le labyrinthe, tu as ruiné toutes nos chances de trouver le Cœur !

Les mots lui manquèrent, il jura. Il comprenait bien mieux pourquoi le passage ne s'était pas ouvert. À court d'air, Reinhardt se défendait avec moins de véhémence. Avec une jubilation sauvage, Frédéric renforça sa pression. Reinhardt allait payer pour ce qu'il avait fait.

— Lâche-le, Frédéric ! Tu vas le tuer, arrête !

Parfait, c'était ce qu'il voulait. Alexandre le tirait à lui. Frédéric résista. Reinhardt changeait de couleur.

— Frédéric !

Il y avait de la peur et du désespoir dans le cri d'Alexandre. Frédéric cligna des yeux. Son hésitation donna suffisamment de marge à l'étinceleur pour le forcer à reculer. Reinhardt tomba à genoux en toussant, une main sur la gorge. Frédéric voulut s'avancer, mais Alexandre plaqua les deux mains contre son torse.

— Arrête. Tu nous disais toi-même d'arrêter de nous battre tout à l'heure. Cathédrale nous pousse à la violence. Tu le sais.

Il retira une main pour la glisser dans la poche de sa veste. Frédéric n'eut pas le temps de s'insurger qu'Alexandre en ressortait la figurine de Louise et le bijou d'Aksel et d'Étienne. Dans un réflexe, Frédéric referma les doigts dessus. Le voile noir qui brouillait ses pensées s'éclaircit un peu.

— Comment…

— Dès que tu t'énerves, tu plonges ta main dans ta poche comme si ta vie en dépendait. Te sens-tu mieux ?

Il l'ignorait. Son regard s'égara en direction de Reinhardt, toujours en train de reprendre son souffle. Des larmes coulaient sur ses joues.

— C'était un accident, murmura-t-il. Je n'ai jamais voulu ça. Elle comptait en parler à Lionel, on s'est disputés, je… Elle était là, j'ai voulu la retenir, elle a sorti le stylet, je l'ai repoussée, mais elle était au bord des marches. C'était un accident.

Le silence flotta. Frédéric serrait les deux présents de toutes ses forces.

— Mais tu t'es enfui. Tu ne l'as pas aidée, tu nous as menti devant elle. Si Alexandre n'avait rien remarqué, tu n'aurais jamais rien dit. Comment…

Il ne parvint pas à achever. Il connaissait l'influence de l'école, oui. Il savait les pensées qui lui traversaient parfois l'esprit. Mais… Non. Même avec Élysée, il n'était pas allé aussi loin. La voix d'Alexandre s'éleva :

— Quand on sera sortis d'ici, parce que oui, on va trouver une solution, tu iras te dénoncer auprès du directeur et parler à Cedren une fois qu'elle sera réveillée. D'ici là, on va s'abstenir de toute conversation qui n'ait pas un lien direct avec une idée pour nous échapper. D'accord ?

Frédéric hésita. Reinhardt fut le premier à hocher la tête.

— Frédéric ?

— D'accord, marmonna-t-il. Nous ne pouvons pas nous contenter d'attendre quelqu'un. À trois, nous pouvons explorer, il est temps de découvrir s'il y a vraiment une deuxième issue.

Chercher avec Reinhardt ne lui plaisait pas, mais ils n'avaient pas le choix. Sur l'une des feuilles sur lesquelles il prévoyait de reprendre le plan, il écrivit un rapide message qu'il déposa bien en vue sur les marches de l'escalier. Si un allié venait, il les attendrait.

Ils s'avancèrent vers la paroi. Elle ne bougea pas lorsqu'ils posèrent leurs mains dessus. En revanche, lorsque Reinhardt se recula à la demande d'Alexandre, elle frémit et n'amorça sa descente qu'une fois qu'il se fût encore éloigné.

— Le message est clair, commenta l'étinceleur. Tu restes ici.

— Une fois qu'elle sera descendue…

— Veux-tu vraiment parier sur sa vitesse de réaction ? Passe-nous ta lanterne, tu attendras dans le noir.

Reinhardt hésita, puis, les mains dressées dans un mouvement exaspéré, il battit en retraite. Il fallut une bonne dizaine de minutes avant que le passage ne fût dégagé. Frédéric n'en pouvait plus d'impatience. Dire que la magie qui les dressait les uns contre les autres leur donnait une leçon de cohésion !

Avec Alexandre, il s'enfonça dans les couloirs, traversant rapidement les lieux déjà explorés. Ils progressèrent en silence, attentifs au moindre indice trahissant une autre issue. Ils ne trouvèrent rien. Avec l'effort, sa bouche s'asséchait et il passait trop souvent sa langue sur ses lèvres. Les parois se révélaient toujours aussi lentes à s'abaisser, leur faisant perdre trop de temps.

Ils marchèrent jusqu'à ce que sa lanterne s'éteigne. Ils avaient gardé celle de Reinhardt en réserve – il leur restait juste de quoi rentrer. Frédéric tergiversa.

— On ne peut pas risquer de se retrouver perdus dans le noir, souffla Alexandre.

La pensée fit courir un frisson dans son dos.

Lorsqu'ils rejoignirent Reinhardt, celui-ci se redressa, plein d'espoir, avant de se renfrogner devant leurs mines.

La lanterne rendit l'âme dix minutes après leur retour. Frédéric jeta un dernier coup d'œil à sa montre. La matinée était déjà bien entamée. À présent, personne ne viendrait avant la nuit. Dans l'obscurité complète, il ne distinguait pas les silhouettes des autres autrement que par des frôlements lorsqu'ils bougeaient. Alexandre essaya de chanter, mais sa voix sonna de façon bien trop frêle, et il s'interrompit. Il devait de toute façon économiser sa salive.

La journée s'écoula avec lenteur – seul son inconfort grandissant lui permettait de mesurer le passage du temps. Le sang lui battait aux tempes et il éprouvait l'impression qu'un cercle de fer enserrait sa tête. *Illusions. Ce n'est pas la première journée que tu passes sans manger, tu as connu bien pire. La première sans boire, d'accord.*

Plus tard encore, il ne sut quand, Reinhardt les entraîna en haut de l'escalier, mais aucun cri, aucun coup contre la trappe n'attira qui que ce soit. Frédéric manqua de se coincer le bras dans le mécanisme dans une ultime tentative pour le réparer.

En vain.

Ils redescendirent lentement, en prenant soin de ne pas trébucher, une main sur le mur, saisis par les vertiges. Frédéric manqua de tomber en arrivant au bas de l'escalier, il avait perdu le compte des marches. Il alerta les deux autres, puis s'assit. On en fit autant à côté de lui. À l'épaule pointue contre la sienne, il reconnut Alexandre. Il aurait voulu dire quelque chose, mais il se contenta de serrer les doigts de l'étinceleur.

— Je ne veux pas mourir, murmura celui-ci.

— On va s'en sortir, répliqua Frédéric. Lionel va revenir. Ou Jovianna changera d'avis.

Il n'y croyait pas lui-même.

Étienne et Louise se glissèrent dans ses pensées, avec leurs parents, Véran. Aksel qui s'en voudrait éternellement de ne pas avoir été là. Les retrouverait-il ? *Ne commence pas à te poser ce genre de questions.*

Les heures suivantes ne furent qu'une longue suite de sommeil agité et de réveils en sursaut. La nuque broyée dans un étau, la langue sèche, Frédéric en vint à accueillir avec soulagement la fraîcheur de la pierre contre son front trop chaud. Sous sa main, la peau d'Alexandre était froide. Il se sentait brumeux, engourdi.

Seules leurs respirations haletantes, fiévreuses rompaient encore le silence.

Chapitre XXXIV

Le noir, partout, et le chuintement de la magie en train de se déclencher. Aksel voulut reculer, mais il heurta la paroi. Ses ongles raclèrent la pierre, sans trouver d'issue. Un sanglot sec le secoua, ravivant la douleur dans sa poitrine. Il glissa au sol. S'il tendait le bras, il toucherait les vêtements de Lionel, sa peau déjà dure et froide, si blanche dans les derniers éclats de la lanterne, le visage constellé de sang craquelé, là où il n'avait pas réussi à l'enlever. Un gémissement lui échappa. Sa main rencontra le vide, là où il n'aurait pas dû y en avoir, et ce fut si déstabilisant qu'il sursauta. Où l'avaient-ils emmené ? Pourquoi… Sous ses doigts, la pierre froide se bosselait ; ce n'était pas celle, lisse, qu'il s'attendait à trouver. *Tu n'es pas en Carélie.* Il le savait. L'avait déjà pensé. Mais il n'arrivait pas à le retenir. Une quinte de toux lui déchira la poitrine, et il y plaqua la main pour tenter d'enrayer la douleur. Cela non plus n'appartenait pas à ses souvenirs, et il s'y raccrocha. Ses pensées embrumées se mêlaient et le plongeaient dans une torpeur dont il ne parvenait pas à sortir. La seule chose qui restait, c'était le froid. Pourtant, son front était chaud, presque brûlant, et il transpirait. Malgré sa moiteur, il frissonnait sans discontinuer. Le chuintement de la magie s'estompait, même s'il le sentait toujours sur sa peau, remplacé par sa respiration sifflante et trop rapide. La nausée ne le quittait pas, mais il n'avait pas mangé depuis… il ignorait quand et il n'avait rien à rendre.

Un crissement déchira l'atmosphère. Il redressa la tête dans un sursaut paniqué. Sur sa gauche, une partie de la paroi coulissait. Martial ou son domestique. Prenant appui sur le mur, luttant contre les vertiges, il se releva, s'efforçant de rester dans l'ombre. Même tamisée, la lumière lui brûlait les yeux. Peu importait. Dès que le passage fut assez large, il s'élança. Un bras le frappa en pleine poitrine et le renvoya brutalement en arrière.

Aksel heurta le sol avec une exclamation et un cri de douleur. Il recula lorsqu'on se pencha sur lui, mais une poigne solide le saisit par le col et le hissa sur ses pieds. On le plaqua contre le mur. Il cligna des yeux, sans réussir à dissiper le voile brumeux, reconnaissant à peine le domestique de Martial. Même la lanterne de ce dernier, quelques pas en arrière, se parait d'un halo flou. La toux le secoua. Le troisième année s'avança, vêtu d'une tenue de cavalier, des taches boueuses sur ses bottes et sa cravache à la main. On était soit très tôt le matin, soit en fin de journée, mais le décompte du temps lui échappait complètement. Le soir peut-être, s'il avait assez de marge pour venir. Et cela renforçait l'idée de Lionel qu'il y avait une deuxième entrée au labyrinthe.

— Pensiez-vous réellement parvenir à vous échapper ainsi ?

— Arrêtez, Martial. Si vous me libérez, j'effacerai cela et nous pourrons trouver le Cœur ensemble. Vous n'arriverez à rien de cette façon.

Sa voix rauque lui brûlait la gorge. Parler, aligner les mots lui demandait beaucoup trop de concentration.

— Inutile de négocier. Je veux savoir ce que vous cachez et, ensuite, vous serez libre. C'est la seule condition. Parlez maintenant. Comment dois-je procéder ? Nous avons fait le tour du labyrinthe, il n'est pas si grand…

Son ton dur lui vrillait la tête. Aksel ne masqua pas sa surprise.

— Il est immense.

Un sourire narquois traversa le visage de Martial.

— L'entente n'est pas si belle avec vos amis, n'est-ce pas ? Avec Mélian et Audoin, nous n'avons pas eu de problème autre que les pièges. Même à deux, nous circulons plutôt bien.

Martial était effectivement resté proche de son propre parrain, Mélian, blessé quelques jours auparavant, et il avait le soutien inconditionnel de son valet. La magie de Cathédrale avait dû plier facilement devant eux, tandis que Lionel luttait contre Reinhardt et Frédéric, allongeant d'autant plus leur chemin. Soulagés de voir les parois s'abaisser, ils n'avaient pas pensé que l'école contrariait leur avancée d'une autre manière. Cependant, ils gardaient l'avantage. Inutile de raviver la violence latente de Martial. Il devait le raisonner.

— Vous n'êtes pas vous-même, Martial. Cathédrale vous pousse à vous en prendre à moi, elle exacerbe vos sentiments, votre rancœur. C'est aussi une façon de nous empêcher de trouver le Cœur, elle nous amène à nous attaquer les uns aux autres, vous devez en prendre conscience.

La cravache cingla l'air. Aksel voulut plonger, mais le domestique le retint. Le cuir lui fendit la joue dans un éclair aigu. Froide et pulsatile, la douleur enflamma tout le côté de son visage qui commença à gonfler, du menton jusque sous la paupière. Martial avait manqué l'œil de peu. Le sang coula jusque dans son cou. Aksel serra les poings, rassembla ses pensées. Le troisième année l'empoigna par le col.

— À d'autres ! Vos mensonges ne vous aideront pas !

— C'est la vérité ! Écoutez-moi, Martial. Cathédrale vous fait perdre toute logique, vous devez reprendre le contrôle.

La douleur hachait ses mots ; il avait l'impression que sa joue allait s'ouvrir en deux.

— Je vous connais, nous sommes proches, ce n'est pas dans votre caractère d'agir ainsi...

Martial le secoua. Une lueur dangereuse brillait dans ses yeux.

— Me croyez-vous faible à ce point ?

— Ce n'est pas ce que...

— Croyez-vous que je me laisserais manipuler si facilement ? Je vois où vous voulez en venir, mais vos petits jeux ne fonctionnent pas. Il serait temps que vous coopériez au lieu de ces tentatives pathétiques pour vous en sortir. Vos amis ont disparu, et je me suis assuré que nul autre que moi ne connaisse cet accès au labyrinthe. Lui aussi a voulu protester, me convaincre qu'il ne dirait rien, mais il maniait trop le vrai et le faux pour que je le croie. Mieux valait en être sûr définitivement.

La tirade rageuse de Martial s'interrompit brusquement. Avec un temps de retard, Aksel comprit ce qu'il était en train de dire. Le parc, le second accès découvert, cette violence... Aksel musela son horreur pour soutenir le regard de Martial, mais sa réaction n'avait pas dû lui échapper.

— C'est vous qui avez assassiné Élysée.

— Pas exactement. Disons qu'il a fait une chute malencontreuse et qu'il ne nous a pas paru utile de lui tendre la main.

Aksel ferma les yeux. Jovianna avait tenté de lui infliger le même sort – et il ne s'en était sorti que grâce à son affinité avec l'école. Fiévreux, Martial recula, désigna la cellule d'un ample geste du bras. La cravache accrocha la lumière.

— Quelle idée de se promener dans le parc à une telle heure ! Et de s'intéresser à ce qui s'y passe, au lieu de faire sagement demi-tour. C'est sa curiosité qui a eu raison de lui. Je ne pouvais pas le laisser rentrer dans ces circonstances. Et il fallait que cela ait l'air d'un accident, bien sûr.

Il adressa un signe de tête à son domestique.

— Audoin a seulement fait preuve de moins de négligence que Jovianna. Prenez garde, Lionel, vous jouez avec les limites de ma patience.

Pour toute réponse, Aksel lui cracha au visage. Le poing du domestique le cueillit au ventre. Dans une quinte de toux rauque, qui lui donna l'impression que son torse s'ouvrait en deux et que son visage prenait feu, il tomba. Il souffla :

— Je ne parlerai pas. Vous ne le trouverez jamais.

On le secoua. La tête lourde, brûlante, Frédéric tenta de s'écarter, sans parvenir à bouger.

— Frédéric, réveillez-vous !

Il n'identifiait pas la voix. Une lumière dansa derrière ses paupières closes, et il se détourna avec un gémissement. L'éclat s'écarta puis diminua. Dans un effort, il réussit à ouvrir les yeux, le regard brouillé par les larmes. Il voulut placer un bras devant son visage, mais sa main ne lui obéit pas. Entre deux battements de paupières, il reconnut une lanterne, sur laquelle on avait jeté un morceau d'étoffe. Qu'est-ce que… Il hallucinait, comme les heures précédentes, avec ces images sans suite qui s'imprimaient sur ses rétines avant de disparaître. On le secoua de nouveau. Cette fois, il distingua les cheveux noirs et épais, la peau mate et le regard sombre.

— Orfeo ?

Le nom sortit dans un croassement, qui peina à franchir ses lèvres craquelées. Une brusque alarme résonna en Frédéric. Il essaya de se redresser.

— Enfin ! Attendez, je vous aide.

Avec le soutien d'Orfeo, il s'adossa au mur. Une fraîcheur soudaine, plus agréable que celle qui l'environnait, frôla ses lèvres. Un verre, empli d'eau.

— Buvez. Doucement, une gorgée après l'autre.

Frédéric ne l'écouta pas. Le liquide coula sur ses lèvres, sa langue, dans sa gorge, jusque sur son menton et sa chemise. Il n'avait jamais rien avalé d'aussi bon, souhaita en reprendre aussitôt le verre terminé. Orfeo le remplit une deuxième et une troisième fois.

La vision de Frédéric s'éclaircit, et ses vertiges commencèrent à s'estomper, même si l'étau autour de ses tempes s'attardait. Il revivait. Le deuxième année le laissa. Un peu plus loin, un élève de première année, le filleul d'Orfeo, s'affairait auprès d'Alexandre. Celui-ci buvait, une lueur de reconnaissance dans les yeux. Orfeo se pencha sur Reinhardt. Frédéric croassa :

— Comment… ?

Le frère de Jovianna tourna à demi la tête.

— Nous allons vous expliquer. Quand vous vous sentirez mieux. N'êtes-vous que tous les trois ? Lionel…

Son regard sondait les alentours. Alexandre répondit :

— Il n'était pas avec nous. Nous pensions qu'il avait… quitté l'école.

La mine soucieuse, Orfeo secoua la tête. Frédéric ne chercha pas à savoir à quoi il pensait. Les deux étudiants avaient également apporté de quoi se restaurer. Frédéric, Alexandre et Reinhardt se jetèrent sur la soupe et le pain sans faire de manières. Une pointe douloureuse tordit le ventre de Frédéric et il s'obligea à manger lentement.

— Quel jour sommes-nous ? s'enquit-il entre deux bouchées.

— Dans la nuit de mardi.

Frédéric s'étrangla. Ils se trouvaient là depuis deux jours. Orfeo et son ami intervinrent pour les empêcher de trop manger.

— Vous allez vous rendre malades, avertit l'héritier des Lamarcchia.

— Rien à faire, marmonna Reinhardt.

Cependant, il changea bientôt de couleur et lâcha le morceau de pain qu'il tenait. Frédéric but une dernière gorgée puis se tourna vers Orfeo.

— C'est votre nouveau jeu ? Ou un élan de pitié ?

Orfeo se tendit. Sa voix resta calme.

— Peut-être ne me croirez-vous pas, mais je vous jure que j'ignorais tout des agissements de ma sœur et de Ranjani. J'ai surpris une de leurs conversations ce soir ; ils comptaient redescendre bientôt. D'après eux, la voie serait libre.

Il frémissait et Frédéric prit conscience que c'était de rage.

— Ils parlaient de Lionel aussi, mais je n'ai pas bien compris. Je crois que Jovianna s'en est prise à lui. Néanmoins, elle n'avait pas l'air certaine du résultat. En tout cas, Cathédrale est en alerte depuis lundi. On a évoqué une fugue pour justifier votre disparition.

Bien sûr. Les apparences si chères à Lanark.

— J'ai réveillé Luciano et nous sommes descendus en espérant qu'il ne soit pas trop tard.

Frédéric haussa les sourcils.

— Pourquoi ?

— Je ne suis pas un assassin. L'un de mes amis avait également une dette envers vous.

Le nom d'Élysée flotta entre eux sans qu'il le prononce. Un silence inconfortable tomba jusqu'à ce que Luciano avance :

— Je ne les croyais pas capables d'aller jusque-là.

— Cette école devient incontrôlable, répliqua Orfeo. Ce n'aurait pas été les premiers. C'est à cause du Cœur, n'est-ce pas ?

— Et de nos ambitions, ajouta Frédéric. Elle les amplifie.

Orfeo hocha la tête.

— Vous sentez-vous capables de vous lever ?

Frédéric était prêt à tout pour quitter les lieux, mais son corps se rappela à lui et il se rattrapa au mur. Alexandre et Reinhardt n'étaient guère plus vaillants, il leur fallut quelques minutes pour se stabiliser.

— Qu'allons-nous dire aux professeurs ? s'enquit l'étinceleur.

— Je m'en charge, fit Orfeo. Je rendrai visite à Lanark demain matin.

— Reinhardt vous accompagnera, alors.

Alexandre ne perdait pas le nord. D'une même voix, Frédéric et lui demandèrent :

— Pour Cedren…

Un sourire détendit Orfeo.

— Elle commence à se réveiller. Les nouvelles sont plutôt encourageantes, mais le médecin reste prudent. De même que les enseignants. Ils ne veulent pas que son agresseur s'en prenne encore à elle.

Le soulagement déferla sur Frédéric. Un soupir échappa à Reinhardt.

Jamais escalier ne lui avait paru aussi abrupt à gravir et il trébucha à plusieurs reprises. Le valet d'Orfeo maintenait le passage ouvert. Respirer l'air du salon se révéla un délice après l'humidité du souterrain. Le ciel apparut étincelant à Frédéric ; la salle semblait avoir doublé de taille.

Ils gagnèrent les étages. Orfeo tint à les raccompagner ; armé et avec son valet, il risquait moins qu'eux. Devant sa porte, Alexandre marqua un arrêt.

— Merci. Vous nous avez sauvé la vie.

— Vous ne me devez rien. Je n'ai fait que réparer les torts causés par ma sœur.

Reinhardt les abandonna devant sa chambre sans un mot. Frédéric posa la main sur la poignée de la sienne avant de pivoter.

— Vous ne pensez vraiment pas que Lionel ait quitté l'école ?

— Cela ne lui ressemble pas. Même si ma sœur a tenté de le tuer. Il s'est battu pour vous alors que tout lui ordonnait de ne pas le faire, et il lui aurait abandonné le terrain, si près de trouver le Cœur ? Cela n'aurait aucun sens.

— Cela devrait vous réjouir, pourtant.

Orfeo soupira.

— Je n'apprécie pas Lionel. De nombreux différends nous ont opposés et les antagonismes de nos duchés ne nous poussent pas à la sympathie. Ce n'est pas pour autant que je souhaite qu'il lui arrive malheur. Que nous désirions trouver le Cœur, c'est un fait ; que nous nous y prenions de façon aussi basse et déloyale… Non.

Il désigna les murs autour d'eux.

— C'est ce que je vous disais sur l'influence de l'école. Et Lionel luttait contre cela, n'est-ce pas ? Je ne le trouvais pas aussi… vindicatif qu'il aurait pu l'être face au rejet de nos condisciples, mais il ne voulait pas aggraver la situation.

Frédéric hocha la tête dans un mouvement machinal. Orfeo vit qu'il ne suivait pas vraiment.

— Allez vous reposer.

Une fois dans sa chambre, Frédéric but encore – il lui semblait que sa soif ne disparaîtrait jamais – avant de s'écrouler dans la chaleur de son lit.

Chapitre XXXV

Dès que l'agitation suscitée par leur retour s'apaisa, Frédéric décida de rendre visite à Cedren – après avoir effectué un détour par la chambre d'Aksel. Les paroles d'Orfeo le travaillaient, de même que sa propre inquiétude.

La chambre était vide lorsqu'il y pénétra. Frédéric effleura le lynx et l'once. Les fourrures des deux félins avaient foncé jusqu'à devenir noires, un noir mat qui absorbait toute lumière. Mal à l'aise, l'étinceleur examina ses doigts, s'attendant à y trouver des traces sombres et poisseuses, mais il n'y avait rien.

La cache s'ouvrit, intacte. Le carnet trônait toujours sur la première étagère. Saisi, Frédéric le fixa. Aksel n'avait pas pu être pressé au point d'abandonner ses secrets derrière lui. Il n'était donc pas parti de son plein gré. Et pourtant son corps n'avait pas été découvert. Frédéric déglutit, chassa les images du garçon mort. Elles s'imposaient à lui avec trop de force pour être naturelles, comme si la magie lui soufflait que c'était trop tard maintenant, qu'il n'était plus temps de s'en soucier. Frédéric serra les doigts sur le bijou d'Aksel.

Il le retrouverait.

Presque malgré lui, il porta son attention sur les autres documents, repéra ce qui touchait au Cœur et surtout le plan du labyrinthe. Frédéric le glissa dans la poche intérieure de sa veste, puis quitta les lieux.

À l'infirmerie, il rejoignit Siran et Alexandre, déjà au chevet de Cedren. Un soulagement profond l'envahit en la voyant bel et bien réveillée.

— Je suis heureux que tu ailles mieux, souffla-t-il.

Son amie lui sourit, mais son regard restait brouillé. Elle était loin d'avoir recouvré ses forces et avait toujours mal à la tête. Ce fut pourtant elle qui ramena la conversation sur le Cœur.

— Je suis désolée. Siran m'a dit que j'avais des idées, mais… je ne m'en souviens plus. Je ne sais pas ce qui s'est passé.

— Ce n'est pas grave, assura Frédéric. Cela te reviendra ou nous trouverons bientôt.

Alexandre lui adressa un signe discret, en secouant la tête. Visiblement, il n'avait rien révélé de l'implication de Reinhardt. Mieux valait la laisser se remettre avant. Son agresseur avait été consigné dans sa chambre en attendant que l'équipe professorale statue sur son sort.

— Lionel m'avait confié qu'il avait des pistes, leur apprit Siran. Il m'a demandé de l'accompagner dans… en bas le jour du bal, et il voulait en parler avec vous, Frédéric. Et à Alexandre si vous refusiez.

L'étinceleur haussa les sourcils.

— Vraiment ?

— Nous devions discuter, confirma Frédéric, mais il ne m'avait pas donné la raison.

— Cela ne nous dit pas où il est passé, ni ce qui a pu lui arriver, soupira Alexandre.

Il gardait un ton prudent.

— Est-ce qu'il aurait pu être blessé... ou enlevé ? s'enquit Cedren.

Elle luttait pour suivre la conversation, mais elle refusa tout net qu'ils s'en aillent lorsque Siran le lui proposa.

— C'est probable, acquiesça celle-ci. Le duc de Carélie s'est fait discret dans les journaux cette semaine. Il a peut-être reçu des menaces ou il a conscience d'un problème.

— Si on doit fouiller la ville pour le retrouver...

Siran secoua la tête.

— Je doute que nous soyons capables de sortir de l'école de notre propre volonté, maintenant. Si des élèves s'en sont pris à lui, il serait bien plus simple de le retenir ici.

Frédéric songea au labyrinthe, aux salles que ses recoins abritaient. L'idée se tenait, en effet. Rien que la pensée de s'éloigner de Cathédrale soulevait un profond malaise.

— Mais qui ? Ce ne sont pas les Lamarcchia. Martial de Gondissan est de son côté, il n'y a pas d'autre héritier ducal.

Siran désigna l'école.

— Tout le monde est potentiellement suspect. Ils doivent trouver, à n'importe quel prix.

Frédéric grimaça.

— Clément nous renseignera peut-être ?

— Que comptez-vous lui offrir en échange ? contra Siran. Il ne vous donnera rien sans rien. Qu'avez-vous qui ait assez de valeur sans mettre en péril vos recherches ?

Rien. Frédéric soupira.

— On ne peut pas surveiller toutes les allées et venues. L'accès au labyrinthe, peut-être ? Mais nous ignorons l'emplacement de la deuxième entrée.

— Son père dispose peut-être d'informations, glissa Cedren.

— Je compte lui écrire, approuva Siran. Et nous pouvons veiller dans des endroits stratégiques, surveiller à la fois le rez-de-chaussée et le parc. Les rondes sont de plus en plus fréquentes, mais…

— Je crois que je peux vous aider, fit une voix familière à côté d'eux.

Cedren cria, Frédéric et Siran sursautèrent. Lionel se tenait là, un sourire timide aux lèvres, comme s'il n'avait jamais quitté Cathédrale. Le choc laissa place à une certaine confusion jusqu'au moment où Frédéric se rendit compte qu'il était assis sur la chaise d'…

— Alexandre !

Avec un mot d'excuse, l'étinceleur retrouva son physique. Devant leurs regards, il modifia de nouveau son apparence. Les angles de son visage se creusèrent, ses cheveux foncèrent jusqu'à devenir noirs. Lorsque Frédéric se reconnut, leurs sourcils se froncèrent en même temps. Il se leva, Alexandre imita sa posture.

— Arrête ça !

Alexandre haussa les épaules et se rassit, redevint lui-même sous le regard appréciateur de Siran.

— C'est un don impressionnant. Merci de votre confiance.

Frédéric ne s'étonnait plus de la discrétion d'Alexandre ni de sa capacité à se fondre dans le décor au point de se faire oublier de tous. Son déguisement pour le bal n'avait pas dû lui demander beaucoup d'efforts, de même que l'éloignement du surveillant. Ses imitations étaient parfaites, jusqu'aux intonations ; il deviendrait un atout précieux pour la monarchie. Frédéric s'efforça de juguler sa jalousie.

— Nous sommes donc d'accord ? Nous voyons avec le père de Lionel en commençant à chercher de notre côté et nous aviserons ensuite si des suspects se détachent.

Les trois autres approuvèrent. Ils ne tardèrent pas à saluer Cedren, qui peinait de plus en plus à garder les yeux ouverts. Alors que les deux garçons sortaient, elle retint Siran pour l'embrasser.

Dissimulés dans un recoin du hall, Frédéric et Alexandre guettaient les ombres de la nuit. Ils avaient envisagé de se séparer avant de renoncer. Trop dangereux – du moins pour Frédéric. Alexandre avait adopté l'apparence d'un surveillant, ce qui leur assurait une certaine tranquillité.

Pour l'heure, un silence lourd régnait. Les battements de cœur de Frédéric résonnaient à ses oreilles. Le salon des ducs n'était pas si loin, le plan se trouvait toujours dans sa poche. C'était tentant d'y retourner, de poursuivre l'exploration au lieu de perdre leur temps ici – Lionel aurait-il fait la même chose pour eux ? Il en doutait. Mais si les amis de Jovianna les surprenaient, ceux-ci ne leur laisseraient aucune chance de s'en sortir cette fois.

Un bruit de pas retentit. Les deux étinceleurs se recroquevillèrent. Quatre étudiants descendirent l'escalier d'honneur, menés par Ranjani. Les poings de Frédéric se serrèrent. Bien sûr, ils ne craignaient pas d'explorer le labyrinthe à présent, sûrs de leur nombre et de leur force. S'il les suivait, s'il réussissait à les surprendre, il arriverait à les enfermer à leur tour. Ils feraient moins les malins alors...

Des doigts se refermèrent brusquement sur son poignet. Frédéric prit conscience qu'il s'était à moitié redressé.

— Où vas-tu ? souffla Alexandre d'une voix plus grave que d'ordinaire.

— On peut les coincer !

— Parce que Jovianna et Orfeo ne se douteront pas de ce qui s'est passé ? Ils n'y passeront que la nuit, au pire. Et nous ne sommes que deux.

Frédéric se dégagea.

— Comment peux-tu accepter de rester sans bouger ! S'ils le trouvent...

— Et tu voudrais faire quoi ? Les tuer ?

— Dès qu'ils seront repartis, je modifierai le mécanisme. Je refuse qu'ils nous doublent. Bon sang, Lionel aurait pu faire att...

— Chut !

On venait. C'était Martial, en compagnie d'un homme qui devait être son valet. Tous deux traversèrent le hall et se faufilèrent dehors. Dès qu'ils furent sur la terrasse, Frédéric quitta sa cachette pour coller le nez à la fenêtre.

Un voile nuageux masquait la lune et les étoiles. Les deux hommes avançaient sans éclairage et gagnèrent bientôt l'une des allées à l'abri des arbres.

— On les suit ? souffla Alexandre.

— Oui.

Martial avait forcément progressé lui aussi. Cette sortie nocturne accréditait la thèse d'une autre entrée. Une fois informé de la situation, il les aiderait certainement.

Frédéric courut presque jusqu'à l'allée. Les silhouettes des deux hommes s'étaient déjà estompées, mais ils ne pouvaient être loin.

À pas rapides tout en veillant à faire le moins de bruit possible, Frédéric descendit le chemin. Martial tournait dans une allée secondaire, qui ramenait vers le centre du parc, là où se dressaient le temple et les tombes anciennes.

Mais lorsque Frédéric y parvint à son tour, Martial et son domestique avaient disparu. Il jura à voix basse tandis qu'Alexandre scrutait les alentours avec soin.

— On a déjà fouillé le temple et les tombes sans rien trouver.

— Ses indices lui auront dévoilé comment activer le mécanisme, comme nous avec l'horloge. En tout cas, ça confirme qu'il y a bel et bien un deuxième accès.

Ils se dissimulèrent dans les buissons environnants. Une heure plus tard, les deux hommes émergèrent de l'obscurité. Frédéric écarquilla les yeux. Ils semblaient sortir de l'une des tombes.

Les silhouettes vinrent dans leur direction et ils se tapirent derrière leurs buissons, priant pour que la lumière de la lanterne n'accroche pas leurs vêtements. La voix du valet s'éleva, à peine plus haute qu'un murmure :

— Nous pourrions revenir à...

Le jeune homme le coupa d'une voix glacée.

— Non, ce n'est plus qu'une question de temps. Il nous en fera gagn...

Une branche craqua. Martial s'immobilisa aussitôt. Avec un frisson, Frédéric aperçut le pistolet qu'il tenait et se fit aussi petit que possible, une main sur la bouche pour atténuer son souffle. Le sol était glacé et humide sous lui. Le domestique balaya les environs avec sa lanterne tandis que Martial suivait le faisceau du regard. Il donnait l'impression qu'il n'hésiterait pas à tirer.

Enfin, Martial fit signe à son domestique qu'ils rentraient. Frédéric patienta encore quelques minutes afin d'être sûr qu'ils ne revenaient pas sur leurs pas, puis il se tourna vers Alexandre, derrière lui.

— C'est passé près, murmura celui-ci. C'est étrange qu'il ne soit pas resté plus longtemps. Ou alors il est plus avancé.

— Tu ne l'as pas entendu ?

Alexandre secoua la tête. Frédéric lui rapporta les propos surpris. L'étinceleur fronça les sourcils.

— « Il »… Il parlait de quelqu'un ?

— J'en ai bien l'impression.

— Mais ils sont alliés, n'est-ce pas ?

Frédéric haussa les épaules. Il n'était pas sûr que le mot ait encore grand sens.

— On verra ce que nous dit le père de Lionel, mais c'est déjà une piste à exploiter.

Ils gagnèrent les tombes. Seule de l'herbe couchée indiquait qu'on était passé à proximité, voire que quelque chose de lourd avait écrasé la végétation. Une partie de la structure devait pivoter, assez discrètement pour qu'ils n'aient pas distingué le mouvement.

Les deux étinceleurs eurent beau s'acharner, faire jouer tous les éléments qu'ils rencontraient, le labyrinthe garda ses mystères. Ils durent se résoudre à rentrer bredouilles.

— Au moins, on saura où chercher, fit Alexandre, si on ne se trompe pas.

Sa voix sonnait plus convaincue qu'il ne l'était réellement. Il n'y avait pas de raison que ce côté du labyrinthe soit plus aisé à explorer.

De retour dans le hall, Frédéric insista pour veiller jusqu'à ce que les complices des Lamarcchia ressortent. Aux phrases frustrées qui leur échappèrent, il comprit avec soulagement qu'eux aussi revenaient les mains vides. Parfait. Plutôt que de modifier le mécanisme, il ôta simplement une pièce des rouages qu'il garda sur lui.

La réponse du duc arriva le lendemain, alors que la nervosité de Frédéric atteignait des sommets. Siran la reçut et la lui transmit par l'intermédiaire de sa femme de chambre. Frédéric lut la courte réponse trois fois avant de se ruer chez Alexandre, qui s'était retiré pour la fin de l'heure du déjeuner.

Frédéric lui jeta la lettre entre les mains. Alexandre hocha la tête, les yeux un peu écarquillés en découvrant le nom de Gondissan. Le duc confirmait que c'était sans doute Martial qui menaçait Lionel – il n'avait pas davantage de détails.

— Bien vu, murmura-t-il. Leur définition de l'amitié ne laissera pas de me surprendre.

— Si Andersen n'a rien confié des avancées de Lionel, le père de Martial a dû prendre cela pour un manque de confiance. Ou il a ordonné à Martial de trouver à n'importe quel prix et son fils a pensé que ce serait plus simple ainsi.

— Ils ne connaissent que cela, n'est-ce pas ? Mentir, manipuler…

Dire qu'ils avaient pensé demander son soutien à Martial ! L'amertume d'Alexandre surprit Frédéric.

— Alexandre, je peux te jurer que Lionel ne s'est jamais joué de toi. Il était sincère quand il s'entraînait avec toi.

L'étonnement transparut dans le regard brun, puis Alexandre baissa les yeux.

— J'ai déjà décidé de t'aider à le retrouver, tu n'es pas obligé de…

— Je ne te ferais pas l'injure de te flatter de cette façon, coupa Frédéric. Je connais bien… Lionel sur certains points. La musique lui importe vraiment et…

Il ne savait comment continuer sans trop en révéler.

— Il ne t'a pas menti. Je voulais juste que tu le saches.

Alexandre se détendit.

— Je te crois. Merci.

Ils gagnèrent l'infirmerie, sûrs d'y trouver Siran en compagnie de Cedren. Cette dernière dormait. Siran les rejoignit sans bruit.

— Intéressant, n'est-ce pas ?

— C'est le mot, marmonna Frédéric. Eh bien, il ne nous reste plus qu'à le faire avouer.

L'idée de s'en prendre au troisième année n'aurait pas dû le réjouir autant. Le regard de la jeune femme s'attarda sur Alexandre.

— Nous n'aurons pas le temps d'utiliser la force. J'ai un plan, si vous l'acceptez, Alexandre.

Chapitre XXXVI

Le plan de Siran était simple dans son idée, beaucoup plus ardu dans sa réalisation. Dissimulé dans un renfoncement du couloir, au niveau des fenêtres, Frédéric jeta un coup d'œil derrière le rideau en entendant un bruit de pas. Martial. Depuis la veille, Frédéric lui trouvait une aura bien plus menaçante. Il assouvirait sa colère à l'égard du troisième année plus tard. Se focaliser sur Aksel devenait une lutte de tous les instants. Alexandre lui avait avoué éprouver la même chose.

Martial entra dans ses appartements. Une vingtaine de minutes s'étaient écoulée lorsque la porte se rouvrit.

— … convenu, Monsieur. Je serai là.

Le domestique de Martial sortit. Frédéric s'assura qu'il prenait la direction des appartements du personnel puis gagna la porte de la chambre. Ses doigts se posèrent sur la serrure et un sentiment de bien-être l'envahit lorsque le métal tiédit.

Aux aguets, il verrouilla la porte. Sans clef, Martial ne pourrait quitter ses appartements et, à l'extérieur des chambres, on n'entendait presque rien de ce qui s'y déroulait.

La pièce donnait sur la cour d'honneur, il ne les apercevrait pas rejoindre le parc.

Frédéric s'empressa d'aller chercher Alexandre qui patientait un peu plus loin. Il avait déjà revêtu l'apparence du troisième année – c'était toujours aussi saisissant. Frédéric ne connaissait pas assez Martial pour jurer de la ressemblance parfaite, mais il se fiait au talent d'Alexandre. Avec l'aide de Semen, ils avaient mis la main sur l'un des uniformes de Gondissan, mis à laver.

— Prêt ?

Alexandre hocha la tête. Il n'avait pas eu le temps de travailler les attitudes de Martial ; il fallait espérer que l'obscurité dissimulerait ses erreurs. De même s'il se trouvait face à Lionel.

Frédéric retint un juron. Il y avait tellement d'inconnues, tant de paramètres qu'ils ne maîtrisaient pas. Il tendit à Alexandre le pistolet modifié pour ressembler à celui qu'il avait aperçu. Son ami s'en saisit avec maladresse, s'empressa de le ranger dans sa poche.

— Ne le sors pas si tu peux éviter, conseilla Frédéric. La différence risque de se voir.

— Je l'attends au niveau de l'escalier ?

— Oui. Prends l'air agacé quand tu le verras, comme s'il était en retard, ça devrait expliquer que tu l'attendes là. Tu vas y arriver ? Je ne serai pas loin derrière.

Mais il ne pourrait pas intervenir tant qu'ils ne sauraient pas où se rendaient exactement les deux hommes. Et il n'aurait pas le temps de se faufiler derrière eux dans le labyrinthe.

— Ça ira, je n'ai pas besoin de lui faire la conversation.

La voix d'Alexandre ne tremblait pas, même si un air mal assuré traversa son visage. Frédéric retourna se cacher.

Vingt minutes plus tard, le valet de Martial revenait, une lanterne à la main. Frédéric n'entendit pas le bref échange, mais il dut bien se passer, car Alexandre et le valet descendirent l'escalier. Frédéric leur emboîta le pas.

Lionel se réveilla en sursaut lorsqu'on le secoua, battit des paupières devant l'éclat de la lanterne, une main sur les yeux.

— Allez, debout !

L'autre le hissa à moitié sur ses pieds. Lionel se retint au mur, glacé et perclus de courbatures. Le manque d'eau et de nourriture l'avait affaibli. Le visage fermé, moins dur cependant que ces derniers temps, Martial l'observait. Lionel serra les dents, verrouillant sa colère et sa haine au fond de lui. Il ne lui pardonnait pas les blessures infligées à Aksel.

— Je vous avais demandé un médecin, Martial.

Sa voix enrouée peinait à emplir l'espace. Le valet rit.

— À d'autres ! Tes manigances ne nous duperont pas.

Lionel l'ignora, ainsi que le tutoiement méprisant.

— Il faut qu'il vienne, c'est urgent. Je vous dirai ce que vous voulez savoir.

Une quinte de toux l'obligea à s'interrompre. En d'autres temps, il se serait détesté pour la pointe suppliante de son ton. À présent, cela n'avait plus d'importance. Aksel n'était pas entré dans les détails, mais qu'il perçût sa fièvre à ce point, alors que lui-même n'était pas malade, n'augurait rien de bon. Il trouverait autre chose pour faire plier leur père.

Martial se tourna vers son homme de main.

— Qu'en dites-vous ?

— Fiévreux, mais rien de grave.

Lionel ferma les poings. Il masquait trop les symptômes de son frère.

— Martial, je ne vous demande que cela. Un médecin et vous aurez tout, même s'il conclut que je n'ai rien de plus qu'un refroidissement. Vous ne pouvez pas prendre le risque qu'il m'arrive quelque chose. Vous perdriez tout.

Le troisième année le toisa.

— Dans ce cas, parlez et j'aviserai ensuite. Il vous serait trop facile de me duper.

— Non. Je n'ai aucune garantie que vous m'ameniez un médecin.

Martial l'observait d'un air tendu. En son for intérieur, Lionel le suppliait.

— Alors, je vous laisse réfléchir. Si c'est vraiment grave, vous parlerez.

Lionel voulut le rattraper. Le valet le retint sans mal. Le Carélien s'effondra lorsqu'il lui faucha les jambes, se recroquevilla, mais il ne put empêcher le pied de l'homme de l'atteindre aux côtes.

La voix de Martial résonna.

— Cessez.

Le valet hésita, visiblement surpris de l'attitude de son employeur, mais il obéit. Leurs pas s'éloignèrent et le mur coulissa.

— Martial ! Martial !

Des larmes coulèrent sur ses joues. Lionel s'essuya les yeux d'un mouvement rageur. Il plongea sa tête dans ses mains, prenant soin de ne pas frotter la blessure. Il ne lui restait plus qu'à espérer qu'Aksel serait présent lors de la prochaine venue de Martial. Et qu'il ne soit pas trop tard. Non. Cela, il le refusait. *Aksel, tu vas t'en sortir. Tiens bon, je t'en supplie. Je t'en supplie.*

Alexandre fit jouer les ornements de la tombe selon une séquence précise. Aussitôt, le sol au bas de la stèle parut s'enfoncer, dévoilant une ouverture étroite et un escalier. Frédéric se pencha.

— Viens, intima Alexandre. On peut le rouvrir depuis l'intérieur.

Il avait gardé l'apparence de Martial et l'inquiétude donnait une allure étrange à son visage, comme si on lui avait plaqué l'expression de quelqu'un d'autre. Il ne s'était pas étendu sur ce qui s'était passé avec Lionel, mais Frédéric l'avait rarement vu dans un tel état d'agitation. Aussitôt libéré du valet, il l'avait entraîné sans lui laisser le temps d'ouvrir la bouche.

Après un dernier regard aux alentours, ils s'engouffrèrent dans le souterrain. Avec un brin d'appréhension,

Frédéric observa la pierre coulisser et chassa la désagréable impression de se trouver dans un tombeau – ce qui était pourtant le cas. Alexandre avait déjà descendu une dizaine de marches et il s'empressa de le rejoindre.

— Est-ce que tu vas me dire…

— Ils l'ont frappé, il a pris un mauvais coup au visage et il demandait un médecin. Il n'avait pas l'air de jouer la comédie.

Comme pour l'autre entrée, une paroi bloquait le chemin. Ils pressèrent tous deux leurs mains dessus.

— J'ai eu du mal tout à l'heure, souffla Alexandre. J'ai cru qu'elle ne s'ouvrirait pas et qu'il comprendrait. Allez, s'exclama-t-il, c'est pour Lionel.

Le mur s'enfonça plus rapidement que Frédéric ne s'y attendait, comme si la magie se pliait à sa demande. Cohésion, unité. Alexandre s'élança. Il ne décolérait pas.

— Martial était son parrain !

— L'école…

— Elle a bon dos, au bout d'un moment, l'école !

Trois minutes plus tard, il s'arrêta devant une paroi que rien ne distinguait des autres. Frédéric grimaça. Les doigts d'Alexandre explorèrent le mur.

— … pas de lanterne, en plus, marmonna-t-il.

Enfin, il mit la main sur le mécanisme.

— Appuie là, je prends de l'autre côté.

Frédéric s'exécuta. Le pan de mur coulissa. Il leva sa lanterne. Au fond de la petite cellule, Aksel gisait sur le côté. Les deux étinceleurs se précipitèrent. Sa respiration était rauque, sifflante, et Frédéric tressaillit en portant une main à son front, écartant les cheveux emmêlés et humides de sueur. Il était brûlant. Une vilaine blessure courait de l'œil au menton, cernée d'un hématome et de sang. Il jura, posa une main sur l'épaule du Carélien.

— Lionel !

— Il n'était pas aussi mal tout à l'heure, murmura Alexandre.

Frédéric comprit. Il ignorait lequel des jumeaux était tombé malade. *C'est peut-être moins grave si c'est Lionel ?* Tandis qu'il le secouait, Aksel battit des paupières, mais, le regard embrumé, voilé, il n'eut pas l'air de les reconnaître. Il toussa, une main crispée sur la poitrine, et le son qu'il produisit ne plut pas du tout à Frédéric.

— Aide-moi.

À eux deux, ils réussirent à redresser Aksel, qui essaya de lutter contre eux.

— C'est moi, c'est Frédéric. On vient t'aider, ça va aller…

Il n'était pas vraiment sûr qu'il l'entendît. Il glissa un bras autour de la taille de Lionel, passa l'un de ceux du Carélien autour de ses épaules, Alexandre le soutenant de l'autre côté. Heureusement que Martial avait une carrure plus forte que celle de l'étinceleur. Ils supportaient pratiquement tout le poids du malade. Frédéric espéra que le jumeau en bonne santé ne tarderait pas à faire son apparition.

Il respira un peu mieux une fois qu'ils eurent quitté la pièce. Ils ne pouvaient pas aller vite. Lionel trébuchait tous les deux pas et s'étouffait dans ses quintes de toux, incapable de suivre leur rythme. Si seulement ils avaient pu le porter ! Frédéric serra les dents, s'essuya le front de sa main libre. La sortie n'était pas si loin, mais il leur faudrait encore quitter l'école.

Alors qu'ils atteignaient un carrefour, Alexandre s'arrêta brutalement. En relevant la tête, Frédéric aperçut l'éclat encore distant d'une lanterne. En hâte, ils soufflèrent la leur et se dissimulèrent dans une galerie adjacente, maintenant le Carélien entre eux. Frédéric posa la main sur son poignard. Le troisième année devait les croire encore dans la cellule. Sa voix se répercuta sur les murs, et Frédéric espéra que l'écho couvrirait la respiration trop forte de Lionel.

Cela faillit réussir.

Une quinte de toux échappa au Carélien. Martial et son valet pivotèrent aussitôt, armes à la main. Alexandre réagit le premier et se jeta sur Martial – le troisième année resta figé en voyant son double se précipiter à sa rencontre et le valet marqua une hésitation, suffisante pour que l'étinceleur percute l'étudiant de plein fouet. Frédéric laissa glisser sa charge au sol en tirant sa lame et se rua vers l'homme à la carrure massive.

Au corps à corps, les armes à feu devenaient inutiles. L'étroitesse du couloir les rendait également dangereuses. Le valet ne risquerait pas un tir si près de son employeur. Il esquiva sans mal la feinte maladroite de Frédéric, lui attrapa le poignet et le tordit violemment. Avec une exclamation, Frédéric lâcha sa lame qui tinta contre la pierre.

Il contre-attaqua aussitôt. Son poing s'enfonça dans le ventre de l'homme qui poussa un grognement mi-rageur, mi-douloureux. Frédéric visait le nez lorsqu'une jambe se glissa entre les siennes, fauchant ses appuis. Un coup résonna dans sa mâchoire, le sang coula sur ses lèvres. De toutes ses forces, il saisit le col et la cravate du valet, l'entraînant dans sa chute.

Le choc lui coupa le souffle. Au jugé, il leva le poing, trouva le visage de l'homme. Un cri de douleur retentit, là où Martial et Alexandre se battaient. Un coup au ventre le fit tousser. Il rua comme il put. Ses doigts se refermèrent sur des cheveux. Il releva ses genoux et, d'une détente, il fit basculer son adversaire sur le côté. Tous deux se mirent debout. Haletant, Frédéric remonta à l'assaut. L'homme s'écarta d'un pas. Emporté par son élan, l'étinceleur vit le coup venir trop tard.

Sa tête heurta le mur. Un éclair lumineux fusa devant ses yeux et ses jambes se dérobèrent sous lui. Le croyant sans doute hors jeu, son adversaire s'éloigna vers Aksel.

Un cri d'alerte aux lèvres, Frédéric força sur ses mains et ses genoux pour se mettre debout. Leur lutte avait dû les rapprocher du Carélien, ce dernier n'était qu'à quelques pas. Le valet attrapa Lionel à bras-le-corps pour le hisser sur ses jambes. Frédéric cligna des yeux.

La main fermement serrée sur la dague, le Carélien profita de l'élan impulsé pour se redresser et pivoter dans le même mouvement. Le pommeau heurta le valet à la tempe. L'homme recula d'un pas en vacillant. Le Carélien doubla son coup avec une énergie sauvage.

Cette fois, son adversaire s'écroula.

Aksel – Lionel – peu importait – se retourna. Son regard tomba sur Frédéric, puis s'écarquilla lorsqu'il aperçut les deux garçons qui se battaient encore. L'un des Martial peinait, et une tache sombre maculait son flanc.

— Frédéric !

Alexandre chuta, une main plaquée contre ses côtes. D'un bond, Frédéric se précipita à la rencontre de son adversaire, le Carélien sur les talons. Ce dernier resta cependant à l'écart, frappant seulement lorsque Martial trébucha. La lame lui échappa presque aussitôt. Très pâle dans la lumière chiche, il tremblait de la tête aux pieds. Un instant, Frédéric craignit de le voir s'évanouir.

Guère rassuré, il se tourna vers Alexandre. Le souffle court, l'étinceleur écarta un pan de sa chemise. Une longue estafilade barrait son flanc.

— Ce n'est pas grave.

— On verra ce qu'en dit le médecin. Tu peux marcher ?

Mais le regard d'Alexandre se portait par-dessus son épaule. Dans l'expectative, Lionel le fixait, l'air de se demander s'il rêvait.

— Qu'est-ce que…

— C'est moi, Alexandre, fit l'étinceleur. Mais vous… vous allez bien ?

L'incrédulité marquait sa voix. Lionel grimaça.

— Pas vraiment. C'était vous… tout à l'heure ?

Il ne semblait pas très sûr du temps écoulé. Alexandre hocha la tête, tout en achevant de reprendre son apparence, le corps raide. Le changement devait tirer sur sa blessure.

— Je suis désolé.

— On en parlera plus tard, coupa Frédéric.

Une main contre le mur, Lionel lui désigna Martial et son valet.

— Nous devrions les attacher.

Malgré les protestations de ses muscles, Frédéric se pencha sur les deux hommes. À l'aide de leurs cravates, il leur lia les mains dans le dos. Ce serait autant de temps gagné.

Son mouchoir plaqué sur sa plaie, Alexandre parvint à avancer sans aide. En hâte, tous trois prirent le chemin de la sortie.

Chapitre XXXVII

Lionel serra les dents. La brève lutte avait achevé de saper ses forces. Les deux étinceleurs remontaient le couloir d'un pas rapide ; même Alexandre le distançait. Ils s'en rendirent compte, ralentirent un peu. Aksel ne quittait pas ses pensées. Constater la surprise des deux étinceleurs, lorsqu'ils l'avaient vu capable de tenir debout seul, avait redoublé son inquiétude. Sa présence ne soulageait en rien son frère, aggravait même les choses, puisqu'il forçait sur un corps déjà épuisé.

Frédéric jeta un coup d'œil à l'extérieur, puis leur fit signe. Lionel monta les marches en maudissant sa faiblesse. La tête lui tournait. Une fois dehors, son vertige empira devant l'étendue du parc et la clarté de la nuit. Une main sur son bras l'obligea à s'asseoir dans l'herbe. Il voulut résister, ils n'avaient pas le temps pour cela, mais ses jambes cédèrent. Il frissonnait sans discontinuer ; le froid du souterrain ne le quittait pas. Il inspira profondément, lentement avant de redresser la tête. Ils se trouvaient près des tombes du parc de Cathédrale – ils sortaient de l'une d'elles, même, constata-t-il. La nausée l'envahit.

Le regard d'Alexandre ne le lâchait pas. Il se pencha sur lui. Lionel amorça un mouvement de recul, mais l'étinceleur frôla seulement son front. Ses sourcils se froncèrent.

— Vous devez voir un médecin. Qu'est-ce que vous avez ?

— Je ne sais pas.

— Nous aviserons dehors, trancha Frédéric.

Il lui tendit la main et Lionel s'en empara. Tous trois gagnèrent la cour d'honneur. La grille de l'école était fermée. Frédéric hésita.

— Je ne sais pas si c'est une bonne idée.

— Faites-le, souffla Lionel. Nous devons sortir. Tout de suite.

La magie de l'école pesait sur ses épaules, l'appelait, l'attirait à elle. Pourquoi partir ? Pour aller où ? Le médecin de Cathédrale s'occuperait d'Aksel, ainsi il resterait près du Cœur. Il ne pouvait pas abandonner si près du but.

Non.

Aksel.

Il devait l'emmener loin. Dans un effort, il posa la main sur les barreaux. Le fer forgé frémit à son contact. Un haut-le-cœur secoua Lionel devant la noirceur poisseuse qui se déversa dans son esprit, mais il se cramponna autant qu'il le put. *S'il te plaît. Pour Aksel.* Il lui transmit tous ses sentiments, suppliant la magie de Cathédrale de s'ouvrir pour son frère.

De sa main libre, il attrapa Frédéric. Celui-ci toucha la serrure. Un soupir crispé lui échappa, puis, enfin, un déclic se fit entendre.

Tous deux se faufilèrent dehors. Lionel résista lorsqu'une pression sur ses épaules voulut le ramener en arrière. Aksel. Son prénom comme une invocation et un bouclier. L'école le libéra au bout de quelques pas. Frédéric tergiversait. Leurs regards se croisèrent. Lionel ne sut ce que le garçon lut dans le sien, mais il parvint à le rejoindre. Derrière la grille, Alexandre ne bougea pas. L'école refermait son emprise sur lui.

— Je vais rester.

— Non, s'exclama Frédéric, un ton trop haut. Ils vont s'en sortir…

— Je me débrouillerai. Je les intéresse moins que vous. Partez.

Ils n'avaient pas de temps à perdre. Lionel recula, un goût amer dans la bouche.

— Merci, Alexandre. Pour tout. Nous reviendrons dès que possible.

Ils remontaient les rues à la recherche d'un fiacre. Frédéric jeta un coup d'œil à Lionel. Il ignorait quelle force le maintenait debout – il en était certain, Aksel ne possédait pas cette dureté –, mais elle ne le soutiendrait plus très longtemps. Poings serrés, mâchoires contractées, Lionel marchait en regardant droit devant lui. Ses cheveux sales tombaient devant ses yeux et ses traits s'étaient creusés, presque émaciés. Il flottait dans ses vêtements et son regard rougi restait hanté, écarquillé comme au bord de la panique.

— C'est Aksel qui est malade ?

— Oui.

Sa voix rauque trahissait son épuisement. Il toussait un peu, mais ses quintes étaient saines. Frédéric parcourut la rue des yeux. Il n'était pas si tard, que faisaient les cochers de cette ville ?

Un fracas de sabots retentit. Un fiacre roulait dans leur direction. Il leva le bras. La voiture s'arrêta à leur niveau. Le cocher leur adressa un regard inquisiteur, s'attardant sur Lionel, mais il n'émit pas de commentaire.

— Je vous emmène chez moi.

— Le médecin…

— Je sais, mais vous ne présentez aucun symptôme pour le moment. Dès que nous serons en sécurité, j'enverrai le fiacre le chercher.

Lionel s'écroula sur la banquette. Ses mains se crispèrent sur ses cuisses, pas assez cependant pour dissimuler le tremblement nerveux qui l'agitait.

— Il va vraiment mal, n'est-ce pas ?

Sans répondre, Frédéric hocha la tête. Le regard de Lionel s'égara vers la fenêtre. Il porta une main à ses yeux, demanda à voix basse :

— Comment avez-vous su où chercher ?

Frédéric se mordit la lèvre.

— Vous pensiez que personne ne vous retrouverait ?

Lionel marqua son assentiment d'un geste.

— Orfeo m'a fait comprendre que votre absence était anormale. Nos heures de guet et votre père nous ont confirmé que Martial était bien derrière ça.

Le fiacre s'immobilisa. Frédéric regarda par la fenêtre.

— Nous n'y sommes pas !

— Je ne vais pas plus loin, s'exclama le cocher.

Il s'était arrêté à la limite des quartiers populaires. Furieux, Frédéric descendit. Les rares lanternes n'éclairaient guère, mais il connaissait bien l'endroit. Alors qu'il s'apprêtait à payer le cocher, Lionel le retint, un papier à la main.

— L'adresse où nous allons ? C'est pour indiquer au médecin où se rendre.

Frédéric la rappela au conducteur. Celui-ci voulut refuser la commission, arguant qu'il n'était pas un garçon de courses. Lionel intervint :

— Acceptez et donnez-moi vos coordonnées, on vous fera parvenir dix fois le prix de la course en remerciement.

Quelque chose dans son ton impérieux, sans doute l'assurance sans faille qu'il serait obéi, convainquit l'homme. Soulagé, Frédéric se mit en route. Livide, le front moite, Lionel le suivait d'un pas vacillant, mais il refusa tout soutien. Frédéric le garda à l'œil, prêt à le rattraper.

— C'était vous qui vouliez me parler ce soir-là ou Aksel ?

— Moi. Il ne savait rien de ma démarche.

— Pourquoi ?

— Il me fallait quelqu'un pour le Cœur.

L'arrogance habituelle transparaissait, mais Frédéric ne se montra pas dupe.

— Vous auriez pu prendre Alexandre.

Un soupir échappa à Lionel.

— Aksel aurait préféré que ce soit vous. Même s'il vous tenait rigueur de vos paroles, il gardait l'espoir de vous reparler et je n'avais pas le droit…

Frédéric se mordit les lèvres. Il ignorait qui ou ce qu'était Lionel et s'efforçait de tout ramener à son frère. Pourtant, le garçon à ses côtés, à bout de force et angoissé, ne ressemblait pas à un fantôme. Qu'avait-il enduré, lui, pendant leur emprisonnement ? Il n'avait jamais imaginé croiser un Lionel aussi vulnérable.

— Siran disait que vous n'en vouliez pas vraiment à Aksel. Et vous êtes venu alors que vous auriez pu… ne pas vous en préoccuper.

Frédéric soupira. Le Cœur, leur amitié, Lionel entre eux. Cathédrale qui lui retournait la tête, sans qu'il parvienne à déterminer ce qui lui appartenait réellement et ce qui venait de sa magie. Il chassa l'école de ses pensées.

— Moi aussi, j'avais besoin de quelqu'un pour le Cœur, ironisa-t-il.

Il regretta aussitôt ses mots. Ce n'était pas le moment.

— Je n'aurais pas dû lui parler ainsi. Ni à vous, admit-il après une seconde de réflexion. Mais je refuse qu'il lui arrive malheur.

— Croyez-vous vraiment que j'en aie envie ? Néanmoins, ce que je vous ai dit reste vrai. Vous n'avez pas le droit de juger et, tant que vous ne comprendrez pas réellement, votre relation avec Aksel est vouée à l'échec. Si vous voulez être son ami, si je dois l'accepter, vous devez vous aussi vous remettre en question.

Frédéric hocha la tête sans s'avancer. *Trois Dieux, qu'est-ce que ça signifie si j'entre dans le système d'Aksel, si je pense que c'est vraiment son frère qui est là ?*

Mais si Aksel ne survivait pas, toute cette conversation n'aurait plus le moindre sens. Il écarta aussitôt la pensée.

— Nous sommes presque arrivés, fit-il abruptement. Nous allons chez mon frère ; ce n'est pas plus grand, mais il y a moins de monde.

Une pluie fine se mit à tomber. Il ôta sa veste pour la poser sur les épaules de Lionel. Celui-ci marqua un écart brutal avant de saisir le geste et de le remercier, surpris.

— C'est l'immeuble là-bas.

Frédéric se retourna au bout de quelques pas, étonné de l'absence de réponse. Lionel s'était arrêté.

— Qu'est-ce qui…

Le Carélien tremblait. Frédéric porta la main à son front. Il était bouillant.

— Mon frère, murmura Lionel.

Il s'écroula dans ses bras. Sa respiration redevenait laborieuse, changeant du tout au tout.

— Aksel !

Frédéric passa un bras autour de sa taille, le soutint comme il put. Aksel pesait sur lui de tout son poids. Véran habitait au troisième étage ; il n'arriverait jamais à hisser Aksel jusque-là. La toux de celui-ci ne diminuait pas, comme si elle était restée trop longtemps contenue.

Dans le hall, Frédéric l'assit avec précaution sur les marches de l'escalier.

— Ne bouge pas, je reviens !

Aksel s'affaissa. Frédéric avala les degrés quatre à quatre, tambourina contre la porte de son frère. Véran lui ouvrit, l'air de mauvaise humeur.

— Qu'est-ce que tu fiches ici ?

— J'ai besoin d'aide, j'ai un ami qui est très malade, le médecin va arriver... Il va mourir sinon ! S'il te plaît, Véran !

— Il est où ?

— En bas !

Frédéric ne manqua pas la grimace éloquente de son frère en découvrant l'état d'Aksel. Véran l'enleva dans ses bras sans que le garçon réagisse.

— Alors ?

Le docteur Laennes acheva de s'essuyer les mains. Frédéric ne quittait pas des yeux la bassine en partie emplie du sang d'Aksel.

— Infection pulmonaire, déclara le praticien. La saignée l'aidera à mieux respirer. Faites-lui boire ceci quand il se réveillera. Cette décoction à base de plantes le soulagera.

Frédéric s'empara de la bouteille.

— Mais il guérira ?

Un long soupir échappa au médecin.

— Sa faiblesse est préoccupante. Que fait-il ici ? N'aurait-il pas dû demeurer à Cathédrale ou rentrer chez lui ou au palais ?

Frédéric s'obligea à répondre calmement.

— C'est délicat à expliquer. Il vaut mieux qu'il reste là.

— Il est de toute façon trop tard pour prendre d'autres dispositions.

Le docteur Laennes rangea ses instruments, salua Véran et sa femme. Frédéric se rua dans la chambre. Adossé contre un oreiller, Aksel dormait. Sa respiration sifflait toujours et ses lèvres se teintaient de bleu. Son front était chaud et moite, mais il toussait moins – c'était peut-être, sans doute, positif. Frédéric effleura une de ses mains. Malgré le feu dans la cheminée, elle était froide. Il frissonna. *Ne meurs pas, Aksel, je t'en supplie.* Il se tourna vers Véran et Elke.

— Est-ce que je peux le veiller cette nuit ? S'il vous plaît ?

— Et ton école ?

— J'y retournerai plus tard !

Véran haussa les épaules, se détourna en entraînant Elke. Frédéric les entendit parler, saisit des bribes au vol « déjà comme ça avec Étienne », « l'a pas quitté… », « … il survit… » *Bien sûr qu'il va survivre.* Il tira à lui la chaise utilisée par le médecin.

La toux rauque d'Aksel le réveilla en sursaut dans la nuit. Il suffoquait, une main sur la poitrine, les traits crispés par la douleur. Il était trempé de sueur. Le ventre noué, Frédéric redressa l'oreiller d'Aksel, l'y adossa et récupéra le pot d'eau que Véran avait déposé dans la chambre. Mouillant dedans un coin du drap, il entreprit de rafraîchir le visage du garçon tout en le soutenant. Aksel luttait toujours pour trouver sa respiration. Arriverait-il seulement à avaler le remède du médecin ?

Véran entra dans la chambre, une bougie à la main. Frédéric s'exclama :

— La potion !

Son frère saisit la bouteille et s'installa à côté d'eux. Les quintes de toux résonnaient dans la pièce, semblables à des râles ; Frédéric frémissait à chacune d'entre elles, guettait la suivante en espérant qu'elle viendrait. Aksel se cramponnait à lui. Pourquoi Lionel n'apparaissait-il pas ? Il devait protéger son frère !

Véran tenta de faire boire Aksel ; ce dernier s'étouffa. Désespéré, Frédéric continuait de lui passer un linge sur le front. Au bout d'un long moment, Aksel s'abandonna contre son oreiller. Il murmurait ; Frédéric crut percevoir le nom de son frère, celui de sa sœur. Il délirait. Il échangea un regard avec Véran.

— On doit prévenir sa famille.

Frédéric pâlit.

— Non !

— Y risque de pas passer la nuit ! Ils ont le droit de savoir. Et je veux pas me faire accuser s'y lui arrive malheur.

Dans sa bouche, le « si » sonnait plutôt comme un « quand ». Le visage fermé, Véran se leva.

— Attends, souffla Frédéric. Il te faut quelque chose pour convaincre le duc de te recevoir.

Son frère s'immobilisa. Frédéric glissa la main dans la poche de pantalon d'Aksel, en sortit les papiers. Leurs parents reconnaîtraient leurs écritures. Il les confia à Véran en bricolant une explication en hâte. Bientôt, la porte de l'appartement se referma derrière lui. Elke s'approcha de Frédéric, glissa un bras autour de ses épaules.

— Je ne veux pas qu'il meure !

— Prie pour lui…

Les quintes de toux d'Aksel ravivaient ses angoisses. À un moment, il ne sut pas très bien quand, les parents du Carélien arrivèrent en compagnie du médecin.

On demanda à Frédéric de s'éloigner, mais il refusa d'aller plus loin que le seuil de la chambre. *Je ne le perdrai pas. Pas encore une fois.* La duchesse avait pris sa place auprès de son fils ; bras croisés, le duc ne quittait pas son héritier des yeux. Qu'arriverait-il si Aksel mourait ? La personnalité de Lionel survivrait-elle ? Ou disparaîtraient-ils tous les deux ?

La première lueur de l'aube déchira la nuit, enveloppant le monde d'une lumière grisâtre. Le duc se tourna vers lui. Frédéric soutint le regard gris-bleu.

— Merci de nous avoir ramené Lionel, fit Andersen à voix basse, et de nous avoir avertis.

Frédéric le fixa durement.

— Pas seulement lui, monseigneur.

On l'empoigna par l'épaule. Véran. Il se dégagea avec brutalité. Haakon Andersen se détourna.

— Ça ne va pas de lui parler sur ce ton ! gronda Véran.

— Je m'en fiche !

Il avait envie de fuir loin de ce cauchemar. Il se retrouva assis sur une chaise, à contempler d'un air vide un bol empli d'il ne savait quoi. Une infusion, peut-être. Il n'y toucha pas.

Le duc le rejoignit. Frédéric ne bougea pas, le regard obstinément ancré au bois de la table. Andersen s'appuya dessus.

— Lequel ? demanda-t-il dans un murmure.

— Aksel.

Les traits du duc ne laissèrent rien transparaître. Que pensait-il, lui qui désirait tant qu'Aksel s'efface au profit de son frère ? Il partit une fois le soleil levé ; la situation lui interdisait de s'absenter trop longtemps. Véran le suivit assez vite : son travail à l'usine n'attendrait pas. Elke commençait plus tard. Frédéric aurait préféré qu'ils ne s'en aillent pas.

Il revint sur le seuil de la chambre. La duchesse l'invita à ses côtés. Le médecin marmonnait dans sa barbe ; malgré son impuissance, le duc lui avait ordonné de veiller sur son héritier. Frédéric s'installa de l'autre côté du lit. Le teint cireux d'Aksel l'effraya. Il entendait à peine sa respiration ; de temps en temps, un violent accès de toux le secouait, ses traits se tordaient, puis il retombait dans son sommeil fiévreux. La duchesse arrangeait doucement les mèches trempées sur le front de son fils.

— Nous ne pourrons jamais vous remercier assez.

— Vous n'en avez pas besoin…, madame, ajouta-t-il pour paraître poli.

Elle perdait de sa hauteur, assise là simplement, essayant de dissimuler son angoisse sans y parvenir, bien moins froide qu'il ne l'avait vue dans le jardin d'hiver.

— Les prochaines heures seront déterminantes, fit-elle mécaniquement.

Frédéric serra les doigts glacés d'Aksel entre les siens. *Reste. Reste. Je t'en supplie.* Malgré sa fatigue, il s'acharna à demeurer éveillé, guettant les moindres variations dans la respiration d'Aksel, les moindres flambées de fièvre. Bien que le feu brûlât, il se sentait gelé.

Au milieu de la matinée, une nouvelle crise le replongea dans les affres de la nuit. Un instant, il crut qu'Aksel allait mourir sous ses yeux, sans qu'il pût rien y faire. Puis sa température chuta, suffisamment cette fois pour que le médecin manifestât des signes d'optimisme.

— Il est très faible… mais il vivra.

Chapitre XXXVIII

Aksel rouvrit les yeux dans l'après-midi. La fièvre y brûlait encore, mais, pour la première fois, Frédéric éprouva l'impression qu'il voyait ce qui l'entourait.

— Mère… Frédéric…

Il n'avait plus de voix.

— Ne dis rien, souffla la duchesse. Tout va bien.

Frédéric quitta la pièce. Il resta debout dans la salle principale, envahi par un immense soulagement. Jusqu'alors, il n'avait pas vraiment cru aux paroles du médecin. Tremblant, il s'appuya sur la table. *Tu vas pouvoir retourner à Cathédrale.* Il prit brusquement conscience du besoin avide qui lui nouait le ventre, masqué jusque-là par son inquiétude.

La duchesse sortit.

— Il aimerait vous parler.

Elle lui fit signe de ne pas exagérer. Frédéric se retint de justesse de lever les yeux au ciel. Aksel lui sourit faiblement lorsqu'il s'assit à côté de lui.

— Elle m'a dit… que tu nous as… sauvés… Merci. Je sais que… que…

Frédéric déchiffra plus ses mots sur ses lèvres qu'il ne les entendit. La tension d'Aksel ne lui échappa pas. Chuchotant malgré lui, il lui résuma les événements de la veille et les paroles de Lionel, passant rapidement sur le sauvetage. Aksel semblait n'en avoir aucun souvenir. La concentration plissait son visage.

— On doit…

La toux l'interrompit.

— On doit parler.

Frédéric acquiesça.

— Quand tu te sentiras mieux, d'accord ? Ne force pas maintenant.

Son ami s'abandonna contre son oreiller, les yeux fermés.

— Aksel… Ne me refais plus jamais une peur pareille.

Il répondit d'un signe de tête. Épuisé, il s'endormit aussitôt. Frédéric se leva. À côté, la duchesse achevait une tasse d'infusion. Elle avait retrouvé son air froid et hautain, mais ses mains tremblaient. Un instant, il se demanda comment elle lui avait parlé, si, dans ces moments, son fils redevenait Aksel ou si elle continuait à l'appeler Lionel. Il n'était pas sûr de vouloir connaître la réponse.

— Il dort, fit-il seulement.

— C'est heureux. Le docteur Laennes vient de me dire qu'il n'était pas souhaitable de le transporter avant quelques jours afin de prévenir une rechute. Serait-il possible… ?

— Il reste, bien sûr !

Il négocierait avec Véran. La duchesse approuva, un peu fraîchement.

— Nous prenons tout en charge ; n'hésitez surtout pas pour les dépenses.

Elle ne tarda pas à s'en aller, lui confiant l'argent nécessaire, et il retourna s'asseoir dans la chambre. Abruti de fatigue, il s'endormit.

La chaleur l'enveloppait et Lionel s'y enfouit, avant de se rendre compte que le poids des draps et des couvertures sur lui n'avait rien de normal. *Aksel.* Il ouvrit les yeux dans un sursaut, malgré l'épuisement qui le poussait à sombrer de nouveau. Il se redressa, grimaçant sous les courbatures qui le nouaient tout entier. Ses bras tremblaient comme si son corps estimait que, maintenant qu'il était en sécurité, il n'avait plus besoin de fournir d'efforts. Sa gorge sèche le fit tousser, il mourait de soif.

Lionel ne reconnut pas la chambre. Dehors, la nuit tombait. Plus important, Frédéric dormait à côté, assis sur une chaise, le visage en appui sur ses bras croisés. Lionel le secoua, le ventre tordu par l'angoisse. Son front lui semblait moins chaud, mais cela pouvait signifier tout et son contraire. L'étinceleur bondit.

— Aksel ? Comment…

— Mon frère va bien ?

La surprise marqua le visage de Frédéric. Il se releva en s'étirant, tandis que Lionel retenait une furieuse envie de le secouer. Si jamais…

— Il vivra.

Le soulagement déferla sur lui. Malgré le résumé sobre de Frédéric, Lionel perçut la raideur dans sa voix, celle qui crispait aussi ses épaules. Il plongea son visage dans ses mains. Il ne serait vraiment rassuré qu'en lisant les mots d'Aksel, mais c'était déjà une bonne nouvelle.

— Merci, Frédéric. Je n'aurais pas pu l'aider…

Ils avaient frôlé le désastre. Frédéric parlait, des phrases creuses selon lesquelles il avait fait ce qu'il fallait. Lionel haussa les épaules. Il aurait pu s'épargner cette peine.

— Vous n'êtes pas seul à vous soucier d'Aksel, pointa Frédéric.

Il n'en savait rien. Il n'arrivait pas à déterminer quelle place donner à l'étinceleur – n'avait de toute façon pas à décider pour Aksel. Mais ils s'étaient battus seuls trop longtemps pour qu'il puisse se fier à quelqu'un d'autre aussi facilement. Il aurait le temps d'y réfléchir. À présent, il avait de nouveau une chance de sauver son frère et de faire céder ses parents.

— Auriez-vous du papier ? Je dois…

— Calmez-vous. Vous aussi, vous avez besoin de repos.

Cela attendrait. Il n'était pas malade, lui. Il repoussait les couvertures lorsqu'un étourdissement le prit. Il porta la main à son front, mais tout tournoyait.

La toux, encore, qui lui raclait la gorge et l'enflammait. Aksel tenta de changer de position. Un bras dans son dos l'aida à mieux s'appuyer contre les oreillers. Semi-assis, il réussit à juguler la quinte, mais sa respiration restait courte, laborieuse, et sa poitrine, douloureuse. Il avait trop chaud, il était moite, mais c'était… plus supportable. On approcha un verre de ses lèvres, et il but lentement. L'eau fraîche calma la brûlure de sa gorge.

— Ça va ?

La voix inquiète de Frédéric résonnait trop fort à ses oreilles.

— Oui.

Malgré ses efforts, sa voix ne montait pas plus haut qu'un murmure. Sa joue le lançait toujours lorsqu'il parlait, mais il sentait qu'elle avait été soignée. Peu importait. Il n'avait pas eu le temps d'interroger Frédéric – quand était-ce ?

— Sais-tu si Lionel va bien ?

Une drôle d'expression traversa le visage de Frédéric. Aksel se tendit, alarmé. L'étinceleur s'empressa de répondre :

— Il est fatigué, mais il n'est pas malade. C'est seulement qu'il m'a posé la même question à ton sujet à l'instant.

Son ton était prudent. Aksel tressaillit.

— Tu ne lui as pas dit de partir ?

— Non !

La protestation véhémente le rassura. Il n'entendait rien dans l'appartement ; si Frédéric abordait le sujet aussi librement, ils devaient être seuls.

— Tant mieux.

— J'ai au moins compris ça.

Aksel ferma les yeux. Ils devaient en discuter. Frédéric ne pouvait pas continuer à souhaiter le départ de Lionel. Ni à ignorer sa présence, à agir comme s'il était seul et son frère, un simple à-côté ou une illusion.

Frédéric reprit, un ton plus bas :

— À dire vrai, quand tu… n'allais vraiment pas bien, j'espérais qu'il revienne pour te soulager.

Aksel se força à parler.

— Il valait mieux que je reste. S'il te plaît, ne nie plus l'existence de Lionel. Je sais que c'est compliqué à admettre, mais il est là, comme toi et moi. Avec son caractère, ses pensées et ses émotions. Et je ne veux pas que tu lui fasses de mal. Qu'est-ce que tu ressentirais, toi, si on te disait que tu n'avais pas le droit d'exister, que tu n'étais qu'un mensonge ? Penses-tu que nous aimons vivre ainsi, à toujours surveiller ce que nous disons pour ne pas nous dévoiler ?

Il toussa. Frédéric lui remplit un verre d'eau. Il passa une main dans ses cheveux, soupira, chercha ses mots.

— Je m'inquiète pour toi… De ce que tu es prêt à donner pour lui. Bon sang, ton père veut te tuer !

Autant que ce que son frère avait sacrifié pour lui. Il doutait que Frédéric le comprît ; de toute façon, cela ne regardait que Lionel et lui.

— Exactement : ce sont mes parents qui veulent me voir disparaître. Pas Lionel. Ce n'est pas lui qui me vole ma vie, mais mes parents, et tous ceux qui refuseront de nous croire, qui pensent que notre place est à l'asile ou veulent nous séparer. Nous ne sommes pas fous, et… Même si c'était le cas, pourquoi ne pourrions-nous pas vivre comme nous l'entendons ? Nous ne faisons de mal à personne. Au nom de quoi est-ce que je devrais me débarrasser de *mon frère*, Frédéric ? Dans quel monde devrais-je m'en séparer pour *aller bien* ?

La toux noya ses chuchotements frénétiques. Il n'était pas sûr d'être assez clair. Frédéric l'observait, le front plissé, l'expression indéchiffrable. Tordant le drap entre ses doigts, Aksel reprit :

— Est-ce que tu comprends ? Nous ne demanderions rien d'autre que d'être nous-mêmes… comme nous le sommes avec toi. Même si tu te trompes sur Lionel, tu es le seul qui admet que nous sommes deux. Tu lui parles en sachant que c'est lui et que tu ne l'apprécies pas, tu le vouvoies alors que tu me tutoies, moi, Aksel. Tu t'adaptes…

Frédéric s'agita. Aksel leva la main.

— Pardon. Je termine… Tu me diras après.

Il était essoufflé, épuisé comme s'il avait couru des heures durant. L'air lui manquait, la douleur revenait dans sa poitrine. Frédéric se redressa.

— Tu devrais…

— Non. Non… Attends.

— Prends ton temps, alors. Je ne dirai rien.

Frédéric s'y tint pendant les quelques minutes qu'il lui fallut pour recouvrer assez de souffle. Chaque mot lui semblait venir de très loin et lui brûlait la gorge, mais il devait finir avant le retour de Lionel.

— Je ne te demande pas… de tout comprendre. Seulement de respecter le fait que nous sommes deux. Cela ne t'oblige pas à être ami avec Lionel, ni même à le fréquenter… Au contraire, même. Tant que tu ne le forces pas à me laisser la place. Je n'apprécie pas beaucoup ses relations, mais je n'ai pas le choix. Ils ne savent pas… Et j'aimerais beaucoup… Il n'y a que toi…

Il s'embrouillait. Frédéric posa une main sur son épaule.

— Doucement, calme-toi.

— Dis-moi…

Il s'étouffait. Frédéric le soutint jusqu'à ce que la crise s'atténue. Les larmes aux yeux, Aksel retomba contre l'oreiller, sans force. Frédéric se pencha sur lui.

— Tu voudrais que nous restions amis ?

Aksel hocha la tête. Même si ce n'était pas pour longtemps. Lionel lui avait juré qu'il trouverait une solution, mais il ne pouvait ignorer la possibilité que leurs parents finissent par l'emporter.

— J'étais content de ce qu'on commençait à construire, murmura Frédéric. Et je ne veux pas qu'il t'arrive malheur. Je ne dirai plus rien contre Lionel. Je ferai attention mais il ne faut pas qu'il me provoque non plus.

Il soupira, grimaça.

— Bon, même si c'est le cas, je resterai dans les insultes acceptables, il y a assez à faire avec son arrogance.

Un hoquet, rire et larmes mêlés, échappa à Aksel. Frédéric lui sourit.

— Et si je peux vous aider à… vous en sortir, tu m'en parleras ?

Aksel s'assit lentement, tendit la main. Frédéric se laissa étreindre.

— Merci.

Aksel dormait encore lorsque Frédéric s'éveilla. Sur la pointe des pieds, il rejoignit son frère qui déjeunait avec Elke. La veille au soir, il l'avait seulement averti que Lionel allait mieux, mais qu'il ne devait pas bouger. Devant lui, Véran n'avait pas protesté, toutefois Frédéric avait perçu sa contrariété muette. Véran le salua avec distance.

— T'avais vraiment pas d'autre endroit où frapper avant-hier, hein ?

— Je… j'ai pensé…

— T'as pensé aux parents, à Étienne. T'as en revanche oublié qu'Elke est enceinte de quatre mois et qu'elle a pas besoin de fatigue en plus ou de dormir sur des couvertures.

Frédéric se mordit la lèvre. La jeune femme posa une main sur le bras de son mari qui se dégagea doucement.

— Je vais pas vous mettre dehors. Mais je veux que tu réfléchisses un peu. J'ai pas approuvé tes choix, t'as arrêté de me parler, mais t'étais bien content de me trouver. On est pas là que pour t'exaucer, Frédéric.

— Je suis désolé, murmura-t-il. Je devais faire quelque chose. T'es la première personne à qui j'ai pensé…

Il sursauta lorsque Véran glissa sa main dans ses cheveux et s'obligea à ne pas bouger.

— Cet air sauvage m'avait pas manqué, commenta son aîné.

Il retira ses doigts.

— Essaie aussi de te souvenir de moi quand t'as pas besoin d'aide.

— Promis.

Lorsqu'il passa de nouveau la tête dans la chambre, Aksel avait ouvert les yeux. Non. Son frère, à voir la détermination avec laquelle il terminait un verre d'eau – il avait fait un sort au pichet. Le bref message que Frédéric avait écrit sous la dictée d'Aksel reposait sur ses genoux. Lionel l'écarta.

— Nous pouvons partir. Je n'ai pas réfléchi l'autre soir, mais je suis assez en forme…

— Vous avez tout entendu ?

— Des bribes.

— À la vérité, si vous voulez rendre service, le plus simple est de ne pas bouger de ce lit. Aksel a besoin de repos. Vous aussi. Je ne suis pas sûr que vous arriviez à tenir debout.

Lionel fit un geste de la main en direction de la porte.

— Il ne vous reprochait rien. Il refusera que vous vous leviez et il prendra comme une insulte que vous vouliez partir. Je suppose que vous avez faim ? poursuivit-il pour couper court à toute protestation.

Sans attendre de réponse, il alla chercher la part de Lionel, en profita pour signaler sa remarque à Véran, qui se montra intransigeant quant au moindre changement et balaya d'un geste ses excuses. Lionel rendit les armes et Frédéric le devina plutôt soulagé de ne pas retourner chez lui. Lionel demeurait cependant sur ses gardes, hésitant sur l'attitude à adopter. Aksel n'avait pas eu l'énergie de lui écrire plus que quelques mots, aussi Frédéric endossa-t-il de nouveau le rôle de messager. C'était toujours étrange de répéter à l'un ce qu'il avait manqué.

— Très bien, finit par dire Lionel. Je ne me mettrai pas entre vous. Où en est la situation à Cathédrale ? Quel jour sommes-nous ?

Frédéric se plia au changement brutal de sujet.

— Le bal était il y a une semaine.

Lionel perdit le peu de couleurs qu'il avait retrouvé.

— Est-ce que Cedren…

— Elle s'est réveillée, mais elle a encore besoin de soins et de repos.

Une partie de la tension de Lionel disparut. Ils en vinrent au Cœur.

— Personne ne semble avoir avancé depuis, mais tout le monde a l'air de penser que vous en savez davantage. Ce n'était pas pour rien que vous aviez besoin de Siran et moi, ajouta-t-il devant le mutisme du Carélien, avec un brin d'exaspération. Je vous rappelle que ce n'est pas moi qui ai décidé de nous trahir.

Lionel fourragea dans ses cheveux.

— Le Cœur est ma seule chance de fléchir le duc pour sauver Aksel, même si cela reste hasardeux. Je me disais que nous pourrions coopérer, puisque son sort nous importe à tous les deux. Cela ne présume pas de la suite de nos relations.

Son ton et son regard demeuraient circonspects. Frédéric devina ce que cela lui coûtait.

— Cela me convient. Nous nous fions donc l'un à l'autre jusqu'à ce que nous ayons trouvé cet artefact ?

— Très bien. Avec Alexandre, Cedren et Siran, nous devrions y arriver.

Cathédrale apprécierait sans doute de voir leur équipe se reformer. En signe de bonne volonté, Frédéric sortit le plan qu'il avait subtilisé ainsi que la clef et la pièce de l'horloge. Lionel pinça les lèvres.

— Je crois que je sais où se trouve le cœur du labyrinthe, fit-il froidement. Vous souvenez-vous du nuage ? Il me semble correspondre à un « cœur des ténèbres ». Et c'est très malin, puisque le premier réflexe est de fuir et d'éviter de s'en approcher ensuite...

Frédéric arpenta la chambre en long et en large. Comment avait-il pu ne pas y songer ? Était-ce cela que Cedren avait compris également ?

— Alors il faudrait se placer au milieu du... de cette chose... et prononcer les noms des ducs et de la reine ?

Lionel hocha la tête.

— Votre père le sait ?

— Non. Quand Aksel m'a confirmé que la décision du duc à son égard était déjà arrêtée, je ne lui ai pas partagé mes dernières découvertes.

— Nous retournerons à Cathédrale dès qu'Aksel ira mieux.

Le prénom coupa toute velléité de protestation à Lionel. Frédéric avait conscience autant que lui du temps qui filait, mais ils devaient assurer leur sécurité avant de remettre un pied dans l'école. Le sabotage de l'horloge empêcherait les complices de Jovianna de descendre. Seul Martial pouvait encore avancer.

— Si l'un d'eux comprend…, murmura Lionel malgré tout.

— Je sais. Alors, arrêtez de vous agiter et dormez, cela nous gagnera du temps.

Que Lionel ne tentât pas de lui montrer qu'il se trompait trahissait assez sa fatigue.

Chapitre XXXIX

Aksel sourit à Étienne qui l'observait avec une curiosité non dissimulée. À contrecœur, il lui avait avoué une demi-vérité : « Aksel » n'était qu'une fausse identité que Lionel Andersen adoptait parfois pour sortir sans être reconnu.

Sur sa suggestion, Frédéric était parti leur chercher des desserts tandis que, dans la pièce principale, Louise s'assurait que le repas cuisait bien – elle avait rejeté toute proposition d'aide, mais il pouvait au moins dresser la table. Le moindre effort le laissait essoufflé et épuisé ; pour autant, il ne comptait pas être un poids mort.

Il s'apprêtait à rejoindre la pièce à vivre lorsqu'un coup sec résonna à la porte. Ils n'attendaient personne. Louise alla ouvrir. Aksel grimaça intérieurement. Ils avaient abandonné sur la table ce qui concernait le Cœur. Par précaution, son frère avait fait une copie rapide du plan et avait marqué précisément l'emplacement du piège. Ils avaient commencé à discuter de la marche à suivre. Alerter la reine si tôt s'avérait délicat, ils ignoraient combien de temps il leur faudrait pour comprendre le dernier indice. Mais Lionel et Frédéric parviendraient-ils à s'infiltrer à Cathédrale sans se faire remarquer ?

Aksel marqua une halte brutale sur le seuil de la chambre. Le professeur Vaissatis se tenait dans l'entrée et un sourire aimable traversa son visage lorsqu'il l'aperçut. Comment…

— Monsieur Andersen. Quel plaisir de vous revoir.

— Louise, est-ce que tu peux rejoindre Étienne, s'il te plaît ?

La fillette obéit, surprise. L'enseignant ne se départit pas de son air aimable.

— Il serait temps de rassurer l'équipe professorale à votre sujet.

— Je ne doute pas que votre témoignage les apaisera.

Le sourire devint incisif.

— Ne faites pas le malin, Andersen, cela ne vous réussit pas.

Tout en parlant, le professeur écarta légèrement un pan de sa veste, dévoilant la crosse d'un pistolet.

— Il est l'heure de rentrer.

Il s'avança davantage dans la pièce et son regard se posa sur la table. Aksel réagit aussitôt. Il plongea en avant. Sa main rafla le plan, le froissa. Le professeur le frappa au moment où il le jetait dans la cheminée. Dans une exclamation, Aksel partit en arrière. Une quinte de toux lui échappa. Lorsqu'il parvint à reprendre son souffle, le professeur Vaissatis braquait son arme sur lui et Louise les observait, terrifiée. Un coup d'œil vers la cheminée lui confirma que le plan était irrécupérable.

— Ne lui faites pas de mal, souffla Aksel.

— Cela ne tient qu'à vous. Debout.

Il se redressa lentement, luttant contre un vertige. Le professeur s'éloigna, ramassa la clef et la pièce de l'horloge encore sur la table, puis lui fit signe de sortir tout en gardant Louise à l'œil. La cage d'escalier était déserte. Si Frédéric revenait, à deux, ils pourraient peut-être… Une bourrade dans le dos manqua de le faire trébucher.

— Avancez. Si vous tentez quoi que ce soit, je remonte chercher la gamine.

Aksel s'exécuta, une main cramponnée à la rampe. Il n'y avait que trois étages, mais au bout du premier il avait déjà l'impression que ses poumons allaient rendre l'âme. L'enseignant l'empoigna par le col pour le faire accélérer.

Au coin de la rue, hors de vue de l'immeuble, une voiture les attendait. Aksel s'écroula sur la banquette à bout de souffle. La tête lui tournait, il se sentait au bord du malaise. *Reprends-toi.* On était en fin de matinée ; des embouteillages les immobiliseraient forcément. Il devrait saisir sa chance. La voiture s'ébranla. Le professeur Vaissatis maintint son arme braquée sur lui.

— Comment… m'avez-vous trouvé ?

— Cela n'a pas été si difficile. Votre cher ami l'étinceleur m'a été bien utile.

Mais Frédéric n'était pas retourné à Cathédrale.

— Alexandre ! Vous avez lu…

Le professeur secoua la tête.

— Sous ses airs timides, c'est un petit malin. Il est passé à l'infirmerie, mais il n'y est pas demeuré longtemps.

Et allez savoir sous quelle apparence il se cache dans l'école ! En revanche, il reste naïf et, malgré ses inquiétudes à votre sujet, il n'a pas résisté à la joie d'annoncer à mademoiselle Abalian que Frédéric et vous aviez réussi à vous échapper.

Aksel se redressa, furieux.

— Comment avez-vous pu vous en prendre à elle ?

La toux noya sa voix.

— Il aurait effectivement été plus simple que vous coopériez quand nous vous l'avons demandé. J'ai d'abord craint que vous ne soyez rentré chez vous, mais j'imagine que Frédéric a préféré retourner vers ce qu'il connaissait.

— Pourquoi ? Nous sommes dans le même camp. Nous ne pouvons pas laisser le Cœur à Eindovia et au Belastan.

— Mais nous en avons besoin aussi pour donner toute sa puissance à l'école. Détenir la plus grande source de magie du royaume nous permettrait de négocier avec les ducs et la reine, de gagner en indépendance. Cathédrale a été créée pour accueillir les talents des Neuf-Duchés, donner leur chance à tous, et non pour favoriser l'entre-soi de l'aristocratie. Il est hors de question que vous conserviez la mainmise dessus, Cathédrale ne vous apporte rien que vous n'ayez déjà. En revanche, elle pourrait donner une vraie place au peuple dans le gouvernement du pays, plutôt que de faire illusion en accueillant deux ou trois étinceleurs ! Regardez où vous nous menez encore avec vos querelles absurdes ! Vous vous moquez du pays tant que vous satisfaites vos ego. Si vous avez à cœur de préserver l'école, vous devez coopérer. Nos intérêts ne sont pas si éloignés.

Dans l'idée, il n'avait pas tort et la reine pourrait l'entendre si elle sortait renforcée de la quête du Cœur. Mais il était impensable de laisser qui que ce soit contrôler la magie de l'école, surtout avec l'emprise qu'elle avait sur les élèves.

— Je ne vous dirai rien.

— Je ne vous demande pas de me parler.

— Ne me touchez pas !

Aksel se jeta sur la porte tout en écartant l'arme du bras. La poignée tourna, mais le professeur l'en écarta violemment. Aksel se redressa aussitôt en prenant appui sur la banquette. La crosse du pistolet le heurta au niveau de la tempe et il s'écroula, sonné, les larmes aux yeux.

On lui tordit les bras et une corde rugueuse frotta sur ses poignets, les liant dans son dos. Il eut beau se débattre, rien n'y fit. Une quinte le secoua. Le souffle lui manquait, il étouffait. En profitant, Vaissatis le hissa par le col de sa veste et le rassit sur la banquette tandis que le cocher leur criait de cesser de s'agiter. Aksel fit abstraction de la douleur, du sang qui coulait sur son visage et rua de toutes ses forces. Son pied atteignit le professeur au genou et celui-ci gémit. Il voulut recommencer, mais l'homme lui bloqua les jambes.

— Tenez-vous tranquille !

— Ne me touchez pas !

Sa voix dérailla. Un nouveau coup de pistolet l'assomma à moitié et il glissa sur le plancher, à la recherche de sa respiration. Des taches multicolores dansaient devant ses yeux. Vaissatis plaqua sa main sur son front.

— Lâchez-moi ! Ne faites pas ça… Je vous dirai…

Des images fusaient dans son esprit. Le code, le déchiffrement de celui-ci, les comptes rendus de Lionel sur les explorations du labyrinthe… Il sentit la surprise du professeur, tenta de faire le vide dans sa tête, mais la pression sur son front s'accentua.

— Non, non… Non !

D'écho en écho, l'homme remontait jusqu'à la source. Aksel ne put rien lui cacher. Enfin, le professeur le relâcha. Aksel prit une inspiration heurtée. Son cœur battait à vive allure. La migraine le lancinait et il ne parvenait toujours pas à respirer normalement.

— Voilà donc ce qui vous tourmentait tant, commenta l'enseignant. Enchanté de vous rencontrer, Aksel.

Ce dernier ne résista pas quand le professeur Vaissatis le souleva pour l'asseoir sur la banquette. Un coup d'œil par la fenêtre lui apprit qu'ils ne se trouvaient plus très loin de Cathédrale. L'intrusion de l'enseignant avait duré bien plus longtemps qu'il ne l'avait cru. Il ne savait plus où il en était ; tous ses souvenirs se mélangeaient.

— Votre petit secret ne craint rien pour le moment. J'aviserai en fonction des événements. Votre père n'aimerait certainement pas que je dévoile cela. Quelle tristesse pour les Andersen que leur dernier héritier ait ainsi succombé au chagrin…

Aksel se rencogna contre son dossier. Il devait s'échapper. Il lui faudrait courir le risque dans l'école ; avec un peu de chance, ils croiseraient quelqu'un et il parviendrait à attirer son attention.

La voiture franchit les grilles familières. Aussitôt, une chape de plomb lui comprima la poitrine. Il eut l'impression de suffoquer. Le souffle haché, il lui fallut quelques secondes pour se reprendre.

Vaissatis demanda au cocher de lui décrocher une des lanternes du véhicule, puis il l'envoya à l'intérieur de l'école. Il plaça son manteau sur les épaules d'Aksel pour dissimuler ses bras et le fit descendre sous la menace de son arme. Aksel vacilla en se retrouvant debout. Ses vertiges ne disparaissaient pas.

— Allez.

Il s'exécuta. La cour comme le hall se révélèrent déserts.

Une pression du professeur l'obligea à avancer. Ils atteignirent le salon des ducs. L'homme posa la lanterne sur la table puis, tout en gardant Aksel en joue, étudia le mécanisme. Il tâtonna avant de trouver le bon emplacement de la pièce. La clef joua. Le plancher coulissa.

— Descendez.

Trois Dieux, non, par pitié. Le ventre de Lionel se tordit de dégoût, sa respiration se bloqua lorsqu'il reconnut le souterrain. Ils se tenaient sur les premières marches de l'escalier, empêchant le plancher de se refermer. Un cercle métallique glacé vint appuyer contre son front. Face à lui, le professeur Vaissatis le scrutait avec attention. Que s'était-il passé ? Où était Frédéric ?

— Fascinant. Vous n'avez aucune idée de comment vous êtes arrivé là et vous parvenez presque à dissimuler toute surprise. Si on ne vous regardait pas, on ne le remarquerait pas. Vous avez aussi l'air en bien meilleure santé. Inutile de feindre l'incompréhension, Aksel a eu la bonté de tout me dire à votre sujet.

— Vous avez lu son esprit, gronda Lionel.

La colère chassa un peu la panique.

— Une expérience inédite, que je ne manquerai pas de renouveler.

Lionel prit sur lui pour ne pas reculer. Il testa les liens autour de ses poignets. Ils ne bougèrent pas.

— Ne vous acharnez pas. Vous allez seulement réussir à vous arracher la peau. Ou celle de votre frère. Je doute que vous surviviez tous les deux à un tir. Il ne tient qu'à vous que tout se passe bien. Je ne souhaite pas priver la Carélie de son dernier héritier, mais je n'hésiterai pas à tirer si vous m'y forcez. Compris ?

L'arme pesait toujours contre son front.

— Oui, murmura Lionel.

La porte du salon se rouvrit, laissant passer l'un des surveillants. L'homme s'immobilisa en découvrant la scène. Il rejoignit le professeur, décidé.

— Nous pouvons y aller. Descendez.

Lionel espéra que la paroi les retiendrait. Lorsque les deux hommes le touchèrent, le mur descendit, lentement mais sûrement. Le passage ne se libéra qu'au bout de plusieurs minutes. Sous la menace, Lionel s'y engagea le premier.

L'angoisse lui noua le ventre tandis qu'il imaginait le piège du labyrinthe, la masse charbonneuse s'abattre sur eux, le noir absolu qui soufflerait leur lumière comme un rien…

— Je vous sens tendu, monsieur Andersen. Que préparez-vous ?

— Rien.

Les intersections s'enchaînaient tandis que Lionel allongeait le chemin autant que possible ; le professeur le marquait avec ses propres signes tandis que le surveillant s'efforçait de dissimuler sa nervosité. Au bout d'un moment, l'enseignant s'impatienta.

— Est-ce encore loin ?

— Plus tellement.

— Faites attention, monsieur Andersen.

Le ton de sa voix incita Lionel à ne pas le provoquer outre mesure. Avait-il réussi à gagner du temps ? Frédéric savait-il seulement ce qui se passait ? Une fois que Vaissatis et son homme de main obtiendraient ce qu'ils souhaitaient, ils ne se soucieraient plus guère de lui. Il pourrait tenter quelque chose.

Après un dernier embranchement, il reconnut le tunnel d'où s'était échappé le nuage.

— C'est ici.

Son cœur battait si fort qu'il avait l'impression que l'enseignant l'entendait. Un frisson glacé courut le long de son dos. Le canon du pistolet le heurta au creux des reins.

— Ouvrez le chemin.

— Je… je ne peux pas.

Vaissatis s'empara d'une de ses mains. Lionel ne parvint pas à se dégager. Le professeur obtint la confirmation qu'ils se trouvaient au bon endroit, saisit l'ampleur de sa panique.

— En effet, monsieur Andersen, je n'ai plus vraiment besoin de vous à présent.

Lionel pivota, pas assez vite cependant pour éviter le coup de crosse qui atteignit sa nuque. Il s'effondra. Un voile sombre oscillait devant ses yeux. Vaissatis s'avança dans le couloir et aussitôt la masse noire surgit, vague de ténèbres qui se rua sur eux.

Chapitre XL

Frédéric bondit du fiacre arrêté à proximité du portail de Cathédrale. Louise lui avait fait une description assez précise de l'agresseur pour qu'il reconnaisse le professeur de Vieil Art. Comment avait-il pu… ? Question vaine. Pourvu que tout revienne à la normale une fois le Cœur trouvé !

Il avait seulement pris le temps de ramener ses cadets chez ses parents avant de sauter dans la première voiture libre. La grille ne lui résista pas. Il se faufila dans la cour d'honneur, regrettant qu'elle soit si vide. La plupart des élèves devaient terminer de déjeuner, le personnel était occupé ailleurs. Il atteignait la fontaine lorsqu'il s'entendit héler. Un surveillant s'avançait vers lui. Frédéric s'élança.

— Frédéric !

Le ton un peu étrange, à mi-chemin entre appel discret et exclamation, ainsi que son prénom le firent s'arrêter. L'homme s'approcha en hâte.

— C'est moi, c'est Alexandre. Viens.

— Attends. Lionel est…

— Je sais, je vais t'expliquer.

Une main sur son épaule, étonnamment à l'aise dans son rôle, Alexandre l'entraîna en chuchotant frénétiquement :

— Je te guettais. C'est ma faute, je n'aurais pas dû aller voir Cedren. On espérait que Vaissatis ne s'en soit pas pris à toi.

Ils remontaient les couloirs vides au pas de course. Alexandre peinait, une main plaquée sur son flanc, le visage tendu par la douleur et la détermination. Il s'arrêta devant l'infirmerie, s'assura qu'ils étaient seuls avant de reprendre son apparence et de l'y faire entrer.

Siran et Orfeo se tenaient au pied du lit de Cedren. L'Eindovian fronçait les sourcils, visiblement guère informé de ce qui nécessitait sa présence. Soutenue par Siran, son amie se redressa, bouleversée.

— Je suis désolée, il a lu mes pensées, je n'ai rien pu faire…

— Tu n'y es pour rien, trancha Siran, une lueur meurtrière dans le regard.

Frédéric approuva, furieux. Le professeur avait dû agir de même avec Aksel. Au moins saurait-il où le retrouver.

— Nous devons descendre dans le labyrinthe. Il n'y a qu'un endroit où il a pu l'emmener. J'ai le plan, ajouta-t-il, devançant la question d'Alexandre.

— Nous sommes quatre, reprit Siran, avec une moue d'excuse pour Cedren, si vous acceptez de nous aider, Orfeo.

Le jeune homme inclina la tête.

— Je viens. Il faut mettre un terme à tout cela.

Frédéric pria pour que Lionel fût en état de leur prêter main-forte. De sous le lit, Siran saisit un sac qui rendit un bruit métallique. Elle en retira deux lames. À la façon dont elle les empoigna, Frédéric comprit qu'elle savait s'en servir. Elle en confia une à Orfeo, conserva l'autre.

— Je garderai l'entrée du souterrain, décida Alexandre. J'attirerai moins l'attention.

Ils descendirent rapidement dans le salon des ducs. Frédéric se tourna vers Alexandre.

— Fais attention. Tu es notre seule chance d'en sortir.

Frédéric manipula l'horloge. Le plan à la main, il les entraîna alors le long du trajet qui menait au nuage sans tenir compte des signes inconnus.

Lorsqu'ils atteignirent le dernier couloir, un grondement emplit les lieux et une vibration sourde traversa le labyrinthe. Frédéric tenta de se retenir au mur, glissa et se retrouva au sol, sonné. Il ne voyait plus rien.

La masse ténébreuse noyait tout autour de lui.

Le grondement gagna en intensité. Des roches tombaient en cascade. Frédéric se recroquevilla, les bras devant son visage. Lionel s'était-il trompé ? Si le souterrain s'effondrait sur lui-même… Les murs gémissaient et se craquelaient. Le labyrinthe entier tremblait.

Enfin, le vacarme décrut. Les oreilles bourdonnantes, Frédéric ne bougea pas tout de suite. Sa lanterne s'était brisée, mais un éclat vif, presque aveuglant, jaillissait plus loin.

Le sol semblait stable. Lentement, craignant de déclencher une nouvelle catastrophe, il se mit à quatre pattes, retint une exclamation.

Le labyrinthe avait disparu. Ils ne se trouvaient plus dans un couloir mais à l'entrée d'une vaste pièce au centre de laquelle s'étendait un damier. Chaque carré comportait l'un des blasons des duchés ou le lion de la royauté. Au-delà s'ouvrait une haute salle où une douzaine de statues monumentales dessinaient un arc de cercle. La lumière, colorée et mouvante, entachée par de multiples arabesques d'un noir de jais, émanait d'elles.

Le professeur se tenait devant le damier, et il n'était pas seul.

Un frôlement sur sa droite. Siran et Orfeo le rejoignaient, pliés en deux. Tous deux paraissaient secoués mais indemnes.

— Que faisons-nous ? demanda la jeune femme.

— Vous avez vu Lionel ?

Ils secouèrent la tête. Inquiet, Frédéric scruta les alentours. La main de Siran se referma soudain sur son bras tandis qu'elle pointait quelque chose devant eux. Frédéric plissa les yeux. Les ondulations de la lumière le gênaient, mais il aperçut la silhouette qui gisait contre le mur, les bras attachés dans le dos.

Le cœur serré, il se faufila jusque-là. Arrivé à la hauteur d'Aksel – non, c'était forcément Lionel ici, il le savait –, il posa une main sur son torse. Un soupir de soulagement lui échappa en constatant que le garçon était seulement inconscient.

Lionel gémit. Il reprenait connaissance. Frédéric s'empressa de lui libérer les mains. Le Carélien battit des paupières, le souffle soudain court. Frédéric l'empêcha de se redresser.

— Attention, Vaissatis est juste à côté.

Lionel tressaillit en le reconnaissant. Un fugitif sourire de triomphe éclaira son visage lorsqu'il risqua un coup d'œil dans la salle, vite remplacé par une grimace. Il tâta sa nuque, soupira.

— À deux, nous ne pouvons…

Un cri d'alarme retentit. Le surveillant venait de les repérer. Aussitôt, Siran et Orfeo jaillirent des ombres, lames à la main. Le professeur pivota, porta une main à sa ceinture tout en avançant vers eux, s'éloignant du damier. Frédéric se releva d'un bond, imité plus lentement par Lionel. Ce dernier prit du champ, forçant l'homme à les viser alternativement. Un coup de feu partit sans les atteindre ; Frédéric se jeta sur le professeur. Une nouvelle détonation claqua lorsqu'il lui assena un coup de tête. Vaissatis recula en trébuchant et Frédéric poussa son avantage.

Tous deux roulèrent au sol, dans une lutte pour la possession de l'arme. Plusieurs fois, Frédéric vit un éclair métallique passer devant ses yeux, mais il parvint à l'écarter. D'un mouvement brusque, il tordit le poignet du professeur. En vain. Celui-ci brisa sa prise, le plaqua à plat ventre au sol, un bras rabattu dans le dos. Frédéric se débattit, conscient du canon qui se rapprochait.

Un choc sourd. Le poids sur son dos s'allégea brutalement. Le revolver heurta le sol dans un tintement. Frédéric se retourna. Lionel s'était élancé sur le professeur et l'éloignait de l'arme. Frédéric se secoua. Elle n'était qu'à quelques pas. Il plongea dessus.

Alors qu'il s'en emparait, un grondement suivi d'un cri le fit tressaillir. Leur corps à corps avait mené Lionel et Vaissatis au bord du damier. Au sol, le Carélien avait roulé en partie sur les premières dalles blasonnées et certaines s'étaient effondrées. Le haut du corps au-dessus du vide, il essayait de se libérer du professeur tout en se cramponnant à ce qu'il pouvait. Un rideau lumineux était apparu autour d'eux et sur toute la longueur du carré. Lame au clair, Orfeo s'élança vers eux tandis que Siran gardait le surveillant sous la menace de la sienne. Frédéric bondit sur ses pieds.

Dans un sursaut, alors que Vaissatis, au-dessus de lui, s'efforçait de le faire basculer, Lionel remonta un genou. Un gémissement étouffé échappa à l'enseignant qui marqua un écart que Lionel mit aussitôt à profit pour le déséquilibrer. Vaissatis ne parvint pas à se rattraper et chuta dans l'ouverture.

Frédéric rejoignit Orfeo qui s'était arrêté au bord du damier, une main devant lui. Le rideau lumineux qui les séparait de Lionel et des dalles ne le laissait pas passer.

Le visage en sang, Lionel se releva en prenant soin de ne pas dépasser de son carré, redoutant visiblement que d'autres cèdent, mais, lorsqu'il voulut les rejoindre, le voile se révéla tout aussi infranchissable. Frédéric tendit le bras, frôla la surface fluide. Un choc désagréable courut jusqu'à son épaule. Du coin de l'œil, il vit une silhouette s'agiter. Le professeur. Le trou sous le damier n'était profond que de trois ou quatre mètres et formait un carré large d'autant. Il devait y en avoir plusieurs. Les parois en étaient parfaitement lisses.

— Frédéric !

Lionel avait l'air sur le point de perdre le contrôle de ses nerfs. Malgré le voile, sa voix lui parvenait avec clarté.

— On va trouver une solution. Ne bougez pas.

Le Carélien n'en avait visiblement pas l'intention. Frédéric se recula, échangea un coup d'œil avec Orfeo, tout aussi désemparé que lui. Son regard courut sur le damier. Les mêmes blasons se répétaient de case en case. Il y avait sans doute un chemin sûr qui permettait de rejoindre les statues de l'autre côté, mais par où ?

— Il doit traverser, souffla Orfeo, parvenu à la même conclusion.

— Regardez !

Gardant sa lame pointée sur le surveillant, Siran leur désignait deux petites niches lumineuses qui s'étaient ouvertes dans le mur, à quelques mètres. Frédéric s'élança le premier. Le damier y était reproduit en miniature, la case sur laquelle se trouvait Lionel illuminée depuis l'intérieur. C'était le blason de l'Orelnan – ironique lorsqu'on pensait aux Gondissan. Mais cela ne lui indiquait pas davantage comment faire.

Lorsqu'il voulut aller étudier la seconde, ses pieds refusèrent de bouger. Un cercle lumineux l'entourait, le piégeant. Bien sûr. Cathédrale ne les laisserait accéder à son trésor le plus précieux que s'ils œuvraient ensemble.

Le garçon serra les dents. Siran et Orfeo l'observaient, dans l'expectative.

— Je crois que j'ai compris. Il faut que l'un de vous se place devant la seconde niche. Nous allons devoir guider

Lionel. Normalement, vous devriez voir la prochaine case s'éclairer.

Siran se dévoua. Orfeo la remplaça face au surveillant. L'étudiante lui confirma rapidement qu'il ne se trompait pas. Elle cria la première indication. Avancer au-devant de la magie n'était clairement pas ce que Lionel aurait souhaité, et il tâta le carré suivant du bout du pied avant d'y transférer son poids avec précaution. Il gagna ensuite en assurance. Case après case, duché après duché, ils lui indiquèrent le chemin.

Enfin, Lionel posa le pied de l'autre côté.

Le rideau disparut, de même que le damier, remplacé par une étroite passerelle qui surplombait les fosses en ligne droite. Le cercle qui retenait Frédéric prisonnier s'estompa et il recula aussitôt de quelques pas. Siran en fit autant.

Il la retrouva ainsi qu'Orfeo devant la passerelle. D'en bas, le professeur les appela, mais ils l'ignorèrent. Siran désigna Lionel.

— Dépêchons-nous de le rejoindre.

Loin de se montrer enthousiaste, le Carélien demeurait debout, figé devant les statues. Frédéric grimaça, traversa aussi vite qu'il l'osa, suivi par Siran puis Orfeo lorsque celui-ci eut forcé le surveillant à descendre dans l'une des cellules. Des inscriptions étaient gravées sur le socle des statues. Lionel les fixait, le front plissé devant les ondulations dévorées par l'obscurité. Il tremblait violemment. De près, la lumière liquide chatoyait autour des statues, sans aucun support. Frédéric confia son arme à Siran, puis tendit la main. Lionel le retint dans un sursaut.

— N'y touchez pas ! C'est de la magie.

Ses doigts s'enfonçaient dans son bras. Frédéric se dégagea brusquement et le força à reculer de deux ou trois pas.

— Reprenez-vous. Elle ne nous fait pas de mal, elle est contenue autour des statues. Est-ce… est-ce le Cœur de Cathédrale ? Lionel ?

Le regard hanté du garçon lui fit peur. Frédéric se plaça devant lui, tâchant de rompre la fascination morbide que la magie exerçait sur lui. Lionel battit des paupières une fois, puis deux. Il vacillait comme s'il était ivre. Frédéric ignorait quelles images il avait dans la tête, mais elles semblaient terribles. *Est-ce qu'il se souvient… de sa propre mort ?*

— Lionel, restez avec moi, tout va bien.

Il devinait les regards perplexes et anxieux d'Orfeo comme de Siran. Ils ne pouvaient pas rester là éternellement. Frédéric attrapa Lionel aux épaules. Ce dernier cria, tenta de le repousser, le poing fermé.

— Bon sang, Lionel, c'est moi, c'est Frédéric. Vous êtes en sécurité, vous comprenez ? Vous ne risquez rien, la magie est sous contrôle.

Cette fois, le Carélien parut l'entendre. Frédéric le lâcha.

— Vous êtes avec moi ? Est-ce que nous avons trouvé le Cœur ?

Le regard hagard de Lionel sautait d'une statue à une autre. Il haletait et, en baissant les yeux, Frédéric se rendit compte qu'il fermait les poings de toutes ses forces, ses ongles lui entrant dans les paumes.

— Continuez de me parler, fit-il d'une voix hachée.

— Répondez à ma question, alors. Regardez-moi. Est-ce que les statues vous disent quelque chose ?

Lionel plongea son regard dans le sien avec une intensité effrayante.

— Je… Non. Je crois que c'est la partie visible du pouvoir de Cathédrale. Le noir… C'est ce que nous lui faisons.

Frédéric haussa les sourcils. Les ténèbres avaient englouti une large part des éclats chatoyants.

— Vous êtes sûr ? Il y en a beaucoup.

— Vous savez aussi bien que moi dans quel état nous avons mis Cathédrale. À quoi d'autre vous attendiez-vous ?

Il retrouvait son mordant. Tant mieux.

— Les statues représentent les neuf ducs et les quatre magiciens de l'époque de la fondation. Ce qui est curieux…

Son regard dériva sur les côtés avant de revenir se braquer sur lui. Frédéric n'osait plus bouger, conscient d'être la seule ancre qui le retenait dans la réalité. Ses poings restaient fermés et la ligne de ses épaules trahissait la tension affreuse qui lui nouait le corps.

— Ce qui est curieux… ?

— C'est que les magiciens sont intercalés entre les ducs et placés au milieu de chaque côté comme… dans la salle de réception.

Les mouvements saccadés de Lionel lui donnaient le vertige.

— Vous voyez autre chose ?

— Les inscriptions disent… Ce sont les mêmes sur chaque socle, dans chaque langue des duchés. Elles disent que nous devons marcher dans les pas des fondateurs et que… « du nord et de l'est, de l'ouest et du sud, au nom de la paix, du cœur des cœurs le Cœur viendra, lié à Cathédrale pour son maintien dans l'éternité ».

Il grimaça.

— C'est le mot à mot.

Il murmura dans une langue étrangère, du carélien peut-être. Frédéric fronça les sourcils. Lionel était-il vraiment lucide ? Cependant, Orfeo et Siran semblaient approuver ses paroles.

— D'accord. On y réfléchira une fois que nous serons sortis. Vous voulez vous asseoir dans le couloir ?

Lionel répondit d'un mouvement de tête qui ne signifiait ni oui ni non. Prenant les devants, Frédéric lui fit traverser la passerelle. Une fois dans le corridor, un long soupir échappa à Lionel. Il s'affaissa contre le mur, glissa jusqu'à se retrouver assis, le visage plongé dans ses mains. Frédéric n'était pas sûr qu'il aille mieux tant qu'ils ne quitteraient pas les lieux.

Un regard à sa montre lui apprit que la conversation n'avait pas duré plus de quelques minutes. Cela lui avait paru des heures. La panique nerveuse de Lionel déteignait sur lui. Siran et Orfeo les rejoignirent. Du bout de l'arme à feu, l'étudiante désigna le professeur et le surveillant.

— Nous devrions peut-être les laisser. Le temps de préparer la suite.

Frédéric se sentait enclin à accepter et Orfeo acquiesça.

— Donnez-moi le pistolet.

— Pardon ?

Ils n'avaient pas entendu Lionel se relever. Il arracha l'arme des mains de Siran. Frédéric poussa une exclamation tandis qu'il gagnait le bord de la fosse. La voix du professeur Vaissatis leur parvint :

— Vous avez peur que je révèle votre secret, n'est-ce pas ? Que je clame au monde entier que vous êtes fou à lier…

— Taisez-vous.

Lionel le mit en joue. Indécis, Orfeo s'était reculé, mais son regard disait assez qu'il doutait de la santé mentale du Carélien. Frédéric s'avança d'un pas. Les mots du professeur avaient éclairci la situation.

— Lionel… Il n'aimerait pas que vous fassiez ça. Même pour lui. Surtout pour lui. Vous le savez. Il ne voudrait pas que vous deveniez un meurtrier.

— Il est trop gentil pour cela, admit Lionel à voix basse. C'est à moi d'agir, je dois le protéger.

Son bras ne tremblait pas.

— Vous avez d'autres façons de l'aider. Celle-ci est loin d'être la meilleure. S'il vous plaît, Lionel…

Le doigt de celui-ci se posa sur la détente. Frédéric se glissa dans l'espace étroit entre Lionel et le bord, bloquant son champ de vision, terriblement conscient qu'une poussée suffirait à l'envoyer en bas.

— Je connais la vérité ; allez-vous me tuer aussi ?

— Ce n'est pas la même chose. Écartez-vous.

Frédéric ne bougea pas. Lionel lui saisit l'épaule pour l'immobiliser, se décala un peu. Il allait tirer. Sans réfléchir, Frédéric attrapa l'arme par le canon. Une exclamation échappa à Lionel lorsque des gouttes de métal lui tombèrent sur la main. L'arme inutilisable chuta entre eux.

D'une main ferme, Frédéric poussa Lionel vers l'arrière. Ce dernier obéit à son impulsion, l'air hébété. Sans un mot de plus, Frédéric s'engagea dans le couloir, s'efforçant de manifester plus d'assurance qu'il n'en éprouvait. Lionel le suivit ; Siran et Orfeo leur emboîtèrent le pas en chuchotant entre eux.

— Frédéric, je…

— Ne me dites surtout pas ce qui vous a traversé l'esprit quand je me suis interposé. Je n'ai aucune envie de le savoir.

Lionel hésita.

— Merci. Il n'aurait vraiment pas aimé.

Le retour s'effectua dans le silence et bien plus rapidement. Frédéric retrouva avec joie la lumière du jour. Lionel aussi – du moins n'avait-il plus l'air sur le point de perdre toute rationalité. Alexandre leur souriait.

— Je suis content de vous revoir !

— Moi aussi.

Frédéric ne laissa pas la conversation dévier.

— Concernant le Cœur, qu'en déduisez-vous ? Devons-nous y retourner pour le trouver ?

Le Carélien réfléchit. Siran, qui s'était éloignée en direction de la salle de réception, leur fit signe de venir. Ils la rejoignirent, intrigués. Une exclamation échappa à Frédéric. Le parquet avait disparu – ou plutôt chaque carré formé par les marqueteries portait à présent une lettre en son centre, dessinant un nouveau damier. Lionel poussa un gémissement sourd. Le premier, Orfeo tâta le sol du pied. Rien ne bougea. Lionel fouilla ses poches ; Frédéric lui tendit le plan, vierge au dos, et Siran exhiba un crayon.

Le Carélien recopia rapidement mais avec soin le nouvel agencement de la salle.

— Je suppose que nous avons trouvé le lieu de l'invocation, commenta la jeune femme.

Lionel hocha la tête.

— Le comment reste encore nébuleux.

— Dans le pire des cas, on se prend une décharge de magie et on n'en parle plus, marmonna Alexandre.

Lionel devint livide. Frédéric fusilla l'étinceleur du regard. Le Carélien se reprit, répéta les mots qu'il avait traduits dans la salle.

— Le point essentiel est que le Cœur est lié à Cathédrale. Il ne peut la quitter sans la mettre en péril. Les ducs ne se le disputeront pas ainsi. Nous n'avons donc qu'à le montrer puis le rendre à l'école ! Et nous pourrons prétexter qu'il n'est possible de l'invoquer qu'une fois.

— Comment allons-nous procéder ? demanda Alexandre. Nous ne pouvons pas essayer maintenant, n'est-ce pas ?

— Non, en effet, répondit Lionel. Les enseignants nous en empêcheraient. De plus, étant donné les enjeux, tout le monde voudra voir le Cœur de ses propres yeux pour s'assurer qu'il ne s'agit pas d'une manipulation et cela rendra le triomphe de la reine d'autant plus éclatant.

Il s'interrompit brutalement, jeta un regard à Orfeo.

— Le royaume n'a pas besoin d'une nouvelle guerre, déclara celui-ci. Je crois que nous avons assez vu cette année les dommages que peuvent causer les tensions entre nous. Cependant, mon père et ma sœur n'accepteront pas la défaite aussi facilement, et je ne parle même pas du Belastan. Tant que vous ne l'avez pas montré, prenez garde à vous.

Lionel le salua d'un signe de tête appréciateur.

— Frédéric, reprit-il, accepteriez-vous de verrouiller ces deux pièces ?

Celui-ci hocha la tête. Il commença par les volets, faisant fondre le fer pour lier les battants, de même que les gonds qui les scellèrent au mur sur toute leur hauteur. Il sentit la nature du métal se tordre sous sa volonté, gagner en résistance. Avec un bref sourire, il se rappela les expériences menées avec Cedren en début d'année – ainsi que les cours particuliers avec le professeur Vaissatis, teintés d'amertume.

Après un dernier regard sur le nouvel agencement de la salle de réception, il en tira la porte. Pourvu que le court laps de temps qu'ils avaient devant eux permette à Lionel de comprendre le dernier message. Pour l'instant, il ne semblait pas plus avancé qu'eux tous. Ils y verraient sans doute plus clair une fois loin de l'école, en se penchant dessus à tête reposée.

Frédéric posa les doigts sur les battants. Le métal courut dessus en autant de barres de renforcement.

— Je vous propose de nous rendre chez moi, poursuivit Lionel, la mine satisfaite. Mon père préviendra la reine, et il faut nous mettre en sécurité, ainsi que Cedren.

— Je reste avec elle, trancha Siran. Nous vous attendrons.

— Je ne viens pas non plus, murmura Orfeo.

Au grand soulagement de Frédéric, ils ne s'attardèrent pas davantage.

Chapitre XLI

Lionel inspira profondément, puis frappa à la porte de l'office du duc. Il entra sur son invitation. Son père était assis derrière le bureau de bois précieux. Le riche tapis étouffa le bruit de ses pas. Sans attendre la permission, il prit place dans l'un des fauteuils tapissés, patientant avec une nonchalance feinte. Son père acheva sa missive avant de relever la tête.

— Tout est prêt pour demain. Sa Majesté souhaitait la présence de tous les ducs.

Aucun d'eux n'aurait de toute façon voulu manquer l'événement.

— J'espère que tu sais ce que tu fais.

Il ne décolérait pas de ne pas détenir toutes les cartes. Lionel sourit.

— Ne vous inquiétez pas. Nous découvrirons le Cœur… si nous le voulons.

Leurs regards s'affrontèrent. Rien ne brisa l'expression froide de son père. Un frôlement, comme une présence intangible. Le loup blanc du Nord de son père était apparu derrière lui. Appelé aussitôt, son propre lynx faisait figure de chaton. Les deux génies s'étudièrent tandis que le duc s'appuyait contre son dossier.

— Je vois. Toujours cette faiblesse sentimentale qui te fait perdre toute once de raison ? Ce qui se prépare dépasse nos intérêts à tous.

— Dans ce cas, vous ne verrez pas d'inconvénient à satisfaire ma demande, n'est-ce pas ? La sauvegarde du royaume vaut bien que vous nous laissiez définitivement tranquilles, Aksel et moi. Personne ne l'apprendra jamais, nous connaissons notre rôle. Vous pouvez refuser, bien sûr. Dans ce cas, je vous souhaite bon courage pour vous expliquer devant Sa Majesté. Mes condisciples en savent moins que moi.

Ce n'était pas tout à fait exact, mais il doutait que son père accepte de s'en remettre à d'autres. Le regard gris-bleu le disséquait littéralement. Lionel garda contenance.

— Je croyais t'avoir dit ne plus vouloir rencontrer ce genre de résistance.

— Je ne renoncerai pas. Redoutez-vous à ce point Aksel ?

La main du duc balaya l'air.

— Il te détourne de tes devoirs et de ta charge envers ton duché et le royaume.

— Par la faute de qui ? Vous êtes le seul responsable de la situation. Vous craigniez les querelles fratricides de nos ancêtres, mais quel mal pensez-vous qu'Aksel puisse me faire ? Si je suis encore là, c'est uniquement grâce à lui. Je serai duc après vous. Que vous faut-il de plus ?

— Tu lui céderas toujours, comme nous le montre une fois de plus l'instant présent. Tu es prêt à sacrifier tout ce que nous construisons depuis des décennies pour… rien. Quand prendras-tu enfin la mesure de ton rôle au lieu de te vautrer dans tes caprices d'enfant ? Comment peux-tu dire que tu assumeras ta charge alors que tout prouve le contraire ?

La manie de son père de ne jamais prononcer le nom de son frère l'agaçait.

— Si nous sommes sur le point de trouver le Cœur, c'est grâce à Aksel.

Un pli dédaigneux marqua les lèvres du duc. La maladie d'Aksel lui apparaissait comme une faiblesse supplémentaire – même si son frère faisait tout pour être prêt le lendemain, affirmant qu'il aurait le temps de se reposer ensuite.

— Il est plus doué et plus intuitif que moi face à la magie. Peut-être n'aurais-je pas été malade ou peut-être aurais-je succombé. Est-ce le genre de pari que vous voulez prendre ? Une chose est sûre : sans lui, je ne serais pas sorti vivant de ce bassin et, demain, c'est lui encore qui se chargera de dévoiler le Cœur. Voulez-vous nous priver, ainsi que le royaume, d'un atout supplémentaire ?

Sans même évoquer sa capacité à vivre sans Aksel, le duc imaginait-il vraiment qu'il lui demeurerait attaché, loyal après cela ? Le duché souffrirait tout autant de leur conflit. Le loup endurait les assauts du lynx sans broncher ; leur joute immatérielle restait contrôlée. La concentration nécessaire commençait à lui peser ; les événements de la journée l'avaient ébranlé.

— Mais si tu t'obstines à refuser de dévoiler le Cœur, il disparaîtra. Et tu sais que je ne parle pas à la légère.

Veux-tu parier là-dessus, toi aussi ? Il ne mourrait pas, mais l'endormir l'empêcherait de se manifester et le résultat reviendrait au même.

Son père jouait avec une plume de corbeau. L'allusion aux Ailes noires, le cabinet secret de la reine, et à leur commandant, La Laurencie, se passait de précisions. Les rumeurs du palais racontaient qu'il savait mieux que personne entraîner ses hommes à sa suite, que tous étaient prêts à se sacrifier pour lui et leur souveraine. Lionel s'était toujours douté que la magie jouait un rôle dans cette dévotion aveugle.

Un feulement. Son lynx reculait face au loup, la fourrure hérissée.

— Nos points de vue se rejoignent donc, commenta le duc. Je ne peux que te conseiller de bien agir demain. Aucune guerre ne m'empêchera de vous faire payer votre trahison. Par ailleurs, tu me vantes votre capacité à préserver votre secret et pourtant vous le clamez à tous les vents ! Ce garçon des bas-quartiers dont il s'est absurdement entiché, ce professeur qui a lu son esprit… Cela ne m'étonne pas de lui, mais toi ? Cette conversation a-t-elle encore le moindre sens ?

En lui racontant les événements de Cathédrale, Lionel avait tenté de faire l'impasse sur le pouvoir du professeur, mais son père n'avait pas été long à saisir. Pour l'heure, Vaissatis était toujours prisonnier des sous-sols de l'école. La reine le ferait libérer une fois le Cœur en sa possession.

Lionel serra les dents. Cela avait été sa seule erreur. Il aurait dû tirer. Et prier pour qu'Aksel comprenne son geste. Ou pour qu'il ne le découvre jamais.

— Il n'y a qu'eux. Frédéric n'est pas à craindre. Il est opportuniste, mais sincèrement attaché à Aksel. Il n'utilisera pas cela contre nous.

Voilà qu'il en venait à défendre l'étinceleur ! Le duc l'étudiait avec attention.

— Il sera à surveiller malgré tout. Il n'en reste pas moins que cet enseignant est une poudrière à lui seul. Et tu voudrais que je t'accorde ma confiance alors que rien n'indique que tu en es digne ?

Il ne cachait pas son mépris ni sa déception. Bien sûr, on ne se maintenait pas au sommet du pouvoir sans se salir les mains. Au fond, la mort du professeur ne perturberait guère Lionel : il aurait accompli bien pire pour Aksel, et si sa sauvegarde se décidait à ce prix, il le paierait sans hésiter. Mais si son frère le jugeait ? Le rejetait ? Le duc l'observait, conscient de son dilemme. Cependant, Lionel prit conscience que c'était une forme d'ouverture qu'il lui offrait. Lui aussi mesurait les dangers d'un conflit ouvert entre eux. S'ils se déchiraient, les autres ducs en profiteraient. Sa soumission pour la vie de son frère, la fin de cette résistance que son père ne tolérait pas, cela aussi, Lionel pouvait l'accepter.

Il avait tranché depuis longtemps que toute la partie obscure de sa charge lui revenait. Aksel se montrait aussi lucide que lui sur les dessous de la politique du royaume, mais Lionel refusait qu'il s'en approche trop. C'était son rôle. Alors, peut-être qu'Aksel le soutiendrait. Il devait y croire. Il avait confiance en lui.

— Si je m'en occupe, nous laisserez-vous tranquilles ?

— Sur ce point-là.

Évidemment. Son destin était tout tracé, il ne le changerait pas. Il n'en avait pas l'intention de toute façon. Il croisa le regard de son père.

— Je suis vôtre.

Aksel cligna des yeux. Il se tenait seul au milieu de la cour d'honneur de Cathédrale. Un instant plus tôt, il discutait avec Alexandre lorsqu'un mouvement de foule avait attiré son attention devant les grilles. Tout semblait redevenu normal, quoiqu'on continuât de se presser aux portes de l'école. Les forces de sécurité de la reine avaient fort à faire pour contenir la curiosité des Samariens. Ce n'était pas ce qui le préoccupait. Il avait remarqué Jovianna en compagnie de deux hommes portant la livrée de Cathédrale – mais il ne les avait jamais vus auparavant.

Il tourna sur lui-même. Où étaient-ils passés ? Un regard sur sa montre lui apprit qu'il avait perdu un quart d'heure. On le héla. Frédéric le rejoignait.

— Ton père t'a enfin libéré ? La reine va arriver, on nous attend.

Aksel serra les dents. Son frère n'avait pas besoin de remontrances ou de menaces supplémentaires.

— Un instant, je dois trouver…

Il reconnut l'un des hommes du Cabinet noir qui se fondait dans la foule. Il lui décrivit les deux individus aperçus de loin. L'officier lui assura qu'il transmettrait le message à ses collègues et qu'ils ouvriraient l'œil. La tension régnait, tout le monde s'observait avec défiance.

Aksel gagna le perron avec Frédéric. Il aurait tant voulu que Lionel soit là ! C'était sa victoire autant que la sienne. Après tout ce qu'il avait enduré, il méritait d'en admirer le résultat. Cedren aussi aurait dû être là, et elle avait demandé à se lever, mais les médecins avaient refusé. Bien qu'elle se remît physiquement, elle restait confuse et sensible tant au bruit qu'à la lumière, sujette aux vertiges et aux migraines.

Une brusque agitation le fit se retourner. Un carrosse aux armes de la monarchie franchissait la grille, entouré d'un détachement de la garde royale. Des laquais tinrent la portière de la souveraine tandis que toute l'assemblée s'inclinait ou plongeait en une révérence. Suivie de son prince consort, la reine Isaura III s'avança à pas lents vers l'école. Elle en imposait. Une partie de sa chevelure, plus blanche désormais que châtain, était remontée en couronne sur sa tête pendant que l'autre courait dans son dos. Le tout était parsemé de fleurs étoilées dont les pétales étaient faits de diamants. Par sécurité, Maxime ne l'accompagnait pas. Obligée de céder, la princesse héritière avait exigé un compte rendu circonstancié des événements.

Aksel ravala sa nervosité. Il réussirait, Lionel avait confiance en lui.

La foule s'installa dans l'amphithéâtre de l'école. Martial était là, ainsi que son père. Après la cérémonie, la reine comptait bien les mettre face à leur forfaiture. Aksel désigna à Frédéric le duc du Belastan, dont le regard sombre ne les quittait pas, ainsi que Lorenzo Lamarcchia.

Les regards se tournaient vers lui, son visage marqué attirait l'attention et suscitait des commentaires. Semen lui apporta un verre d'eau. Aksel chassa sa fatigue, rassembla ses pensées, ignorant la fièvre légère qui subsistait.

Il monta sur l'estrade en compagnie de Frédéric et d'Alexandre. Siran avait refusé. Il présenta un récit édulcoré avec soin de leur recherche du Cœur, s'efforçant de mettre en avant Cedren et les deux étinceleurs. La toux l'interrompait régulièrement et un porte-parole devait parfois répéter ce qu'il disait pour qu'on l'entende, mais il parvint à aller jusqu'au bout.

Des journalistes prenaient des notes avec frénésie. Nul doute que les prochaines éditions des quotidiens se révéleraient plus épaisses. Tout Samara se les arracherait.

— Quatre magiciens fondèrent Cathédrale il y a plus de trois cents ans afin d'appuyer la monarchie et de lui offrir l'unité dont elle avait besoin, acheva-t-il. Je crois qu'il est temps aujourd'hui de marcher dans leurs traces et de montrer que leur idéal de paix n'était pas vain. Si mademoiselle Narimal et messieurs Naudin et Lamarcchia veulent bien se joindre à moi…

Orfeo hésita, comme s'il pensait avoir mal compris, tandis que des chuchotements surpris et excités s'élevaient de la foule. On s'était attendu à ce qu'il fasse appel à Alexandre, mais l'étinceleur avait accepté de bonne grâce sa demande de céder sa place à l'héritier des Lamarcchia.

S'efforçant de manifester une assurance qu'il n'éprouvait pas, Aksel gagna la salle de réception. Des soldats empêchèrent l'assistance de les suivre le temps que Frédéric déverrouille les portes.

L'agencement de la salle était resté tel que Lionel l'avait dessiné. Les statues des quatre magiciens se dressaient aux quatre points cardinaux et le damier couvert de lettres s'étendait entre eux. L'ordre particulier des orientations l'avait intrigué. « Au nom de la paix. » Sur chaque ligne en face des magiciens, une lettre du mot correspondait au point cardinal cité. C'était plus symbolique qu'autre chose, un dernier rappel de l'unité à laquelle les appelaient leurs ancêtres. L'indication aussi qu'ils devaient être quatre pour mener le rituel à terme.

Dans son dos se pressaient la reine et ses gardes, les ducs et leur suite, ainsi que les journalistes sélectionnés par la Couronne.

Aksel inspira. Lionel n'avait pas vu d'autre interprétation que la sienne. Il se plaça dans l'une des largeurs afin d'embrasser toute la salle du regard, fit signe à Frédéric de se placer au fond, face à lui, tandis que Siran et Orfeo occupaient les deux autres côtés.

Aussitôt, les quatre carrés s'éclairèrent. Des sillons lumineux coururent à travers le damier, traçant une sorte de pentacle et les liant les uns aux autres. Aksel tenta un pas sur le côté, mais il ne put quitter son carré. La magie les obligeait à aller au bout.

Refoulant l'idée que le pouvoir de Cathédrale se déchaînât sur eux, il se concentra. *Du cœur des cœurs viendra le Cœur.*

Le mur était trop loin pour qu'il le frôle. Il mit un genou à terre, posa la main sur le parquet – froid, glacé même. Les ondulations lentes et lourdes lui tirèrent un frisson. La magie remontait le long de son bras. Tout cela disparaîtrait ensuite.

Des chuchotements s'élevaient autour d'eux. On attendait que quelque chose se passe. Mais l'école n'avait pas besoin de mots.

— Laissez-la lire en vous, fit-il, la voix rauque. Montrez-lui vos sentiments… Que vous venez en paix.

Sous ses doigts, la magie affluait. Il s'ouvrait à elle plus qu'il ne l'avait jamais fait. Les ducs et les mages qui l'avaient créée avaient voulu faire de Cathédrale un symbole du royaume naissant, un endroit où chacun pourrait participer à l'unité des Neuf-Duchés, filles comme garçons, étinceleurs comme non-magiciens, gens du peuple comme nobles. *Nous n'avons pas été très fidèles à ces volontés ; nous avons chacun tenté de dominer les autres au lieu d'essayer de nous accorder et de vaincre nos différences. Mais je crois que nous y parvenons. Regarde-nous, regarde nos cœurs… et laisse-nous voir le tien.*

Son bras s'engourdissait, traversé par un fluide qui ne lui appartenait pas et qui se répandait dans tout son corps. À sa droite, les yeux fermés, Siran s'abandonnait à la magie en toute confiance. Des exclamations surprises montèrent du côté des garçons.

— Laissez-la faire. Elle ne vous veut pas de mal.

Les battants de la salle claquèrent brutalement. Des arcs de lumière liquide les lièrent les uns aux autres, éclaboussant la pièce d'éclats chatoyants, tissant une toile arachnéenne autour d'eux. Des perles irisées, dorées ou multicolores ruisselaient sur les courbes dans un bruit argentin. Les sillons au sol parurent s'embraser – sans pour autant brûler le parquet.

Un courant d'air balaya les cheveux d'Aksel ; la pression en lui s'accentua, comme si quelqu'un frappait doucement à la porte de son esprit. Il lui donna tout. Son amour pour Lionel dont elle devait sentir la présence en lui, son amitié profonde pour Frédéric, le respect et la pointe d'admiration qu'il éprouvait pour Siran et Orfeo.

Au centre de la salle, au-dessus d'eux, issue des arcs qui les reliaient tous les quatre, la lumière de plus en plus vive se condensait, dessinant un objet cristallin, aux contours à peine solides. Une coupe éclatante de magie, qui tournoyait sur elle-même, accrochant les rayons du soleil comme un diamant. Des étincelles dansaient à sa surface.

Le cristal pulsait lentement, s'accordait sur le rythme de leur respiration. Un sourire échappa à Aksel. Le Cœur, enfin, reflet du pouvoir de Cathédrale et lien direct jusqu'à lui. Sa puissance le traversait – et ce n'était qu'une parcelle de ce qu'avait vu Lionel sous leurs pieds.

L'intensité lumineuse décrut sans s'éteindre. De légers voiles phosphorescents continuaient de les relier tous les quatre.

Le Cœur descendit vers eux. Vers lui.

Aksel tendit le bras. Son poignet s'embrasa brutalement, dans un choc qui le propulsa à terre tandis qu'un roulement de tonnerre éclatait. La lumière disparut et le Cœur heurta le parquet, sa brillance adamantine soudain ternie.

Frédéric cria lorsque le coup de feu projeta Aksel au sol. Au milieu des hurlements, deux silhouettes émergèrent de la foule, se ruèrent vers le garçon. L'une d'elles s'empara du cristal, le ramassant avec un tissu. Aksel se redressa à genoux. Son bras droit pendait le long de son corps.

— Non !

Frédéric s'élança alors que les voleurs se jetaient sur l'une des portes-fenêtres. Un grondement monta des fondations de Cathédrale et une vibration la secoua tout entière. Les hurlements redoublèrent. Des gardes royaux s'étaient précipités sur la souveraine pour la mettre en sécurité. Les journalistes se bousculaient pour sortir.

Les statues des magiciens oscillaient sur leurs socles ; des pampilles tombèrent des lustres de cristal et parsemèrent le sol de débris opalescents – Frédéric chuta lorsque l'un des immenses luminaires s'écroula à son tour, ébranlant la salle. *Le Cœur !* Il reprit sa course. Le parquet se gondolait. Leurs adversaires se trouvaient déjà sur la terrasse, avançant tant bien que mal. Des fissures traversaient le marbre, ouvrant des failles qui s'élargissaient de seconde en seconde. Un officier se dressa devant eux. Ils tirèrent de nouveau. L'homme s'effondra.

— Arrêtez !

Son cri se perdit. Les deux voleurs sautèrent au bas des marches. Frédéric accéléra. L'un d'eux se retourna, une arme à la main.

La détonation claqua aux oreilles de Frédéric à l'instant où un choc le propulsait sur le côté. Il trébucha, atterrit sur les pavés de la cour. Un nouveau coup de tonnerre. Cette fois, le voleur s'écroula.

Son complice ne ralentit pas sa course acharnée vers les grilles où la foule s'agitait et hurlait. Concentrés sur elle, les gardes ne surveillaient pas ce qui se passait dans leur dos. L'homme s'effondra soudain. Le Cœur roula au sol.

Frédéric s'élança vers l'artefact. Le grondement s'amplifiait. Il s'empara du cristal. Les vibrations le traversèrent – une impression de désastre, une immense douleur qui lui broya la poitrine. Strié de fissures, le Cœur s'obscurcissait. Des gouttes de diamant ruisselaient en une cascade sans fin. Il se vidait de sa substance – de sa magie.

Frédéric fit demi-tour. Se figea.

C'était Aksel qui l'avait écarté de la trajectoire de la balle, Aksel qui avait reçu le projectile tandis que des officiers abattaient les voleurs.

Son ami gisait au bas des marches et Cathédrale vacillait dans son dos, sur le point de s'effondrer sur elle-même. Un nuage de fumée noire s'élevait du toit. Des débris de pierre pleuvaient sur la terrasse, les ornementations de la corniche comme les sculptures de la façade. Pourvu que le dôme tienne !

Il courut. Les vitres avaient explosé et leur verre jonchait le marbre ensoleillé en un kaléidoscope terrible. Siran surgit devant lui. Un éclat lui avait entaillé le front et une traînée écarlate se dessinait le long de sa joue.

— Donnez-moi ça et rejoignez-le !

L'artefact en main, elle se précipita à toutes jambes vers l'école tandis que Frédéric se jetait près d'Aksel, rejoint par son père et l'un des officiers. La balle avait atteint le garçon sous l'épaule gauche, manquant le cœur de peu. Le sang imbibait sa chemise, s'échappait aussi de son bras cassé. Le visage durci par la concentration, son père s'affairait à limiter les épanchements, utilisant son écharpe ducale. Le bleu ciel et l'argent de la Carélie se teintaient lentement de pourpre.

— Frédéric, souffla Aksel, les yeux emplis d'angoisse, pourquoi... pourquoi je la sens ?

— Ce n'est pas toi qui...

Aksel secoua la tête.

— La balle dans le bras... puis le vide... jusqu'à maintenant. Frédéric, pourquoi est-ce que je la sens... ? Pas moi...

Il le suppliait du regard. Frédéric pâlit.

Lionel lui avait sauvé la vie.

Un hurlement perçant le fit sursauter ; loin de s'apaiser, Cathédrale menaçait toujours de s'effondrer. Aksel murmura :

— Reformez le cercle... Alexandre... Sauvez-la... Alexandre...

Sa tête roula sur son épaule. Jugulant sa panique, Frédéric se rua à l'intérieur de l'école. Le chaos régnait. Siran n'avait pas attendu Aksel pour faire appel à Alexandre, mais à eux trois, avec Orfeo, ils n'étaient pas de taille. C'était un miracle que le plafond ne leur fût pas encore tombé dessus.

— Frédéric !

Il se rua vers son emplacement. Un grondement ébranla toute la structure. Le dôme ? Il sauta dans le cercle. Rien ne se passa. Le Cœur que serrait toujours Siran continuait de se vider.

Que faire ? *Merde, Aksel !* Lui aurait deviné comment agir !

Comme le Carélien, Siran mit un genou à terre, sa main libre plaquée contre le sol craquelé, fissuré. Frédéric l'imita, suivi par Alexandre et Orfeo. Sous ses doigts, le pouls de l'école battait lentement. *Résiste, s'il te plaît !* Il s'efforça de lui communiquer sa force, d'entrer en résonance avec ce qu'il restait de la magie. Confiance. Calme. C'était ce dont Cathédrale avait besoin.

Les arcs de lumière renaquirent – faibles, vacillants, frémissants. Leur substance coulait au sol. Bientôt, ils se renforcèrent. Frédéric parcourut la salle des yeux. La poussière l'aveuglait et lui obstruait la gorge, mais il devina à travers le nuage opaque les silhouettes des autres, concentrés.

Des perles glissèrent le long des arcs-en-ciel. La sueur au front, Frédéric tituba.

Une exclamation jaillit, à peine perceptible par-dessus le grondement de la pierre. Le Cœur avait échappé à Siran et s'élevait de nouveau dans les airs, relié aux arches par une multitude de fils d'or. Il ne fuyait plus, gagnait même en densité.

Un choc sourd. Puis le vacarme diminua. Le sol cessa de vibrer, les parois, de trembler. Le souffle court, Frédéric toussa, se frotta les yeux. La poussière commençait à tomber, dévoilant le désastre – le parquet éventré, les failles dans le plafond, les murs qui semblaient tenir en équilibre précaire, instable, seulement retenus par le réseau magique qui courait à travers eux. Une odeur âcre de fumée lui irrita la gorge.

Dans le silence irréel, sous la lumière iridescente du Cœur, il aperçut Siran sur le côté. Le sang coulait toujours sur sa joue, mais elle demeurait droite, tendue par la concentration. En face, Alexandre, couvert de poussière, chancelait, un bras maintenant l'autre plaqué contre son torse. Et sur sa gauche, Orfeo, atteint lui aussi par des éclats. Des taches sombres maculaient son visage et son pantalon blanc.

Aucun d'eux ne bougeait. La pulsation de la magie s'intensifia. Le Cœur irradiait, aspirant leurs émotions, se nourrissant de ce qui les unissait. Un soupir soulagé échappa à Frédéric. Aussitôt ravalé lorsqu'un nouveau grondement résonna.

Le parquet ondulait de nouveau – non, c'étaient les gravats qui le jonchaient. Dans un tintement, une pampille échouée sous sa chaussure rejoignit un lustre qui se reconstituait. Les fissures des murs se refermaient, ils retrouvaient leur richesse ; le sol redevint droit. Tout le bâtiment frémissait, se raffermissait.

Sous leurs yeux, puisant dans leurs forces, Cathédrale renaissait de ses cendres.

Épilogue

La foule des courtisans se pressait dans la salle du trône. Assis au premier rang, Frédéric en percevait les mouvements et les chuchotements dans son dos. Les petites voix de Louise et d'Étienne résonnaient derrière lui. Sous le riche plafond sculpté et peint à l'or, surmonté d'un dais pourpre parsemé de lions ailés dorés, le trône attendait la reine.

Sur sa gauche se tenaient Alexandre, Orfeo, Siran et Cedren, qui lui adressa un sourire pâle. Elle ne s'était pas remise de sa chute et les médecins doutaient de sa capacité à poursuivre ses études. Sous la pression de la reine, les professeurs réfléchissaient à des aménagements. À sa droite, Aksel ployait sous le poids de la cape d'apparat aux couleurs de la Carélie, à peine guéri. Il semblait perdu dans ses pensées, mais Frédéric décelait l'agitation fébrile qui le traversait.

Il espérait que l'occasion serait assez forte pour que Lionel se manifeste.

Frédéric se mordit les lèvres, lui frôla la main. Son ami tressaillit, reprenant brutalement conscience de ce qui l'entourait. Son regard bondit vers la montre qui ne le quittait pas, à la recherche des minutes qui se seraient envolées sans lui, s'attacha au battement hypnotique de l'aiguille des secondes. Sa déception tordit le cœur de Frédéric tandis qu'il réprimait l'envie de la lui arracher. Aksel finit par la ranger, toujours à portée de main. Combien de fois la consulterait-il encore, en un réflexe devenu obsessionnel, un espoir toujours déçu ? Aucun instant ne se déroulait sans lui ; aucune note, aucun dessin ne témoignait de la présence de Lionel.

Seul.

Frédéric ne comptait plus le nombre de fois où il l'avait trouvé, écrivant à n'en plus finir, s'épuisant sur son clavecin, s'effondrant en sanglots dès que ses pensées s'égaraient, hurlant le nom de son frère dans ses cauchemars.

La duchesse lui avait confié que c'était grâce à lui qu'Aksel n'avait pas entièrement sombré, mais il n'était pas sûr que ce fût le cas. Il ne savait plus quoi dire ni quoi faire, trop conscient de la ligne fine sur laquelle Aksel oscillait. Sentant sans doute son inquiétude, son ami se tourna vers lui avec un sourire.

— Il va venir.

Frédéric répondit d'un hochement de tête, ni approbation ni négation. Cinq ans plus tôt, Lionel avait mis moins de temps pour se manifester. Lorsque Frédéric l'avait signalé avec précaution, Aksel avait balayé l'argument : c'était plus difficile cette fois ; chaque… disparition fragilisait l'âme de Lionel, mais il trouverait de nouveau son chemin. À l'éclat de son regard, Frédéric avait compris qu'il ne supporterait pas la moindre contradiction. Alors, il s'était tu et, depuis, priait tous les dieux pour qu'Aksel eût raison. En se préparant au pire. Si Lionel ne revenait pas, si son ami le comprenait…

Un bruissement agita la foule. Un héraut annonçait la reine. Tous se levèrent. Les hommes s'inclinèrent, les femmes effectuèrent leur révérence tandis que la souveraine remontait l'allée, suivie trois pas en arrière par le prince consort et par son héritière. Elle prit place sur le trône autour duquel s'assirent les deux autres.

Une grimace traversa le visage d'Aksel lorsqu'il se redressa. La cérémonie commença. On présenta ce qui s'était passé trois mois plus tôt, la façon dont ils avaient sauvé Cathédrale et le royaume par leur courage – les mots glissèrent sur Frédéric, concentré sur Aksel. Avaient-ils la moindre idée de ce qu'ils exigeaient de lui ? Néanmoins, son ami restait étonnamment serein.

Le héraut appela les noms d'Alexandre, Cedren, Siran et Orfeo.

— … et messieurs Frédéric Naudin et Lionel Andersen de Carélie.

Aksel avait supplié son père de mettre fin à la mascarade maintenant qu'elle n'avait plus d'importance. Il pouvait la jouer tant que cela en valait la peine. À présent, cela le brisait. Inflexible, Haakon Andersen n'avait pas cédé. Parfois, Aksel l'acceptait – bien sûr, ce serait plus simple, une fois Lionel de retour, si la vérité n'était pas connue. Frédéric rêvait souvent qu'il enfonçait une lame dans le torse du duc.

Ils arrivaient devant la reine. Les joues d'Alexandre se confondaient presque avec la pourpre du dais. La souveraine leur sourit.

— Notre royaume a besoin d'âmes courageuses comme les vôtres ; nous ne pourrons jamais vous témoigner notre reconnaissance pour ce que vous avez accompli et ce que vous avez souffert. Je vous remets aujourd'hui l'insigne de l'ordre de la Couronne.

La plus haute décoration des Neuf-Duchés. Un page les rejoignit en portant avec précaution un coussin sur lequel étincelait une chaîne honorifique, composée de dix médaillons. Neuf représentaient les armes des duchés ; sur le dixième, le plus important, figuraient celles du royaume. Frédéric pencha la tête et la souveraine lui passa le lourd bijou autour du cou. Il recula d'un pas. Il y eut un léger moment de flottement. Il jeta un coup d'œil sur le côté. Aksel ne bougeait pas, comme s'il attendait toujours... Enfin, il s'avança, lentement, l'air de retenir chaque geste. Il était raide, de cette raideur qui donnait toujours l'impression à Frédéric qu'il allait se briser sous ses yeux.

Si seulement il disposait d'un moyen de ramener Lionel ! Aksel ne lui reprochait pas le geste de son frère, mais il s'en voulait. Les médecins s'accordaient à dire qu'il avait eu beaucoup de chance de survivre. Le mot hérissait Frédéric.

L'hymne royal retentit et la reine Isaura se leva. Le soir même, un bal célèbrerait l'unité retrouvée des Neuf-Duchés. Le duc du Belastan, dont les hommes aidés de Jovianna Lamarcchia avaient tenté de s'emparer du Cœur, avait été écarté du pouvoir et c'était son fils d'une dizaine d'années qui le remplaçait, sous la tutelle de sa mère. Il en allait de même pour Martial et son père qui avaient en sus perdu tout appui de la Carélie. Le troisième année avait été emprisonné. Seule Jovianna s'en sortait – les négociations entre la Couronne et Eindovia avaient été âpres, mais la reine avait pardonné, à cause du rôle joué par Orfeo.

Les doigts d'Aksel se refermèrent sur le bras de Frédéric en une poigne de fer. Ils devaient se placer derrière la souveraine. Frédéric retint une grimace, inquiet. Aksel perdait des couleurs et sa main frôlait la poche de sa montre. Il s'en empara dès qu'ils furent dehors, la rangea sans sortir de son mutisme.

La voiture ducale les attendait à l'extérieur. Frédéric salua rapidement les siens, il les retrouverait plus tard. Le trajet jusqu'à l'hôtel des Andersen s'effectua dans le silence. Malgré la présence de sa sœur contre lui, Aksel ne se détourna pas de la fenêtre.

Aksel s'immobilisa tandis que, derrière lui, Frédéric refermait le battant de la chambre. D'un geste violent, il arracha la chaîne de son cou. Elle s'écrasa dans un coin avec un bruit sourd. Chaque seconde des heures précédentes défilait dans sa tête, précise, aiguë, douloureuse.

Lionel n'était pas venu.

Ses genoux heurtèrent le sol. Il suffoquait, les épaules secouées par les sanglots. Une pointe monta de son torse, la douleur habituelle de la cicatrice. Il s'en moquait. Frédéric se précipita vers lui.

— Il aurait dû être là, je ne comprends pas. Il la méritait plus que moi, il a accompli tellement plus ! C'était son tour !

Frédéric l'étreignit.

— Je suis désolé, murmura-t-il.

— Pourquoi est-ce qu'il n'est pas venu ?

— Je ne sais pas.

Mais son regard s'était fait fuyant. Il ne croyait pas vraiment au retour de Lionel. Évidemment. Il ne l'appréciait pas, ne lui avait jamais fait confiance. Aksel se dégagea et le repoussa brutalement. Il n'y avait que lui pour le souhaiter. Même leur père se contentait de sa seule présence, du moment que la mascarade continuait. Comment Lionel reviendrait-il si personne ne voulait de lui ? Mais lui l'attendait, l'âme grande ouverte, prêt à l'accueillir. Ensuite, plus personne ne les séparerait. S'il le lui demandait, Lionel arrêterait de se mettre en danger pour les autres – même pour lui.

Il se manifesterait sûrement dans les prochains jours. Au pire, à la fin de l'été, juste avant la rentrée de Cathédrale. C'était leur anniversaire, leur soirée. Celle qu'ils passaient ensemble autrefois et où ils alternaient à coup sûr maintenant pour s'échanger leurs présents. Ils l'avaient toujours fêté à deux, d'une façon ou d'une autre. Lionel ne l'abandonnerait pas cette fois non plus. Il était ridicule de ne pas y avoir pensé plus tôt.

La solitude glacée qui l'oppressait resterait difficile à supporter, mais il tiendrait jusque-là. Depuis l'endroit où il l'avait repoussé, Frédéric l'étudiait avec circonspection. Un vague regret traversa Aksel. Sans le soutien de l'étinceleur, les choses seraient bien pires.

— Excuse-moi, je vais mieux.

Son sourire ne fit pas disparaître l'expression réservée de Frédéric, elle parut même s'accentuer.

— Il reviendra bientôt.

— Aksel…

La porte s'ouvrit dans leur dos. Aksel se retourna, portant une main à ses yeux pour essuyer les larmes qui coulaient toujours. Siran, Cedren et Alexandre se tenaient sur le seuil. Était-ce prévu qu'ils les suivent ? Ils l'observaient avec une inquiétude qu'il leur avait souvent vue. Ses tentatives pour les rassurer n'avaient pas fonctionné – et, comme à présent, il peinait à maintenir le masque.

Cedren posa une main sur son épaule.

— Parlez-nous, Lionel. S'il vous plaît.

Le prénom lui déchira le cœur.

— Non ! Je ne suis… je ne suis pas…

Sa voix s'étouffa. Comment pouvaient-ils encore les confondre ? Un frôlement contre son poignet.

— Doucement.

Frédéric referma ses doigts sur les siens, le regard chaviré. Leurs trois amis les regardaient, décontenancés. La main de Cedren n'avait pas quitté son épaule.

— Dis-leur, souffla Frédéric. Ils comprendront.

Il n'en avait pas le droit.

— Je ne peux…

— Je me fiche de ce que dit ton père. Parle-leur. Ne joue plus cette mascarade avec nous. Aucun de nous ne te laissera tomber.

Un murmure d'assentiment lui répondit. Aksel redressa la tête, le cœur battant. S'ils étaient plusieurs à attendre Lionel, il reviendrait d'autant plus vite. Il devait essayer. Un doute le retint. S'ils rejetaient son frère, comme Frédéric avait essayé de le faire…

— S'ils ne me croient pas ?

— Nous vous croirons, affirma Cedren, si vous nous expliquez. Nous sommes là pour vous.

Pas vraiment. Mais il était proche d'Alexandre, Siran et Cedren appréciaient Lionel, cela pouvait fonctionner. Son frère et lui existeraient tous les deux. Le cœur battant, il se releva.

— Non. Vous êtes là pour Lionel. Je m'appelle Aksel.

Remerciements

Cathédrale est un roman qui m'accompagne depuis longtemps et pour les personnages duquel je garde beaucoup d'affection. Depuis le premier jet écrit presque d'un trait, il a beaucoup grandi et mûri, et sa route a été pavée d'encouragements.

Je remercie ma famille, qui compte parmi les premiers lecteurs de ce roman et garde beaucoup d'intérêt pour lui. Il a finalement trouvé une très belle place !

Un merci et une attention toute particulière pour Dea, rencontrée grâce à ce projet, à l'époque où il n'était qu'un premier jet en cours d'écriture, première lectrice et correctrice, qui m'a donné des sueurs froides, mais dont l'affection pour Lionel et Alexandre ne s'est jamais démentie.

Merci à mon quatuor préféré, Louve, Luxia, Marge et Elena Natrochvili, dont les soutiens et les encouragements me sont toujours aussi précieux. Merci aussi pour les brainstormings à toute heure, surtout lorsque le doute s'installe vicieusement, et pour les retours au fil de mes avancées.

Un grand merci à Bleuenn Guillou, mon éditrice, qui a cru en ce roman un peu particulier dès le départ. Merci pour le temps passé dessus bien avant l'acceptation, pour tes retours qui en ont pointé sans faille les faiblesses et les facilités, pour m'avoir aidée à en faire un bien meilleur roman, sans perdre ce qui en constitue le cœur (haha).

Et un merci aux Gobelins, dont la rencontre, à un moment où je peinais sur mes corrections, m'a offert une belle bouffée d'air. Leur bienveillance et leur soutien sont précieux.

Suivez-nous !
www.editions-leha.com
facebook / twitter : @EditionsLEHA
Instagram : leha.editions
editionslehajeunesseya

N° d'impression : 168669
Imprimé en France par CPI Firmin Didot
en février 2022